Jennifer Benkau

SOUL SISTER

cbj

Dieses Buch ist auch als E-Book erhältlich.

MIX
Papier aus verantwortungsvollen Quellen
FSC® C083411

Verlagsgruppe Random House FSC® N001967

1. Auflage 2017

Dieses Werk wurde vermittelt durch die Literarische Agentur
Thomas Schlück GmbH, 30827 Garbsen
Umschlaggestaltung: *zeichenpool, München,
unter Verwendung eines Bildes von Shutterstock.com (Aleshyn_Andrei)
kk · Herstellung: AJ
Satz: Uhl + Massopust, Aalen
Druck: CPI books GmbH, Leck
ISBN: 978-3-570-17405-0
Printed in Germany

www.cbj-verlag.de

Du findest uns auch auf Instagram @hey_reader

PROLOG

»Ich sehe aus wie … eine Prostituierte.«

Moment, sagt Polly gedehnt. *Mein liebes Schwesterherz. Willst du damit etwa sagen, das Kleid wäre nuttig? Hey, das ist mein Lieblingskleid!*

Ich lasse den Blick an meinem Ich im Spiegel herabgleiten. Das Kleid geht gar nicht! Es ist keinesfalls hässlich – das nicht. Polly hat nichts Hässliches im Schrank, ihr Geschmack ist erstklassig. Das tiefe Blau passt eigentlich zu meinen walnussbraunen Haaren. Genau genommen ist es auch weder zu kurz noch zu eng. Es passt hervorragend und lässt meine Beine noch länger wirken, als sie ohnehin sind. Das da im Spiegel – dieses große Mädchen mit der welligen Mähne – bin bloß überhaupt nicht ich. »Dir stand es halt, im Gegensatz zu mir.«

Geht's noch? Pollys Erheiterung tanzt durch den ganzen Raum und macht ihn heller. *Erst sagst du, mein Kleid wäre nuttig, und dann noch, dass es mir stand?*

»Du weißt, wie ich das meine. Es ist so …«

Sexy.

Ja. Ja, Polly hat recht. Das Kleid ist sexy. Aber ich … ich bin es nicht.

»Es sieht aus wie eine Verkleidung. Als ob die kleine Schwester heimlich die Sachen der großen trägt.«

Von heimlich kann ja nun keine Rede sein.

Ich seufze. Polly versucht seit Wochen, mich dazu zu bewegen, ihre schicken Kleider zu tragen. Ich soll wieder feiern gehen, ich soll Spaß haben. Und ich soll ihre Songs singen. Doch dieses Leben, das in ihrem Windschatten so einfach war, scheint mir nicht mehr zu passen. Es ist wie ein Kleid, dieses Leben, ein viel zu großes Kleid, das ständig von meinen Schultern zu rutschen droht und mich nackt zurücklässt.

Hey, sagt Polly leise. *Nur Mut, Süße. Ich bin doch bei dir.*

Ich muss lächeln. Leider mache ich den dummen Fehler, in den Spiegel zu lächeln. Und dort sehe ich, was ich so manches Mal für einen kurzen Moment vergesse.

Ich bin allein.

KAPITEL 1

Obwohl die Sonne scheint, ist der Wind so kalt, dass meine Augen tränen. Ich habe versucht, die Haare mit meinem Halstuch zu fixieren, sodass mir die Strähnen nicht ständig im Gesicht hängen, aber die Böen wehen den Stoff immer wieder hoch und dann huscht die Kälte vom Kragen her in meine Kleider. Lange werde ich nicht mehr am Rheinufer bleiben, dafür habe ich mich einfach zu dünn angezogen.

Ich werfe den Ball ein letztes Mal, und Mister Boo jagt mit fliegenden Ohren los und überschlägt sich fast, als er sein Lieblingsspielzeug endlich gefangen hat. Nicht weniger langsam kommt er zu mir zurückgerannt. Eine Frau mit einem jungen Labrador an der Leine, die uns seit einer Weile beobachtet hat, kommt näher.

»Respekt«, sagt sie, als sie nah genug ist, um nicht mehr brüllen zu müssen. »Ich habe mal gehört, dass es so gut wie unmöglich ist, einem Beagle das Apportieren beizubringen. Aber deiner macht das toll. Du kannst stolz sein.«

»Es hat ziemlich lange gedauert«, gebe ich zu, nehme Mister Boo den nassgesabberten Ball ab und lasse ihn in die

Plastiktüte in meiner Tasche fallen. Auf mein Handzeichen setzt Mister Boo sich brav hin und ich reiche ihm einen Käsewürfel – sein Lieblingsleckerli. »Beagle sind ziemlich stur und machen nichts, was sie nicht selbst gut finden. Aber wenn man Geduld hat und sie motiviert, dann können sie alles lernen.«

Ich warte, bis die Frau ihren Hund abgeleint hat, dann erlaube ich Mister Boo, aufzustehen und mit dem Labrador zu spielen. Sein Frauchen und ich sehen ihnen beim Herumtollen zu. Wir wechseln noch einige Worte über unsere Hunde, dann mache ich mich langsam auf den Heimweg. Ja, ich kann wirklich stolz sein. Vor einem Jahr konnte ich Mister Boo am Rheinufer, im Wald oder im Park nicht einmal einen Moment lang von der Leine lassen. Bei der ersten Kaninchenspur war er auf und davon und scherte sich weder um mein säuselndes Locken noch um die Verwünschungen, die ich hinter ihm herbrüllte. Er reagierte nicht einmal, als ich ihm einmal aus lauter Verzweiflung ein halbes Pfund Fleischwurst nachwarf. Er lief nie richtig fort, so war es nicht. Aber er kam eben erst dann zurück, wenn er es für angebracht hielt. Damals, als er noch Pollys Hund war, hat es mich amüsiert, wie ausgesprochen stur dieser Hund war. Er war genau wie Polly. Selbstbewusst und eigenständig – die beiden machten immer, was sie wollten. Doch nachdem Mister Boo ohne jede Vorwarnung von einem auf den anderen Tag plötzlich mir gehörte, begann ich, mir Sorgen zu machen, ihm könnte etwas passieren. Genau wie Polly.

Zuerst ließ ich ihn gar nicht mehr frei laufen. Konsequenter Leinenknast – er hatte es so gewollt! Doch damit waren wir beide nicht glücklich. So steckte ich mir ein Ziel: Ich wollte ihn frei herumlaufen lassen und jederzeit zu mir rufen können. Es wurde mir erst viel später klar, aber die Verantwortung für Mister Boo und mein ehrgeiziger Plan waren in den ersten Monaten nach Pollys Tod meine Rettung. Die Notwendigkeit, mit dem Hund zu trainieren, war eine Zeit lang das Einzige, was mich dazu bewegt hatte, morgens aufzustehen und abends schlafen zu gehen, zu essen und zu trinken und weiterzuatmen.

Polly war so plötzlich aus dem Leben gerissen worden und hinterließ keine letzten Wünsche. Es gab kein Wort auf dem Sterbebett und nichts, um das sie jemanden hätte bitten können. Nur in dieser einen Sache war ich mir absolut sicher: Polly hätte gewollt, dass ich mich um ihren geliebten Hund kümmere, als wäre es meiner. Also gab ich mein Bestes und tue es weiterhin.

Ich hänge mir die Leine um, ziehe mein Halstuch ein weiteres Mal straff und reibe meine Oberarme. »Schnell jetzt, Mister Boo«, flüstere ich gegen den Wind. »Gleich ist die Sonne hinter den Bäumen und dann wird es noch kälter.«

Den Hund scheint das nicht zu stören. Sein dreifarbiges Fell ist kurz und seidig, und unter seinem Bauch schimmert die rosafarbene Haut durch, aber selbst bei Eisregen oder Schneetreiben im Winter tollt er vergnügt herum. Hund müsste man sein. Ich friere ständig. Polly hatte sich auch regelmäßig darüber gewundert.

Als letzten Herbst die ersten eiskalten Tage auf der Lauer lagen und ich versuchte, mich für den Winter zu wappnen – den ersten Winter ohne die Wärme meiner großen Schwester –, hatte ich Angst gehabt, ihn nicht zu überleben.

Immer wieder überkam mich die Gewissheit, dass ich mich mit dicken Jacken, heißen Bädern und einer Wärmflasche gegen das frostige Wetter rüsten konnte, aber der Kälte in meinem Herzen nichts entgegenzusetzen hatte. Ich sah mich von innen heraus erfrieren, langsam und chancenlos.

Und dann passierte das, was ich nie in Betracht gezogen hatte, weil es vollkommen unmöglich war.

Polly kehrte zu mir zurück.

Zunächst hatte ich geglaubt, den Verstand zu verlieren und verrückt zu werden. Meine Eltern dachten dasselbe und ich lernte, Geheimnisse zu bewahren. Polly wurde zu einem Schatz in meinem Inneren, den ich mit niemandem mehr teile.

Mister Boo besteht darauf, einen Grasbüschel aus allen Perspektiven sorgsam zu beschnüffeln. Langsam werde ich ungeduldig.

»Hundezeitung, ja? Schön für dich, aber musst du dich jetzt hier festlesen?«

Es ist noch ein ganzes Stück bis zur Bushaltestelle und der Wind wird immer unangenehmer. Ich wundere mich über die Gruppe von Joggern, die am Ufer entlanglaufen. Sie tragen nur T-Shirts und kurze Hosen. Allein vom Anblick wird mir noch kälter. Sie sind ein ganzes Stück entfernt und traben am Ufer auf und ab. Aber ich muss in ihre Richtung, also rufe ich Mister Boo bei Fuß, damit er nicht auf die Idee kommt, ihnen nachzurennen.

Wir lassen den Strandabschnitt hinter uns und gehen am Kai entlang, wo einige kleine Boote an rostigen Ringen vertäut sind. Während die Sonne hinter den Bäumen verschwindet, verfärbt sich das Wasser. Aus dem blauen Glitzern wird ein trübes Grau, das die Frachtschiffe schaumig aufwühlen, wenn sie vorbeiziehen. Wellen treiben herum, und wenn sie gegen die Ufermauer schlagen, spritzt es manchmal bis zu meinen Knien. Ich spüre, wie sich mit dem schwindenden Licht auch meine Stimmung verdunkelt. Das schwarze Loch in meiner Brust ist immer da, seit meine Schwester tot ist, aber meist gelingt es mir inzwischen, es klein und ungefährlich zu halten. Heute spüre ich es wieder pulsieren und dabei größer und größer werden. Ich will mit meinem üblichen Trick dagegen kämpfen, indem ich leise vor mich hin singe, aber fatalerweise kommen mir nur schwermütige Lieder in den Sinn. Schließlich ist das Pippi-Langstrumpf-Lied das einzige, was mir einfällt. Ich murmle den Text vor mich hin, soweit ich ihn kenne, er kommt mir wie zynischer Spott gegen mich selbst vor. Als Kind hatte ich Angst vor Pippi Langstrumpf, weil sie so stark war. Ich hatte immer gehofft, das Polly einen anderen Film auswählte, wenn wir fernsehen durften.

Mister Boo und ich erreichen die Wiese, die wir überqueren müssen, um zur Bushaltestelle zu kommen. Am anderen Ende dieser Wiese spielen einige junge Männer Fußball, es sind dieselben, die ich eben joggen gesehen habe; vermutlich war das ihr Aufwärmtraining. Ich sehe nicht genau hin, will gar nicht wissen, ob auch Frauen oder Mädchen mitspielen.

Polly hat auch Fußball gespielt.

Es sind diese kleinen Augenblicke, die mir kurz das Herz stehen bleiben lassen, so sehr vermisse ich sie. Mit ihr zu reden, ist eben doch nicht dasselbe, wie sie zu umarmen oder den Schalk in ihren blauen Augen blitzen zu sehen.

Ich gehe weiter und versuche, das Pippi-Langstrumpf-Lied zu pfeifen, doch meine Lippen sind vom kalten Wind zu trocken. Plötzlich höre ich die Fußballspieler dicht hinter mir grölen und lachen. Ein Bellen antwortet ihnen. Erschrocken fahre ich herum und rufe schrill nach Mister Boo, der zwischen den Spielern dem Ball nachjagt.

Oh nein, ich habe nicht aufgepasst! Ich habe nicht einmal bemerkt, dass er nicht mehr neben mir hertrottet. Wie konnte mir das passieren?

Ich rufe erneut, aber Mister Boo ignoriert mich, vielleicht kann er mich nicht hören. Er wetzt hinter dem Ball her, wenn die Männer Pässe spielen. Hat jemand den Ball am Fuß, bellt Mister Boo auffordernd. Mein Rufen geht im Gelächter unter. Wieder schießt jemand den Ball über die Hälfte der Wiese. Mehrere Spieler jagen ihm nach – Mister Boo rennt zwischen ihnen. Ich habe Angst, dass sie über ihn stolpern und er verletzt wird, und schreie: »Aufhören, Stopp!«, so laut ich kann. »Mister Boo! Boo! Hierher. HIER!«

Ein Spieler schießt, sein Schuh kommt der Schnauze meines Hundes so nah, dass ich die Augen zupresse. Ich höre kein Jaulen, und als ich wieder hinsehe, flitzt Mister Boo schon wieder hinter dem Fußball her. Seine Schlappohren schlagen auf und nieder, als wolle er abheben. In seiner wilden Jagd auf den Ball nimmt er mein Rufen gar nicht wahr. Die Gefahr, die von den Füßen der weiterkickenden Spieler ausgeht, versteht er nicht. Ein Spieler winkt und gestikuliert mit den Armen, ich höre ihn »Stopp!« rufen, aber die anderen und mein Hund sind zu weit entfernt und bemerken ihn nicht. Ich muss Mister Boo unter Kontrolle bringen, bevor ihm noch etwas passiert.

Der Ball kommt in meine Richtung geflogen. Ich renne ihm entgegen, denn wenn ich den Ball stoppen kann, habe ich Mister Boo. Wäre ich doch etwas geschickter beim Fangen! Meine Fingerspitzen berühren den Fußball, aber der Schuss hat eine solche Wucht, dass der Ball nur aufprallt und mir sofort wieder entgleitet. Verdammt, das hat wehgetan! Ein Schatten taucht neben mir auf. Ich achte nur auf Mister Boo, der gleich nah genug ist, dass ich ihn packen könnte. Ich werfe mich nach vorn. Im gleichen Moment hat der Spieler, der neben mir aufgetaucht ist und den Ball abgefangen hat, die gleiche Idee. Unsere Blicke treffen sich für einen kurzen, schreckensstarren Moment, als wir begreifen, dass keiner von uns mehr bremsen kann. Ich sehe dunkle Augen, fast schwarz, für einen Moment, der sich unwirklich und viel zu lange anfühlt. Etwas Licht streift ein Gesicht, und ich erkenne, dass diese Augen nicht schwarz, sondern blau sind. Dunkelstes Blau. Keinen Sekundenbruchteil später knallen wir zusammen. Ich bekomme einen Schlag vor die Stirn, vor die Brust, dann gegen die Hüfte, plötzlich wieder gegen den Hinterkopf.

Was ist passiert? Mister Boo bellt ganz laut und aufgeregt.

Alles dreht sich. Ich habe das Gefühl zu fallen.

Versuche, mich festzuhalten.

Weiß nicht mehr, wo unten ist. Weiß nicht mehr, wo oben ist.

Oder wo ich bin.

Mister Boos Bellen wird leiser. Ich will mich nach ihm umsehen, aber alles wird schwarz.

KAPITEL 2

»Bist du in Ordnung? He? Alles okay?«

Ihre Stimme lässt mir vor lauter Vermissen fast das Herz implodieren. Aber jetzt ist mir, als würde ich sie fühlen. Ja, sie hält mich an den Schultern – kein Zweifel! »Polly?« Kann es denn möglich sein? Ich öffne die Augen und mir zerspringt fast die Brust, so doll schlägt mein Herz. Ich sehe sie. Ich spüre sie. Sie umarmt mich fest und die Welt ist schön.

Polly lächelt mich an. Es ist dieses selbstbewusste Lächeln, das sie nie unterdrücken konnte, wenn wir unterschiedlicher Meinung waren und sie schon wusste, dass sie am Ende recht behalten würde.

»Wie … wie kannst du … Du bist da, ich kann dich sehen. Ich verstehe nicht. Wo bin ich?«

Ist egal, antwortet Polly. Sie trägt dieses silberne Glitzertop, wie an dem Abend, an dem sie sich verabschiedet hatte und nie zurückgekommen ist. Es ist vollkommen unversehrt und kein Blut haftet daran. *Alles ist gut. Mach dir keine Sorgen.*

Ich kann kaum glauben, dass sie da ist. Es tut so gut, dass ich weinen möchte, aber es kommen keine Tränen. »Ich bin so froh, dass du da bist.«

Du kennst mich doch, sagt Polly sanft und streicht über meine Wange. *Würde ich dich je allein lassen?*

Ich weiß es nicht. Ich kann nicht antworten.

Glaubst du, ich würde das tun? Dann sag ich dir mal was: Nein, das würde ich nie. Ich lass dich nie allein, hörst du? Aus ihrem Streicheln wird ein Tätscheln. »Hörst du mich? Hey! Hörst du mich? Sag doch etwas. Bitte sag etwas.« Doch dann verrinnt ihre Stimme, wie Wasser in die Erde sickert, und ihr Bild löst sich auf.

KAPITEL 3

»Nein!«, ist das erste Wort, was ich rausbekomme. Nein, Polly soll nicht verschwinden, sie soll bei mir bleiben!

»Ich glaube, wir rufen besser einen Krankenwagen«, höre ich eine männliche Stimme sagen. Dann fährt er näher an meinem Gesicht fort: »Hörst du mich? Hey. Bitte sag etwas.«

Was ist hier los? Ich versuche, mich aufzurappeln, aber irgendetwas hält mich.

»Sie ist mit dem Kopf aufgeschlagen«, behauptet jemand.

»Nee, Killian hat ihr eine Kopfnuss verpasst«, ein anderer.

»Killian hat ihr *erst* eine Kopfnuss verpasst und *dann* ist sie mit dem Kopf aufgeschlagen.«

»Besser, wir rufen einen Notarzt.«

Ich blinzle. Mehrere Jungs und Männer umringen mich, als ich sie anschaue, lächeln sie erleichtert.

»Alles in Ordnung?«, fragt einer. Ich registriere, dass ich auf dem Boden sitze. Er kniet neben mir und hält mich halbaufrecht in seinem Arm. Wie peinlich! Ich versuche, ein wenig Abstand zu schaffen, aber er lässt mich nicht los. Mein Herz schlägt immer noch von dem Traum, den ich in der Ohnmacht hatte.

»Ganz ruhig, mach schön langsam. Nicht, dass du wieder umkippst.«

»Weißt du, was passiert ist?«, fragt ein anderer. »Kannst du dich erinnern?«

Nur zu gut! Ich will in Ruhe darüber nachdenken, dass ich nicht nur Pollys Stimme gehört, sondern sie gesehen habe. Aber diese Typen lassen mich gar nicht in Ruhe.

Ein weiterer hält mir drei Finger vors Gesicht und will wissen, wie viele es sind. Noch einer klärt mich darüber auf, dass ich ohnmächtig war (ach, wirklich?) und dabei krudes Zeug gesprochen habe (oh nein!).

Ich schüttle den Kopf, um wieder klar zu werden. Das hätte ich besser gelassen, die schnellen Bewegungen jagen Pfeile in meine Stirn. Irgendwer drückt mir ein kaltes, nasses Tuch gegen die schmerzende Stelle. Mir rinnt Wasser in den Kragen und ich fange vor Kälte an zu schlottern. Ich kann nicht vergessen, was einer der Jungs eben gesagt hat. Sie wollen einen Krankenwagen rufen. Ich will mich nicht in ein Krankenhaus schaffen lassen, meine Eltern drehen doch vor Schreck durch, und was würde mit Mister Boo passieren, wenn …

»Mein Hund!«, rufe ich erschrocken und richte mich auf, so weit ich kann. Wie hatte ich ihn vergessen können?

»Keine Sorge«, sagt der Typ, der mich festhält, und hilft mir, mich hinzusetzen. »Der ist gleich da vorne.«

Mister Boo wird von einem anderen Jungen an der Leine

gehalten. Er kümmert sich nicht weiter darum, dass sein Frauchen auf dem Boden liegt, sondern kaut hingebungsvoll den Fußball kaputt.

»Oje«, entfährt es mir, aber die Typen lachen nur.

»Ist nicht schlimm, ein bisschen Schwund ist immer.«

»Und es tut uns echt leid. Wir haben zu spät gemerkt, dass du nach ihm rufst.«

»Er war zu gut. Er sollte in unsere Stammelf.«

Der junge Mann – oder Junge, wie alt mag er sein? –, der mich im Arm gehalten hatte, schaut mich besorgt an. »Geht es dir besser?«

Ich nicke vorsichtig. »Ich bin mit dir zusammengestoßen, oder?« Ich erkenne seine Augen sofort wieder. So dunkelblau, dass man einen Moment denkt, sie seien schwarz.

Er reibt sich über den Kiefer, wo eine Rötung vermuten lässt, dass meine Stirn ihn dort erwischt hatte. »Ja. Tut mir wirklich leid. Ich wollte den Hund für dich einfangen und hatte wohl den Tunnelblick. Ich hab dich erst gesehen, als es zu spät war.«

»Nicht schlimm. Ich hab ja auch bloß auf meinen Hund geachtet.«

Er grinst schief und deutet auf meine Stirn, wo die Haut bereits über einer Beule spannt. »Aber mich hat es nicht umgehauen.«

»Ist doch gar nichts passiert.«

Er zieht die Brauen zusammen. Er hat blondes Haar, an den Seiten kurz, oben länger. Die Spitzen sind rötlich gefärbt und fallen ihm in die Stirn. Seine dunklen Augen bilden einen merkwürdigen Kontrast zu den hellen Haaren. »Ich weiß nicht recht. Du warst einen Moment ohnmächtig.

Wir sollten wirklich einen Krankenwagen rufen.« Er blickt einen seiner Kumpels auffordernd an.

»Nein!«, bestimme ich. »Das ist nicht nötig. Mir geht es schon wieder gut.«

»Aber du musst wenigstens zu einem Arzt gehen«, meint jemand. »Killians Dickschädel könnte man als Rammbock einsetzen und es hat schon ordentlich gekracht eben.«

Hinter mir lacht jemand. »Sorry, Leute, aber das ist zu komisch. Seit Wochen sagen wir Kill, er soll endlich mal wieder 'ne Frau aufs Kreuz legen. Und was macht er?«

»Killian nimmt so was zu wörtlich, weißt du doch.«

Der Junge, mit dem ich zusammengekracht bin, heißt also Killian. Ich weiß nicht, wem von uns beiden der Spott peinlicher ist. Er rückt etwas von mir ab und zwei andere helfen mir beim Aufstehen.

»Geht es?«, fragt er mich noch einmal. »Du siehst blass aus.«

Ich bin immer blass. Mir ist ein wenig schwindelig, aber nachdem ich einige Male ruhig durchgeatmet habe, wird es besser. Ich betaste die Beule an meiner Stirn. Der Typ hatte recht – dieser Killian *hat* einen Dickschädel, oder womöglich einen Kiefer aus Stahl. Mich wundert, dass der Zusammenprall ihm keinen Zahn herausgehauen hat.

»Es geht, es geht mir gut«, sage ich. »Ich kühle das zu Hause und nehme eine Aspirin, das wird schon reichen.«

Killian sieht nicht überzeugt aus. Um ihm zu demonstrieren, dass wirklich alles in Ordnung ist, marschiere ich zu dem Jungen, der Mister Boo an die Leine genommen hat, hocke mich hin, streichle den Hund und will mich wieder hochstemmen. Doch der Plan war zu ehrgeizig.

Diesmal ist es mein Hinterkopf, durch den ein stechender Schmerz jagt, der mir bis in den Nacken zieht. Ich jammere unweigerlich leise auf und kann mich nur mit Killians Hilfe wieder aufrichten. Selbst Mister Boo schaut mich ganz irritiert an.

»Okay«, entscheidet Killian. »Wenn du nicht ins Krankenhaus willst, dann fahre ich dich wenigstens zum Arzt. Mein Auto steht gleich da oben auf dem Parkplatz.«

»Ich will zu keinem Arzt«, erwidere ich genervt. Das Augenrollen war der entscheidende Hauch Bewegung zu viel. Im nächsten Moment muss ich mich an ihm festhalten, denn schon wieder dreht sich alles. Damit ist die Diskussion zu seinem Vorteil entschieden, und ich sehe ein, dass ich mich nun nur noch um Schadensbegrenzung bemühen kann. Er erklärt den anderen Jungs, dass er mich zum Arzt bringt. Die debattieren bereits darüber, wer einen zweiten Ball zum Weiterspielen holt. Beim Verabschieden erinnert jemand Killian daran, dass eine Gehirnerschütterung zu Übelkeit führen kann, und rät ihm, auf seine Sitze aufzupassen. Ich vergesse vor Peinlichkeit, dass mir schwindelig und eiskalt ist.

»Kannst du laufen, oder –«

»Natürlich!«, unterbreche ich ihn, halte mich aber vorsichtshalber an seinem Arm fest. Bei der Vorstellung, dass er mich hochhebt und wie im Film wegträgt, drohe ich vor Scham gleich noch mal ohnmächtig zu werden. Ich hoffe, dass ich es wirklich bis zu diesem Auto schaffe. Mein Kopf pocht technoartig. Ich hasse Techno. Wir gehen so langsam und vorsichtig über die Wiese, dass Mister Boo genervt an der Leine zieht.

»Mann«, sagt Killian betreten und reibt sich die Stirn. »Du glaubst nicht, wie unangenehm mir das ist, dich umgerannt zu haben. Das tut mir so leid.«

Ich weiß genau, was er meint, mir geht es nicht anders. Wir erreichen die geparkten Autos und mir wird erst recht übel. Denn Killian drückt auf die Fernbedienung seines Schlüssels, und das einzige Auto, das daraufhin mit den Blinkern zwinkert, ist ein nachtblauer Sportwagen. Killian öffnet die Beifahrertür und ich starre auf schwarzglänzende Ledersitze und einen Innenraum, in dem nicht ein einziger Fussel zu finden ist. Nicht mal im Fußraum!

»Steig ein«, sagt Killian.

Ich bewege keinen Fuß und straffe die Leine, sodass Mister Boo nicht ins Auto springen kann. »Mein Hund haart.«

»Das haben Hunde so an sich.«

»Und er sabbert beim Autofahren.«

»Tun die das nicht alle?« Killian geht um den Wagen herum und steigt auf der Fahrerseite ein.

»Manchmal kotzt er auch.«

Killian nimmt ein Handy aus dem Fach neben dem Schalthebel und steckt es in die Freisprechvorrichtung. »Also doch den Krankenwagen?«

»Ich …« Ich darf nicht zu Fremden ins Auto steigen, hätte ich fast gesagt, aber mir fällt rechtzeitig ein, dass das klingt, als sei ich zwölf. Ich könnte natürlich auch meine Mutter anrufen und mich abholen lassen, als *wäre* ich zwölf, aber … Nein! Es hat nach Pollys Unfall fast ein halbes Jahr gedauert, bis ich mich wieder allein frei bewegen durfte, und noch mal ein halbes, bis sie mir nicht ständig hinterhertelefonierten, wo ich denn sei und was ich denn täte und mit wem ich es täte und ob im Umkreis von einhundertzwanzig Kilometern auch nur die geringste Gefahr bestünde. Ich fantasiere ein wenig, stelle mir vor, wie ich zu diesem fremden, durchaus gut aussehenden Typen, der mich umgerannt hat, ins Auto steige und meinen Eltern abends beim Essen davon erzähle. Ob mein Hausarrest in drei Jahren vorbei wäre, oder würden sie mich über meine Volljährigkeit hinaus einsperren?

Irgendwas in mir muss darüber lachen und dieses Lachen erinnert mich schmerzhaft und wohltuend zugleich an Polly. Es ist, als klänge ein Echo ihrer Stimme durch meinen Kopf, ich bilde mir ein, sie am äußersten Rand meiner Wahrnehmung mitlachen zu hören. Und bevor dieser kurze Eindruck vorbeigeht, sitze ich bereits im Auto. Auf den Ledersitzen. Mit meiner Hose, die feucht und schmutzig ist, weil ich eben noch auf der Wiese gelegen habe. Mister Boo hinterlässt im Fußraum bräunliche Tapser. Hoffentlich *bleibt* er wenigstens im Fußraum.

Killian startet den Motor und leise Instrumentalmusik ertönt. Ich weiß auf Anhieb, dass es Filmmusik ist, aber der passende Film fällt mir nicht ein. Wir fahren vom Parkplatz und stoppen in der Einfahrt. »Wo genau darf's hingehen?«

Unser Hausarzt ist nur zwei Straßen von meinem Zuhause entfernt. Allerdings führt der kürzeste Weg in unseren Stadtteil nicht durch die Innenstadt, wo der Bus fährt, sondern über die Landstraße. Dort darf man ziemlich schnell fahren und dieser Wagen hier *kann* mit Sicherheit auch ziemlich schnell fahren.

»Ärztehaus Röntgengasse«, murmle ich trotzdem, denn es hilft ja alles nichts. »Könntest du langsam fahren?«

»Klar. Sag Bescheid, wenn dir schlecht wird. Ich mach die Heizung an.« Er wirft mir einen kurzen Blick zu, bevor er anfährt, den Blinker antippt und links abbiegt. »Du zitterst.«

Das hatte ich gar nicht mehr wahrgenommen. Jetzt, da er es sagt, spüre ich sogar meine Zähne klappern. Einen Moment später bemerke ich, dass ich nicht nur auf Ledersitzen sitze, sondern auf *beheizbaren* Ledersitzen. Es wird sofort wohlig warm. Was mag dieser Killian beruflich machen, dass er sich in seinem Alter – er ist doch höchstens zwanzig – ein solches Spielzeug leisten kann? Oder fährt er vielleicht Papas Auto spazieren? Hoffentlich gibt das keinen Ärger, wenn er es mit einem schmutzigen Sitz zu Hause abliefert.

»Wie heißt du eigentlich?«, fragt er mich, den Blick auf die Straße gerichtet. Er hat die Wahrheit gesagt und fährt sogar langsamer als erlaubt. Ein Autofahrer hinter uns findet das weniger rücksichtsvoll, fährt sehr nah auf und zieht dann mit röhrendem Motor an uns vorbei. Ich muss die Luft anhalten und kann erst wieder sprechen, als der andere Wagen an uns vorbei ist. »Romy«, fiepse ich.

»Romy«, wiederholt er.

»Ja, wie Romy Schneider, du musst es nicht sagen.«

»Wollte ich nicht.« Er schaut kurz aufs Lenkrad runter, als hätte ich ihn beschämt, und blickt mich dann mit gesenktem Kopf wieder an. »Ich wollte sagen, dass das ein schöner Name ist.«

»Oh. Ähm … danke.« Vielleicht liegt es an der Sitzheizung, dass mir plötzlich warm wird und das Blut heiß in die Wangen steigt. Womöglich aber auch an diesem Blick aus Augen, deren Farbe an den Himmel vor einem Gewitter denken lässt.

»Das hier«, sage ich, um nicht verstört zu schweigen, »ist Mister Boo.«

»Ich heiße Killian, aber das weißt du vermutlich schon.«

Ja, seine Kumpels hatten es erwähnt. Er wirft mir ein kleines Lächeln zu, das wohl beruhigend wirken soll. Ohne sie wirklich zu hören, habe ich das Gefühl, Pollys Stimme im Ohr zu haben, wie sie spöttisch fragt, ob mir der junge Mann nicht bekannt vorkommt. Irgendwie schon. Meine Beule pocht, ich kühle sie mit der Rückseite meiner Finger. Ich habe ihn schon mal gesehen, kann mich aber nicht erinnern, wo. Auf meiner Schule war er nicht. Vielleicht auf Pollys?

»Warst du zufällig auf der Scholle?«, frage ich ihn.

Er zieht eine Augenbraue hoch. »Auf der was?«

»Auf der Geschwister-Scholl-Gesamtschule.« Aber er würde den Spitznamen der Schule kennen, wenn er da gewesen wäre.

»Nein, tut mir leid.«

Irre ich mich, oder versteckt er ein kleines Grinsen in den Mundwinkeln? »Du kommst mir irgendwie bekannt vor«, sage ich und finde das im nächsten Moment schrecklich peinlich. Es klingt wie ein dummer Anmachspruch. »Vielleicht über meine Schwester? Polly Silvain?«

»Der Name sagt mir auch nichts, sorry.«

»Hm. Ist ja auch egal.« Vermutlich sieht er bloß jemandem ähnlich oder er war mir in der Stadt aufgefallen. Er wäre mir bestimmt aufgefallen, denn er sieht ziemlich heiß aus. Schade, dass er nicht ein bisschen jünger ist.

Wir passieren das gelbe Ortseingangsschild und Killian biegt einige Male ab. An einer Ampel muss er halten. Er nimmt den Gang raus und räuspert sich.

»Das mit dem Krankenwagen – ist es wegen der Unterwäsche?«, fragt er dann.

»Wegen der …« Ich habe ihn falsch verstanden. Ich muss ihn falsch verstanden haben. »Wie bitte?«

»Willst du deshalb nicht ins Krankenhaus, obwohl du vermutlich eine Gehirnerschütterung hast?«

Ich werfe einen unauffälligen Blick auf die Türverriegelung. Ist der Typ irre?

»Ich frage bloß wegen meiner Oma«, sagt er, zuckt mit den Schultern und fährt wieder an, weil es grün wird.

Meine Flucht wird vereitelt, ehe ich nur einen Finger gerührt habe.

»Meine Oma redet meiner Mutter immer ein, dass sie stets ordentliche Unterwäsche tragen muss – BH passend zum Slip, du weißt schon –, denn es könnte ja passieren, dass sie einen Unfall hat und ins Krankenhaus muss. Und was soll dann der Doktor denken? Das ist ihr total wichtig, selbst heute noch, dabei ist meine Mutter schon vierzig.«

»Ah«, sage ich. Mehr fällt mir nicht ein, denn ich erkenne gerade die Musik. Das ist der Soundtrack zu »A Beautiful Mind«, in dem Russel Crowe diesen Mathematiker mit Wahnvorstellungen spielt. Er scheint wirklich verrückt zu sein.

»Aber daran scheint es nicht zu liegen, dass du nicht ins Krankenhaus willst?«

»Nein«, sage ich. »Daran liegt es nicht.«

Er setzt an, etwas zu sagen. Jetzt will er sicher gleich wissen, was ich für Unterwäsche trage und ob der BH zum Slip passt. Aber um das zu erfahren, wird er mich noch einmal ausknocken müssen. Und leicht werde ich es ihm nicht machen!

Er bremst vor dem Ärztehaus und parkt im absoluten Halteverbot.

»Romy? Das mit der Unterwäsche war ein Spaß«, sagt er, bevor ich flüchten kann.

»Ein Spaß?«

»Ja. Ich wollte dich zum Lachen bringen.«

»Oh. Ähm. Haha?«

Er lässt den Kopf aufs Lenkrad sinken.

»Tut mir leid«, sagen wir gleichzeitig, und nun muss ich doch ein wenig grinsen.

»Es war nicht lustig, oder?«, fragt er mich zerknirscht und fährt sich durch die Haare.

»Nicht so ganz, nein.« Eher verstörend.

»Tja. Das musst du verzeihen. Ich habe gerade eben voll eins auf den Schädel bekommen. Das muss mir aufs Hirn geschlagen sein.«

»Vielleicht«, schlage ich vor, »solltest du mal ins Krankenhaus fahren?«

»Auf keinen Fall!« Er spielt entrüstet. »Ich trage ein Fußballtrikot, bin verschwitzt und habe Schlammspritzer auf den Waden. Was soll der Doktor denken!«

Jetzt muss ich wirklich lachen. Er ist schon verrückt. Aber vermutlich auf die harmlose Art und dabei eigentlich ganz nett. »Oder deine Oma!«

»Das war auch Spaß«, gibt er zu. »Meine Oma schert sich nicht darum, was die Leute denken.«

»Gute Oma«, sage ich und öffne die Tür. Eigentlich ist es schade, dass ich schon aussteigen muss.

»Soll ich vielleicht auf deinen Mister Poo aufpassen, während du drin bist?«, fragt er. »Ich fahr dich danach natürlich nach Hause.«

»Er heißt Mister Boo!«, korrigiere ich. Mist. Ich habe nicht vor, wirklich zum Arzt zu gehen, will ihn aber in dem Glauben lassen, damit er sich keine Sorgen macht. »Ich kann ihn mit reinnehmen.«

»In die Praxis?«

»Ja«, lüge ich. »An der Rezeption arbeitet eine Bekannte, die nimmt ihn immer, wenn ich da bin. Sie bringt mich bestimmt auch heim, wenn ich fertig bin.«

»Meinst du?«

»Auf jeden Fall. Du kannst hier ohnehin nicht länger stehen bleiben, die schleppen dich sofort ab.«

»Okay. Ich möchte dir aber meine Telefonnummer geben, falls noch irgendetwas sein sollte.«

»Ich hab mein Handy nicht dabei. Muss es vergessen haben.« Mit voller Absicht, damit sich die Mailbox um die lästigen Kontrollanrufe meiner Mutter kümmern kann.

»Ich schreib sie dir auf«, sagt Killian und öffnet das Handschuhfach vor meinen Knien. Er zieht ein altes Parkticket und einen Kugelschreiber heraus und notiert mir seinen Namen und ein paar Zahlen.

Ich weiß zwar nicht, was noch sein sollte, aber als er mir den Zettel reicht, nehme ich ihn an. Ich könnte ihn tatsächlich anrufen. Ob ich mich das je traue? Killians Blick ruht auf mir, und ich frage mich, wo ich ihn schon mal gesehen haben könnte. Vielleicht bei einem Auftritt? Das muss lang her sein. Aber solche Augen vergisst man nicht so schnell. Ich falte den Zettel zu einem kleinen, harten Päckchen zusammen und lasse es in meine Tasche fallen. Ein wenig leid tut es mir schon, ihn nicht nur abzuservieren, sondern auch anzulügen. Er war wirklich sehr freundlich und hat sich große Mühe gegeben, mich von den Kopfschmerzen abzulenken. Dass ich ein Problem damit habe, von meinen Eltern beim Arzt erwischt zu werden, kann er ja nicht ahnen.

»Gute Besserung und noch mal eine dicke Entschuldigung«, sagt Killian, während ich aussteige und Mister Boo aus dem Fußraum springen lasse. »Es wäre nett, wenn du dich wirklich melden würdest. Machst du das?«

Ich nicke, bedanke mich fürs Fahren und gehe in das Ärztehaus. Mein Kopf pocht immer noch, aber schwindelig ist mir nicht mehr. Dafür klopft mein Herz ziemlich schnell. Hinter der Eingangstür aus dicken Glasbausteinen bleibe ich stehen, lehne mich an die Wand und lasse Mister Boo sitzen. Er schaut mich vollkommen ratlos an, als wollte er von mir wissen, warum und worauf wir hier im Flur warten. So genau weiß ich das selbst nicht.

KAPITEL 4

Als ich wenig später nach Hause gehe, sehe ich mich einige Male nach dem Sportwagen um, kann ihn aber nirgendwo entdecken. Gut so, es wäre auch zu gruselig, wenn er mir folgen würde. Dass er so vehement darauf bestand, mich zum Arzt zu fahren, ist für meinen Geschmack mehr als genug. Ich kann es nicht leiden, wenn Menschen meinen, sie wüssten besser als ich, was gut für mich ist. Der Job steht allein meinen Eltern zu – und die haben einen guten Grund, um überbesorgt zu sein, was nicht heißt, dass es mich weniger nervt.

Von meinem Unfall sollen sie nichts erfahren. Beide scheinen noch in der Kanzlei zu sein, ihre Autos stehen nicht in der Einfahrt. Umso besser. Ich deaktiviere die Alarmanlage und schließe die Haustür auf. Mister Boo eilt mir hoffnungsvoll voraus in die Küche und ich folge ihm. Er bekommt sein Abendfutter heute früher als sonst. Für mich plündere ich die Hausapotheke: Ibuprofen gegen die Kopfschmerzen, ein kühlendes Gel für die Beule und Mamas Arnika-Globuli, die sie uns schon gegeben hatte, als wir kleine, wilde Wirbelwinde waren, die ständig kopfüber vom Hochstuhl, von der Rutsche oder aus dem Etagenbett fielen. Danach richte ich einen Teller mit belegten Broten, stelle einen Joghurt dazu und nehme alles mit in mein Zimmer. Polly und ich waren zusammen ins Atelier unterm Dach gezogen, als sie vierzehn wurde und ich zwölf. Die besondere Atmosphäre und der Blick durch die Fensterfront auf die Krone der duftenden Sternmagnolie im Garten waren mir verlockender erschienen als ein Zimmer für mich alleine im Stockwerk darunter. Nach ihrem Tod hatte ich mich allerdings entschieden, wieder in meinem alten Kinderzimmer im ersten Stock zu schlafen. Viel mehr als ein Schrank, ein Bett, ein Fernseher, das Hundekörbchen und mein Schreibtisch steht nicht darin. Selbst meine Bücher habe ich oben gelassen; ich hole mir bei Bedarf eines und bringe es nach dem Lesen zurück. Polly war zwar keine Leseratte wie ich gewesen, aber die Bücher hatten trotzdem uns beiden gehört. Es fühlt sich falsch an, sie an mich zu nehmen.

Ich deponiere mein Abendbrot ganz oben auf dem Kleiderschrank – nur dort ist es vor meinem diebischen Beagle sicher – und gehe ins Bad. Unter der Dusche, die ich so heiß drehe, dass meine Haut in wenigen Minuten krebsrot ist, wird mir endlich wieder richtig warm. Ich schließe die Lider, lasse mir das Wasser über den Kopf rinnen und die Gedanken im Wasserdampf trudeln.

Er hat wirklich außergewöhnlich dunkelblaue Augen, dieser Killian.

Im nächsten Moment wird mir wieder schwindelig, und ich muss mich an die kühlen Kacheln lehnen, um nicht umzukippen. Ich höre das Wasser kaum noch rauschen, dafür rauscht mir mein Blut in den Ohren. Dahinter höre ich wieder die Stimme meiner Schwester, die mir versichert, dass ich nicht allein bin, gar nicht allein sein kann, weil sie mich nämlich niemals allein lassen würde. So!

Ich muss schmunzeln. Dieses entschiedene *So!*, einem *Basta!* gleich, ist typisch für Polly. Wenn sie einen Entschluss verkündete und mit einem *So!* abschloss, brauchte sich niemand mehr die Mühe machen, darüber zu diskutieren. Früher oder später erkannten alle, dass Pollys geschickt und nie unbedacht platziertes *So!* bedeutete, dass es auch genau *so!* geschehen würde.

Diskutier doch nicht an allem herum, sagte sie, als ich zu Anfang tausend Fragen stellen musste. Wie konnte sie mit mir reden? Wo war sie nun? Und wo war sie, wenn sie nicht bei mir war? Was war sie?

Wurde ich verrückt?

Nein, erklärte Polly entschieden. *Aber vielleicht liegt das Problem bei mir. Ich könnte eine akute Ablebe-Anomalie haben. Oder zu stur zum Sterben sein. Zerbrich dir nicht den Kopf! Es ist, wie es ist, Romy. Ich bin hier, weil du mich brauchst. So!*

Ich wollte ihr glauben, denn ich vertraue ihr – immer –, aber natürlich googelte ich Geistererscheinungen und -stimmen. Zu Ergebnissen kam ich allerdings nicht, und am Ende, als ich mich wieder an ihre Anwesenheit gewöhnt hatte, war es mir auch nicht mehr wichtig. Ich war zu froh, zumindest einen Teil von ihr wiederbekommen zu haben. Vermutlich ist unsere Bindung einfach stärker als alles, selbst stärker als der Tod! *Wir waren schon immer mehr eine als zwei*, meinte Polly.

Nur schwer kann ich mich überwinden, die Augen zu öffnen und das Wasser abzudrehen. Hatte ich zwei Minuten unter der Dusche gestanden oder eine Stunde? Mein Zeitgefühl ist vollkommen durcheinander. Ich trockne mich vorsichtshalber auf dem Klodeckel sitzend ab, schlüpfe in meinen Bademantel und drapiere dann ein Handtuch wie einen Turban um meinen Kopf. Darunter ist die Beule nicht zu sehen. Es drückt ein wenig, weil ich den Turban so eng gewickelt habe, aber es wird schon gehen. Wenn meine Eltern später nach Hause kommen, lasse ich mich kurz bei ihnen sehen, damit sie keinen Verdacht schöpfen. Ich werde sie bitten, Mister Boo am Abend noch mal in den Garten zu lassen, um mich dann mit der Ausrede, ich sei müde, für den Rest des Abends in mein Zimmer zu verziehen. Das wird ihnen nicht auffallen. Schließlich liege ich oft nachts wach, wenn Polly mit mir spricht, und muss am folgenden Tag dann sehr früh ins Bett.

Noch bin ich allein mit Mister Boo. Ich nehme eine Kopfschmerztablette, lege mich aufs Bett und schalte den Fernseher ein, ohne viel vom Programm mitzubekommen. Hunger habe ich nicht, aber ich esse zwei Löffel Joghurt und füttere den Hund mit dem Rest. Danach schließe ich für ein paar Minuten die Augen.

Ohne, dass ich es beabsichtige, taucht dieser Killian wieder in meinem Kopf auf.

»Eigentlich ist er ganz süß, wenn auch etwas übertrieben besorgt«, erzähle ich Mister Boo, den das herzlich wenig interessiert. Doch Polly lässt leider auf sich warten. »In jedem Fall sieht er ausgesprochen gut aus.« Im Grunde ist Killian zwar hübsch, aber nicht mein Typ. Er ist älter als ich. Nicht viel, aber ich hatte noch keinen richtigen Freund und stelle mir meinen ersten eher in meinem Alter vor, fünfzehn oder sechzehn. Bisher stand ich auch mehr auf dunkelhaarige Jungs und fand, braune Augen wären ein Muss. Killian ist blond, groß und muskulös. Nicht bullig wie ein Bodybuilder, aber bestens durchtrainiert. Seine T-Shirt-Ärmel spannen um seine Oberarme.

»Und er ist höflich und nicht aufgesetzt cool«, lasse ich Mister Boo wissen.

Er ist hot, oder?

Erschreckt öffne ich die Augen, als ich Pollys Stimme höre. Ich hatte gehofft, sie würde heute mit mir sprechen, aber wie fast immer zucke ich erst mal zusammen. Wir haben nie herausgefunden, wann und zu welchen Bedingungen Polly zu mir sprechen kann – es scheint weder vom Stand der Sterne abhängig zu sein noch von ihren oder meinen Gefühlen. Manchmal ist es möglich und manchmal eben nicht. Hin und wieder haben wir Stunden Zeit, ab und an nur Augenblicke.

Erzähl! Die Melodie ihrer Stimme macht ganz genau klar, was sie meint, oder besser: wen.

»Er wäre dein Typ, Polly«, flüstere ich. »Genau deiner.«

Und deiner gar nicht? Wem willst du das denn weismachen? Mir?

Ich muss grinsen. Meine Schwester glaubte immer schon genau zu wissen, was ich will. Sie bezeichnet es als ihr Großeschwesternrecht, und ihr Tod scheint daran nichts geändert zu haben; es ist eher noch schlimmer geworden.

Ich glaube, der kann uns helfen!, meint Polly und klingt sehr überzeugt dabei.

Ich schalte den Fernseher aus, krabble ins Bett und strecke die Beine. »Wobei brauchen wir denn Hilfe?«

Bei meinen drei Wünschen natürlich.

Ich gebe ein leises Knurren von mir. Polly scheint sich für eine Fee zu halten, nur hat sie dabei etwas Entscheidendes vergessen: Feen erfüllen Wünsche. Sie stehen nicht mit eigenen auf der Matte, wie meine Schwester.

Und Pollys Wünsche waren noch nie bescheiden. Mit fünf wollte sie Prinzessin sein, mit zehn ein Pony haben und mit sechzehn Deutschlands nächster Superstar werden. In dieser Größenordnung bewegen sich auch die Wünsche, die sie an mich richtet:

Ich soll in unserer alten Band singen, auch wenn ich nie gesungen, sondern immer nur den schüchternen Bass im Hintergrund gespielt habe.

Ich soll ihrem Exfreund verzeihen – dem Typen, der in der Unfallnacht das Auto gefahren hat.

Und ich soll wieder leben. Was vergleichsweise simpel klingt, denn ich bin ja nicht tot. Allerdings geht Pollys Definition von Leben ein bisschen weiter als meine.

Ich muss versehentlich geseufzt haben, denn sie sagt: *Lass den Kopf nicht hängen. Ich weiß schon, womit wir anfangen.*

»Ach ja? Da bin ich gespannt.«

Mit Hottie! Dem Typen, der dich umgerannt hat.

»Wie bitte? Was hat der denn mit deinen –?«

Du solltest ihn anrufen, unterbricht sie mich.

»Och nee. Polly, das ist keine gute Idee.«

Warum nicht? Er gefällt dir. Er gefällt dir richtig, richtig gut. Und wen wundert das? Der Junge hat diesen Blick, der einem von den Augen direkt in den Bauch schießt.

»Seit wann kannst du meine Gedanken lesen?«

Das ist der Vorteil am Überqueren des Jordans, erwidert Polly trocken. *Man hat dann Superkräfte. Nee, Scherz. Natürlich kann ich das nicht, das wäre echt spooky.*

»Woher weißt du dann …«

Also hatte ich recht! Ich höre den Triumph in ihrer Stimme. *Aber das ist kein Wunder. Große Schwestern haben ein Auge für die potenziellen Jungs der kleinen.*

»Na ja.« Ich will Polly ja nicht anlügen. »Er hat schon was.«

Kannst du laut sagen, richtig laut!

»Lieber nicht. Dann hören Mama und Papa mich. Aber ich glaube nicht, dass er Interesse an mir hat.«

Warum sollte er nicht?

Ach, Polly, denke ich. Neben ihr war ich immer das unscheinbare Mauerblümchen gewesen. Und sie hatte ihr gesamtes schauspielerisches Talent (sie war sehr begabt) dafür aufgebracht, mir einzureden, ich wäre lediglich jünger und wir würden auf ähnlichen Levels spielen.

»Er hat mir seine Nummer gegeben«, sage ich leise.

Perfekt! Rufst du ihn morgen an?

»Polly! Das traue ich mich nie. Aber ich könnte ja mal schauen, ob ich ihn auf Facebook finde.«

Zu wenig. Ich sehe sie fast vor mir, wie sie ihre Arme verschränkt und mich streng wie eine britische Nanny ansieht.

»Und wenn ich ihm eine Freundschaftsanfrage schicke?«

Etwas besser, sagt Polly. *Aber immer noch nicht genug für ein starkes Mädchen.*

»Freundschaftsanfrage und eine Nachricht?«

Das ist ein Anfang. Und spätestens morgen erzählst du mir alles.

»Das klingt, als wolltest du jetzt gehen.« Mein Herz zieht sich zusammen.

Tu mal nicht so, als wärst du nicht müde, Süße. Schlaf noch ein bisschen.

»Als könnte ich jetzt noch schlafen!«

Und träum was Schönes, erwidert Polly amüsiert. Und dann verschwindet sie wieder an den Ort, an den ich ihr nicht folgen kann.

KAPITEL 5

Am nächsten Morgen ist die Beule an meiner Stirn so weit zurückgegangen, dass ich sie unter einer Schicht von Mamas stark deckendem Camouflage-Make-up, etwas Concealer und meinem mit Haarwachs gestyltem Pony verstecken kann. Da ich schon dabei bin, mich zu schminken, lege ich auch gleich Mascara und einen Hauch Lipgloss auf. Meine Haare flechte ich zu einem faustdicken Zopf. Die Kopfschmerzen sind noch da, aber sehr viel besser geworden, sodass ich keine Schmerztablette mehr brauche.

Als ich zum Frühstück in die Küche komme, mustert Mama mich lange und lächelt dann. »Du siehst aber hübsch aus heute, Romy. Das freut mich.«

Papa zieht eine Augenbraue hoch und grinst in seine Zeitung.

Meine Augenringe scheinen sie auszublenden, aber das ist mir lieber als besorgte Fragen, ob ich wieder schlecht geschlafen habe. Die vielen Fragen meiner Eltern sind wie Moskitos, die mich nerven, quälen, jucken und nicht schlafen lassen.

Was ist denn, Liebes?

Geht es dir nicht gut?

Was hast du denn?

Aber die Antwort wollen sie nicht hören. Sobald ich Polly erwähne, sehe ich ihren Gesichtern an, wie sie ihre Herzen verschließen. Dann fragen sie nicht mehr. Dann entscheiden sie für mich.

Du wirst darüber hinwegkommen!

Das Leben geht doch weiter!

Wir müssen akzeptieren, dass sie nicht mehr da ist!

Das Schlimmste ist, dass sie ihren Namen nicht mehr aussprechen und ihre besondere Art und ihren Charakter totschweigen. Polly ist zu einer nebulösen »sie« geworden.

»Ich nehme heute einen Kaffee«, sage ich, und Mamas Hand hält an der Schranktür inne. »Mit Milch.«

»Keinen Kakao? Seit wann trinkst du Kaffee?«

»In der Schule schon länger«, schwindle ich. »Kakao hat so viel Zucker.« Ich habe keine Ahnung, warum es heute Kaffee sein muss. Vielleicht, weil ich mir zumindest Mühe geben will, Pollys Wünsche zu erfüllen. Zu Pollys Leben gehörte Milchkaffee. Sie hat sich immer als »nicht lebensfähig vor dem ersten Kaffee« bezeichnet.

Mama nickt und Papa schmunzelt und murmelt etwas von Milchfläschchen und Schnuller, nach denen ich angeblich gestern noch gefragt habe. Während die beiden den Frühstückstisch decken (ein gemütliches Frühstück ist ihnen wichtig, weil wir es oft nur morgens schaffen, alle zusammen am Tisch zu sitzen), gehe ich eine kleine Gassirunde mit Mister Boo und kaufe dabei wie jeden Tag beim Bäcker an der Ecke sechs Mehrkornbrötchen und das Birmheimer Tageblatt. Auf dem Rückweg führt mein Weg mich am Ärztehaus vorbei. Hier hatte Killian gestern geparkt. Ob ich mich wirklich traue, ihn anzurufen? Aber was soll ich ihm sagen? Einer wie er hat mit Sicherheit kein Interesse an einer bleichen Fünfzehnjährigen, die nicht über seine Witze lacht. Und mir einen Korb zu holen, ist bestimmt nicht das, was Polly meinte, als sie von mir verlangte zu leben. Wenn er mich auflaufen lässt, bin ich frustrierter als zuvor.

Am Frühstückstisch muss ich feststellen, dass Milchkaffee ohne Zucker genauso ungenießbar ist, wie ich ihn in Erinnerung hatte. Mit zwei Löffeln Zucker schmeckt er ganz passabel. Papa muss meine Entscheidung für Café au Lait als Halbfranzose zwar gutheißen, kann es sich aber nicht verkneifen, mich darüber zu informieren, dass mein Kaffee so nicht weniger Zucker als der Kakao enthält.

»Sie kann es sich doch nun wirklich erlauben«, versetzt Mama. Sie sorgt sich ständig um mein niedriges Gewicht, dabei ist sie es, die Kalorien, Weight-Watchers-Punkte, Kohlenhydrate und all diesen Kram zählt und Paranoia vor dem Zunehmen hat. Ich war immer schlank gewesen, lang und etwas schlaksig wie Papa. Aber nach Pollys Tod wurde ich richtig dünn. Mama hat das Wort Magersucht nie laut ausgesprochen, aber ich weiß, dass es sie verfolgt. Ständig lässt sie Zeitschriften oder ihren Laptop offen stehen und präsentiert mir damit wortlos die Artikel zu dem Thema, die sie gelesen hat. Aber ich habe keinerlei Interesse daran, dünner zu werden. Ganz im Gegenteil. Ich wäre gern weniger dürr, dann würden Mamas besorgte Blicke und die dummen Kommentare in der Schule aufhören. Ich denke einfach oft nicht ans Essen. Auch jetzt fällt mir ein, dass ich meine Brote gestern Abend auf den Schrank gestellt und dann dort vergessen habe. Jetzt werden sie sicher nicht mehr schmecken. (Höchstens Mister Boo – der frisst alles.)

Ich soll leben, sagt Polly. Wie ich sie kenne, gehört leckeres Essen ihrer Definition nach sicher dazu. Ich beginne mit der Umsetzung, indem ich dick Frischkäse und Marmelade auf mein erstes Brötchen häufe, und schmiere mir für die Schule Nutella auf das zweite.

In der Pause ziehe ich mir am Eingang der Mensa doch wieder einen Kakao, außerdem einen Cappuccino für Paul, der noch in der Schlange ansteht, um sich ein Baguette zu kaufen. Ich hasse den Getränkeautomaten – er macht die dünnen, schwabbeligen Pappbecher randvoll, sodass es immer einem Glücksspiel gleicht, sie kleckerfrei an einen Tisch zu bekommen. Entweder man beeilt sich und verschüttet die Hälfte oder man geht langsam, Schritt für Schritt, hofft dabei, von niemandem angerempelt zu werden, und hat sich am Ende die Finger verbrannt. Heute ziehe ich den Hauptgewinn von hinten: Ich kleckere nicht nur und kippe mir links heißen Kakao und rechts ebenso heißen Kaffee über die Finger, die Tropfen erwischen auch noch meine hellgrauen Chucks. Zuletzt pflaumen mich ein paar Mädchen aus der Zwölften an, weil ich ihnen im Weg stehe. Erst als ich einen freien Dreiertisch erreiche und erleichtert die Becher abstelle, kommt mir die Idee, ihnen einen Spruch zurückzudrücken. Zu spät.

»Was ist los, Romy«, begrüßt mich mein bester Freund Paul und lässt sich mir gegenüber auf einen Stuhl fallen.

»Du guckst aus der Wäsche, als müsste ich wieder einen Film drehen. Wer hat dich geärgert?«

Paul ist YouTuber, und nicht mal ein schlechter. Früher war er ein Außenseiter mit seiner Nerdbrille, die er schon in der Grundschule trug, als so was noch alles andere als cool war. Schon immer war er etwas klüger als die meisten in unserem Alter gewesen, aber nie klug genug, die anderen das nicht merken zu lassen. Jahrelang wurde er gehänselt. Dann begann er, Filme zu drehen: kleine, witzige Clips. Eine Weile wurde der Spott der anderen, durch Neid angefeuert, schlimmer. Dann wehrte er sich, indem er in einem Filmchen seine übelsten Mobber detailgetreu karikierte. Seitdem lässt man ihn in Ruhe und behandelt ihn mit aufgesetztem Respekt. Alle sehen seine Clips gern an, aber keiner möchte als Nächstes durch den Kakao gezogen werden.

»Ich ärgere mich über mich selbst«, erwidere ich, »aber da hilft leider auch kein witziger Film.«

Paul pustet in seinen Cappuccino und kommt dem Dampf dabei zu nah. Seine Brillengläser beschlagen und er erinnert mich so sehr an Alvin von den Chipmunks, dass ich leise glucksen muss.

»Wer weiß«, murmelt er mit einem Stück Baguette zwischen den Zähnen. »Ich könnte es mit Gemeinheiten versuchen. Falls du dich danach mehr über mich ärgerst als über dich selbst, wäre schon was gewonnen.«

»Weißt du was? Das klingt tatsächlich verlockend.«

Mein Sarkasmus lässt ihn aufhorchen. Er lässt sein Essen liegen und legt seine Hand auf meine. »So schlimm, Romy? Was hast du denn angestellt?«

»Ich bin so wenig schlagfertig. Ich weiß nie, was ich sagen soll, es fällt mir immer erst später ein.« Ich bin so gar nicht wie Polly, will ich sagen, behalte es aber für mich.

»Verstehe. Wie definierst du später? Fünf Minuten später? Oder eine halbe Stunde?«

Ich stöhne. »Für die blöden Kühe von eben fällt mir vermutlich erst morgen was Passendes ein.«

»Oh. Das ist wirklich ein Problem. Es müsste Kurse …« Er bricht im Satz ab und nimmt die Brille von der Nase. Sein Blick schweift an mir vorbei ins Leere. »Ja, ja, das ist gut«, murmelt er dann vor sich hin. »Kurse. Wie Selbstverteidigungskurse. Mit euphorischem Trainer. Motivierenden Kampfschreien. Turnhalle vielleicht. Ja, Turnhalle. Seibert fragen.«

Er versinkt in seiner kreativen Welt; ich kenne das schon und versuche gar nicht erst, ihn da herauszuholen. Bis er seinen dicken Collegeblock herausgezogen und so hastig wie unleserlich seine Gedanken notiert hat, braucht man ihn nicht anzusprechen. Im besten Fall wird man ignoriert. Während er unverständlich vor sich hin brabbelt, schreibt, durchstreicht und ab und zu besorgniserregend kichert, überlege ich mir, was Polly wohl zu den Kühen aus der Zwölf gesagt hätte.

Ist das etwa eure Mensa? – Nein, viel zu lahm.

Sind euch die Schuhe zu hoch? Schafft ihr darin keine Kurven? – Schon eher etwas, was Polly sagen würde, aber viel zu riskant. Womöglich hätten sie mir meine Getränke über den Kopf gekippt.

»Romy? Hörst du mir zu?«

Ich schrecke aus meinen Gedanken auf. Paul ist offenbar

wieder diesseits der Kreativität. Er mustert mich, als gäbe es an mir etwas wissenschaftlich zu ergründen. »Jetzt sehe ich es!«

»Was denn?« Habe ich mir in Mathe irgendwelche Formeln ins Gesicht gemalt?

»Du hast dich geschminkt. Und deine Haare –« Er hebt die Hand und will meine Ponyfransen berühren, aber ich lehne mich schnell ein wenig nach hinten, sodass er ins Leere greift.

»Ist das verboten?«, entfährt es mir, und schon im gleichen Moment ist es mir peinlich, ihn anzuzicken.

»Nö«, sagt Paul und zuckt mit den Schultern. »Nur ungewohnt. Darf ich nicht nachfragen?«

»Doch, klar. Sorry.«

»Dann lass hören.« Er grinst breit. »Romy, mach mir nichts vor. Ich sehe es, wenn mit dir etwas nicht stimmt. Wir kennen uns immerhin, seit wir unsere ersten Zahnlücken hatten.«

Das stimmt. Wir haben uns in der ersten Klasse kennengelernt. Wirklich dicke Freunde sind wir aber erst auf dem Gymnasium geworden, wo weder er noch ich es leicht hatten, Freundschaften mit anderen zu schließen. Zuerst waren wir eine reine Zweckgemeinschaft gewesen, weil keiner gern allein in der Pause herumstehen wollte, um dann – Jahre später – festzustellen, dass wir wohl beste Freunde geworden waren, ohne es zu merken.

»Wenn du mir etwas verschweigen willst, musst du es besser anstellen«, fährt Paul fort. »Irgendwas beschäftigt dich doch.«

Ich seufze. Was gäbe ich, ihm von Polly erzählen zu können. Aber ich habe zu viel Angst, dass er es nicht glaubt und mich für geistesgestört erklärt. Es ist ja auch unglaublich und klingt ziemlich gestört.

»Du hast recht«, sage ich und beschließe, ihm stattdessen zu erzählen, was gestern noch geschehen ist. Immerhin ist es weder unglaublich noch gestört, von einem hübschen Jungen umgerannt zu werden, auch wenn es verdächtig nach Filmstoff klingt. Aber darauf steht Paul.

»Ich erzähle es dir gleich. Lass mich vorher noch mal schnell zum Automaten gehen und eine Cola ziehen. Willst du auch?«

Paul bejaht und ich ergaunere mir etwas Zeit, indem ich zwei Cola besorge, dazu ein Mineralwasser, mit dem ich meine Cola strecke, was Paul auch nach all den Jahren noch mit einem fassungslosen Kopfschütteln kommentiert.

»Ich … habe jemanden kennengelernt«, sage ich schließlich. Pauls Brauen schießen in die Höhe und sofort komme ich mir wie eine Wichtigtuerin vor. »Ich habe jemanden kennengelernt« klingt viel bedeutsamer als das, was mir passiert ist.

Die Pausenglocke läutet, aber wir müssen nicht zum Unterricht. Die nächste Doppelstunde haben wir frei. Sport fällt aus, da unser Sportlehrer sich den Fuß gebrochen hat. Die anderen Schüler lassen sich in einem großen, unengagierten Strom aus der Mensa spülen. Binnen einiger Minuten sind nur noch wenige Tische besetzt. Nicht weit von Paul und mir sitzen ein paar Mädchen aus unserer Klasse, und ohne das schützende Summen aus Hunderten von Gesprächen muss ich leise reden, damit sie mich nicht hören können. Sie würden mich sicher nicht offen auslachen –

wer drückt schon dem Mädchen Sprüche auf, das im letzten Jahr seine Schwester verloren hat? Aber ich weiß, dass sie reden würden, und ich will nicht, dass sie meine Gedanken und Gefühle untereinander kommentieren und bewerten. Bei ihnen käme ich sicher nicht gut weg.

»Also«, beginne ich, weil ich immer noch nicht recht weiß, wo ich anfangen soll. Dann fasse ich zusammen, was ich am Rhein erlebt habe, wie Killian mich umgerannt und hinterher zum Arzt gefahren hat. Polly lasse ich raus. Zum Schluss hebe ich meine Ponyfransen an, sodass Paul die überschminkte Beule sehen kann.

»Was meinst du?«, frage ich ihn. »Er hat mir seine Nummer gegeben. Soll ich mich bei ihm melden?«

»Aber so was von«, antwortet Paul mit dem typischen vorgespielten Selbstbewusstsein eines Jungen, der keins hat. »Warum denn nicht, wenn er dir gefällt?«

»Na ja. Er ist um einiges älter als ich. Er fährt allein Auto, er ist also in jedem Fall volljährig.«

Paul prustet plötzlich los. »Oh, mein Gott, Romy«, keucht er und kann kaum an sich halten. Die Mädels aus unserer Klasse gucken schon zu uns rüber. »Ich sehe es bildlich vor mir: Du triffst ihn, ihr kriegt Herzchenaugen, es ist die ganz große Liebe … und dann ist es voll Hollywood!«

»Hollywood?« Ich verstehe nur Bahnhof. »Was ist daran so witzig?«

»Stell dir mal vor, dann kommt raus, dass er unser neuer Sportlehrer ist – der Ersatz für den Krüger!«

Ich verschlucke mich an meinem Cola-Mix und muss husten. »Du spinnst doch!«, japse ich.

»Sport am Rhein – muskulöser Körper – Anfang zwanzig … könnte doch ein Sportlehrer sein«, beharrt Paul auf seiner Idee. »Ein Referendar vielleicht.«

Ich reibe mir das Gesicht mit beiden Händen. »Du bist einfach nur Hollywood, Paul Grabener. Da erlebt man einmal in seinem Leben etwas wirklich Nettes und du spinnst gleich wieder ein Drama daraus.«

KAPITEL 6

Mister Boo erwartet mich wie jeden Tag an der Haustür, als ich aus der Schule komme. Ich werfe meinen Rucksack in den Flur, pflücke mir die Hundetasche, in der ich immer Leckerli und ein Bällchen habe, von der Garderobe und gehe mit ihm in den Wald. Während er im Zickzack über die Wege flitzt, Markierungen sondiert, übermalt, kommentiert oder eigene hinterlässt (ich nenne es Hunde-Facebook), wühle ich in der Tasche nach Killians Nummer. Seltsam, ich kann den Zettel nicht finden. Aber er muss in dieser Tasche sein – ich weiß genau, dass ich ihn gestern klein gefaltet hineingesteckt habe.

»Dabei hatte ich mich endlich entschieden, ihn anzurufen«, murmele ich und warte gespannt, ob Polly mir antwortet. Leider bleibt alles still.

Zu Hause checke ich noch die Taschen der Jacke und der Hose, die ich gestern trug. Der Zettel bleibt verschwunden. Ich muss ihn verloren haben. Eine Weile bin ich furchtbar enttäuscht. Ich rede mir ein, dass ich Killian selbstbewusst und ohne Zweifel angerufen und dass er sich gefreut und mich zu einem Kaffee an der Rheinterrasse eingeladen hätte. Nun scheitert es allein daran, dass ich den blöden Zettel verloren habe. Nicht mal Facebook bleibt als Option. Er hatte seinen Nachnamen zwar aufgeschrieben, aber ich habe den Zettel nicht genau angesehen.

»Es sollte vielleicht einfach nicht sein«, sage ich zu Mister Boo, als mir klar wird, dass ich mich ohnehin nie getraut hätte, ihn anzurufen. Der schüttelt sich, dass seine Ohren schlackern, und ich glaube meinen eigenen Worten nicht. Wie konnte ich so blöd sein? Warum kann nicht einmal etwas gut laufen? Ich ärgere mich so sehr, dass mir ein dicker Kloß in der Kehle anschwillt. Das ist doch alles nicht fair, das ist einfach nur größtmöglicher Mist!

Irgendwomit muss ich mich von meinem Frust ablenken. Aus der Wut auf mich selbst wird wahre, tiefe Enttäuschung, als mir klar wird, dass ich Killian vermutlich nie mehr sehen werde. Das schwarze Loch in meinem Inneren dehnt sich wieder aus und füllt meine Brust mit dumpfer, schwerer Dunkelheit. Dagegen muss ich ankämpfen – wenn ich einmal zu tief in eine dieser depressiven Phasen geglitten bin, komme ich da kaum mehr heraus. Ich brauche Ablenkung!

Auf der Suche nach etwas, was mich mehr beschäftigt, als den verhassten Englisch-Stoff zu lernen, gehe ich hoch in Pollys und mein gemeinsames Zimmer unter dem Dach. Hier ist alles unberührt. Ob meine Eltern wissen, dass hier alles, was Polly gehört hat, noch genauso daliegt, wie sie es hinterlassen hat? Ich habe keinen von beiden je hier oben gesehen. Das Atelier war schon immer unser privater Rückzugsraum gewesen.

Ich ignoriere meinen Bass, der langsam, aber sicher Staub ansetzt, öffne unseren gemeinsamen Kleiderschrank. Schnubbi, Pollys abgenutzter, einohriger Teddy, fällt mir entgegen. Ich hebe ihn auf und drücke ihn an mich, bevor ich ihn auf meinen Schreibtisch setze. Meine Alltagsklamotten hängen seit Pollys Tod wieder unten in meinem alten Zimmer. Ein paar besondere Teile, die ich kaum brauche, habe ich hier oben gelassen – und alle Sachen von Polly. Ich wollte nicht, dass etwas weggegeben wird, kann mich aber auch nicht überwinden, selbst ein Teil zu tragen. Irgendwann mal. Ich nehme ein Kleid aus Sweatshirtstoff heraus, das sie sehr gemocht hat. Es ist knapp knielang und hat halblange Ärmel, eigentlich perfekt fürs Frühjahr. Die Grundfarbe ist Braun und es hat einen breiten, schrägen cremefarbenen Balken, der in Petrol abgesetzt ist. Im Schuhregal stehen farblich passende Sneaker, Polly hatte sich die Füße wundgelaufen, um bequeme Schuhe in dieser Farbe zu finden. So was könnte ich sogar tragen. Es ist kein gewagtes Kleid. Aber schick.

Doch ich kann mich nicht überwinden, das Kleid mit runterzunehmen oder gar anzuziehen. Es passt bestimmt gar nicht zu meinen dunkelbraunen Haaren. Vielleicht hätte ich es anprobiert, wenn ich wirklich ein Date mit Killian hätte, aber daraus wird ja nun nichts mehr. Ich knalle den Schrank zu und versuche, an etwas anderes zu denken.

Vor unserer Fotowand, die ich nur unter stechenden Schmerzen in der Seele anschauen kann (aber inzwischen ohne einen Nervenzusammenbruch), bewundere ich Polly, die alle paar Wochen eine andere Frisur getragen oder sich die Haare neu gefärbt hatte. In meiner Erinnerung ist ihr letztes Styling auf ewig mit ihr verbunden, auch wenn es davon kein einziges Foto gibt. Sie trug die Haare kinnlang und überwiegend in ihrer Naturhaarfarbe Braun. Nur das untere Drittel hatte sie blond gefärbt. Das Blond sollte eigentlich noch zu Rosa werden, doch bevor sie die Idee umsetzen konnte, geschah der Unfall.

Ich halte es kaum aus hier oben. Wenn sie doch wenigstens mit mir sprechen würde.

Mein Blick fällt auf unsere Sitzsäcke am Fenster. Hier hatten wir geredet, uns geschminkt und gegenseitig unsere Fuß- und Fingernägel lackiert. An meinem Sitzsack zeugen ein paar Nagellackschmierer in Lila und Gold noch davon, dass Polly hin und wieder gekleckst hatte. Und gestrickt hatten wir – zwischen den Sitzsäcken liegen noch Wollknäule und ein Nadelspiel, auf dem eine halb fertige Armstulpe seit einem Jahr darauf wartet, zu Ende gestrickt zu werden.

»Stricken?«, hatte ich sie damals vollkommen ungläubig gefragt. Das kannte ich bloß von Omas und hielt es für vollkommen uncool. Polly hatte sich allerdings nie darum geschert, ob etwas cool war oder nicht – sie wollte stricken lernen und hatte wenig Mühe, mich, die ewige Frostbeule, zum Mitmachen zu überreden. Wir kauften uns Nadeln, Wolle und saßen stundenlang vor einem geduldigen YouTube-Tutorial, bis die ersten Schals und Mützen fertig waren. Während ich sogar vor Paul geheim hielt, dass ich strickte, erzählte Polly nicht nur in ihrer Klasse davon – sie infizierte binnen weniger Tage ihre halbe Stufe mit dem Woll-Virus. Handarbeiten wurde auf ihrer Schule richtig hip. Selbst einige Jungs häkelten sich geringelte Beanies.

Ich stelle mir vor, wie Killian in seinem Sportwagen sitzt, Filmmusik hört und eine Beanie häkelt, während seine Freunde draußen Fußball spielen. Über die Vorstellung muss ich kichern, aber sie versetzt mir auch einen Stich, weil die Aussicht, ihn wiederzusehen, so verschwindend gering ist.

Ich habe meine Zweifel, ob es das ist, was Polly mit »wieder leben« meint, aber als ich wieder nach unten in mein Zimmer gehe, habe ich das halb fertige Strickstück dabei. Mal sehen, ob ich noch mit den Nadeln umgehen kann und ob es mich immer noch so entspannt wie früher. Wenn die Enttäuschung, Killians Zettel verloren zu haben, doch bloß davon weggehen würde!

KAPITEL 7

Paul ist ein echter Freund!, denke ich, als ich am nächsten Tag zu unserem Tisch in der Mensa trotte. Er hat nicht nur für Kakao gesorgt, sondern auch für ein Schokobrötchen. Er weiß genau, wie gut ich nach der Englischarbeit etwas Süßes gebrauchen kann.

»War es so schlimm wie befürchtet?«, fragt er mich.

»Du hast die Arbeit doch gesehen.«

Er hat den Anstand, mitleidig zu nicken, auch wenn er sicher keine Probleme hatte. Paul schreibt gute Noten, ohne das Geringste dafür tun zu müssen. Seine Auffassungsgabe grenzt an Abartigkeit, nicht wenige nennen ihn Paul, den Bot. Was immer er hört, speichert er ab und kann es später nach Belieben abrufen. Für mich sind Fremdsprachen der Horror – Englisch allen voran. Meine Eltern haben Polly und mich bis zum Gymnasium zweisprachig Deutsch-Französisch erzogen, aber auch das hat meinem Sprachtalent nicht besonders auf die Sprünge geholfen. Mit Französisch komme ich zumindest so weit zurecht, dass es trotz Schreib- oder Grammatikfehlern immer knapp zu einer Drei reicht. Aber mein Englisch wird wohl nie the yellow from the egg. Ich mag Mathe, Chemie und Physik: Fächer, die durch und durch logisch sind, mit Gesetzen, die für jeden gelten. Heute, vor hundert Jahren, und in tausend Jahren vermutlich immer noch.

»Die Übersetzung ging noch so eben«, berichte ich Paul und wärme mir die Finger am Kakaobecher. »Aber die Gedichtinterpretation? Hat der Typ ernsthaft ein Gedicht über Lachs geschrieben?«

»Lachse, klar«, sagt Paul. »War doch ein Ire.«

Ich schüttle den Kopf, weil ich gar nicht wissen will, was er mir damit sagen will. Vermutlich bin ich selbst schuld, dass ich die Arbeit vergeigt habe. Paul hatte mir gestern Nachmittag noch angeboten, zusammen zu lernen, aber ich wollte lieber stricken. Ich habe es nicht verlernt, ich bin nur völlig aus der Übung und hatte mich regelrecht im Strickzeug festgebissen, bis die Maschen wieder routiniert und gleichmäßig über die Nadeln glitten.

»Wir könnten die Schäfer erpressen«, schlägt Paul vor. Sein Ton ist trocken, fast gelangweilt, als würde er ständig Lehrer unter Druck setzen. Ausgerechnet er!

»Ich glaube nicht, dass ich etwas gegen sie in der Hand habe«, erwidere ich.

»Aber ich. Ich hab ein Handyvideo von ihr.«

Warum wundert mich das nicht? Paul hat Handyvideos von jedem, weil er in jeder gefilmten Szene Potenzial sieht. Er verwendet sie bloß nie, weil niemand je seine Zustimmung dazu gibt. »Damit sie mir eine bessere Note gibt, müsste das Video ziemlich krank sein. Spielt sie Shades of Grey mit dem Hausmeister nach?«

»Besser«, sagt Paul selbstbewusst. »Sie sitzt in ihrem Auto und popelt hingebungsvoll in der Nase.«

»Reicht nicht.«

»Und nachdem sie fertig ist, singt sie lauthals Helene Fischer mit.«

Ich muss lachen. »Ernsthaft?«

»Ich kann es dir zeigen.«

»Uh! Bilder, raus aus meinem Kopf.«

»Dann eben nicht.« Paul guckt mich an, als hätte ich ihn beleidigt. »Aber mal im Ernst, Romy: Der Ire und seine liebestollen Lachse sind nicht allein für deine schlechte Laune verantwortlich, oder?«

Ich hasse es, dass er mir jede Gefühlsregung an der Nase ablesen kann. Oder eher an den Augen. Polly hatte immer behauptet, meine blauen Augen würden die Farbe verlieren und grau werden, wenn ich mich ärgere.

»Hatte ich etwa recht?« Paul rückt etwas von mir ab, als befürchtete er, ich könnte mit dem Schokobrötchen nach ihm werfen. »Ist Monsieur Sport-am-Rhein doch ein Lehrer?«

Ich werfe wirklich etwas nach ihm, allerdings nur die zusammengeknüllte Serviette. »Blödmann! Natürlich nicht. Das heißt … keine Ahnung.«

»Du hast ihn gar nicht angerufen.« Er rauft sich die Haare, aus denen der letzte Schnitt schon seit zwei Monaten herausgewachsen ist. »Mensch, Romy. Warum denn nicht?«

»Schicksal oder so. Ich habe den Zettel mit der Nummer verloren.«

»Nicht dein Ernst! Hast du –«

»Ich hab überall gesucht. Natürlich.«

»Mist.« Paul beißt noch einmal von seinem Schokobrötchen ab und schiebt mir dann den Rest rüber. Vermutlich sehe ich aus, als könnte nur noch Schokolade helfen. »Und was machen wir jetzt?«

Na, der ist ja witzig! »Was soll ich denn machen? Ich hab wohl Pech gehabt.«

»Du gibst zu schnell auf.«

»Ich hab wirklich alles versucht. Ich bin gestern extra noch den Weg zum Ärztehaus abgegangen und hab nachgesehen, ob ich den Zettel irgendwo finde. Ich hab sogar in die Mülleimer geguckt.«

»Hm«, macht Paul nachdenklich. »Kann dein Hund nicht helfen, den Kerl zu finden?«

»Vielleicht, wenn dieser Kerl sich einen riesigen grünen Pansen umhängt wie ein Superhelden-Cape.«

Paul gibt vor, würgen zu müssen. Seitdem er einmal dabei war, wie ich Mister Boo im Garten mit dieser Hundedelikatesse gefüttert habe, reicht das Wort, um ihn grün um die Nase werden zu lassen. Er hat eine sensible Nase, behauptet er. (Ich finde, er stellt sich ein bisschen an.)

»Aber vielleicht hast du am Rhein eine Chance.« Aufgeben liegt Paul nicht. Es klingelt, und wir nehmen unsere Taschen, werfen die leeren Becher und Servietten in einen Mülleimer und machen uns auf den Weg quer über den Hof ins Gebäude, wo sich die Fachräume für Bio, Chemie und Physik befinden.

»Kann doch sein«, fährt Paul fort, »dass die häufiger dort spielen.«

»Ist das nicht spooky, da herumzulungern, in der Hoffnung, er könnte auftauchen?«

»Willst du ihn jetzt wiedersehen oder nicht?«

Ja. Ja, will ich. Richtig gern sogar. Man könnte sagen: unbedingt! »Irgendwie schon.«

»Dann mach dir keine Gedanken und tu's. Du gehst da halt zufällig mit deinem Hund spazieren.«

Am Nachmittag strolche ich tatsächlich das Rheinufer auf und ab und komme mir lächerlich dabei vor. Die einzigen Fußballspieler auf der Wiese sind höchstens zehn Jahre alt und kreischen sich nach jedem Ballwechsel hysterisch an. Ich suche mir einen ruhigen Strandabschnitt, von dem ich die Fußballwiese gerade noch sehen kann, und werfe Mister Boo den Ball, bis ihm die Zunge so weit aus dem Hals hängt, dass er fast drauftritt. Um ihm eine Pause zu gönnen, setze ich mich auf eine Bank und schaue aufs Wasser. Warum habe ich Paul nicht wenigstens gebeten mitzukommen? Hier alleine rumzusitzen, frustriert mich nur noch mehr.

»Was mache ich mir eigentlich vor?«, frage ich mich selbst und den Wind. »Ich würde ihn ohnehin nur kurz grüßen, knallrot werden und ganz schnell weitergehen.«

Das habe ich jetzt nicht gehört!

Pollys Stimme erschreckt mich so sehr, dass ich zusammenzucke. Ich spüre, wie unsere Verbindung so plötzlich abbricht, wie sie entstanden ist. Es fühlt sich an, als würde ein stark gespanntes Gummiband reißen und zu mir zurückschnalzen. Ich muss ein paar Minuten lang ganz bewusst und ruhig atmen, bis ich mich wieder beruhigt habe.

Entschuldige, Romy. Ich höre ein kleines Lächeln in ihrer Stimme. Sie ist noch da! *Ich wollte dich nicht erschrecken.*

Auch wenn du echt lustig aussiehst, wenn du hochhüpfst wie ein Flummi.

»Freut mich, dass wenigstens du deinen Spaß hast.«

Ein Paar geht an mir vorbei. Sie schmunzeln über mich, weil sie denken, dass ich mit meinem Hund rede.

Oh, Süße, ich wollte dich nicht ärgern, sagt Polly bedauernd. *Tut mir leid! Was ist denn los?*

Der Wind und die Wellen, von denen die kräftigsten fast bis an die Bank schwappen, scheinen Pollys Präsenz zu verstärken. Ihre Stimme klingt so real, dass ich das Gefühl habe, sie säße neben mir. Ich schließe die Augen und stelle mir vor, wie sie auf der Rückenlehne sitzt, die Füße in ihren petrolfarbenen Sneakers auf der Sitzfläche und einen Grashalm zwischen den Lippen. Windböen spielen in ihren hell gefärbten Haarspitzen.

Mit geschlossenen Augen erzähle ich ihr, dass ich Killians Nummer verloren habe. »Ich bin extra hergekommen, weil er vielleicht öfter hier Fußball spielt. Aber es sieht aus, als hätte ich kein Glück.«

Nicht aufgeben. Ich glaube beinah, ihre warme Hand an meiner Schulter zu spüren. *Der spielt häufiger, das war kein Gelegenheitskicker. Er kommt sicher wieder her.*

»Und was soll ich dann sagen?« Ich habe die Augen noch immer geschlossen, weil ich weiß, dass die Enttäuschung groß sein wird, wenn ich sie öffne und Polly nicht sehen kann. Dafür schäme ich mich. Ich sollte dankbar sein, wenigstens einen Teil von ihr bei mir haben zu dürfen. Aber es ist eben nur ein Teil. »Vielleicht ist es besser, wenn ich ihn gar nicht erst wiedersehe. Ich würde mich doch ohnehin nicht trauen, ihn anzusprechen.«

Und ob!, versetzt meine Schwester.

»Ach, Polly. Ich spiele gar nicht in derselben Liga wie Killian. Für ihn bin ich doch nur ein kleines Mädchen, das ihm leidtut, weil er es umgerannt hat.« Warum gelingt es mir nicht, die ganze Begegnung genau so abzuhaken?

Mensch, Romy, hast du in letzter Zeit eigentlich mal in den Spiegel geschaut? Du bist schon lange kein kleines Mädchen mehr. Nur dein Selbstbewusstsein bekommt davon nichts mit, weil du es im Keller eingesperrt und an die Wand gekettet hast. Höchste Zeit, es freizulassen. So!

Ich schnaube und erwidere nur deshalb nichts, weil meine Schwester keine Widerrede gelten lassen würde.

Hab doch ein bisschen Mut. Ich helf dir auch dabei!

KAPITEL 8

Ich gebe mir Mühe, Pollys Wunsch, wieder richtig zu leben, in die Tat umzusetzen, muss aber feststellen, dass es viel schwieriger ist, als ich dachte. Früher haben wir mit unserer Band auf kleinen Konzerten gespielt und fast an jedem Wochenende Partys besucht, aber nach ihrem Tod habe ich über Monate hinweg alle Einladungen ignoriert, bis mich irgendwann niemand mehr fragte. Ich spiele mit dem Gedanken, selbst eine Feier zu geben – aber wen außer Paul sollte ich einladen?

Mittwoch gehen Paul und ich in die Stadt. Shopping hatte auch zu den Dingen gehört, die Polly unter Lifestyle verbuchte, und da ich ein Jahr lang nahezu nichts von meinem Taschengeld ausgegeben habe, ist mein Konto prall gefüllt. Doch alleine bin ich nicht sicher, was mir steht, und wenn mich wirklich mal ein Teil findet, das ich mag, schaut Paul mich mit seinen großen Augen an und fragt in aller Harmlosigkeit: »Und wozu brauchst du das?« Dann hänge ich es zurück, denn er hat ja recht. Ich habe nicht bloß einen Schrank voller Klamotten, sondern zwei.

Wir beenden den Tag mit zwei großen Eisbechern, die wir wegen des milden Frühlingswetters zum ersten Mal wieder auf dem Marktplatz essen können, und verabreden uns für Freitag. Paul möchte ein Video drehen und braucht mich hinter der Kamera. Ich glaube, er spürt auch, dass ich Ablenkung vertragen kann, und versucht alles, um mich zu beschäftigen, jetzt, da ich es nach so langer Zeit wieder zulasse. Ich bin so froh, dass ich ihn habe – dass ich ihn *noch* habe. Er ist der einzige Freund, der Geduld mit mir hat und sich im letzten Jahr nicht von mir vergraulen ließ.

Am Abend sind wenigstens meine Eltern glücklich, weil ich endlich mal wieder das getan habe, was Mädchen in meinem Alter zu tun haben.

Donnerstag fahre ich wieder zum Rhein. Auch heute spielen bloß Kinder auf der Fußballwiese, aber nah am Ufer, wo die Wellen rauschen und das Wasserglitzern mich entspannt, ist es mir vergönnt, eine ganze Stunde mit Polly zu plaudern. Als ich abends in den Spiegel schaue, merke ich, dass die Sonne meine Wangen gerötet hat.

Sonntag fühlt es sich eigenartig an, zum Rhein zu fahren. Meine Haut kribbelt und mein Herz schlägt schneller, als wäre ich den ganzen langen Weg gelaufen, statt mit dem Bus zu fahren. Trotz sonnigem Wetter, meinem warmen, aber hübsch taillierten Wollcardigan und den fertig gestrickten Armstulpen habe ich eiskalte Hände. Es ist genau eine Woche her, dass ich Killian kennengelernt habe, selbst die Uhrzeit stimmt. Wenn er und seine Kumpels sich hier regelmäßig zum Spielen treffen, dann ist meine Chance heute besser als an allen anderen Tagen. Mister Boo tollt mit anderen Hunden am Strand herum und kann sein Glück, schon wieder an diesem schönen Ort zu sein, gar nicht fassen. Normalerweise entspannt es mich, ihm beim Spielen zuzusehen, heute allerdings kann seine gute Laune mich nicht anstecken. Auch der laue Wind in den Bäumen, der die Blüten von Pappeln und Birken tanzen lässt, berührt mich nicht, und ich ignoriere das Winken der Touristen auf den vorbeifahrenden Schiffen. Ich habe zwar das Gefühl, dass Polly ganz nah ist, kann ihre Stimme aber nicht hören. Hin und wieder glaube ich, etwas wahrzunehmen, aber jedes Mal ist es nur ein Flüstern im Wind. Ich bin so aufgeregt, dass mein Mund ganz trocken wird, und habe Angst, dass hässliche, weiße Spuckereste an meinen Lippen zu sehen sind.

Und dann tauchen sie auf, die Fußballspieler in unterschiedlichen Shirts und Trikots. Ich sehe sie am äußeren Rand der Wiese, noch sind sie zu weit entfernt, um sie zu unterscheiden. Killian hat ein hellblaues Trikot getragen. Keiner trägt heute Hellblau, aber er könnte natürlich auch etwas anderes anhaben.

Stundenlang habe ich in meinem Bett gelegen, die Schlaflosigkeit wie einen Teddy an mich gedrückt und mir überlegt, wie ich ihn ansprechen soll. Was ich sagen kann. Ich habe ganze Dialoge (verwegene Dialoge!) im Kopf durchgespielt. Jetzt ist das alles weg, mein Gehirn ist wie leer gefegt. Die Vorstellung, mich einfach umzudrehen und in die andere Richtung davonzugehen, ist verlockend. Es ist doch gar nicht mein Stil, so offensiv auf einen Jungen zuzugehen – dafür bin ich viel zu schüchtern. Ich bin die, die lieber auf Nummer sicher geht und im Zweifelsfall einen

Rückzieher macht. Doch der Wind scheint mich aus meiner Komfortzone herauszuwehen, genau in die Richtung der Jungs. Mir ist fast, als nähme Polly mich bei der Hand.

Die Spieler machen ein paar Dehnübungen, dann joggen sie los und kommen in unsere Richtung. Jetzt sind sie so nah, dass ich ihre Gesichter erkennen kann … bloß Killian sehe ich nicht. Oder ist er einer von den dreien, die ein Cappy, eine Sonnenbrille oder beides tragen?

Die ersten laufen an mir vorbei. Sie erkennen mich, rufen »Hi« und »Hallo« und grinsen. Einer läuft einen demonstrativ großen Bogen um mich. Es besteht kein Zweifel daran, dass es die richtige Gruppe ist. Aber wo ist Killian? Die Jungs mit den Sonnenbrillen passieren mich – keiner davon ist Killian. Er ist nicht dabei.

Mist! Ich hatte mit allen möglichen Szenarien gerechnet, aber nicht damit, die Mannschaft zu finden – diesen einen Spieler aber nicht. Früher hatte ich mal an Schicksal und Vorherbestimmung geglaubt, und so schießt mir der Gedanke in den Kopf, dass es vielleicht tatsächlich einfach nicht sein sollte. Irgendeine Macht will verhindern, dass ich Killian wiedersehe. Doch dann fällt mir wieder ein, dass ich dieser Weltanschauung seit fast genau einem Jahr nichts mehr abkaufe. Es gibt kein vorhergesehenes Schicksal – Pollys Unfall beweist es. Nichts und niemand hätte für einen lebensbejahenden Menschen wie Polly einen so frühen Tod geplant.

Ich sehe mich nach den Fußballern um. Sie laufen am Ufer entlang bis zu der Stelle, wo die vertäuten Boote in den Wellen hin und her schaukeln. Dort hüpfen sie zur Erheiterung der Passagiere eines Touristenschiffes wie die

Hampelmänner und machen Kniebeugen. Dann kommen sie zurückgejoggt und grinsen mich wieder an, als sie mich überholen.

»Wartet!«, rufe ich, als alle an mir vorbei sind. Zuerst denke ich, dass sie mich nicht gehört haben, aber dann bleibt doch noch einer stehen und dreht sich zu mir um. Er nimmt seine Sonnenbrille ab, um sich ein paar kleine Schweißperlen von der Nasenwurzel zu reiben. Ich erkenne ihn wieder, es ist der Junge, der letzte Woche Mister Boo an der Leine gehalten hatte. Er ist nur unwesentlich älter als ich, und ich bin froh, dass ausgerechnet er stehen geblieben ist. Ihm gegenüber komme ich mir nicht ganz so dämlich vor.

»Hey, was gibt's denn?«, fragt er mich. Er sieht seinen Kumpels nach, aber die laufen einfach weiter. Vermutlich haben sie gar nicht mitbekommen, dass er angehalten hat.

»Ich …« Ich muss mich räuspern. »Ich hatte gehofft, Killian heute hier zu treffen.«

Der Junge lacht. »Nee. Der ist nur ab und an dabei. Und heute sicher nicht.«

»Dann gehört er nicht zu eurer Mannschaft?«

»Irgendwie schon. Aber meistens hat er am Wochenende natürlich was anderes zu tun.«

Ich habe den Eindruck, dass er vermutet, ich würde Killian viel besser kennen, als es der Fall ist. Ich lächle, weil mir sonst nichts einfällt. »Es ist nur so … Er hat mir letzte Woche seine Handynummer gegeben, aber ich muss sie verloren haben.«

»Ach so«, sagt der Junge. Im gleichen Moment verändert sich sein Gesichtsausdruck und er mustert mich regelrecht abschätzig. Habe ich etwas Falsches gesagt?

»Du erinnerst dich doch an mich?«

»Klar.« Er grinst, aber nur kurz. »Kill hat dich umgerannt. War aber mit Sicherheit keine Absicht und kann jedem passieren.«

»Natürlich«, entgegne ich perplex. »Es war mindestens genauso meine Schuld.« Warum ist der Typ so misstrauisch?

»Was willst du dann von ihm?«

»Nichts – ich …« Ich fühle mich vollkommen lächerlich.

Komm schon, glaube ich Polly im Wispern der Blätter über unseren Köpfen zu hören, und ich atme durch.

»Ich will mich nur bei ihm bedanken, weil er mich nach unserem Crash zum Arzt gefahren hat. Hast du seine Nummer?«

Er legt den Kopf schief. Haben wir ein Sprachproblem, er und ich? So, wie er mich anschaut, könnte man meinen, ich hätte ihn gebeten, mir ein zweiköpfiges Krokodil aus dem Rhein zu fischen. »Hab ich«, sagt er nüchtern.

»Kannst du sie mir bitte geben?«

»Nee, mit Sicherheit nicht.«

Ich spüre, wie mein Gesicht rot wird. Bin ich schon mal so vor den Kopf gestoßen worden? Wenn ich wenigstens wüsste, warum er plötzlich so unhöflich zu mir ist.

»Aber netter Versuch, Kleine.« Und bevor ich etwas erwidern kann, dreht er sich grußlos weg und sprintet hinter den anderen her.

Ich bleibe an der Ufermauer stehen, als hätte er mir einen Eimer eiskaltes Rheinwasser über dem Kopf ausgeschüttet. Ein paarmal muss ich kräftig schlucken, dann erst merke ich den Grund: Mir stehen Tränen in den Augen. Nicht aus Enttäuschung, weil ich weder Killian getroffen noch seine blöde Telefonnummer bekommen habe, sondern mehr weil dieser Schmock mich so hundsgemein abserviert hat. Ich spiele mit dem Gedanken, ihm hinterherzurennen. Ich sollte ihm nachlaufen und ihn vor all seinen Kumpanen fragen, was ihm eigentlich einfällt. Und ich könnte natürlich einen der anderen Jungs um die blöde Nummer bitten. Aber dann sehe ich die Fußballspieler zusammenstehen, reden und in meine Richtung blicken. Ich will nicht wissen, was er den anderen jetzt über mich erzählt, aber da sich keiner in meine Richtung bewegt, um alles aufzuklären, ist es vermutlich nichts Gutes. Mir kommt der Gedanke, dass Killian ihnen von mir erzählt haben könnte. Dann habe ich mich offenbar noch viel peinlicher angestellt, als ich dachte, und er will nichts mehr mit mir zu tun haben. Die Handynummer … vielleicht war sie nicht mal echt, sondern eine Lüge, um lästige Verehrerinnen loszuwerden.

Wie demütigend. Den Teufel werde ich tun, mich vor diesen Typen ein weiteres Mal zu blamieren!

»Komm, Mister Boo«, sage ich, schlucke meinen Frust runter und gehe in einem Umweg und mit kilometergroßem Abstand um die Fußballwiese herum zur Bushaltestelle.

Wo gehst du denn hin?, höre ich Polly.

Ich schnaube wütend. »Das hat doch keinen Sinn! Es war einfach eine bescheuerte Idee, Killian zu suchen. Der will nichts mit mir zu tun haben.«

Aber das weißt du doch gar nicht. Es ist sicher alles nur ein Missverständnis.

»Ist mir jetzt echt egal. War Schwachsinn, dass ich mir Hoffnungen gemacht habe. Der will nichts von mir, nicht das Geringste.« So, wie der Mitspieler auf mich reagiert hatte, kann ich mir gut vorstellen, dass Killian den anderen Fußballern konkrete Anweisungen gegeben hatte: Wenn die Tussi mit dem Hund nach mir fragt – gebt der bloß nicht meine Nummer. Mit der will ich nichts zu tun haben, die nervt!

Romy. Polly zieht meinen Namen in die Länge wie früher, wenn sie mich beruhigen wollte. *Du willst doch nicht schon wieder aufgeben?*

»Ich will mich nicht noch mehr fertigmachen!«, schreie ich und es ist mir vollkommen egal, ob mich jemand hören kann. »Ich muss aufhören, mir Dinge zu wünschen, die nicht passieren werden. Ich werde diesen Typen einfach vergessen!«

KAPITEL 9

Dienstag bekommen wir die Englischarbeit zurück. Ich hatte auf eine knappe Vier gehofft, aber der dichtende Ire und seine stinkenden Lachse haben sie mir gründlich vermasselt. Frau Schäfer, unsere Englischlehrerin, legt mir ein Auslandsjahr in unserer Partnerschule in New York nahe, da sie der Meinung ist, der grundsätzliche Zugang zur Sprache würde mir im Alltag leichter fallen. Die Vorstellung ist der reinste Albtraum. Vergleichbar mit solchen, in denen man im viel zu kurzen Rock auf dem Schulhof steht und plötzlich merkt, dass man den Slip vergessen hat. Außerdem würden meine Eltern ohnehin nie zulassen, dass ich ein Jahr lang nach Amerika gehe. Zum Glück – was soll ich auch dort?

Es beginnt zu regnen, als ich auf dem Heimweg gerade aus dem Bus steige, und passend zu meiner Laune und irischen Lachsen wird aus ein paar harmlosen Tropfen in Sekunden ein Wolkenbruch. Zu rennen würde nichts nützen, ohne Schirm und in meiner Jeansjacke bin ich in Sekunden bis auf die Knochen durchnässt. Hoffentlich läuft das Wasser auch in meine Tasche, denke ich mürrisch, und verwischt die Fünf, sodass sie nachher nicht mehr zu entziffern ist.

Mit gesenktem Kopf schlappe ich durch die Pfützen nach Hause. Aus meinem Pony rinnt Wasser wie aus einem aufgedrehten Hahn. Ich biege gerade in unsere Einfahrt ein, als der Regen so schnell aufhört, wie er eingesetzt hat. Die Wolken brechen auf, die Sonne stößt hindurch und ein gewaltiger Regenbogen überzieht unser Haus wie ein Dach. Ganz tief in meinem Inneren, irgendwo dort, wo Bewusstsein und Unterbewusstsein aneinanderstoßen, höre ich Polly die Luft anhalten.

Ich bleibe stehen und blinzle. Vor unserer geschlossenen Haustür steht ein pitschnasser Typ mit gesenktem Kopf. Als er mich bemerkt, schlägt er die Lider hoch und mir wird augenblicklich warm im Bauch. Er lächelt mich an, als wäre ich es, die den Regen abgestellt und die Sonne herbeordert hat.

Erst als er leise »Hey, Romy« sagt, wird mir klar, wer da vor meiner Haustür steht.

KAPITEL 10

Okay. Ich muss das sacken lassen. Und zwar schnell, denn die Situation wird von Sekunde zu Sekunde, die ich Killian länger nass und sprachlos wie ein Lachs gegenüberstehe, peinlicher.

Killian wartet vor unserer Haustür, was zumindest einen gewissen Grund zur Hoffnung gibt, er könnte zu mir wollen. Beißend schießt mir der Gedanke durch den Kopf, dass er mir bloß die Rechnung für die Reinigung seines Autos bringen will. Aber seine Hände sind leer und er macht einen eher amüsierten Eindruck.

»Hallo«, sage ich erst mal. Damit kann man selten etwas falsch machen, auch wenn meine Stimme etwas kratzt.

Er tritt von einem Bein aufs andere. »Ich hab dich erschreckt, oder? Tut mir leid. Ich hab von den Jungs gehört, dass du am Rhein nach mir gefragt hast.«

Mister Boo ist ein Schatz, denn er beginnt hinter der Haustür zu kläffen und entbindet mich vorerst von der Peinlichkeit, über die dumme Sache am Rhein zu sprechen – und Killian zu sagen, was ich eigentlich von ihm will. Oh mein Gott! Was soll ich ihm nur erzählen? Was befördert nicht sofort jede meiner klitzekleinen Chancen ins Abseits?

Erst mal schiebe ich mich an ihm vorbei, deaktiviere die Alarmanlage und schließe die Tür auf. Mister Boo springt jaulend an mir hoch, als hätte er mich drei Monate lang nicht gesehen. Dann wetzt er Achten um mich und Killian herum.

»Ich hab ihn nervös gemacht«, sagt Killian. »Ich habe eben geklingelt, da hat er sich gar nicht mehr eingekriegt. Ist das normal, dass so ein kleiner Hund bellt wie ein Rottweiler?«

»Er ist ein Fremdsprachengenie«, antworte ich. »Wer als Wachhund optisch nicht so viel zu bieten hat, muss das eben irgendwie ausgleichen.« Ich wundere mich allerdings, denn normalerweise kläfft Mister Boo nicht, wenn Fremde an der Tür klingeln, nur mich begrüßt er immer lautstark. Im Gegensatz zu mir muss er Killian sofort erkannt haben. Ich hatte es allerdings auch etwas schwerer. Weil Killians Haare vom Regen nass sind, hängen sie glatt herunter und sehen viel dunkler aus. Das macht einen ganz anderen Typ aus ihm. Außerdem hätte ich hier, vor unserem Haus, doch nie mit ihm gerechnet. Zu genau sollte ich ihn besser nicht mustern, wenn ich nicht noch viel nervöser werden will. Er muss wie ich genau in den Wolkenbruch geraten sein, denn sein Pulli klebt ihm wie eine zweite Haut am Körper. Besser, ich denke an etwas anderes! An … an Lachse!

»Komm doch erst mal rein«, schlage ich vor. »Ich schau mal, ob ich was Trockenes zum Anziehen für dich finde.«

Ich bemühe mich, es ganz selbstverständlich klingen zu lassen. Hoffentlich sehen die Nachbarn uns nicht. Mama möchte normalerweise nicht mal, dass Paul zu Besuch kommt, wenn ich allein zu Hause bin.

»Sehr cooles Haus«, bemerkt Killian im Flur, der durch die breite Treppe und die Galerien oben protzig vortäuscht, das Haus wäre noch größer, als es ohnehin schon ist.

Ich gebe ein Brummeln von mir. Ich mag dieses Haus nicht. Es ist so kühl, steril und perfekt und sieht aus, als wäre es mit einem überdimensionalen 3-D-Drucker angefertigt worden, nach einer Vorlage aus Papas Architektur-Zeitschriften. Schön ist bloß das Atelier oben. Ohne darüber nachzudenken, führe ich Killian genau dorthin. »Ich muss gleich noch mit dem Lachs gehen«, sage ich zu Killian und öffne Pollys und meinen Kleiderschrank auf der Suche nach Handtüchern. »Mit dem Hund, meine ich – mit dem Hund!«

»Wenn es gerade nicht passt …«, erwidert er und ich beiße mir auf die Zunge und unterbreche ihn dann schnell.

»Nein, so war das nicht gemeint!«

»Ich geh auch gern eine Runde mit«, schlägt er vor. »Mit dem Hund. Meinetwegen auch mit dem Lachs, wenn der rauswill, nass bin ich eh schon.«

Ich werfe einen Blick aus dem Fenster. Es sieht aus, als würde die Sonne sich durchsetzen. »Okay, das klingt gut, aber lass uns wirklich besser den Hund nehmen.«

»Du denkst jetzt bestimmt sonst was von mir, weil ich einfach so hier auftauche, aber –«

»Nein, alles cool!« Mist, ich könnte ihn ja wenigstens mal aussprechen lassen. Himmel hilf, was für ein Eiertanz.

Ich habe solche Angst, etwas Falsches zu sagen, dass ich am liebsten überhaupt nichts sagen würde. Was dann definitiv verkehrt ist. Aber die Situation, einen heißen, klitschnassen Typen im Schlafzimmer stehen zu haben, ist neu, und ich fühle mich komplett überrumpelt. Genau genommen ist er also selbst schuld, dass ich Nonsens vor mich hin brabble. Er kann froh sein, dass ich vor lauter Stress nicht anfange zu singen.

»Spielst du in einer Band?«, fragt er und deutet auf den Bass, der verschämt in der Zimmerecke steht.

»Ich hab aufgehört«, murmle ich in den Schrank. »Hab auch nur Bass gespielt, nichts Besonderes.«

»Ich mag den Bass«, meint Killian.

Ja sicher, denke ich ironisch, aber er ist noch nicht fertig.

»Er ist etwas unscheinbar, das mag sein, aber wenn er fehlt, fehlt einem Stück seine ganze Tiefe.«

Ich vergesse das Atmen. So etwas Schönes hat mir noch keiner zu meinem Bass gesagt. Endlich finde ich ein paar Handtücher und werfe ihm eins zu, quer durch das halbe Zimmer, als könnte ich mich nicht näher an ihn herantrauen. Wenn ich doch etwas mehr wie Polly wäre! Polly hätte ihm das Handtuch um den Nacken gelegt und seine Haare abfrottiert. Im Schrank neben den Duschtüchern liegen ihre Oversize-Bandshirts. Ich überlege nicht lange und reiche ihm auch davon eins. Dann verziehe ich mich mit einer kurzen Entschuldigung in mein Zimmer im ersten Stock, um mich umzuziehen. »Bad ist die Tür dahinten«, rufe ich und mache mich aus dem Staub. Nur schnell weg. Und zwar *bevor* er seinen nassen Pullover auszieht und ich im schlimmsten Fall zu sabbern beginne.

In meinem Zimmer muss ich mich einen Moment aufs Bett setzen, um durchzuatmen. »Polly«, flüstere ich. »Polly, wenn es einen Moment gibt, in dem man als kleine Schwester Rat braucht, dann ist es der, in dem der heißeste Typ der Welt ohne Vorwarnung im Haus steht. Wo. Bist. Du?«

Aber Polly erscheint nicht, und mein Puls legt an Tempo zu, statt sich zu beruhigen, je länger ich hier sitze. Ich stoße ganz langsam die Luft aus. Dann ziehe ich mir Stück für Stück die nassen Sachen aus, rubble mir die Haare so weit wie möglich trocken, flechte sie zu einem Zopf und ziehe mich an. Alles, was nur ein bisschen schick ist, hängt natürlich oben im Schrank. Mir bleiben nur Jeans und Hoodie; es sei denn, ich bin cool genug, in Unterwäsche hochzustolzieren. Bei der Vorstellung bekomme ich fast einen Lachkrampf.

Bevor ich oben eintrete, klopfe ich an. Nicht, dass er noch halb nackt da steht. Aber er hat Pollys Shirt bereits angezogen, steht vor unserem riesigen Bücherregal und lächelt. Hinter ihm leuchten die Blüten der Sternmagnolie schneeweiß und vom Regen glitzernd durchs Fenster. Ob er sich die Bilder an der Wand von Polly und mir angesehen hat? Ich hoffe, er fragt nicht nach ihr. Über sie zu sprechen tut nach wie vor zu weh.

»Ich mag die Ramones«, sagt er und grinst auf sein T-Shirt runter. Mir fällt schon wieder nichts zum Antworten ein. Ich weiß nicht einmal, ob ich oder meine Schwester je etwas von den Ramones gehört haben. Soweit ich weiß, fand Polly bloß das T-Shirt gut.

»Der … Hund muss«, presse ich hervor und wir gehen mit Mister Boo zusammen runter. Killians Jeans ist dunkel vor Feuchtigkeit, seine Schuhe ebenfalls. Ich würde mich zu Tode frieren in nassen Socken und bloß im T-Shirt. Aber wenn ich das erwähne, klingt das vielleicht wieder so, als wollte ich ihn loswerden, also sage ich nichts. Denn er soll nicht gehen. Ich möchte, dass er hierbleibt. Die nassen Sachen wird er schon verkraften!

»Ich war ein bisschen überrascht, als ich gehört habe, dass du mit mir reden wolltest«, sagt Killian, als wir draußen sind.

»Du wolltest doch, dass ich mich melde.« Ich schließe die Tür ab und hake Mister Boos Leine im Halsband ein. Ich werfe Killian einen fragenden Blick zu und er lächelt, als hätte ich irgendetwas gesagt, das ihn erleichtert.

»Dann war es ein Versehen?«

»Was meinst du denn?« Ich muss kolossal auf dem Schlauch stehen. Was ist denn mit meinem Hirn los? Es fühlt sich erschüttert an, und ich habe das dringende Bedürfnis, Killian zu sagen, dass er bitte nichts Falsches von mir denken soll, weil ich normalerweise ganz anders bin – in seiner Nähe komme ich bloß nicht dazu.

»Der Zettel«, sagt er.

Ach, das meint er. »Ich muss ihn verloren haben.«

Nun lacht er leise. »Er klemmte zwischen dem Sitz und der Mittelkonsole. Ich dachte, du hättest ihn absichtlich da reingesteckt.«

»Warum hätte ich das … ach so. Nein! Nein, wirklich nicht!« Entrüstet hebe ich meine Stimme. »Hast du das geglaubt? Ich hab diesen blöden Zettel überall gesucht.«

»Puh«, sagt er. »Ich hatte befürchtet, es lag an meinem Versuch, einen Witz zu machen.«

»Der war schon schlecht«, rutscht es mir heraus.

»Kann man wohl sagen. Ich habe diesen Schwachsinn gefaselt und mich gleichzeitig gefragt, warum ich das tue. Ich hatte keine Ahnung und konnte doch nicht aufhören.«

»Das war der Schlag gegen den Schädel.«

»Nein, das lag an dir. Du hast mich nervös gemacht.« Er lacht wieder und schüttelt den Kopf. »Aber mach dir keine Vorwürfe, das hätte mir auch passieren können.«

Darauf fällt mir nichts zu antworten ein. Absolut nichts – und dieses Nichts wird schlimmer, während ich angestrengt nachdenke.

»Es tut mir leid, dass die Jungs dir meine Nummer nicht gegeben haben«, sagt er schließlich. »Das hätten sie ruhig machen können, aber sie sind da immer etwas kritisch.«

»Wenigstens haben sie dir Bescheid gegeben. Wir müssen hier entlang.« Wir biegen in einen Weg ab, der in den Wald führt. Der Boden ist nach dem Schauer matschig, und ich hoffe, dass es ihm nichts ausmacht. Seine Turnschuhe sehen neu und teuer aus.

»Aber wie hast du mich gefunden?« Allein die Überlegung, dass er nach mir gesucht haben muss, lässt mir flau im Magen werden.

»Du hast mir deinen Namen gesagt«, sagt er. »Deinen Vornamen und den Nachnamen deiner Schwester. Und ich hab beides nicht vergessen, obwohl ich ein total besch… eidenes Namensgedächtnis habe. Zuerst war ich natürlich ziemlich geknickt, weil ich dachte, dass du nicht das Geringste mit mir zu tun haben wolltest.«

Das, was er sagt, sollte meine flatternden Nerven beruhigen. Stattdessen reiben sie sich daran noch mehr auf. Ich knete die Leine, damit Killian nicht sieht, dass meine Finger zittern.

»Als ich dann gehört habe, dass du nach mir gesucht hast, habe ich deinen Namen gegoogelt. Es gab nur einen Treffer, und zu der Adresse bin ich dann gleich hingefahren, habe geklingelt und den Hund aufgeschreckt.«

Ich werfe ihm einen Blick von der Seite zu und sein Lächeln bekommt etwas Angespanntes.

»Klingt das sehr komisch?«

»Schon.« Ich muss kichern. »Aber auf gut Glück am Rheinufer auf und ab zu laufen und die Wiese beim Wachsen zu stalken, um jemanden wiederzutreffen, der da vielleicht nie wieder auftaucht, ist auch nicht besser.«

»Wie oft warst du denn da?«

»Ständig«, gebe ich zu und er lacht.

»Vielen Dank, Romy. Mein Ego war am Boden zerstört, aber jetzt richtet es sich gerade wieder auf.«

»Ich hoffe, es ist okay.«

»Ja. Hat sich nur die Knie aufgeschlagen.«

»Autsch.« Ich begreife nur ganz langsam, was seine Worte bedeuten. Er hat an mich gedacht und wollte mich auch wiedersehen. Vielleicht ein bisschen oder auch genauso wie ich ihn. Mein Bauch fühlt sich an wie am höchsten Punkt einer Schiffschaukel.

»Gar nicht schlimm. Ich habe das Gefühl, jetzt wird's leichter.«

»Ja?« Für ihn vielleicht! Ich weiß immer weniger, was ich sagen soll. Die Angst, es zu vermasseln, wird nicht kleiner, sondern schwillt noch an.

»Ja. Denn wenn ich dich jetzt frage, ob wir uns mal

treffen wollen, zu einem Kaffee oder zum Essen oder was immer du so magst, dann sagst du vermutlich nicht gleich Nein, oder?«

Irgendetwas in mir wird verwegen. »Wer weiß. Du wirst es ausprobieren müssen.«

Er lacht in ein angedeutetes Kopfschütteln hinein. Sein Lachen macht mich wuschig. Ich will herausfinden, was dieses Lachen auslöst, sodass ich ihn immer wieder dazu bringen kann, genau auf diese Art zu lachen. »Okay«, sagt er, räuspert sich und nimmt dann einfach meine Hand, die ungerührt weiterzittert. »Wow, hast du kalte Finger! Geht's dir gut?«

»Falsche Frage.«

»Stimmt, Verzeihung. Also noch mal: Gehst du mal mit mir weg, Romy?«

Wohin du willst!

Mein »Okay« gerät etwas schief und genau richtig, denn er lacht darüber wieder kopfschüttelnd und mein Herz hüpft.

»Polly?«, flüstere ich. »Pollypollypolly!«

Sie kommt zu mir, als ich gerade mein Gesicht in Killians Pullover drücke. Er hatte ihn zum Trocknen über einen Stuhl im Atelier gehängt und dort vergessen. Der Stoff ist noch leicht feucht und riecht nach Deo oder Aftershave oder was auch immer Killian benutzt hat. Ich werde dieses Wasauchimmer fortan aus allem herausriechen können, was Männer je zum Parfümieren aufgetragen haben.

Oh, macht Polly fasziniert, *Romy, du bist ja verknallt.*

Ich muss lachen, drücke den Pullover an mich und kann

mich gerade noch davon abhalten, mit ihm übers Parkett zu tanzen. »Wie könnte ich nicht!«

Ich hab dir gesagt, dass er dein Typ ist.

Ja, das hat sie. Aber erst heute wird mir bewusst, wie richtig sie damit lag. Letzte Woche war mir aufgefallen, dass er gut aussieht, höflich und zuvorkommend ist. Aber erst jetzt habe ich ihn aus einer anderen Perspektive kennengelernt. Heute war ich nicht mehr das verletzte Mädchen, das von Prince Charming gerettet werden musste. Heute war ich auf Augenhöhe mit ihm. Ich war das Mädchen, das er wiedersehen wollte. Das ihn nervös gemacht hat. Ich habe nach ihm gesucht und er nach mir.

Wir waren beide schüchtern, hatten beide Angst vor einer Abfuhr gehabt. Er genau so wie ich. Seit mir das bewusst ist, finde ich ihn noch viel, viel toller.

Wann triffst du ihn?, fragt Polly. Sie klingt ebenso aufgeregt wie ich.

Ich muss seufzen. »Erst am Samstag. Vorher hat er keine Zeit. Und ich weiß nicht mal, was er die ganze Zeit macht. Die Hunderunde war so schnell rum und dann hat er ganz erschrocken auf die Uhr geguckt und gesagt, dass er zu spät zu irgendeinem wichtigen Training kommt.«

Du Arme!, sagt Polly voll freundlicher Ironie. *Hältst du die Spannung denn bis Samstag aus?*

»Spotte du ruhig! Du hattest auch mal dein erstes Date!«

Sprich nicht davon! Das musste ich verschieben, weil ich vor lauter Stress Durchfall bekommen habe!

Ich lasse mich auf Pollys Bett fallen und breite Killians Pullover wie eine Decke über meiner Brust aus. Etwas mager ist es schon, was ich bisher über ihn herausgefunden habe. Dabei bin ich so furchtbar neugierig. Was macht er jetzt? Denkt er an mich? Trägt er das Ramones-T-Shirt noch immer? Wie fühlen sich die sandkornfeinen Bartstoppel auf seinem Kinn an? Ob man sie beim Küssen spürt? Vielleicht kratzen sie. Ich würde das am liebsten sofort herausfinden!

Du könntest ihn googeln!, meint Polly.

Ich stöhne. »Glaub es mir oder glaub es mir nicht, aber ich habe nicht mal seinen Nachnamen.«

Oh Mann!

»Aber ich hab jetzt eine Handynummer. Er hat WhatsApp.« Und ich grüble über sein Profilbild, das das Porträt eines Fuchses zeigt. »Ich könnte ihm eine Gute Nacht wünschen. Aber ...«

Aber?

»Ich weiß nicht. Ist das nicht too much? Ich will nicht, dass er mich für aufdringlich hält. Nachher findet er mich lästig, bevor wir uns das erste Mal treffen.«

Wird er nicht, sagt Polly in diesem Tonfall, der keinerlei Widerspruch duldet. *Aber im Grunde hast du ganz recht. Lass ihn ein wenig zappeln. Ach, und Romy. Du musst vor diesem Date unbedingt in die Drogerie!*

»Wofür? Lippenstift? Mascara? Etwas, um rote Wangen oder hektische Flecken zu überschminken?«

Nur zur Sicherheit – kauf was gegen Durchfall.

KAPITEL 11

Ich muss nicht oft Tricks bemühen, um stressfrei die Unterschriften meiner Eltern unter Klassenarbeiten zu bekommen, aber eine Fünf im Hauptfach (und leider nicht die erste) erfordert zumindest ein paar taktische Vorsichtsmaßnahmen. Ich warte, bis Mama sich spätabends mit einem Buch in die Badewanne zurückgezogen hat, denn Papa ist als Halbfranzose nachsichtiger, was meine Probleme mit der englischen Sprache betrifft. Für ihn wird sie völlig überbewertet.

Hundemüde verkünde ich zuerst, ins Bett zu gehen, um dann wenig später noch einmal zurück ins Wohnzimmer zu schlurfen, wo Papa sich ein Jazzkonzert im Fernsehen ansieht. Mama hasst Jazz; sie behauptet, von diesem Gedudel aggressiv und nervös zu werden, daher frönt Papa dieser musikalischen Vorliebe nur, wenn sie anderweitig beschäftigt und außer Hörweite ist.

»Ich kann nicht schlafen«, murmle ich und schiebe ihm die Arbeit auf den Schoß. »Deshalb.«

Er überfliegt den Text schweigend und wirft mir zwischendurch Blicke zu, die mir sagen sollen, dass ich faul bin und unnötige Fehler gemacht habe. Ich durchschaue ihn allerdings inzwischen. Er würde das auch nicht besser hinbekommen.

»Mal ehrlich, Papa. Lachse. I think I spider. Kein normaler Mensch schreibt Lachslyrik.«

»Ire halt«, sagt mein Papa und schwingt seine ehrfurchtserweckende Anwaltsunterschrift einen Zentimeter größer als üblich unter die Fünf, als wolle er meiner Lehrerin damit etwas sagen. »Aber mal ehrlich, Romy. Englisch ist schon wichtig. Du versaust dir damit nicht nur deinen Schnitt, sondern auch jede Menge Chancen. Da müssen wir langsam was machen.«

»Klar«, sage ich und meine es auch ein bisschen so. Aber nicht heute.

Als ich am nächsten Tag aus der Schule komme, beschließen Polly und ich, uns Gedanken darüber zu machen, was ich am Samstag anziehen soll. Für sie steht fest, dass nur etwas aus ihrem Schrank infrage kommt.

Und es sind nur noch drei Tage bis zum Date, also höchste Zeit!

Bisher konnte ich mich beherrschen: ich habe Killian nichts über WhatsApp geschickt – allerdings behalte ich sein Profil im Auge. Seit heute Morgen ist das Fuchs-Porträt verschwunden und an seiner Stelle kann man nun Killians gegen das Licht fotografierte Profil bewundern. Es sieht aus wie ein Scherenschnitt. Darunter steht: »Can't wait«.

Zwei Worte, die durch meinen ganzen Körper kribbeln, wann immer ich sie lese.

Ich stöpsle meinen Laptop in den Verstärker im Atelier, lasse »Shut up and dance« von Walk The Moon laut aufgedreht und in Dauerschleife laufen und genieße das großartige Gefühl, zum ersten Mal in meinem Leben das Mädchen zu sein, auf das sich der tollste Typ der Stadt freut. Draußen prasselt der Regen in die sternförmigen Blüten der Magnolie und stört mich kein bisschen.

Wo genau geht es hin?, erkundigt sich Polly, während ich alle Schranktüren aufreiße und bei der Vorstellung, mich bis Samstag für irgendetwas entscheiden zu müssen, leise lache.

»Ins *LeLapin*«, antworte ich. »Das ist ein recht neues Bistro, soll sehr cool sein, steht im Internet.«

Dann lass mal sehen.

Mein Favorit steht schnell fest. Es ist das braune Kleid mit dem Querstreifen und den petrolfarbenen Paspeln. Polly ist allerdings dagegen. Sie überredet mich, einen kurzen Rock und eine dunkelblaue Bluse mit Wasserfallausschnitt anzuprobieren. Das Outfit begeistert sie so, dass sie kaum ein Argument dagegen gelten lässt.

Romy, warum nicht?, mault sie. *Ich hab diese Bluse kein einziges Mal getragen, es ist so schade drum. Und sie steht dir so verboten gut.*

»Sie passt doch gar nicht zu mir.«

Sieht das auch wieder nach Schlampe aus? Du hast überhaupt keine Ahnung! Weißt du eigentlich, wie sehr ich dich immer beneidet habe?

»Beneidet? Mich? Aber warum das denn?«

Weil du auf deine natürliche Art damals schon so mühelos erwachsen ausgesehen hast. Was ich nur mit Schminke, coolen Klamotten und aufwendigem Haarstyling geschafft habe, ist dir mit Jeans, T-Shirt und Pferdeschwanz gelungen. Ist dir das nie aufgefallen? Du warst erst vierzehn, bist aber immer in jeden Laden reingekommen, auch wenn man erst mit sechzehn reindurfte.

Ich bin verblüfft. Ich hatte immer angenommen, man würde mich wegen Polly reinlassen. Ich bin zwar fast eins achtzig groß, hielt mich bisher aber immer für kindlich schlaksig.

Polly seufzt. *An dir sieht man irgendwo doch die französischen Vorfahren.*

Wenn ich nun, in diesem Rock und der zugegeben wunderhübschen Bluse einen Blick in den Spiegel werfe – und ausblende, wie sehr es mich irritiert, dass Polly nicht im Raum zu sehen ist –, dann sieht das Mädchen, das auf mich zurückblickt, fremd aus. Wie eine ältere Schwester, von der ich nichts wusste. Eine zweite Schwester, die ganz anders ist als Polly. Ruhiger und sanfter. Melancholischer. Eine Schwester, vor der ich zurückschrecke, ohne zu wissen, warum. Ich mache die Musik aus.

»Ich habe keine Schuhe zu dem Rock«, sage ich zu Polly, und das Argument muss sie gelten lassen, denn ihre sind mir im vergangenen Jahr zu klein geworden.

Aber die Bluse muss sein!, kontert Polly. *Sie hat dieselbe Farbe wie sein Auto. Er wird sie lieben.*

Sie hat eher dieselbe Farbe wie seine Augen, denke ich. Die Farbe von Wolken vor einem Gewitter.

Schließlich finden wir einen Kompromiss für das LeLapin. Ich werde die Bluse tragen, dazu aber eine One-Washed-Röhrenjeans. Stiefel mit kleinem, aber schmalem Absatz. Keinen Schmuck.

Polly sagt mir, wie ich meine Haare über eine Rundbürste föhnen soll, sodass sie in ungemacht aussehenden Wellen über meine Schultern fallen. *Mascara in Braun*, rät sie außerdem. *Kein hartes Schwarz – nicht zum Graublau deiner Augen. Und ein Tupfer beerenfarbenes Lipgloss.* Ich suche die gewünschte Farbe aus dem wilden Sammelsurium an Schminkkram, das sie in bunt beklebten Schuhkartons aufbewahrt hat, und frage mich kurz, ob Lippenstifte ablaufen können. Scheinbar nicht, der beerenfarbene riecht und schmeckt ganz normal.

Als ich erneut in den Spiegel schaue, erkenne ich, dass es gar keine fremde Schwester ist, die mich fragend ansieht. Es ist mehr … Polly.

KAPITEL 12

Nur noch sechs Schulstunden trennen mich vom Wochenende. Meine Eltern und ich sitzen beim Frühstück und ich rechne über meinem Milchkaffee bereits die Stunden in Minuten um. Wenigstens stehen freitags keine Fremdsprachen an, sondern harmloses Deutsch, nette Mathematik und freundliche Physik zum Ausklingenlassen der Woche.

»Bevor ich es vergesse«, sagt Papa, legt seine Zeitung über seinen Teller und steht auf, um zur Kommode zu gehen. »Ich habe dir gestern Abend noch etwas mitgebracht, Romy.« Er holt einen Umschlag aus der oberen Schublade, in der immer der ganze Krimskrams landet, der sonst keinen Platz hat. Bevor er ihn mir reicht, wechselt er einen Blick mit Mama, die nach der Zeitung greift, sie auseinanderpflückt und den Sportteil zurück zu Papa schiebt. »Das Birmheimer verliert auch immer mehr an Niveau«, murmelt sie, während sie die Schlagzeilen überfliegt. »Da kann man sich gleich ein Boulevardblatt kaufen.«

Neugierig öffne ich den Umschlag. »Theaterkarten? Wow. Danke.«

»Das Stück war schon länger ausverkauft, aber ich habe von einem Klienten noch zwei Karten bekommen können. Das sind super Plätze.«

»Du könntest mit Paul hingehen«, sagt Mama.

Ich studiere die Karten genauer. »Some say it loud« heißt das Stück und mir schwant Grauenvolles. »Theater auf Englisch?«

Wieder wechseln meine Eltern diesen Blick, bevor Papa ein Lächeln aufsetzt, das aussieht, als würde man ihn dafür bezahlen. »Es soll großartig sein. Das Ensemble spielt nur kurze Zeit in Deutschland.«

»Romy«, sagt meine Mutter leise und ernst, »andere Kinder in deinem Alter müssen mit anderen Konsequenzen als Theaterkarten rechnen, wenn sie Fünfen nach Hause bringen.«

Er hat ihr also davon erzählt. Ich gebe mir Mühe, beide nicht merken zu lassen, wie eingeschnappt ich bin. Irgendwie haben sie ja recht und bestimmt ist das Theater trotz der Schikane mit der englischen Sprache ganz okay. Ich werfe einen weiteren Blick auf die Karten. Und fahre zusammen, als hätten sie mir einen Stromschlag versetzt.

Das Theaterstück ist ja schon morgen! Morgen Abend!

Das kommt überhaupt nicht infrage.

Aber eine Diskussion wäre sinnlos. Ich kenne meine Eltern zu gut, sie würden Lunte riechen, aus mir herausquetschen, was ich vorhabe, und mir das Treffen mit Killian verbieten, wenn sie davon erfahren. Er ist ihnen sicher zu alt für mich, und dass er ein Auto hat, würde die Sache besiegeln. Aber das Date lasse ich mir nicht nehmen!

Früher waren die beiden nie überbesorgt gewesen. Polly

und ich hatten mehr Freiheiten gehabt als alle anderen Mädchen, die wir kannten. Doch seit Pollys Unfall sind sie nicht mehr dieselben und versuchen, alles zu reglementieren. Sie sind unerfahren in der Rolle der strengen Eltern, übertreiben es permanent und streiten sich dann über das richtige Maß. Ich kann sie nicht einschätzen. Sicher bin ich nur in einem: Einen volljährigen Freund würden sie mir definitiv verbieten.

»Wir legen dir Geld für ein Taxi hin«, sagt Papa, »wir sind ja morgen Abend bei dieser Vernissage.«

Stimmt, die Ausstellung hässlicher Blechobjekte, die mir den Abend hatte retten sollen. Ich zucke mit den Schultern und murmle etwas, das nicht begeistert, aber zustimmend klingt. Ich ringe mir auch ein »Danke« ab. Mein Gewissen muckt nur leise auf. Sie sind selbst schuld. Die strengen Eltern zu spielen, passt eben nicht mit dem Leben zusammen, das sie führen und im Gegensatz zu ihrem Erziehungsstil auch seit letztem Jahr nicht zu ändern gedenken. Mir Regeln aufzudrücken und dann selbst Partys und Feste zu besuchen, wenn sie nicht gerade bis spätabends in der Kanzlei arbeiten, gleicht doch einer Einladung, diese Regeln zu brechen.

»Wir sind spät dran«, sagt Mama nach einem Blick auf die Uhr und legt ihr halb aufgegessenes Brötchen zurück auf den Teller. »Um acht kommt die erste Klientin und ich wollte zuvor noch einige Vergleichsfälle heraussuchen. Bist du so lieb, den Tisch heute allein abzudecken, Romy?«

Ich nicke, fische mir den Brötchenrest von ihrem Teller und werfe Mister Boo den Happen zu.

»Romy!«, schimpft Papa. »Nicht am Tisch, er bettelt

ohnehin schon zur Genüge!« Damit verschwindet er, um ins Bad zu gehen. Mama holt ihre Aktentasche aus dem Arbeitszimmer im ersten Stock, und ich räume die Spülmaschine ein, werfe einen Tab ins Fach und starte das Programm. Anschließend stelle ich die Käseglocke und die Tupperschale mit der Wurst in den Kühlschrank (Mister Boo fixiert dabei jede meiner Bewegungen) und falte die Zeitung zusammen, um sie ins Altpapier …

Moment!

Mir setzt der Atem aus, ich muss mich daran erinnern, Luft zu holen. Das Bild da in der Zeitung – das ist doch … !

Er trägt ein Fußballtrikot, hat beide Fäuste geballt, jede Sehne angespannt. Sein Gesichtsausdruck ist der eines Kriegers, der archaisch brüllt, nachdem er soeben seinen Gegner vernichtend geschlagen hat.

Mein Herz rast wie verrückt, als ich die Zeilen unter dem Foto lese.

»Im Freitagsspiel der ersten Fußballbundesliga trifft der Überraschungsaufsteiger FC Birmheim heute auf den FC Bayern München. Torjäger Killian Schwarz (19) auf die Frage, ob er bei den Superstars des Tabellenersten erneut für einen ›Schwarzen Tag‹ sorgen wird wie beim hart umkämpften Sieg in der Hinrunde: ›Can't wait!‹ Da bleibt uns nur, unseren Jungs viel Glück zu wünschen!«

Oh mein Gott. Oh. Mein. Gott.

Killian Schwarz.

Selbst ich, die um Fußball immer einen großen Bogen macht, habe diesen Namen schon gehört. Und es besteht auch nicht die geringste Chance, dass mein Killian – der mir von Anfang an irgendwie bekannt vorkam – diesem Killian Schwarz einfach nur ähnlich sieht oder sein bei der Geburt vertauschter Zwillingsbruder ist. Er ist es, daran gibt es nichts zu rütteln.

Ich falte die Zeitungsseite zusammen und laufe damit hoch ins Atelier. Warum hat er mir nicht gesagt, dass er ein Fußballspieler – nein, ein Fußballprofi, ein richtiger Star ist? Und warum hat Polly es mir nicht gesagt?

»Du wusstest das!«, rufe ich im Atelier. Polly sagt nichts. Ich bin zu aufgewühlt, um spüren zu können, ob sie in meiner Nähe ist. Es ist mir auch egal. Ich muss etwas von dieser Wut loswerden, packe Killians Pullover und schleudere ihn quer durch den Raum. »Du hast es von Anfang an gewusst! Warum hast du mir denn nichts gesagt, verdammt noch mal?«

Es klopft an der Tür. »Romy? Ist alles in Ordnung?«

»Ja, Papa«, antworte ich hastig. »Ich telefoniere.«

»Hast du Streit?«

»Papa, nicht jetzt!«

Er schweigt kurz. Dann sagt er: »Wir müssen los. Bis heute Abend, Schatz. Wird spät, wir bringen das Essen mit.«

»Tschüss, grüß Mama«, rufe ich ihm durch die geschlossene Tür hinterher. Wie ein eingesperrtes Tier laufe ich im Atelier auf und ab und werfe dem blöden, weichen Pullover böse Blicke zu. Es tut weh, so verarscht worden zu sein. Von Killian, der einfach geheim gehalten hat, wer er ist, aber erst recht von meiner Schwester. Wie konnte Polly mich so ahnungslos lassen? Ich hätte mich total blamieren können! Moment mal – ich *habe* mich total blamiert! Polly hat Killian in jedem Fall erkannt, denn sie liebt Fußball und war schon ein Fan vom FC Birmheim gewesen, als dieser noch in der dritten Liga spielte. Ausgeschlossen, dass sie nicht gewusst hat, wer er ist. Warum hat sie es mir nicht einfach gesagt?

Ich höre, wie meine Eltern die Tür hinter sich zuziehen. Eben hatte ich ihnen noch eiskalt vorlügen wollen, dieses Theaterstück zu besuchen. Vermutlich war der Zeitungsartikel die Quittung vom Universum; der Schubs, der mich wieder in die Spur holen sollte.

Ich kann mich doch unmöglich mit Killian Schwarz treffen!

Mein Blick streift die Uhr. Ich muss mich beeilen, der Bus wird nicht auf mich warten. Aber ich bin zu aufgewühlt. Ich hebe den Pullover wieder auf, nehme das Zeitungsfoto in die andere Hand und setze mich neben das Fenster. Meine Wut verraucht, aber etwas bleibt wie Asche in meinem Herzen zurück. Ich weiß nicht mal, warum ich so schockiert bin, dass Killian dieser junge Fußballstar ist. Es ist ja nicht verboten, Fußballstar zu sein. Killian hat mir auch nichts Unwahres erzählt. Er hat es nicht abgestritten; er hat es mir einfach nicht auf die Nase gebunden. Ich fühle mich elend, weil ich mich so darüber aufgeregt habe, aber langsam kommt mir die Erkenntnis, was das alles bedeutet. Das »Can't wait« in seinem WhatsApp-Profil hatte gar nichts mit mir zu tun, sondern bloß mit dem wichtigen Spiel heute Abend. Es zwickt mich und gleichzeitig schäme ich mich, weil ich mir eingebildet hatte, es wäre unser Date, das er nicht erwarten kann. Vermutlich hat es für ihn nicht annähernd dieselbe Bedeutung wie für mich. Natürlich hat es das nicht! Er ist Killian Schwarz, Herrgott noch mal. Er kann sich mit jeder zweiten Frau in der Stadt treffen. Haben Fußballer nicht immer Models oder berühmte It-Girls als Freundinnen? Andererseits – ich schaue auf das Foto und die Finger meiner anderen Hand graben sich in den Pullover – hat er *mich* um das Date gebeten; kein Model und kein It-Girl.

»Was mach ich denn jetzt?«, flüstere ich in die Stille des leeren Hauses hinein.

Das Ding rocken, antwortet Polly amüsiert. *Was denn sonst?*

Mein erster Impuls ist, sie anzuschreien. Aber ich ahne, dass sie meinen erschrockenen Wutanfall mitbekommen haben muss, und das ist mir sofort unangenehm. Er ist Fußballer, ja. Aber es gibt Schlimmeres.

»Warum hast du es mir nicht gesagt?«, frage ich. Mein Blick klebt auf Killians Foto. Es zeigt eine Seite, die ich noch nicht an ihm kenne. Der Fotograf hat einen wilden Triumphschrei mit gebleckten Zähnen im Bild festgehalten. Man erkennt die Adern an seinem Hals und jede Sehne an seinen Unterarmen.

Mein Bauch kribbelt.

Hättest du dich getraut, wenn du es gewusst hättest?, fragt Polly sanft. *Hättest du ihm dann eine Chance gegeben?*

Sie hat recht, denke ich, während die Uhr weiterläuft und mir mit ihrem leisen Ticken sekündlich verrät, dass ich zu spät zur Schule kommen werde.

Ich hätte *mir* keine Chance gegeben.

KAPITEL 13

Paul weiß es nicht, aber er ist genau derselben Meinung wie Polly. Ich habe ihm alles über Killian erzählt, und er rät mir davon ab, mir das Fußballspiel anzuschauen. Polly sagt das Gleiche. Es würde mich nur nervös machen. Damit haben die beiden zweifelsfrei recht, aber das sagt sich natürlich leicht, wenn man vor Neugierde und Spannung nicht fast platzt.

Leider haben wir nur im Wohnzimmer Pay-TV, und ich traue mich nicht, das Fußballspiel vor den irritierten Blicken meiner Eltern einzuschalten. Ich habe mich bisher nie auch nur ansatzweise für Fußball interessiert, es macht sie sicher misstrauisch, wenn ich plötzlich mit vor Staunen offenem Mund vor dem Bildschirm klebe. Also gehe ich nach dem Abendessen mit meinem Laptop ins Atelier und google nach Möglichkeiten, das Spiel im Internet anzusehen. Legale Möglichkeiten finde ich nicht, aber immerhin gibt es ein paar Liveticker auf unterschiedlichen Internetportalen.

Das Spiel hat vor zwanzig Minuten angefangen, es steht

eins zu eins. Im Takt von wenigen Minuten wird das Geschehen aktualisiert.

22. Minute – Weitschuss von Thomas Müller, aber solide Abwehr der Birmheimer Viererkette, der Ball geht ins Aus.

24. Minute – Manuel Minch steigt im Zweikampf hart gegen Douglas Costa ein. Der Schiedsrichter verwarnt den Birmheimer Verteidiger, lässt aber die Karten stecken. Costa scheint sich wehgetan zu haben, kann aber weiterspielen.

26. Minute – Ecke für die Birmheimer und Nervosität in der bayrischen Abwehr. Die Statistiken geben ihnen keinen Grund zur Sorge: Ausgerechnet in Standardsituationen sind die Birmheimer nicht für ihre Chancenverwertung bekannt.

27. Minute – Nedim Ataman führt die Ecke für Birmheim aus, der Ball findet aber kein Ziel.

28. Minute – Konterchance für Bayern München. Arturo Vidal spielt ab auf Robert Lewandowski, der zieht aufs Tor. Vorbei! Das war knapp für die junge Mannschaft aus Birmheim.

31. Minute – Wechsel bei den Bayern. Für den angeschlagenen Douglas Costa kommt Xabi Alonso.

Spielt Killian überhaupt mit? Bisher wurde er nicht erwähnt. Ich öffne einen zweiten Tab und gebe seinen Namen ins Suchfeld ein. Dann klicke ich auf die Bildersuche. Eine Fotogalerie aus etlichen Porträts, Ganzkörperaufnahmen und Spielmomenten erscheint. Auf manchen Fotos sieht er nicht aus wie ein Fußballspieler, sondern wie ein Männermodel. Aber vermutlich bekommt man solche Profibilder unweigerlich, wenn man in der Bundesliga spielt. Es würde mich nicht wundern, wenn man die als Poster kaufen kann. An wie vielen Wänden mag er hängen, in wie viele Mädchenschlafzimmer lächeln?

Ein Klopfen an der Tür lässt mich zusammenfahren. Rasch klappe ich den Laptop zu. Mein Vater steckt den Kopf ins Atelier.

»Hallo Romy. Hast du vielleicht Lust, einen Film mit uns anzusehen?«

Ich verziehe das Gesicht. Deutsche Krimiserien – die Leidenschaft meiner Eltern – sind einfach nicht mein Ding.

»Versteh schon«, sagt er und seufzt. »Was machst du denn Nettes?«

»Chatten«, gebe ich zurück und ärgere mich, den Laptop zugeklappt zu haben.

»Na gut.« Er steht unschlüssig in der Tür. »Dann will ich mal nicht länger stören.«

Kaum, dass er weg ist, öffne ich den Laptop wieder, klicke eine beliebige Seite mit einem einfachen Porträtbild an und bekomme sämtliche Spielerdaten angezeigt. Name, Geburtsdatum und -ort, Größe, Nationalität. Ich erfahre, seit wann und auf welcher Position Killian für den FC-Birmheim spielt, wann seine letzte Vertragsverlängerung war und wann der Vertrag endet. Da steht sogar, mit welchem Fuß er schießt. Neben dem Steckbrief prangt eine große Neun. Ich sehe genauer hin. Das ist der sogenannte »Marktwert«. Der Marktwert in Millionen Euro! Meine Güte – neun Millionen Euro! Ich schaue schnell wieder vom rechten Bildschirmrand weg und entdecke einen Link, der »Gerüchte« heißt. Der Cursor meiner Maus bewegt sich zögernd auf das Wort zu. Will ich wirklich wissen, welche Gerüchte über Killian kursieren?

Ich klicke die Seite zu. Sie erinnert mich an Ebay, es kommt mir vor, als könnte man dort alles über Menschen nachlesen, sie wie Ware vergleichen und mit einem Klick auf diese unwirkliche Zahl bestellen. Das ist ja gruselig, schlimmer als bei Germany's Next Topmodel!

Im Liveticker hat sich inzwischen etwas getan.

41. Minute – Pass von Nedim Ataman auf Killian Schwarz. Schwarz zieht präzise und mit Wumms ins linke obere Eck, da kann selbst Manuel Neuer nur anerkennend nicken. TOOOR für die Füchse!

Tor? Von einer auf die andere Minute bin ich vollkommen aufgedreht. Killian hat ein Tor geschossen! Sie führen gegen den FC Bayern München. Ich stelle mir vor, dass er jubelt wie auf dem Zeitungsfoto. Plötzlich wird mir bewusst, dass das Stadion keine fünf Kilometer entfernt ist. Von der Innenstadt aus kann man die Fans jubeln hören, wenn unsere Birmheimer Tore schießen. Ich wünschte, ich wäre jetzt da und könnte live mitjubeln.

In den nächsten Minuten geht es noch einige Male hin und her, aber Killian wird erst wieder erwähnt, als die erste Halbzeit zu Ende ist und alle Torschützen genannt werden. Dann ist Pause. Ich nutze diese, um mich zumindest grob über den Verein zu informieren, den in Birmheim jeder außer mir zu vergöttern scheint. Nach wenigen Minuten wird mir klar, was alle so toll am FC Birmheim finden.

Vor fünf Jahren hatte der Club noch in der unbedeutenden Regionalliga West gespielt, dann war Ole Christian, ein ehemaliger Spieler, Trainer geworden und hatte den Verein ohne nennenswerte finanzielle Mittel und fast ausschließlich mit der eigenen Jugend von Jahr zu Jahr eine Liga aufsteigen lassen. Spätestens als die Birmheimer als Neuaufsteiger in der zweiten Liga die Saison an der Tabellenspitze beendeten und damit in die Bundesliga aufstiegen, galten sie als der Geheimtipp. Zum nationalen Publikumsliebling wurde die junge Mannschaft, als man im Hinrundenspiel der aktuellen Saison den Rekordmeister Bayern München mit vier zu eins schlug. Ich beiße mir auf die Lippen und schlage nach, wer die Tore geschossen hat. Gleich drei hatte Killian geschafft – einen Hattrick. Die Fußballwelt nennt es den »Schwarzen Tag« der Bayern.

Der Liveticker vermeldet, dass das Spiel wieder angepfiffen wird, und ich sitze mit fest gedrückten Daumen davor. Es herrscht zwar ein spannendes Hin und Her, und die Aktualisierungen erfolgen im Minutentakt und mit immer mehr Tippfehlern, aber das nächste Tor machen leider die Bayern.

»Mist!«, rufe ich und wecke den Hund, der mich anschaut, als hätte ich sie nicht mehr alle. »Zwei zu zwei«, sage ich und Mister Boo legt seufzend den Kopf auf seine Pfoten.

In der 71. Minute gelingt Killian endlich wieder ein Schuss aufs Tor, aber diesmal hält der gegnerische Torwart. Ein Birmheimer bekommt die Gelb-Rote Karte und muss vom Platz, unsere Mannschaft muss mit zehn Spielern gegen elf weiterspielen. Wie unfair! Die Bayern schießen das zwei zu drei und kurz darauf auch noch das zwei zu vier.

Kurz vor Schluss hämmert Killian dem Autor des Tickers nach noch einen Monsterschuss an die Latte, dass es nur so kracht, aber das nützt auch nichts mehr.

89. Minute – Die Birmheimer sind platt. Das Publikum gibt sein Bestes, die Jungs noch einmal hochzupeitschen, aber die Beine werden sichtlich mit jedem Meter schwerer.

89. Minute – Robert Lewandowski allein gegen vier müde Birmheimer, Lewandowski ist schneller – Schuss und Tor. Dominik Jäger muss ein weiteres Mal hinter sich greifen. Zwei zu fünf.

90. Minute +2 – Abpfiff. Der Birmheimer FC verliert gegen den FC Bayern München zwei zu fünf. Das Birmheimer Publikum stört sich nicht am Punktverlust und feiert seine Jungs, die gegen einen unschlagbaren Rekordmeister heute alles gegeben haben.

Fazit: eine Niederlage mit hohem Ergebnis für die Gastgeber, für das sich allerdings niemand auf dem Platz schämen muss. Die Bayern waren in der Rückrunde besser vorbereitet und ließen sich kein zweites Mal von den schnellen Angriffen des Birmheimer FC überrumpeln. Ganz mühelos wird den Sieg in bayrischen Reihen trotz des deutlichen Ergebnisses keiner nennen.

Für diesen Abend baut Bayern die Tabellenspitze weiter aus. Birmheim bleibt auf einem guten achten Platz, den ihnen morgen die Verfolger Mainz und Leverkusen mit Siegen streitig machen können. Wenn ihr mögt, seid wieder dabei, wenn wir euch über die Samstagsspiele des 30. Spieltags auf dem Laufenden halten. Tschüss aus Birmheim!

Ich stoße die Luft aus. Wenn ich schon so enttäuscht bin, obwohl ich nur mitlesen konnte, wie das Spiel verlaufen ist, wie muss es dann Killian gehen? Ich nehme mein Handy und schaue bei WhatsApp nach seinem Status, aber so schnell kann er ihn natürlich nicht geändert haben. Da steht immer noch »Can't wait«.

KAPITEL 14

»Hübsch siehst du aus«, sagt Mama, als ich mich von meinen Eltern verabschiede und ihnen eine schöne Vernissage wünsche. Ihr Lächeln zittert ein wenig auf ihren sorgfältig nachgezogenen Lippen.

Papa nickt. »Ja, wirklich. Ist das …?«

»Die Bluse gehörte Polly«, sage ich und komme mir aus irgendeinem Grund gemein dabei vor. »Sie hat nichts … sie hätte sicher nichts dagegen.«

»Nein, natürlich nicht.« Mama hat es plötzlich eilig. Sie gibt mir einen Kuss auf die Wange und nimmt ihre Handtasche.

»Das Taxigeld liegt auf der Kommode«, sagt Papa. »Du meldest dich, wenn etwas ist.«

Ich nicke. »Paul und ich gehen nach dem Stück noch eine Cola trinken, okay?«

Ich sehe sofort, dass meinen Eltern das nicht behagt. »Das war eigentlich nicht abgemacht«, sagt Mama.

»Bloß in der Bar im Theater.«

»Okay, das ist etwas anderes. Aber wirklich nur Cola.«

Sie weiß genau, dass man in dieser Bar ohne einen Ausweis keine Chance auf ein alkoholisches Getränk hat. »Und du bist um halb elf zu Hause.«

»Du gehst erst aus dem Theater, wenn das Taxi vor der Tür steht!«, verlangt Papa.

Ich verdrehe die Augen, sorge aber dafür, dass die beiden es nicht sehen.

Nachdem sie weg sind, lasse ich Mister Boo für sein abendliches Geschäft in den Garten. Dann wird es auch für mich Zeit. Ich bestelle mir wie abgesprochen ein Taxi und fahre zum Theater. Das perfekte Verbrechen, denke ich düster, während ich im Inneren meiner Handtasche die Kontrollstreifen von den Theaterkarten reiße, in einen Mülleimer werfe und die Taxiquittung einstecke. Dann wechsle ich die Straßenseite, nehme die Buslinie 655 und fahre drei Haltestellen bis zum Alten Zoo. Der namensgebende Zoo war an den Stadtrand umgezogen, als ich noch in den Kindergarten ging. Inzwischen ist die Gegend ein alternatives Wohnviertel mit trendigen Bars und einer Menge kleiner, multikultureller Restaurants.

»Ich bin mir nie ganz sicher«, sage ich ganz leise zu Polly, als ich aus dem Bus steige, »aber ich glaube, dass ich hier immer noch die Elefanten rieche.«

Polly ist ganz nah an meiner Seite. Ich spüre sie fast am Stoff meiner Jacke.

»Geht dir das auch so?«

Ich … ich weiß nicht. Ich fürchte, ich habe es vergessen.

»Das ist doch auch nichts Wichtiges!«, sage ich schnell. Eine ältere Frau wirft mir einen fragenden Blick zu und ich laufe ein paar Meter weiter. Ich will gar nicht hören, was

Polly da womöglich andeutet. Dass sie vielleicht irgendwann auch mich vergessen wird und nicht mehr zu mir zurückkommt. Ich käme nicht damit zurecht, sie ein weiteres Mal zu verlieren. »Vergiss den Quatsch mit den Elefanten. Ich bilde mir das nur ein, weil ich als Kind so gerne wollte, dass die Elefanten noch da sind.«

Polly lacht leise, aber an diesem Lachen scheint ein Gewicht zu hängen.

Ich erreiche die Adresse, die Killian mir genannt hat. Straße und Hausnummer stimmen zweifelsfrei, aber hier ist nur ein Altbau-Wohnhaus mit hellblauer Fassade und Stuckverzierungen um alle Türen und Fenster. Ein Café kann ich nicht entdecken. Einen Moment schießt mir nur ein einziger, böser Gedanke durch den Kopf: Er hat mich verarscht.

Fassungslos stehe ich vor dem Haus, starre an die Tür und muss damit klarkommen, dass Killian mich überhaupt nicht treffen wollte. Er hat mich zu irgendeiner Adresse geschickt und lacht sich jetzt vermutlich über mich und meine naiven Hoffnungen kaputt. Doch dann fällt mir etwas Seltsames an der Haustür auf. Da hängt ein Schild, auf dem groß »Warnung« steht. Darunter ist allerdings kein Hund abgebildet, sondern ein ziemlich makaber aussehendes weißes Kaninchen mit einem zerfetzten Ohr, einem zugenähten Auge und einer Taschenuhr in den Pfoten. Es erinnert an eine Horrorversion vom weißen Kaninchen aus Alice in Wonderland. LeLapin ist Französisch und bedeutet: das Kaninchen.

»Dann hat er mich doch nicht verarscht.«

Natürlich nicht. Warum sollte er?

Meine Frage ist eher, warum er sich ausgerechnet mit mir treffen sollte, aber das will ich nicht vor der Tür mit Polly ausdiskutieren. Ich drücke rasch auf die Klingel, bevor ich mich nicht mehr traue. Das ist das seltsamste Café, das ich je gesehen habe, aber als die Tür summt und auf meinen Druck hin aufschwingt, wird mir klar, dass es wirklich ein Café sein muss.

Eine junge Bedienung mit mehreren Lippenpiercings begrüßt mich im LeLapin. »Wirst du erwartet? Von Killian?«, fragt sie ganz leise, dabei sind die anderen Gäste an ihren Tischen recht weit entfernt. Das Café ist sehr viel geräumiger, als es von außen den Anschein hat. Ich nicke unsicher, und die junge Frau führt mich durch zwei große, offene Räume in einen dritten, der verwinkelt in kleine Sitznischen aufgeteilt ist. Killian steht auf, als ich auf ihn zugehe, und umarmt mich kurz. Ich erinnere mich ans Weiteratmen, bevor mir schwindelig wird, aber es gerät stockend.

»Setz dich«, sagt er. Wir nehmen auf gepolsterten Stühlen Platz. Zwischen uns auf dem Tisch steht ein Arrangement aus fünf Kerzen in unterschiedlichen Größen. Im Feuerschein wirken Killians Augen nicht mehr bloß Dunkelblau, sondern facettenreicher, als wären sie aus allen denkbaren Blautönen zusammengesetzt. Augen, um sie stundenlang anzusehen, denke ich, spüre mich erröten und schaue schnell weg.

Die Bedienung bringt eine Karaffe Wasser und Gläser. »Was darf ich euch denn bringen?«, fragt sie.

»Möchtest du … Wein?« Killian scheint nicht ganz sicher.

Polly sagt: *Und ob du möchtest!*

Ich weiß nicht recht. Dieser Laden schreit eigentlich danach, teuren Wein zu bestellen. Ich könnte einen Schluck vertragen, um lockerer zu werden, trau mich aber nicht, weil ich Alkohol kaum gewöhnt bin. Nach locker kommt meist ohne Übergangsphase peinlich.

»Lieber eine Cola, bitte.«

»Nehme ich auch erst mal«, sagt Killian. Die Bedienung lächelt und stolziert auf ihren hohen Schuhen davon.

»Schöner Laden«, sage ich, weil mir sonst nichts einfällt. »Kommst du öfter her?«

Er nickt. »Ja. Ich bin gern hier. Ich mag es, dass man an der Tür klingeln muss, um reinzukommen. Es fühlt sich so privat an. Als wäre man bei Freunden.«

»Zumindest bis die Rechnung kommt. Du hast vermutlich nicht überall Privatsphäre?«

Er hebt die Schultern und gibt ein ausweichendes »Hm« von sich.

Irgendwas in seinem Blick verleiht mir Courage. »Herzlichen Glückwunsch zum Tor gestern«, sage ich und beobachte seine Reaktion sehr genau.

Er behält ein Pokerface, sagt bloß: »Danke.«

»Du hättest mir das ruhig sagen können, dass du Fußballer bist.«

»Du hast nicht gefragt. Außerdem … stell dir vor, wie peinlich das für mich gewesen wäre, wenn ich mich als Killian Schwarz, den neuen Superstar der ersten Liga vorgestellt hätte.« Er grinst und pustet sich die Haare aus der Stirn. »Und dann hätte ich hier kleinlaut auflaufen müssen – nach der Packung, die wir gestern fressen mussten.«

Unsere Cola kommt, er nimmt einen Schluck und behält das Glas in der Hand. »Und am Ende hast du es ja auch ohne meine Prahlereien erfahren. Das kommt doch gleich sympathischer, oder?«

Er ist der Hammer, schmachtet Polly.

»Ich kam mir wirklich blöd vor, als der Junge am Rhein mir nicht einfach deine Nummer geben wollte. Aber im Nachhinein verstehe ich das.«

»Es behaupten ständig irgendwelche Teenie-Fangirls, sie hätten meine Nummer von mir bekommen und leider wieder verloren«, sagt Killian. »Manche sind echt aufdringlich und lassen mich gar nicht mehr in Ruhe. Da passe ich lieber ein wenig auf.«

Teenie-Fangirls. Die Bezeichnung sticht mich wie ein Messer. Hält er mich auch für einen dieser Teenies?

Selbst Polly murmelt ein leises *Autsch*.

»Wie alt bist du eigentlich?«, frage ich ihn. Ich weiß es zwar, aber er muss ja nicht wissen, dass ich in seinem Spielerprofil gestöbert habe. Sonst denkt er noch, ich hätte auch die Gerüchte über ihn gelesen.

»Neunzehn. Und du?«

Mist. An die Rückfrage hätte ich denken müssen. Ob ihm plötzlich ein anderer Termin einfällt, wenn ich ihm antworte, dass ich erst fünfzehn bin? Ein Teenie?

Ganz ruhig, mahnt Polly. *Denk daran, dass er erwachsen ist und du nicht. Sag nichts Falsches.*

Ich lehne mich auf meinem Stuhl zurück. »Was denkst du denn?«

Polly stößt die Luft aus. *Gut!*

Killian schaut in die Luft. Das Kerzenlicht flackert in seinen Gewitteraugen. »Siebzehn?«

Polly wäre inzwischen siebzehn gewesen. Und Polly flüstert: *Sag, dass er gut geraten hat.*

»Gut geraten«, echoe ich hohl und kann es im gleichen Moment kaum fassen. Was habe ich getan? Das kommt doch raus!

Das war nur halb gelogen, flüstert Polly mir zu. *Bloß eine Not-Unwahrheit.*

»Und ich vermute«, fährt Killian fort, »dass du noch zur Schule gehst. Machst du Abi?«

»Ich komm nach dem Sommer in die Elfte.« Wenigstens das ist nicht gelogen. »Ich ... hab mal ein Jahr wiederholen müssen.« In Wahrheit hatte ich eine Klasse übersprungen. In der Grundschule, als es in Englisch noch reichte, die Zahlen und Farben aufzusagen. »Und du?«

»Ich war froh, nach der Realschule damit durch zu sein. Schule, tägliches Training, Spiele, Trainingslager. Hin und wieder Pressetermine und so was ... das war happig. Da blieb während der Saison keine Viertelstunde mehr vom Tag übrig.«

»Ihr trainiert jeden Tag?«

»Na klar. Der Montag nach einem Wochenendspiel ist meist ganz entspannt, da gehen wir oft nur laufen oder schwimmen. Dienstags und donnerstags sind dagegen zwei Trainingseinheiten, mittwochs und freitags eine plus Teamsitzungen, Videoanalysen, Taktikbesprechungen.«

»Und am Wochenende dann die Spiele.«

»Ja, meistens, es sei denn, es ist Englische Woche oder ein Pokalspiel, dann sind auch in der Woche Spiele.«

»Das klingt nach einem Vollzeitjob.«

»Ist ja auch einer.«

Polly lacht leise in meinen Gedanken. *Wird auch gut bezahlt.*

Ich hatte mir nie Gedanken um den Alltag von Fußballern gemacht, aber was Killian erzählt, klingt spannend, und ich hänge an seinen Lippen, während er mir geduldig jede Frage beantwortet. Was ist eine Englische Woche? Wer spielt in der Champions League? Was bedeutet DFB-Pokal, wer darf da mitspielen und wer hat den FC Birmheim aus diesem Wettbewerb rausgekickt?

Bei der letzten Frage lacht er wieder auf diese umwerfende Art in ein amüsiertes Kopfschütteln hinein. Wie macht er das nur, dass diese kleine Geste mich jedes Mal so trifft, dass mein Magen einen Hopser macht? Ich muss unweigerlich mitlächeln.

»Das waren die Bayern«, sagt er dann.

»Mit denen habt ihr es ja.«

Er seufzt. »Sie sind halt verdammt gut. Leider, ich sag es nicht gern. In der Hinrunde, beim ersten Spiel konnten wir sie schlagen, weil sie uns unterschätzt haben. Das zu wiederholen wird eine Aufgabe.«

»Ist es nicht total krass, gegen so weltberühmte Superstars zu spielen?« Arjen Robben, Franck Ribéry, Thomas Müller, Manuel Neuer … diese Namen kenne sogar ich. Ich, die in Killian Schwarz beim Fußballspielen hineinrennt und nicht merkt, wer er ist.

»Es ist der Wahnsinn«, pflichtet er mir bei. »Ich kann es bis heute nicht ganz glauben, dass wir wirklich in der Bundesliga mitspielen.«

»Ich hoffe, die Superstars sind wenigstens nett«, sage ich.

Irgendetwas daran scheint ihn zu erheitern. »Eigentlich schon, ja. Und für dumme Sprüche gibt es halt Retourkutschen.«

»Erzähl!«

»Nach dem Hinrundenspiel gegen die Bayern«, sagt er und senkt verschwörerisch die Stimme, »hat unser Trainer in der Pressekonferenz erklärt, dass wir uns alle sehr darauf freuen, den FC Bayern zum nächsten Spiel in unserem kleinen Stadion begrüßen zu dürfen. Daraufhin witzelten die Bayernspieler, sie würden sich weit weniger freuen, schließlich sagt man unserem Stadion nicht nur einen aktiven Maulwurf unterm Rasen nach – was übrigens ein Gerücht ist –, sondern auch, dass unsere Duschen seit den Siebzigern nicht mehr saniert worden wären. Das schreit natürlich nach Rache.« Killian reizt die Spannung aus, indem er seine Cola leer trinkt und der Bedienung signalisiert, sie möge eine zweite bringen. Meine ist noch fast voll. Ich streife mit den Fingerspitzen das Kondenswasser vom Glas.

»Als ich ein kleiner Stöpsel war, bin ich manchmal dem Hausmeister im Stadion ein bisschen zur Hand gegangen und durfte dann Fußballspiele umsonst anschauen, für die man eigentlich hätte zahlen müssen«, erzählt Killian weiter. »Ich weiß also genau, wo die Heizräume sind und wo man das heiße Wasser abdrehen kann. Und so kam es gestern zu dem bedauerlichen Missgeschick, dass nach dem Spiel nur kaltes Wasser aus den Leitungen floss.«

Ich verschlucke mich fast an meiner Cola. »Die Fußballmillionäre mussten kalt duschen?«

»Eiskalt.«

»Aber ihr doch auch, oder?«

»Deren Gesichter waren es so was von wert, Romy.«

»Oh mein Gott. Ob die je wieder nach Birmheim kommen?«

»Müssen sie ja«, erwidert Killian vollkommen ungerührt, »denn wir denken nicht daran, wieder abzusteigen. Ich überlege mir schon, wie ich das fürs nächste Mal toppen kann.«

»Ist doch klar!«, rufe ich. »Du musst einen Maulwurf unter dem Spielfeld aussetzen!«

Ich habe schon gegessen, aber Killian lässt sich nicht davon abhalten, eine Platte Gemüsechips und Dips für zwei zu bestellen. Ich finde allein das Wort eigenartig. Gemüsechips. Da stimmt doch etwas nicht, das klingt wie Magermilchfett oder zuckerfreie Kuchenglasur. Ich muss wieder an diese Spielerprofile im Internet denke und frage mich, ob Fußballspieler von ihren Managern auch Listen mit erlaubten und verbotenen Nahrungsmitteln bekommen, wie es Gerüchten zufolge bei Fotomodels ist. Die Armen!

»Ihr müsst ziemlich auf eure Fitness achten, nehme ich an«, sage ich, als die bunten Chips serviert werden.

Killian zieht eine Augenbraue hoch und mustert mich eine Weile. Dann sagt er schlicht: »Ich weiß, was du denkst. Aber … probier einfach.«

Ich schiebe mir einen rötlichen Chip ohne Sauce in den Mund – »Rote Bete«, erklärt mir Killian zuvorkommend – und muss fast husten, weil der Geschmack mich so erschreckt. Ich hatte mit fadem Diätfutter gerechnet, aber das hier, das ist …

Es ist knusprig und zart zugleich, aber der eigentliche Wahnsinn ist der Geschmack von Gewürzen, die auf meiner Zunge explodieren. Dieser Chip ist scharf und süß zugleich, und ich habe nicht mal ein »Hm« verlauten lassen, bevor ich schon nach einem weiteren Chip greife und ihn diesmal durch eine schaumige, hellgrüne Sauce ziehe, bevor ich koste.

»Gut, ne?«, fragt Killian wissend.

Gut ist vollkommen untertrieben, eine regelrechte Beleidigung für diesen Geschmack. »Wenn du auch welche möchtest«, scherze ich, »solltest du besser eine zweite Platte bestellen. Wie hast du diesen Laden hier gefunden, der ist ja der Wahnsinn.«

»Den hat meine Oma entdeckt«, sagt Killian und schmunzelt. Ich habe keine Ahnung, ob er mich veralbert, aber solange noch reichlich von diesen Chips da sind, ist mir das egal.

»Jetzt kennst du meine geheime Leidenschaft für Pastinakenchips mit rosa Pfeffersauce«, sagt er schließlich leise und betrachtet mich dabei, wie ich mir etwas Orangenschaum vom Finger lecke. »Das ließe sich bestimmt an die Boulevardpresse verkaufen, falls du mal blank sein solltest. Aber ich weiß noch kaum etwas von dir.«

»Du weißt, dass ich keine Ahnung von Fußball habe und dass ich bisher keine Pastinakenchips kannte.« Ich frage mich, ob der Scherz über die Boulevardpresse so beiläufig gemeint ist, wie er klang. Bei den Worten wehte ein Anflug von Düsternis über seinen Augen. Vielleicht kommt es häufiger vor, dass er enttäuscht wird; dass die Leute lieber den berühmten Fußballer treffen wollen als Killian.

»Und mehr magst du nicht über dich erzählen?« Die Frage reißt mich aus meinen Gedanken.

»Über mich gibt es nicht viel zu sagen«, antworte ich hilflos. »Ich gehe zur Schule, ich habe einen Hund …« Meine Nackenhaare richten sich auf, als mir klar wird, dass das wirklich alles ist, was ich von mir erzählen kann. Wann bin ich so langweilig geworden? Still rufe ich nach Polly. Sie war eben noch da, aber jetzt scheint sie fort zu sein. »Früher hab ich Bass gespielt, aber …«

»Habe ich etwas Falsches gesagt?«, fragt Killian und schaut mich an, als würde ich gleich die Flucht ergreifen.

»Nein.« Nein, ich komme nur nach einem Jahr Trauer-Koma zu mir und merke, dass ich schrecklich fade geworden bin.

»Möchtest du nicht über dich reden?«, hakt er behutsam nach.

»Nein. Ich meine … doch. Aber …« Polly hat recht. »Ich habe im letzten Jahr nicht viel erlebt.« Nicht viel *gelebt* trifft es genauer. »Ich hab bloß Tage verrinnen lassen und war über jeden froh, der vorbei war.«

Er reibt die Lippen gegeneinander, und ich würde eine Menge geben, um zu erfahren, was er jetzt denkt. »Schwierige Phase?«, fragt er. Seine Stimme ist rau und leise.

»Kann man so sagen.« Ich schlucke, aber der Kloß in meiner Kehle wird davon nur dicker.

»Erzähl«, sagt er ruhig, und ich würde am liebsten weit wegrennen. Ich fühle mich in eine Ecke gedrängt, denn ich sehe plötzlich keinen Ausweg mehr – er will, dass ich ihm von Polly erzähle. Aber das kann ich nicht. Ich kann Fragen beantworten, ihren Namen sagen und ich kann mit ihr reden und lachen. Aber es auszusprechen, ihm laut zu sagen, dass sie gestorben ist, bringe ich nicht fertig. Habe es nie geschafft und nie gemusst. Alle hatten damals von meinen Eltern davon erfahren und waren mit ihrem Wissen behutsam um mich herumgeschlichen, ohne je daran zu rühren. In meinem Herzen nistet die Angst, dass es erst wirklich wahr wird, wenn ich es ausspreche. Und dass sie dann verschwinden könnte, jetzt, wo ich sie gerade wiedergefunden habe.

»Ich kann nicht«, sage ich. Es ist nicht an ihn gerichtet, ich spreche eigentlich zu Polly und setze darauf, dass sie mir irgendwie hilft. Aber sie antwortet nicht.

Polly, meine Polly. Was, wenn du nicht mehr zu mir kommst, sobald ich ausspreche, dass du tot bist?

»Komm«, sagt Killian plötzlich. Er steht auf und nimmt mich einfach an der Hand. Ich kann gerade noch nach meiner Jacke greifen und bin zu perplex, um zu fragen, wo er plötzlich hinwill. Wir eilen an der Bedienung vorbei. Ihr Gesicht ist hinter einem Schleier verborgen. Oder weine ich etwa? Ich fahre mir mit dem Handrücken übers Gesicht und bin erleichtert. Ich habe nur Tränen in den Augen, aber meine Wangen sind trocken.

»Müssen wir nicht zahlen?«, frage ich, als Killian mich aus dem Café herausführt.

»Die machen mir bestimmt einen Deckel.«

Er scheint es eilig zu haben. Im Laufen ziehe ich meine Jeansjacke über, kaum dass meine Hand durch den Ärmel kommt, nimmt er sie wieder in seine. Ich will ihn ein Dutzend Mal fragen, wohin wir gehen, aber aus irgendeinem Grund sage ich nichts und folge ihm einfach. Wir hasten an restaurierten Altbaufassaden vorbei, Meter um Meter reiht sich eine Häuserfront an die nächste. Ich kann kaum Schritt mit ihm halten, muss mehrmals laufen. Wir überqueren eine Straße, biegen in eine Allee. Der Geruch von Elefanten und Erinnerungen wird stärker, und kurz darauf passieren wir den steinernen Torbogen, in den das Wort ZOO eingearbeitet ist. In beiden Os nisten Tauben. Wir laufen weiter. An weiteren Häusern vorbei, quer über einen Spielplatz, über das alte Zoogelände. Wo früher Pinguine und Robben waren, stehen jetzt kleine Einfamilienhäuser mit winzigen Gärten. Die Sonne ist längst verschwunden, aber dunkel ist es auch noch nicht. Meine linke Hand ist in seiner, die rechte wird kalt. Irgendwann muss ich tief Luft holen, da bleibt er plötzlich stehen und stellt sich mir gegenüber.

»Sag's jetzt. Nicht nachdenken, sag's schnell. Jetzt geht's.«

Mein Herz wummert. Meine Nase läuft. Ich sage: »Meine Schwester ist letztes Jahr gestorben«, und merke erst danach, dass er recht hatte. Jetzt ging es.

Er nickt und die Haare wippen ihm in die Stirn. »Okay«, sagt er bloß, als hätte ich ihm gesagt: Meine Eltern sind Anwälte, oder: Mein Hund heißt Mister Boo, oder: Zum Abendbrot gab es zu Hause Pasta mit Garnelen und Tomaten.

Aber was soll er auch mehr sagen als Okay?

Es tut mir leid? Ich war so oft wütend geworden, wenn die Leute sagen, dass es ihnen leidtäte, obwohl es doch überhaupt nicht ihre Schuld war. Es muss nur einem leidtun. Marcel. Aber der hat nie etwas gesagt, nie etwas geschrieben und nie etwas ausrichten lassen. Marcel schwieg Polly tot.

Ganz unberührt lassen meine Worte Killian nicht. Er atmet schwerer, und als er mich anlächelt, erreicht es seine Augen nicht. Wir gehen weiter, aber diesmal sehr langsam. Seine Finger umschließen meine noch immer, aber es kommt mir anders vor als eben. Mir ist, als hätten wir vergessen, uns loszulassen.

»Wie hast du das gemacht?«, frage ich, als mir bewusst wird, dass ich es wirklich ausgesprochen habe. Zum ersten Mal. »Ich konnte nie darüber sprechen, warum jetzt?«

Er zuckt verlegen mit den Schultern. »Ein Trick meines Trainers. Wenn wir meinen, wir schaffen irgendwas nicht, dann schickt er uns laufen.«

»Laufen?«

»Ja, laufen. Dazu hast du die falschen Schuhe an, aber ich dachte, dass es vielleicht auch reicht, schnell zu gehen. Den Kopf freikriegen, nennt der Trainer das. Und dann, wenn wir vergessen haben, was wir eigentlich vorhatten, überrumpelt er uns und lässt es uns noch mal versuchen. Es klappt nahezu immer.«

»Tatsächlich.« Es klingt zu einfach. Ich horche in mich hinein, weil ich immer noch nicht sicher bin, ob ich Polly nun vertrieben habe. Es fühlt sich nicht so an, aber sie ist mir auch nicht nah.

»Wie ist es passiert?«, fragt Killian.

»Autounfall.« Ich will ihm einfach nur die Informationen geben, die er braucht, um sich ein Bild zu machen. Möglichst sachlich. Aber es gelingt mir nicht. Meine Stimme zittert, meine Hände zittern und mein Herz zittert. »Vor fast genau einem Jahr. Sie war mit ihrem Freund in Köln in einer Disco. Normalerweise fuhren wir überall zusammen hin. Aber die Läden in den Großstädten machen Ausweiskontrollen am Einlass, und ich war ja erst …« Vierzehn, hätte ich beinah gesagt und mich damit als Lügnerin verraten. Ich beiße mir auf die Lippe.

Killians Daumen reibt tröstend über meine Fingerknöchel.

»Ich war noch nicht volljährig. Auf dem Rückweg ist es passiert. Ihr Freund hatte was getrunken und ist trotzdem gefahren. Er muss es ihr verheimlicht haben. Sie wäre nie eingestiegen, wenn sie es gewusst hätte. Er ist zu schnell gefahren und in einer Kurve in den Gegenverkehr gerast. Polly … Polly war nicht angeschnallt.«

Killian bläst sehr langsam die Luft aus. »Wie alt ist Polly geworden?«

Ich werfe ihm einen erstaunten Blick zu, weil er ihren Namen so selbstverständlich ausspricht. Das schaffen die wenigsten. »Sie war zwei Jahre älter als ich.«

»Ist sie das Mädchen auf den Fotos in deinem Zimmer?«

Ich nicke. »Es war unser Zimmer. Wir haben alles zusammen gemacht. Wir waren mehr eine Person als zwei verschiedene. Als sie nicht mehr da war … da brach mir alles weg. All das, was wir früher zusammen gemacht haben, ging plötzlich nicht mehr. Ich hatte an nichts mehr Spaß, weil mich alles nur daran erinnert hat, dass sie nicht mehr da ist.«

Nicht richtig, denke ich, aber ich kann natürlich nicht aussprechen, dass Polly zu mir spricht. Ich habe keine Ahnung, ob er mir glauben würde. Möglich wäre es. Aber ich kann nicht riskieren, dass er mich für verrückt hält. Sie muss mein Geheimnis bleiben.

»Verstehe«, sagt Killian. Er ist sehr still geworden, aber es ist kein peinlich berührtes Schweigen. Als er mich fragt, ob ich über Polly reden möchte, erfüllt mich das mit einer Leichtigkeit, die ich bisher mit Trauer nicht im Traum in Einklang hätte bringen können.

»Gern«, erwidere ich. »Aber nicht mehr heute Abend. Vielleicht ein anderes Mal?«

»Wann immer du willst«, sagt er. »Ruf mich an und ich komme.«

Die Vorstellung gefällt mir. »Du willst mich wiedersehen? Wann?«

Er blickt auf seine Uhr. »Ich bin schwer beschäftigt, wie du weißt.«

Oh, das klingt ja sehr begeistert!

»Aber wie wäre es mit jeden Tag?«

Ich muss lächeln. »Das lässt sich sicher irgendwie einrichten.«

»Darf ich dir etwas gestehen?«, fragt er, als wir eine Weile einfach weiterspaziert sind. »Als ich dich zum ersten Mal gesehen habe, am Rhein, da schoss mir etwas durch den Kopf.«

»Nach unserem Crash?«

Er schüttelt den Kopf. »Nein, in dem Moment davor. Ich hab in deine Augen gesehen und fand sie unglaublich traurig. Ich glaube, dass wir deshalb zusammengeprallt sind. Weil ich unbedingt wissen wollte, warum du so traurig aussiehst, und an nichts anderes mehr gedacht habe, sodass ich vergessen habe, dir auszuweichen.«

Ich finde es schwer, seinen Blick zu halten, aber ich schaffe es. »Es war alle Kopfschmerzen wert.«

Er reibt sich über den Kiefer. »Ja, das finde ich auch. Auch wenn ich dich lieber einfach angesprochen hätte.« Killian bleibt stehen und streicht mir die Schläfe hoch und über die Stirn, wo nichts mehr an die Beule erinnert. Meine Haut prickelt. Erst unter seiner Berührung, dann in einer sanften Welle am ganzen Körper.

»Heute Abend wurde mir dann klar, dass deine Augen gar nicht mehr so traurig sind. Und ich muss gestehen, so gefallen sie mir noch besser.«

Ich halte den Atem an und hoffe, dass er keine Antwort von mir will, denn ich habe schon wieder vergessen, was er gesagt hat. Ich nicke nur hauchfein, als sein Gesicht sich meinem nähert. Seine Nase berührt meine, ich hebe den Kopf und sein Atem streift über meine Lippen. Ich spüre es wie eine Berührung. Meine Haut war nie in meinem Leben empfindlicher. Ich habe das Gefühl, den Sauerstoff in der Luft zu fühlen. Seinen Herzschlag zu hören. Und dann bleibt alles stehen und friert ein, außer mir und ihm, als sich unsere Lippen treffen und er mich küsst oder ich ihn küsse, und für einen Moment sind wir allein auf der Welt und es gibt kein Gestern und kein Morgen mehr und ich denke, fühle und wünsche mir nichts anderes als genau diesen Kuss.

»Wie war das?«, frage ich an seinen Lippen. Seine Haare kitzeln mich an der Stirn. »Jeden Tag?«

»Mindestens.«

Bevor ich schlafen gehe, schiebe ich das Bett an die Fensterfront, damit ich zum Einschlafen die Sterne und die Magnolienblüten sehen kann. Bei jedem Atemzug nehme ich Killians Geruch auf meiner eigenen Haut wahr. Mein Herz schlägt immer noch ganz eigenartig, als hätte es einen neuen Rhythmus angenommen, an den ich mich erst gewöhnen muss.

Küsst er so gut, wie es aussah?, fragt Polly schelmisch, und ich grinse breit und hauche: »Besser.«

Er hatte mich gern nach Hause bringen wollen – zu Fuß, wenn mir nicht wohl dabei wäre, in sein Auto zu steigen –, aber ich hatte ihm erklärt, dass meine Eltern überbesorgt sind und vorerst nicht erfahren sollen, dass wir uns treffen. Davon schien er nicht unbedingt begeistert, sagte aber nichts und begleitete mich zum Theater, von wo aus ich brav mit dem Taxi nach Hause fuhr, um die Quittungen auf den Tisch zu legen, wo meine Eltern sie finden würden.

Sie waren natürlich noch nicht zu Hause. Ich schickte Mama eine Textnachricht, dass das Theater schön war und ich jetzt ins Bett gehen würde. Sie wünschte mir eine gute Nacht.

Auch von Killian kommt jetzt eine Nachricht, während ich mir gerade meinen Schlafanzug anziehe. »Süße Träume, süße Romy.«

»Gute Nacht«, sende ich mit einem Kuss-Smiley zurück.

Ich schlage mich in meine Bettdecke ein. Mister Boo springt ans Fußende und rollt sich dort zu einer Kugel zusammen.

Ich freu mich für dich, sagt Polly leise. Ich schließe die Augen und stelle mir vor, sie würde auf meiner Bettkante sitzen. *Ich glaube, er ist der Richtige für dich. Ich wusste es vom ersten Moment an.*

Ob sie irgendetwas damit zu tun hat, dass wir zusammengeprallt sind? Ich kann es mir gut vorstellen.

Und ich habe ihn angelogen.

»Meinst du, dass er mir verzeiht?«, frage ich sie. Die Lügen sind fiese Splitter unter der Haut. Leicht zu vergessen, aber wann immer ich versehentlich dranrühre, zieht die Sorge mit einem plötzlichen Schmerz.

Er wird verstehen, warum du geschwindelt hast. Du musstest das doch.

»Bist du sicher?«

Ja! Du musst es ihm nur erklären. Du wirst bald sechzehn, dieses eine Jahr mehr oder weniger wird ihm nichts ausmachen. Du hattest doch kaum eine Wahl. Er ist neunzehn, Romy. Er hätte sich bestimmt nicht auf dich eingelassen, wenn er sofort gewusst hätte, dass du nicht mal sechzehn bist.

Nicht mal sechzehn. Also faktisch noch ein Kind. Ein Teenie. Polly hat recht.

Außerdem bist du viel reifer als andere Fünfzehnjährige, sagt sie entschlossen. *Es ist ja nicht deine Schuld, dass du erst etwas später geboren wurdest, als eigentlich für dich vorgesehen war.*

»Ich sag es ihm nach meinem Geburtstag«, nehme ich mir fest vor. »Wenn er mich bis dahin wirklich liebt, dann wird er es verstehen.«

Und wenn nicht, wäre er es auch nicht wert!, entscheidet Polly. *So!*

»So!«, wiederhole ich und dränge die zweifelnden Gedanken fort. Es fällt mir unverschämt leicht, als ich wieder an Killians Küsse denke. An die Haarsträhne, die ihm immer in die Stirn fällt. An seine dunklen Gewitterwolkenaugen, die mich ansehen, als wäre ich – ich allein – etwas ganz Besonderes. Und an das, was seine Nähe mit meinem Innenleben macht.

Bist du jetzt glücklicher?

»Lebendiger«, sage ich leise und blicke durchs Fenster in den Himmel. Das Loch in meinem Inneren ist noch da. Aber es ist jetzt nicht mehr schwarz, nicht nur. Es hat jetzt jede Menge Sterne.

KAPITEL 15

Am Sonntagmorgen bekomme ich auf Facebook eine Freundschaftsanfrage von einem Sirius Black. Das Profilbild zeigt die Umrisse eines blau leuchtenden Hundes vor schwarzem Grund.

Killian! Es kann niemand anderes sein. Jetzt wird mir auch klar, was ihn so gefreut hat, als er im Atelier vor dem großen Bücherregal gestanden hatte: Dort stehen die Harry-Potter-Bände in dreifacher Ausführung – die alten, zerlesenen Taschenbücher, die Hardcover im Schuber, die ich mal zu Weihnachten bekommen habe, und die ganze Reihe noch mal auf Englisch (ein verzweifelter Versuch meines Vaters, der fehlschlug). Außerdem die illustrierte Schmuckausgabe von »Harry Potter und der Stein der Weisen«, die Bücher »Phantastische Tierwesen und wo sie zu finden sind« und »Die Welt der magischen Figuren« sowie »Die Märchen von Beedle dem Barden«.

Das Privatnachrichtenfester springt auf.

Sirius: Hey, guten Morgen. Ich wollte mich gerade outen, aber du weißt, dass ich es bin, oder?

Romy: Klar! Wer sollte es sonst sein, außer dir, Fritz!?

Sirius: ...

Romy: Was verschweigst du eigentlich noch alles? Du hättest mir doch sagen müssen, dass du ein Harry-Potter-Fan bist!

Sirius: Und mein ganzes Pulver gleich am Anfang verschießen?

Romy: Stimmt. Der Gefangene von Askaban lebt von seinen Geheimnissen.

Sirius: Sehr wahr.

Romy: Ist der Hund Sirius' Patronus? Ich hab mich immer gefragt, welchen Patronus er hat.

Sirius: Das habe ich geraten. In den Büchern steht dazu nichts. Aber Sirius' Animagos ist ein schwarzer Hund, daher nehme ich an, dass der auch sein Patronus sein muss.

Romy: Animagos gleich Patronus? Das wäre möglich, ja.

Sirius: Bei James Potter und Minerva McGonagall ist es ja auch so.

Aber Hallo! Da kennt sich jemand aus! Ich habe die Bände sicher ein halbes Dutzend Mal gelesen, aber an den Patronus von Minerva McGonagall kann ich mich nicht mehr erinnern. In meinem Bauch kribbelt es warm. Bisher schien mir alles an Killian neu und unbekannt, als käme er aus einer Welt, die ganz anders ist als die, in der ich lebe. Jetzt entdecke ich zum ersten Mal eine Gemeinsamkeit.

Romy: Liest du generell gern Fantasy?

Sirius: Soll ich auf Sindarin oder Khuzdul antworten? ;)

Ich schmelze dahin. Er steht nicht nur auf Harry Potter – er liebt auch Tolkien. Ich sehe uns die Nächte zusammen verbringen: bei Kerzenschein nah aneinandergeschmiegt, die Beine miteinander verschlungen und jeder in einem dicken Buch versunken. Hach!

An diesem Nachmittag kommt meine Tante zu Besuch und ich muss das Versprechen, Killian jeden Tag zu sehen, bereits zum ersten Mal brechen. Dafür chatten wir, telefonieren lange und verabreden uns für den nächsten Tag am Rheinufer zum Spazierengehen.

Am Montagvormittag in der Schule bin ich nur zur Hälfte da, schreibe im Unterricht nicht mit, sondern kritzle gedankenverloren vor mich hin und bemerke erst nach der dritten Ermahnung, dass der Lehrer mich angesprochen hat.

In der Pause lechze ich danach, Paul alles zu erzählen. Vor allem die Notlügen – ich muss mich einfach irgendwem anvertrauen und darüber reden. Doch Paul hat das Wochenende damit verbracht, ein neues Video zu drehen, und will es am selben Nachmittag noch schneiden und hochladen. Ich muss mir mehrere Versionen auf seinem Handy anschauen, um ihn zu beraten, welche Szenen er wie zusammenschneiden soll.

Das Video ist witzig und trifft wie immer ins Schwarze: Paul trägt in der erste Szene ein Kleid und eine Perücke und spielt eine genervte Hausfrau, die sich fürchterlich darüber ärgert, dass die Rolle mit den gelben Müllsäcken immer ausgerechnet am Wochenende leer ist. In der zweiten Szene spielt er einen Mann in Latzhosen, der Müll in den Sack stopft, woraufhin dieser zu einem Fetzennetz zerreißt. Daraufhin tritt er im Anzug und darübergezogenem Laborkittel ins Bild und stellt vor Stolz beinah platzend die neuste Entwicklung vor: neue Wertstoffsäcke für den Plastikmüll – jetzt platzsparender, praktischer und noch dünner. Dann erscheint wieder der Hausfrauen-Paul, leert einen großen Eimer Plastikabfälle schwungvoll auf die Straße, sprüht diesen mit gelber Farbe ein und der Latzhosenmann applaudiert begeistert. Ein kurzer Werbejingle beendet den Clip.

Wir diskutieren eine Weile über den Schnitt. Paul muss immer zu allem meine Meinung erfahren, um es am Ende doch so zu machen, wie er es anfangs vorhatte. Das ist seine Art, Unsicherheiten zu überarbeiten, ich kenne das von ihm. Als wir mit dem Video fertig sind, ist die Pause beendet. Bis zum Mittag habe ich mich in meinen Zweifeln bequem eingenistet und entscheide mich schließlich dagegen, Paul die Wahrheit zu erzählen. Ich berichte ihm bloß, dass ich mich erneut mit Killian treffe. Sowohl seinen Kuss als auch meine Lügen behalte ich für mich. Es ist alles viel weniger kompliziert, wenn ich nicht darüber nachdenke. Natürlich kann ich das nicht ewig durchziehen. Aber eine Schonfrist gönne ich mir.

Es dauert heute ewig, bis es endlich Nachmittag wird. Ich bin zehn Minuten zu früh am Treffpunkt, aber Killian ist zu meiner Überraschung schon dort. Mister Boo rennt ihm entgegen und springt an ihm hoch.

»Irgendwann schaffe ich es, ihm das auch noch abzugewöhnen«, stöhne ich, als ich die Pfotenabdrücke auf Killians Hose sehe, aber er lacht bloß, zieht mich in seinen Arm, nimmt mein Gesicht zwischen seine Hände und drückt mir einen Kuss auf die Stirn.

»Ich versteh den Hund!«, sagt er. »Er freut sich, genau wie ich.«

»Aber du hast keine schmutzigen Finger.«

»Und ob, sogar ziemlich oft. Wirst du noch erleben. Erzähl mal!« Er klaubt mir Mister Boos Bällchen aus meiner Tasche und wirft es weit über die Wiese, sodass der Beagle richtig rennen kann. »Woher hast du ihn, deinen Mister Poop?«

Ich knuffe ihn in die Seite. »Mister Boo. Er …« Ich stocke nur kurz. »Er gehörte Polly. Sie hat ihn aus dem Tierheim bekommen. Eigentlich wollte sie ihn Mister Bean nennen, aber er hat einfach nicht auf den Namen gehört. Im Tierheim haben sie ihn Bubi genannt und er bestand auf dem Namen. Da haben wir versucht, einen Kompromiss zu finden. Mister Boo war mein Vorschlag.«

»Ich mag Mister Boo.« Killian lässt sich das vor Sabber triefende Bällchen in die Hand reichen und wirft noch einmal.

»Hast du auch Tiere?«

»Nein«, sagt er, als wäre die Frage absurd. »Ich hatte nie Zeit, mich um ein Tier zu kümmern. Meine Oma hatte allerdings früher Hühner, bevor sie zu uns zog, und ich hab mir immer größte Mühe gegeben, die zu dressieren.«

Ich muss laut lachen. »Hühner dressieren?«

»Die sind schlauer, als du denkst!«, sagt er, und ich bin

nicht sicher, ob er mich foppt oder das ernst meint. Offenbar Letzteres, denn er fügt hinzu: »Wenn wir mal meine Oma besuchen, zeige ich dir Fotos vom Hühnerzirkus.«

»Dann wolltest du also Dompteur werden, bevor du die Karriere als Fußballer begonnen hast?«, necke ich ihn.

Er nickt. »Das war noch, bevor mein Herz brach, weil der Brief aus Hogwarts nicht kam.«

»Ich weiß genau, was du meinst. Meine Eule muss sich auch verflogen haben. Vielleicht kommen sie ja noch.«

Wir schlendern Hand in Hand am Ufer entlang, reden über Albernheiten und lachen über den Ernst der Welt. Je weiter wir gehen, desto weniger bekomme ich Killian neben mir, der permanent dieses schalkhafte Blitzen in den Augen hat, mit dem Killian auf den Fotos in der Zeitung oder auf dem Online-Spielerportal zusammen. Der eine ist unwirklich, weit weg, jemand, den man vielleicht aus der Ferne anhimmeln kann. Der andere hält meine Hand. Und an seiner Seite scheine auch ich mich zu verwandeln. Das schüchterne, blasse Mädchen, das Lieder singen muss, um nicht von innen heraus von einem schwarzen Kummerloch verschlungen zu werden, verschwindet zunehmend im Nebel. Stattdessen tritt ein unbefangenes Mädchen hervor, das ich trotz der langen, braunen Haare auf den ersten Blick für Polly halten würde, denn sie lacht laut und bringt Killian zum Lachen und nichts scheint sie verschlingen zu können. Sie albert sogar auf den Molen herum und scheint nicht die geringste Angst zu haben, dass sie abstürzen könnte.

Dienstag habe ich lange Schule und am Nachmittag muss Killian zum Training und danach zu einem Termin mit seinem Manager. Das klingt ungeheuer wichtig, doch er kratzt an diesem Bild, indem er mir den ganzen Abend über Nachrichten per WhatsApp schreibt – mit vielen Rechtschreibfehlern, da er sie unter dem Tisch tippen muss. Am Tag darauf will er mich abholen und zu sich nach Hause fahren, damit ich seine Familie kennenlerne. Ich kann es kaum abwarten!

Als ich Mittwoch mit Paul in der Mensa sitze, kommt Sophia aus der Parallelklasse an unseren Tisch und fragt, ob sie sich setzen darf. Paul wird ganz still. Er ist ziemlich vernarrt in Sophia, macht sich aber keine Hoffnungen. Er ist sicher, dass sie auf einen ganz anderen Typ abfährt und in ihm wohl nie mehr sehen wird als einen freundlichen, aber komischen Vogel. Auch heute scheint ihr Interesse eher mir zu gelten, denn sie lehnt sich vor, um am Tisch vorbei an mir hoch- und runtersehen zu können.

»Neue Klamotten, Romy?«, fragt sie und lächelt, als würde mein Glück allein von meiner Kleidung abhängen.

»Ähm«, antworte ich ausgesprochen intelligent. Ich trage das braune Kleid. Pollys Kleid.

»Total schön. Mir ist das gleich aufgefallen, dass du wieder viel mehr aus dir machst. Ich finde das großartig.«

Sie klingt, als hätte ich mich vorher gehen lassen und wäre in Sack und Asche und mit fettigen Haaren in die Schule gekommen. Paul wirft mir einen Blick von der Seite zu. Ihm ist das Kleid sicher nicht mal aufgefallen, bevor sie es erwähnt hat.

Ich murmle ein »Danke« und finde es ein wenig peinlich, in Sophias Fokus zu stehen. Sie gehört zu den Mädchen, die Polly gekannt hatten. Früher hat sie mich nicht besonders beachtet. Ich war die kleine Schwester der coolen Polly Silvain, doch sonst nicht der Rede wert.

»Wir dachten«, sagt sie und deutet mit einem Finger über ihre Schulter zu einer Ecke, wo ihre Clique eine Traube um einen Tisch bildet, »dass du dich doch mal wieder zu uns setzen könntest. Natürlich nur, wenn du möchtest.«

Ich bin verwirrt. Ich habe Sophia ganz anders in Erinnerung. Sie hatte eine laute Stimme gehabt und ein kräftiges, volles Lachen. Dass sie mit mir zwitschert, als sei ich ein Vögelchen, das nicht singen will, irritiert mich. Ich schaue fragend zu Paul.

»Ihr beide!«, schießt Sophia schnell hinterher.

Ich wundere mich noch, als Paul bereits antwortet. »Warum nicht? Nett von euch.«

»Cool, dann sehen wir uns morgen.« Sophia deutet ein Küsschen auf zwei Finger an und trippelt zu ihren Freundinnen zurück. Ich drehe mich nicht in ihre Richtung, aber ich spüre, dass sie alle zu uns rüberschauen.

»Was war das?«, frage ich Paul.

»Ein Mensch«, erwidert er trocken. »Es mag dich wundern, aber mancher Homo sapiens ist freundlich, auch wenn man ihm keinen Grund dazu gibt.«

»Hast du einer von ihnen was erzählt?«, frage ich, denn plötzlich habe ich einen Verdacht. Hat Paul allen gesagt, mit wem ich zusammen bin? Wollen sie, dass ich bei ihnen sitze, weil Killian mein Freund ist und sie neugierig auf ihn sind?

»Was sollte ich erzählt haben?«, fragt Paul irritiert.

»Von Killian?«

Er hebt die Hände und zuckt mit den Achseln. »Warum sollte ich denn?« Dann schüttelt er den Kopf. »Romy, du siehst Gespenster.«

Wie recht er hat! Ich höre sie sogar, die Gespenster.

»Sophia wollte nur nett sein. Du hast dich so lange abgeschottet, eigentlich solltest du dankbar sein, dass sie dich nicht komplett abgeschrieben hat, sondern es immer wieder versucht.«

»Meinst du wirklich?«

Er hat recht!, sagt Polly. Ich zucke zusammen, weil sie so plötzlich aufgetaucht ist, und an einem Ort, an dem sie nie gewesen war. Sie war auf eine andere Schule gegangen und in unserer Mensa scheint sie mir deplatziert. *Du igelst dich total ein.*

Es erschreckt mich, was sie sagen. Nicht, weil sie richtigliegen. Ich hatte mich abgeschottet. Monatelang. Was mich erschreckt, ist die Erkenntnis, wie behaglich wohl ich mich in meiner Einsamkeit gefühlt habe und wie viel Angst es mir macht, wieder aus mir herauszukommen.

KAPITEL 16

Killian hat darauf bestanden, Mister Boo und mich abzuholen. Ich gehe mit dem Hund erst eine Runde um den Block und erwarte ihn dann an der Kreuzung. Ich möchte nicht, dass Frau Schuster, die Klatschtante von nebenan, sein Auto vor dem Haus parken sieht und Fragen stellt.

Sein Zuhause hatte ich mir anders vorgestellt. Ich hatte eine stylische Wohnung in der Innenstadt erwartet, stattdessen parkt er vor einem netten, aber unscheinbaren Reihenhaus.

»Du hast ein ganzes Haus?«, frage ich, als ich ihm durch den Vorgarten folge.

Er lacht. »Ich setze gerade meine Cooler-Typ-Fassade aufs Spiel, oder? Sei stark.« Er senkt die Stimme zu einem Flüstern. »Ich wohne bei Mutti. Schlimm?«

Mir schießt etwas Blut in die Wangen. »Natürlich nicht. Ich dachte nur …«

»Es wird noch schlimmer. Bei Mutti *und* Omma. Schließlich muss irgendwer die Trikots und meine Glückssocken waschen.« Also jetzt neppt er mich eindeutig!

Wir treten durch den Flur in eine helle und freundliche Küche, die direkt in den Wohnbereich übergeht. Bis zu den Bilderrahmen an den Wänden sind sämtliche Möbel aus hellem Holz. Die Fenster sind riesig und das Parkett unter bunten Flickenteppichen kaum zu sehen. Auf dem Esstisch stehen Blumen in einer Bauernvase mit Gänsen darauf. Cool und stylisch sind die letzten Adjektive, die mir dazu einfallen. Aber es ist wahnsinnig heimelig. Die Terrassentür geht auf, und eine ältere Dame mit runden Hüften und einem silbergrauen, geflochtenen Zopf kommt herein und sieht mich mit unverhohlener Neugier an. Sie hat eine schmale Brille auf der Nase und eine leere Kaffeetasse in der einen sowie ein Buch in der anderen Hand, was ich sofort sympathisch finde.

»Meine Omma Heidi«, stellt Killian sie vor und gibt ihr einen Kuss auf die Wange. »Omma, das ist Romy.« Er wendet sich wieder mir zu. »Wir sind eine Drei-Generationen-WG.«

Killians Oma lächelt mich an. Dann entdeckt sie Mister Boo und Mister Boo entdeckt Killians Oma und es scheint, als flögen plötzlich Herzchen durchs Haus. »Ja, wer bist denn du?«, ruft sie und geht in die Hocke. Mister Boo flitzt schwanzwedelnd auf sie zu und die Leine gleitet mir aus den Fingern. Ich rufe noch seinen Namen, »Mister Boo – nein!«, aber es ist zu spät: Er springt Killians Oma aus vollem Lauf an, sie kippt zurück und landet auf dem Hinterteil.

Au weia. Hoffentlich hat die alte Frau sich nicht wehgetan, sonst kann ich vermutlich gleich wieder gehen.

»Oh. Oh … das tut mir … tut mir so leid! Mister Boo!«

Doch Killians Oma schreit weder den Hund an, noch wirft sie uns aus dem Haus. Sie lacht lauthals auf und wedelt protestierend mit den Armen, als ich Mister Boo am Halsband zurückziehen will. »Ach, Liebes, lass ihn doch, das macht mir nichts.«

Sie kommt leichtfüßig für ihr Alter wieder auf die Beine und ist ganz begeistert von meinem Hund, der um sie herumspringt, als wäre sie eine Freundin, die er seit langer Zeit vermisst hat.

»Darf er ein Scheibchen Fleischwurst haben?«, fragt sie mich und geht in die Küche, als ich nicke.

Der verrückte Hund! Wird noch belohnt, dass er mich vollkommen blamiert.

»Und ihr trinkt erst mal einen Kaffee mit mir, ich habe eben neuen aufgesetzt«, bestimmt Killians Oma.

Wenig später sitzen wir vor einer Schale mit selbst gebackenen Ingwerplätzchen und dampfenden Tassen. Ich wärme mir die Hände an meiner, bevor ich Milch hineingieße. Killians Oma ist wirklich herzlich, aber ein bisschen nervös bin ich immer noch. Killian hat seine Jacke ausgezogen. Das T Shirt darunter ist aus einem so weichen Stoff, dass sich jeder schlanke Muskel und jede Sehne darunter abzeichnet. Es verleitet mich zum Starren, dieses blöde T-Shirt.

Polly macht es nicht besser, indem sie mir sagt, dass er sie an einen besonders gelungenen Cupcake erinnert.

Das geht so nicht! Ich kann Killian doch nicht unter den Augen seiner Großmutter begaffen wie ein Törtchen!

»Mam ist arbeiten?«, fragt Killian.

Seine Oma schnalzt mit der Zunge. »Kennst sie doch.

›Ich komme heute früher‹ heißt bei ihr, dass sie nur eine Stunde länger macht statt drei.«

Ach, wie vertraut mir das ist!

»Sie hat einen Haustiersalon«, erklärt Killian mir und wirft Mister Boo unterm Tisch einen Blick zu. »Aber bei dem Fell brauchen wir dir vermutlich keine Hundefriseurin empfehlen.«

»Aber eine Nageldesignerin«, erwidere ich. »Die Daumenkrallen müssen wir regelmäßig schneiden lassen. Bisher macht das die Tierärztin, aber Mister Boo macht sich jedes Mal fast ins Fell, wenn wir dorthin gehen.« Ich senke die Stimme. »Er wurde dort kastriert.«

»Uff«, macht Killian und verzieht mitleidig das Gesicht. Es ist sicher ein Versehen, dass ihm genau in diesem Moment ein Keks aus der Hand fällt und genau vor der Nase meines Beagles landet.

»Und was macht dein Vater?«, frage ich neugierig.

Killian zuckt mit den Schultern. »Keine Ahnung. Meine Eltern sind schon eine ganze Weile getrennt.«

»Der Junge sagt immer, er würde keinen Vater brauchen, weil er einen Trainer hat«, sagt seine Oma.

»Das habe ich zu der Zeit gesagt, als ich noch Hühner dressiert habe.«

»Nein, da hast du herumerzählt, dein Vater wäre Feuerschlucker und Löwenbändiger und würde mit einem Zirkus durchs Land ziehen.«

Killian fährt sich durchs Haar. »Omma!«, sagt er gequält. »Das interessiert gerade niemanden!«

Oh doch!, kichert Polly. Und recht hat sie. Ich verkneife mir mühsam das Grinsen.

»Wo habt ihr euch denn kennengelernt?«, fragt seine Oma mich.

So unangenehm der Nachmittag war, mit etwas Abstand blicke ich gerne auf ihn zurück. »Beim Fußball, könnte man sagen.«

Auf irgendeine Art scheint das die falsche Antwort zu sein. Die eben noch so freundliche Miene der älteren Frau wird steif.

»Ich hab Romy umgerannt«, sagt Killian schnell. »Am Rhein. Ich war mit den Jungs aus meiner Abschlussklasse kicken.«

Seine Oma entspannt sich wieder. »Ach so.« Sie sieht mich an. »Dann hast du gar nichts mit dem ganzen Bundesliga-Scheißendreck zu tun?«

Ich bekomme einen Kekskrümel in den Hals und muss husten. »Nein, hab ich nicht. Nicht das Geringste.«

»Na, Gott sei Dank! Jetzt hab ich mich schon erschreckt.«

»Sie sind nicht so begeistert, dass Killian Fußball spielt?«, frage ich vorsichtig.

»Ach, Unsinn. Gegen die Kickerei hab ich ja gar nichts, ist doch toll. Und ich sag ja auch immer: Jedem Tierchen sein Pläsierchen. Das Sie will ich übrigens überhört haben. Ich bin die Heidi und ich bleib die Heidi.«

Ich wechsle einen raschen Blick mit Killian, der amüsiert den Kopf schüttelt. Sie ist Zucker, seine Oma Heidi. Reiner Zucker!

»Aber dieser ganze Zirkus um die Jungens!«, fährt sie mit genervter Stimme fort. »Ein Geld wird da hin- und hergeschoben – das kann sich keiner vorstellen. Und ein Theater machen die! Killian, hast du ihr das erzählt, als der olle Sesselfurzer dir einen Vertrag vorgelegt hat, in dem es hieß, was du alles öffentlich sagen oder tun darfst – und was alles nicht?!«

Killian stöhnt leise. »Omma. Nicht das schon wieder.« Er sieht mich entschuldigend an. »Sie hasst meinen Manager.«

»Und das beruht auf Gegenseitigkeit!«, stellt Heidi klar und wirkt stolz darauf. »Wir sind eng verbunden in tiefer gegenseitiger Abscheu.«

»Es waren keine Verträge, sondern Fragebögen, und sie sind gar nicht so dramatisch. Die füllen viele aus. Es geht dabei nur um die Außenwirkung. Die Agenturen, die einen für Werbung für bestimmte Firmen buchen, wollen halt wissen, mit wem sie es zu tun haben.«

Heidi schüttelt den Kopf. »Es geht darum, dass ihr öffentlich euer Sauberknabenimage nicht gefährden sollt, weil man sonst weniger Reibach mit euch machen kann.«

Killian zuckt hilflos mit den Schultern. »Irgendwie schon, ja. Gehört zum Business.«

»Ach, hör mir auf damit!«, sagt sie entschieden. »Scheißendreck, ich sag es doch! Du lässt dir von denen viel zu viele Vorschriften machen.« Sie wendet sich mir zu. »Ich versteh das ja, es war immer sein großer Traum, im Fußball Erfolg zu haben. Dafür hat er hart gearbeitet. Schon als andere Kinder noch ausschließlich am Spielen interessiert waren, hat er nur an sein Training gedacht. Es freut mich, dass er sein Ziel erreicht hat, aber manchmal möchte ich ihm auch den Kopf waschen. Und zwar mit Kernseife und einer Bürste, die kratzt! Ich freu mich in jedem Fall, dass Killian jetzt endlich mal ein ganz normales, nettes Mädchen mit nach Hause bringt.«

Wir unterhalten uns noch eine Weile, aber in mir hallt nach, was Heidi nicht gesagt hat: Was für Mädchen mag Killian denn vor mir mitgebracht haben?

Etwas später gehen wir hoch in Killians Reich. Wie ich wohnt er unterm Dach, allerdings hat er dort eine richtige kleine Wohnung mit Küche, einem Bad und einem Wohn- und Schlafzimmer. Hier oben findet man keine Bauernvasen oder Blumengestecke mehr. Die Einrichtung ist nüchtern und ohne jeden Schnickschnack, was durch die einzige Ausnahme – einen gewaltigen Lego-Todesstern unter der Decke – nur unterstrichen wird. Schmale, mit Büchern beladene Metallregale sind sein Wandschmuck. Weitere Bücher finden sich in einem drei Meter breiten und deckenhohen Schrank. Die prominente Platzierung auf Augenhöhe haben die Game-of-Thrones-Bücher, gleich daneben reihen sich die Blue-Ray-Boxen.

»Nimm nicht zu ernst, was sie gesagt hat«, meint Killian und ich brauche einen Moment, bis mir einfällt, dass er von seiner Oma spricht. »Sie ist gestern wieder mit Martin zusammengestoßen.«

»Martin?«

»Martin Grass. Mein Manager. Er wird dafür bezahlt, sich um meine Finanzen zu kümmern, aber wenn er es tut, dann hasst sie ihn dafür.«

»Ist es so schlimm, wie sie sagt?«

Er macht eine wegwerfende Handbewegung. »Martin rät mir davon ab, mich sturzbetrunken dabei fotografieren zu lassen, wie ich in eine Hotellobby pinkle oder aus fahrenden Autos kotze. Sie würde mir dasselbe raten, wenn Martin nicht wäre, bloß aus anderen Gründen.«

»Würde so was unter dem Punkt ›Gerüchte‹ in deinem Spielerprofil auftauchen?«, frage ich spöttisch.

Er guckt mich einen Moment lang stumm an. Dann lacht er los. »Du hast nicht auf die Gerüchte geklickt? Du weißt nicht, was da steht, und hast wirklich nicht auf die Gerüchte geklickt?«

»Schlimm?«

»Du bist großartig.« Ich halte den Satz zuerst für Ironie, aber in Killians Augen funkelt Wärme. Er scheint das ernst zu meinen.

»Ich mag halt keine Lästereien«, sage ich. Unter seinem Blick werde ich rot. »Daher habe ich nicht auf den Link geklickt. Das Ganze ist schon menschenverachtend genug mit den Steckbriefen und den Preisen, als könnte man euch dafür mit einem Klick nach Hause bestellen.«

»Ich glaube, du bist der erste Mensch auf der Welt, der das so sieht. Nein, warte, der zweite. Meine Omma war vor dir da. Aber diese Gerüchte kannst du ruhig anklicken.«

»Denn du lässt dir natürlich nichts zuschulden kommen«, versetze ich amüsiert.

»Romy!« Er lacht. »Du bist wirklich süß. Da geht es doch bloß um Transfer-Gerüchte! Du kannst da nachlesen, welche Vereine Interesse an mir haben. Nichts Privates.«

»Oh.« Das ist alles? Ich kann nicht glauben, wie sehr ich mich blamiert habe. »Und ich dachte …«

»Du dachtest, du tauchst da bald als meine Freundin auf?«

So weit hatte ich, um ehrlich zu sein, überhaupt nicht gedacht.

»Es gibt natürlich entsprechende Portale, die sich mit

dem Privatleben von Spielern beschäftigen. Aber …« Er winkt ab. »Ich heiße ja nun nicht Neymar oder Cristiano Ronaldo.«

Er setzte ein »Leider« nach, als ich gerade »zum Glück!« denke.

KAPITEL 17

Als ich abends nach Hause gehe, sind meine Knie noch weich und meine Lippen brennen von mindestens hundert Küssen. In Gedanken bin ich immer noch bei Killian. Meine Hände werden unter seinem weichen T-Shirt ganz warm und in meinem Bauch flattern tausend …

Die Schmetterlinge zerplatzen in der Luft, als ich den Mercedes meiner Mutter in der Einfahrt stehen sehe. Er steht schief und ragt ein Stück auf den Bürgersteig. Da muss etwas passiert sein! Mama würde sonst nie so parken!

Ich beschleunige meine Schritte, renne fast bis zum Haus. Noch während ich in meiner Tasche nach dem Schlüsselbund grabe, wird die Tür geöffnet. Meine Mutter steht vor mir und verschränkt die Arme. »Wo warst du?«, fragt sie scharf. In dem Hosenanzug, den sie nur zu wichtigen Gerichtsverhandlungen trägt, wirkt sie strenger, als ich sie je erlebt habe.

»Mit dem Hund draußen.« Ich will mich an ihr vorbeistehlen, bevor sie mir die Lüge an der Nase abliest, aber sie tritt mir in den Weg.

»Ich habe versucht, dich anzurufen. Wo ist dein Handy?«

Verdammt. Das habe ich oben liegen gelassen, bevor ich mich mit Killian getroffen habe. »Das habe ich vergessen. Entspann dich mal.«

»Romy! Es ist halb acht und wir haben eine Abmachung!«

Abmachung, pah. Was sie als Abmachung bezeichnet, nenne ich eine Anordnung. Und die betrifft nur mich, nicht sie. »Ich soll mich melden, wenn es später als sieben wird, ich weiß. Aber es war bloß eine halbe Stunde.«

»Wir wollen wissen, wohin du gehst!«, sagt sie und lässt mich endlich ins Haus. Papa steht in der Küche, rührt in einem Topf und wirft mir einen vorwurfsvollen Blick zu. Es riecht nach Kohl – auch das noch! Warum sind die beiden denn schon so früh daheim? Im letzten Jahr konnte ich Tage, an denen sie vor acht zu Hause waren, an einer Hand abzählen.

»Ich war nur mit Boo draußen«, sage ich und hänge meine Jacke auf.

»Über vier Stunden?« Meine Mutter tut erst gar nicht so, als würde sie mir glauben.

Papa kommt zu uns, er wischt seine Hände an einem Geschirrtuch ab. »Romy, wir waren kurz davor, die Polizei anzurufen. Du hattest kein Telefon dabei, Paul wusste auch nicht, wo du warst…«

»Habt ihr ihn etwa angerufen? Ihr telefoniert mir nach, als wäre ich ein kleines Kind?«

»Du benimmst dich ja auch so! Wir waren in Sorge und haben nach dir gesucht.« Meine Mutter kann im Job innerlich vor Wut kochen und dabei eiskalt lächeln. Bei mir macht sie sich allerdings keine Mühe, ihre Emotionen zu verbergen. »Du hast doch wirklich viele Freiheiten …«

Ich schnaube laut. Das soll wohl ein Witz sein!

»Da dürfen wir uns wohl darauf verlassen, dass du uns Bescheid sagst, wo du bist.«

»Romy«, sagt mein Vater ruhig und ernst, wie es seine Art ist, »das sind die Regeln. Du kennst sie.«

»Ja!«, rufe ich genervt. »Ich habe verstanden. Es tut mir leid – kommt nie wieder vor!«

»Und?«, fragt meine Mutter, reißt sich grob die Spange aus der Frisur, um ihre Haare rasch wieder zusammenzustecken.

»Was – und?«

»Wo warst du nun, bitte?«

»Das hab ich doch gesagt: mit dem Hund draußen!«

Sie stößt ein zischendes Lachen durch zusammengebissene Zähne. »Wir sind seit halb vier hier! Der Wald hinterm Haus ist so klein, dass selbst die langsamste Runde nicht länger als eine halbe Stunde dauert. Willst du uns erzählen, du wärst acht Runden mit Mister Boo durch den Wald gegangen? Hat der Hund keinen Drehwurm bekommen?«

»Ich war am Stadtrand.«

»Und was hast du da gemacht?«

»Ich bin mit dem Hund gegangen!« Ich schreie die Worte fast.

Meine Mutter nickt kühl. »Und dabei bleibt es?«

Verdammt! Sie weiß, dass ich lüge. Ich zermartre mir das Hirn nach einer besseren Erklärung, aber ich kann nicht denken, wenn sie mich so anstiert.

»Ja.« Schon schießt mir die Röte den Hals hoch.

Meine Mutter blickt mich an, als hätte ich ihr gerade ins Gesicht gespuckt. Für einen Moment glaube ich zu spüren, was in ihr vorgeht. Sie will mich ohrfeigen und kämpft gegen den Drang. Ich halte ihren Blick und komme mir stark vor. Soll sie mich doch schlagen! Soll sie sich doch selbst ein Armutszeugnis ausstellen!

Natürlich tut sie das nicht. Nicht Frau Doktor Karlotta Silvain! Die hat immer alles im Griff – vor allem sich selbst.

»Wir waren heute Mittag bei dem neuen Inder in der Stadt, Romy«, sagt sie. Es klingt so belanglos, dass es mich aufs Höchste alarmiert. »Köstliches Essen. Weißt du, wen wir da getroffen haben?«

Ich zucke mit den Schultern, wage nicht mehr, eine patzige Antwort zu geben.

»Pauls Mutter. Eine sehr nette Frau, nicht wahr, Pierre?«

Mein Vater nickt langsam. »In der Tat. Wir haben uns über Theater unterhalten. Sie sagte, Paul liebt Theaterstücke.«

Langsam dämmert mir etwas. Ich spüre, wie mir das Blut aus den Händen läuft, um sich in meinem Kopf zu sammeln. Meine Finger werden eisig.

»Wir meinten«, fährt meine Mutter fort, »dass er dann am Samstag sicher viel Spaß hatte, als er mit dir im Theater war.«

»Was ein wenig unangenehm endete, denn sie wusste von keinem Theaterstück. Paul war den ganzen Samstagabend zu Hause.«

»Ich … ich kann das erklären.«

Meine Mutter legt den Kopf schief. »Darauf warten wir ja die ganze Zeit.«

»Ich … es war einfach so, dass ich …« Mein Kopf ist

inzwischen so heiß, dass mir der Speichel im Mund verdampft. Meine Zunge ist ganz trocken, ich bekomme kaum ein Wort über die Lippen. »Ein paar Mädchen aus meiner Schule haben mich gefragt, ob ich mit ihnen ausgehe. Nur was trinken. – Cola, nur Cola!«

»Und da dachtest du, das wäre eine super Gelegenheit, uns anzulügen«, sagt mein Vater.

Mir liegt eine rührende Geschichte auf der Zunge, in der ich aus Angst, keinen Anschluss mehr zu finden, zusagen musste, weil ich sonst vereinsamen werde. Aber allein beim Gedanken daran, die Worte auszusprechen, schießen mir heiße Tränen in die Augen. »Ich hasse Englisch«, presse ich stattdessen hervor. »Und ich hasse englisches Theater! Ich wollte euch bloß nicht verletzen, aber ich kann es nicht ändern. Ich hasse es!«

»Du gehst besser in dein Zimmer«, sagt mein Vater. »Und bleibst für den Abend da.«

Meine Mutter scheint immer noch der verpassten Ohrfeige nachzutrauern. Sie versucht es verbal. »Wir sind sehr enttäuscht von dir.«

Ich stapfe die Treppen hoch. »Ohne Abendessen ins Bett«, knurre ich, genau so laut, dass sie es noch hören können. »Wie fortschrittlich.« Aber eigentlich ist es mir egal. Ich mag keinen Kohl, weder Grünkohl noch Wirsing, habe noch einige von Heidis Keksen in der Tasche und will jetzt ohnehin nicht mit ihnen am Tisch sitzen.

Im Atelier angekommen, schließe ich als Erstes die Tür ab. Dann ziehe ich meine Jacke aus und schleudere sie in eine Zimmerecke. Mister Boo, der mir mit beschwichtigendem Schwanzwedeln gefolgt ist, beschließt, mir besser aus dem Weg zu gehen, und verzieht sich in seinen Korb.

In mir ist so viel Wut angeschwollen, dass sie mich fast zum Platzen bringt. Ich will in irgendetwas reinschlagen, aber dann würden meine Eltern das Poltern hören. Und den Gefallen, sie meinen Aufruhr merken zu lassen, tue ich ihnen nicht.

Romy, Maus. Was ist denn nur los?

Wenigstens Polly ist da! Der Zorn ebbt schlagartig ein wenig ab, dafür zieht das schwarze Loch in meinem Inneren. Was immer Polly auch sagt – sie ist nur halb bei mir. Und in diesem Moment brauche ich sie ganz.

»Unsere Eltern drehen ab!«, antworte ich frustriert und erzähle ihr, was passiert ist.

Sie machen sich Sorgen, sagt Polly.

»Das können sie sich gerne schenken.«

Polly schweigt eine Weile. Dann sagt sie mit sehr behutsamer Stimme: *Sie haben ein Kind verloren, Romy. Sie machen sich Vorwürfe. Fragen sich, ob sie es nicht hätten verhindern können, wenn sie strenger gewesen wären. Ob sie es hätten verhindern müssen.*

Ich will das nicht hören und schüttle heftig den Kopf. »Das ist kein Grund, mich zu behandeln, als wäre ich ein Kleinkind. Es interessiert sie doch überhaupt nicht, was ich mache. Hauptsache, sie haben die Kontrolle darüber!«

Warum denkst du das?

»Was soll ich denn sonst denken? Sie arbeiten von früh bis spät, und selbst an den Wochenenden geht es nur um die Partys und Fress- und Saufgelage, die ihre Mandanten geben.«

Ich glaube, dass sie sich ablenken.

»Ja, genau das tun sie! Sie lenken sich von dir ab. Aber ich bin auch noch da. Es kümmert sie nicht im Geringsten, was ich den ganzen Tag so mache. Ich könnte hier versauern. Aber dann einen Riesenaufstand machen, weil ich einmal mein blödes Handy nicht bei mir habe oder keine Lust auf Scheißtheater habe.«

Du musst zugeben, dass der lange Hundespaziergang auch eine selten dämliche Ausrede war, oder?, neckt mich Polly. Ich höre das Lächeln in ihrer Stimme. *Als ob du es in dieser dünnen Jacke im April stundenlang mit dem Hund draußen aushalten würdest, Miss Frostbeule.*

Ich gebe ein Knurren von mir statt einer Antwort. Ich werde mir deutlich bessere Erklärungen zurechtlegen müssen. »Alles nur, weil sie einen Kontrollwahn haben!«

Früher oder später wirst du ihnen die Wahrheit sagen müssen.

»Spinnst du?«

Es wird rauskommen, so oder so.

Ich muss tief durchatmen. Es ist kein Wunder, dass Polly das sagt. Sie hat sehr viel verpasst. Sie schätzt unsere Eltern so ein, wie sie früher waren.

»Du hast nicht mitbekommen, wie sie nach dem Unfall über alles geredet haben. *Als* sie noch geredet haben.«

Erzähl es mir. Polly klingt, als würde sie es eigentlich nicht wissen wollen.

»Sie haben sich angeschrien. Sich gegenseitig die Schuld gegeben. Sich gesagt, sie hätten doch wissen müssen, dass es so weit kommt. Weil du am Ende immer alles bekommen hast, was du wolltest. Weil sie zu nachgiebig waren.

Weil es keine Regeln gab. Weil sie nach den Diskussionen alles erlaubt haben. Das Weggehen, das Feiern, den erwachsenen Freund, von dem sie doch beide immer gewusst haben, dass er nicht der Richtige für dich war.«

Marcel war auch neunzehn gewesen, als sie den Unfall hatten. Wie Killian. Aber im Gegensatz zu mir war Polly bereits sechzehn. Es hatte ihnen dennoch schon damals nicht gepasst. Und nachdem es dann auf die schrecklichste Weise schiefgegangen war, muss ich wohl kaum darauf setzen, dass sie bei mir Verständnis zeigen.

Dann hatte ich recht, flüstert Polly. *Sie machen sich Vorwürfe.*

»Als sie damit fertig waren, sich anzubrüllen, haben sie beschlossen, dass ab sofort alles anders werden muss. Danach habe ich sie nie wieder darüber reden hören. Zuerst dachte ich, sie würden in der Kanzlei miteinander sprechen – sie waren ja nur noch dort. Vielleicht hatten sie ja auch gemerkt, dass ich ihren Streit mit angehört hatte, und wollten vermeiden, dass ich noch mehr mitbekomme. Aber später wurde mir klar, dass sie das Reden komplett aufgegeben haben. Sie haben sich in ihre Arbeit gestürzt. Arbeit, Arbeit, Arbeit – nichts anderes mehr. Und gegen das schlechte Gewissen drücken sie mir seitdem Regeln, Verbote und Kontrollanrufe auf.«

Meine Nase läuft, ich stehe auf und suche auf dem Schreibtisch nach Taschentüchern. Wann habe ich zu weinen begonnen?

»Vermutlich bin ich selbst schuld«, presse ich an dem dicken Kloß in meinem Hals vorbei.

Unsinn. Wie kommst du darauf?

»Ich habe das einfach hingenommen. Es hat mir zuerst überhaupt nichts ausgemacht. Ich war doch ganz zufrieden damit, unten in meinem Zimmer zu sitzen und zu lesen, und hin und wieder mit Mister Boo spazieren zu gehen.«

Was für ein Leben! Ich sehe meine Schwester quasi vor mir, wie sie ironisch die Augen verdreht.

»Leb du mal weiter, wenn du plötzlich ganz allein bist«, fahre ich sie an.

Würde ich. Kann ich aber nicht mehr.

Ich schluchze.

Halten wir mal fest, sagt Polly sanft. *Es muss sich etwas ändern, stimmt's oder hab ich recht?*

Ich schniefe. Sie kennt mich gut genug, um meine Zustimmung zu erkennen.

Das mit Killian und dir – das könnte was Festes werden.

»Das ist was Festes!«, widerspreche ich heftig. »Aber ich kann ihnen unmöglich von ihm erzählen. Sie würden ihn kennenlernen wollen und was würde dann passieren?« Ich gebe ihr keine Zeit, um zu antworten. »Sie würden merken, wie alt er ist – und sie würden es niemals dulden. Und außerdem würde er dann erfahren, wie alt ich wirklich bin.«

Shit. Das gäbe mächtig Beef.

»Ich fürchte«, sage ich leise, »dass ich einen riesenfetten Fehler gemacht habe.«

Hast du nicht, widerspricht Polly. Das muss sie wohl, sie hat mir zu dem Fehler geraten.

»Polly, ich fühle mich total am Ende. Was mach ich denn jetzt? Du musst mir helfen!«

Ich weiß. Ich weiß noch nicht wie, aber uns fällt etwas ein.

»Wenn es jemand kann, dann du. Du warst immer die Rebellische von uns.« Anders ausgedrückt: Ich war die brave Mitläuferin, der nun die Leaderin fehlt.

Wir finden einen Weg. Alles wird sich klären. Denk an den Löwenzahn.

»An den – was?«

An den Löwenzahn. Wenn ein Löwenzahn durch den Asphalt an die Oberfläche wachsen kann, werden wir für dich ja wohl auch einen Weg finden.

Es tröstet mich ein wenig, sie endlich wieder ganz auf meiner Seite zu haben. Nun gut – werde ich halt zum Löwenzahn.

Als Erstes brauchen wir ein Alibi für dich, für die Zeit, die du bei Killian bist. Etwas ganz Harmloses.

»Was stellst du dir vor?« Ehe sie antwortet, höre ich Schritte auf der Treppe. Na toll, jetzt kommt die »Wir müssen reden«-Phase. Nein, danke.

Eine Freundin!

»Eine Freundin? Pscht, da kommt wer.«

»Romy?« Mein Vater klopft leise an die Tür. »Bist du hier oben? Mit wem sprichst du?«

»Telefoniere!«, rufe ich einsilbig.

Mit der Freundin, soufliert Polly.

»Mit … einer Freundin«, wiederhole ich.

»Hast du einen Moment Zeit?« Er drückt die Klinke runter – gut, dass ich abgeschlossen habe.

»Später.«

»Oh. Verstehe. Wir wollen noch mal mit dir reden. Und das Essen …«

»Später!«, wiederhole ich mit Nachdruck.

Ich höre ihn seufzen, dann verraten die Schritte, dass er die Treppe wieder hinabsteigt.

In Ordnung, sagt Polly. Ich kann nicht mehr lange bleiben, aber ich komme zurück, sobald ich kann. In der Zeit backst du dir eine Freundin. Teig, Topping, Deko! Steckbrief, Geschichte, Hintergrund, wie ihr euch kennengelernt habt. Das musst du alles auswendig lernen. Sie muss absolut authentisch rüberkommen.

»Ich hab schon einen Namen für meine neue BFF«, murmle ich düster. »Ich nennen sie Kira. Kira Lianne Weiß.«

KAPITEL 18

In der Frühstückspause möchte ich unseren üblichen Zweiertisch in der Mensa ansteuern, aber Paul stößt mich mit dem Ellbogen an.

Mir schwappt Kakao auf Pollys Jeans und auf die nackte Haut, wo die Jeans große, dekorative Löcher hat. »Na toll, danke! Was sollte das?«

»Da rüber«, bestimmt Paul und deutet auf den Tisch, um den sich Sophia und ihre Freundinnen versammeln. Die hatte ich fast vergessen. Mist, schon wieder keine Gelegenheit, mit Paul über mein Ich bin 17 Märchen zu sprechen. Und auch nicht über das peinliche Theater, das meine Eltern wegen dem anderen Theater veranstaltet haben.

Sophia und die anderen begrüßen uns mit Wangenküsschen. Ich erinnere mich nicht, mit welcher Seite man anfängt, und fühle mich steif und eckig. Ihren Gesprächen zu folgen, fällt mir schwer. Die meisten Leute, über die sie reden, kenne ich gar nicht. Es wäre vermutlich unhöflich, meinen E-Book-Reader rauszuholen und zu lesen. Aber es würde mir die Pause wesentlich angenehmer machen.

Ich schrecke auf, als Sophia mich anschaut. »Sorry, hast du etwas gesagt? Ich war in Gedanken.«

»Ich wollte wissen, ob du Samstag auch zu mir kommst. Ich feiere eine BIL-Party.«

»BIL?«

»Bin ihn los.« Sie grinst mich über ihren Kaffee an. »Tom, meine ich. Meine Eltern sind nicht da, und man muss die Feste feiern, wie sie kommen.«

Das hat Polly auch immer gesagt. Ich erinnere mich gut an Sophias Partys. Wir hatten keine ausgelassen, es wäre einer Schande gleichgekommen.

Natürlich gehst du!, flüstert Polly.

»Bin dabei«, sage ich gehorsam, was wesentlich lässiger klingt, als ich mich fühle. »Tut mir echt leid, das mit Tom.«

Sie wedelt mit der Hand, als würde es nichts bedeuten, aber ich bemerke, dass sie ein paar Mal heftig blinzelt. »Hat was mit Agnes aus der 11c gehabt.«

Shit. Wie übel. Sophia hat ihn ziemlich geliebt, wenn ich das nicht vollkommen falsch eingeschätzt habe. Ich weiß nicht, was ich darauf sagen soll.

Was für eine Bitch!, sagt Polly.

»So eine Bitch«, wiederhole ich.

Ein paar Mädchen stimmen mir zu.

»Und er ist nicht besser«, sagt Sophia.

»Die Bitch und ihr Bitchelor. *Famous*, die beiden richtig abzufeiern.« Ich bin nicht sicher, ob ich das gerade gesagt habe oder ob ich Pollys Worte ausspreche. In jedem Fall lachen die anderen. Außer Paul. Hat ihn schon jemand eingeladen? Sophia lehnt sich zu mir und legt ihre Hand auf meinen Arm.

»Ich freu mich, dass du dabei bist«, sagt sie. Und das fühlt sich gut an.

Am Morgen haben mir meine Eltern erklärt, ich hätte Hausarrest. Es ist mir allerdings erlaubt, zur Schule zu gehen (aufgrund der Schulpflicht) und Mister Boo spazieren zu führen (wegen des Tierschutzgesetzes). Genau genommen ist also alles wie immer. Ich darf nichts, kann aber machen, was ich will, denn es ist niemand zu Hause.

Ich setze mich in der Küche an meine Hausaufgaben und beobachte Mister Boo durchs Fenster, wie er durch den Garten schnüffelt. Mein Handy vibriert. Eine Nachricht von Killian!

Wir gehen gleich laufen, ein Kumpel und ich. Kommst du mit?

Laufen?, schreibe ich zurück. Ich bin vollkommen unsportlich, aber das kann ich einem Profisportler wie ihm doch nicht sagen, wenn ich ihn je wiedersehen will. **Lust hätte ich. Ich glaube bloß nicht, dass ich mit dir mithalten kann.** Das ist zumindest nicht gelogen.

Keine Sorge, kannst du. Ich hol dich ab, okay? In einer Stunde.

Okay ...

Da bin ich aber mal gespannt. Ich beginne mit Mathe, denn das ist eine Sache von wenigen Minuten. Kaum dass ich fertig bin, ruft meine Mutter das erste Mal an und möchte wissen, was ich mache.

»Ich sitze zu Hause und starre an die Wand wie abgesprochen«, sage ich.

»Oh, schön. Du bist gar nicht mehr sauer.«

Ich bemühe mich zu lächeln. »Schon okay. Wir haben allerdings ein Problem. Mein Zirkel ist kaputtgegangen. Ihr müsst mir bitte einen mitbringen, ich brauche den morgen.«

Sie stößt die Luft aus. »Ich kann nicht versprechen, dass wir das heute schaffen.«

»Na toll! Die Bayer schreibt mir doch sofort 'ne Sechs auf, wenn ich kein Arbeitsmaterial dabeihabe.«

Meine Mutter seufzt. Ich erkenne an dem Geräusch, dass ich gewonnen habe, und wundere mich ein wenig über uns beide. Meine Mutter riecht es für gewöhnlich zwanzig Meter gegen den Wind, wenn jemand lügt. Offenbar bin ich begabt. »Gut. Dann wirst du selbst in die Stadt fahren und dir einen kaufen müssen.«

»So ein Pech!«, rufe ich. Hoffentlich habe ich damit nicht übertrieben.

Aber sie lacht. »Kauf dir eine Portion Pommes, wenn du schon da bist. Papa hat dir zwar Essen in den Kühlschrank gestellt, aber ich kenn ja deine Einstellung zu Wirsing.«

Ich mache ein Würgegeräusch. »Pommes sind besser. Ach, und ich werde noch zum Buchladen gehen, ja?«

»Wohin auch sonst.«

»Nicht für mich. Ich habe in der Mensa ein nettes Mädchen aus der Parallelklasse kennengelernt. Sie heißt Kira. Sie feiert die Tage ihren Geburtstag und hat mich eingeladen. Ich weiß noch nicht, ob ich hingehe, falls ich überhaupt darf, aber ich wollte ihr in jedem Fall etwas schenken. Sie ist ziemlich schüchtern und musste sich echt überwinden, mich anzusprechen. Da will ich sie nicht vor den Kopf stoßen.«

Als Killian an der Tür klingelt, weiß ich, dass ich mindestens zwei Stunden Zeit habe, vielleicht auch länger, wenn es mir gelingt, einen Handyanruf geschickt zu platzieren. Killian begrüßt mich mit einem zärtlichen Kuss, der all meinen Ärger im Bruchteil einer Sekunde auflöst. Wie immer sieht er super aus, selbst in Trainingshose und T-Shirt. Ich werde in meinen Sportsachen vermutlich nicht lange hinnehmbar aussehen. Für ein T-Shirt ist mir das Aprilwetter noch viel zu kühl, weshalb ich einen Pullover anhabe und noch eine Sweatjacke drüberziehe. Vermutlich läuft mir schon nach einem halben Kilometer der Schweiß runter.

»Wollen wir gleich los?«, fragt Killian.

Ich hake Mister Boos Leine an sein Halsband, aber Killian nimmt mir das Ende ab.

»Ich nehme ihn besser. Du nimmst das da.«

Erst jetzt fällt mir das Fahrrad auf, das er an die Wand gelehnt hat. Eine gute Idee, so kann ich mit ihm mithalten (hoffe ich). Ich überlege kurz, mein eigenes zu nehmen, aber dann sehe ich die Schlammspritzer auf dem Rahmen. Wenn die Strecke, die wir nehmen, über Stock und Stein führt, bin ich mit Killians geländetauglichem Rad besser bedient als mit meinem Hollandrad.

Zunächst geht es aber durch den Vorort, in dem ich wohne. Ich fahre mit gesenktem Kopf neben Killian her und hoffe darauf, dass wir keinen Bekannten meiner Eltern ins Auge fallen. Doch selbst wenn sie mich nicht erkennen, würde die Anwesenheit von Mister Boo mich sofort verraten. Ich muss mich auf mein Glück verlassen. Als wir in Richtung Felder abbiegen, fange ich an, mich zu entspannen. Jetzt müsste schon ein blöder Zufall eintreten, damit mich jemand sieht und verrät. Warum sollte ich so viel Pech haben?

Killian joggt zügig und vollkommen entspannt. Es scheint ihn nicht im Geringsten anzustrengen, er kann sich während des Laufens mühelos mit mir unterhalten. Mister Boo trabt neben ihm und wirft mir nur manchmal irritierte Blicke zu, als wollte er fragen: Warum hält der andere Mensch heute meine Leine, Frauchen?

Wir machen ihn los, als wir die letzte Straße hinter uns lassen, und seine Welt ist wieder in Ordnung.

Im Wald ist es kühler und die Luft ist feucht und riecht wunderbar nach Erde. Das Laub auf den Wegen dämpft Killians Schritte; bis auf ein leises Rascheln hört man ihn kaum. Die Vögel zwitschern und überall blüht es. Noch nicht bunt; im April ist die Natur noch zaghaft und traut sich nicht an Farben heran. Wir sehen silbergraue Weidenkätzchen, hellgrüne Ahorn- und gelbe Birkenblüten und fahren unter wilden Kirschbäumen hindurch, von denen es weiß schneit. Im Unterholz wächst blasser Sauerklee und gelber Hahnenfuß. Jede Wiese, an der wir vorbeikommen, ist über und über voll von Gänseblümchen und Löwenzahn. Er erinnert mich an das, was Polly gesagt hat. Wenn Löwenzahn durch Asphalt wächst, dann werde ich auch meinen Weg finden.

»Ich liebe den Wald«, sagt Killian. Er atmet nun etwas schwerer, denn es geht eine Steigung hinauf, was für ihn keinen Grund darstellt, auch nur ein wenig langsamer zu laufen. Ich muss kräftig in die Pedale treten und dabei aufpassen, mit den Reifen nicht an einer Wurzel hängen zu bleiben.

»Das könnte ich stundenlang machen – durch den Wald laufen. Meist höre ich dabei ein Hörbuch oder Musik. Dann merke ich nicht, dass die Zeit vergeht.«

»Kein Wunder, dass du so gut in Form bist.«

Er grinst und ich stelle mir vor, dass wir häufiger solche Ausflüge machen. Es ist anstrengend, die Berge hochzustrampeln, mir tut der Po von dem harten Sattel weh und morgen werde ich Muskelkater in den Waden haben. Aber es macht großen Spaß und fühlt sich gut an.

Unvermittelt bleibt Killian plötzlich stehen. »Wir sind da.«

Ich wusste gar nicht, dass wir ein Ziel hatten, und wo auch immer wir sind – hier ist nichts, was als Ziel gelten könnte. Bloß Weg und Unterholz und wuchernde Brombeersträucher mit abertausend unreifen Früchten zu beiden Seiten. Genauso wie vor hundert Metern und vermutlich auch hundert Meter weiter vorn.

»Gib mir das Fahrrad«, sagt er, und ich steige ab und schiebe es ihm hin, gespannt darauf, was er jetzt vorhat. Er hebt es am Rahmen an. Dann schiebt er mit der freien Hand ein paar Zweige zur Seite und ein schmaler Pfad öffnet sich. Man kann sich gerade eben durchquetschen. Mehrmals verhaken sich die Dornen im Fahrrad, das Killian trägt. Plötzlich geht es zwei Meter steil eine Böschung runter.

»Schaffst du das?«, fragt er mich. Ich bin nicht sicher, aber wenn ihm der Abstieg mit einem Fahrrad unterm Arm gelingt, werde ich nicht zugeben, dass ich Schiss habe, auf dem Hintern zu landen, sondern im Zweifelsfall halt dafür sorgen, wenigstens elegant auf dem Hintern zu landen.

Ich schau mir genau bei ihm ab, an welchen tiefhängenden Ästen man sich festhalten kann. Am Boden sind ein paar Wurzeln, die mir helfen, nicht abzurutschen. Unten angekommen führt der Weg in ein paar Bögen um wucherndes Gestrüpp herum. Dann tut sich völlig unerwartet ein See vor uns auf.

»Ach, hier sind wir!«, rufe ich überrascht. Ich kenne den See, wusste aber nicht, wie nah wir ihm gekommen sind. »Am anderen Ufer ist der Badestrand und der Bootsverleih, richtig?«

Killian nickt. »Wir haben diese versteckte Stelle hier gefunden, als wir mit den Booten draußen waren. Hier ist wirklich nie jemand.«

Für heute hat er sich offenbar geirrt, denn als wir näher ans Ufer kommen und kiesiger Sandstrand unter unseren Turnschuhen knirscht, höre ich Musik.

»Niemand außer uns«, korrigiert er sich vielsagend und grinst einem Pärchen zu, das auf der Decke eng beisammen sitzt und neugierig zu uns rüberschaut. Neben ihnen steht ein Lautsprecher, aus dem die Musik kommt. »Das sind meine beiden besten Freunde, die ich dir unbedingt vorstellen wollte: Nedim und Lina.« Er begrüßt beide mit Handschlag und stellt mich dann mit einem schüchternen Lächeln als seine neue Freundin vor.

Normalerweise stresst es mich, neue Leute kennenzulernen. Ich weiß, wie schnell man es sich mit einem schlechten ersten Eindruck auf ewig verscherzt. Doch die beiden sind auf Anhieb so freundlich, dass der Gedanke nur kurz an mir vorüberfliegt und sich dann irgendwo über dem See im Wind auflöst. Ich schätze sie auf neunzehn oder zwanzig, sie sehen aus, als wären sie auch hergelaufen, denn sie tragen Sportkleidung. Lina ist sehr hübsch, blond und hat große, grüne Katzenaugen und ellenlange Wimpern. Sie würde auf mich ehrfurchterweckend wirken, hätte sie nicht dunkle Schweißränder unter den Armen, um die sie sich keine Gedanken zu machen scheint. Mister Boo ist hingerissen von ihr, und ich bewundere sie ein wenig für die freundliche Art, mit der sie ihn davon abhält, in ihrem Schritt zu schnüffeln. Himmel hilf. Manchmal ist dieser Hund zum Sterben peinlich.

Nedim hat schwarzes, welliges Haar und eine Nase wie ein Adler. Ich bin sicher, ihn schon mal irgendwo gesehen zu haben. Vielleicht auf Killians Facebookseite.

»Killian hat viel über dich erzählt.« Nedim rutscht beiseite, sodass wir auch auf der Decke Platz finden.

»Mir gefällt die Geschichte, wie ihr euch kennengelernt habt«, sagt Lina. Sie schmiegt sich eng an Nedim, die beiden sind zweifelsfrei ein Paar. Sie lächelt mich breit an, wobei eine Lücke zwischen den Schneidezähnen zum Vorschein kommt. »Er soll dich umgerannt haben.«

»Bestimmt hat er nur testen wollen, ob ihr Dickschädel mit seinem mithalten kann«, fällt ihr Freund ihr ins Wort. »Eigentlich macht man das anders mit den Mädchen, Mann. Aber auf deine Art geht es natürlich auch.«

»Wer ohnmächtig ist, kann immerhin nicht fliehen«, sagt Lina.

Killian schluckt den freundlichen Spott gelassen und wühlt in einem Rucksack, den die beiden mitgebracht haben müssen. Er zieht eine Thermoskanne und vier Metallbecher heraus und verteilt duftenden Tee an uns alle.

»Im Sommer grillen wir hier«, sagt Lina. »Es gibt keinen besseren Ort. Hier sind wir vollkommen ungestört, es kommt nie jemand her.«

Killian beugt sich von hinten über meine Schulter. Seine Lippen streifen meine Wange und mein Ohr und mir laufen Schauer den Rücken rauf und wieder runter.

»Gutes Essen«, murmelt er, »Schwimmen, Sonnen. Ein Glas Wein, wenn die Sonne untergeht. Reden, bis sie wieder aufgeht …«

Es fühlt sich an, als wäre es schon so weit. Ob es beim Reden bleibt, wenn es Sommer wird? Mein Körper steht total unter Strom, ich muss mir Mühe geben, nicht zu vergessen, dass wir nicht allein sind.

»Wie lange und woher kennt ihr euch denn?«, frage ich.

Killian sagt: »Lina und Nedim sind schon ewig zusammen … ungefähr, seit Nedim seine Schuhe allein zubinden kann. Also vier Jahre.« Dafür fängt er sich von Lina einen Klaps gegen den Hinterkopf und von Nedim ein geschmunzeltes: »Das kriegst du schon zurück, mach dir mal keine Sorgen.«

»Und die beiden kennen sich aus der Mannschaft«, ergänzt Lina.

»Du spielst auch bei Birmheim?«, frage ich an Nedim gewandt. Er grinst und nickt, während Lina und Killian Blicke wechseln, die ich nicht ganz einschätzen kann.

»Entschuldigung«, sage ich schnell. »Vermutlich sollte ich das wissen. Aber ich habe überhaupt keine Ahnung von Fußball.« Jäh scheint meine ganze Entspannung zusammenzubrechen wie ein Kartenhaus. Ich fühle mich dämlich und ahnungslos. Vermutlich halten sie mich für total –

»Genau deshalb bist du hier«, unterbricht Lina meine Gedanken und lächelt mich an. Herzlich. Nicht höflich oder mitleidig. »Keiner von uns würde einen Fan der Jungs mit herbringen.«

»Nichts gegen Fans«, sagt Nedim. »Aber viele kennen keine Grenzen und lassen einen nicht in Ruhe. Im Sommer können Kill und ich unmöglich da drüben«, er deutet über den See, »am Badestrand abhängen. Nach ein paar Minuten kommt der Erste und will ein Autogramm oder ein Selfie. Dann trauen sich die anderen auch. Und alle rufen ihre Freunde an oder teilen es auf Facebook und schon ist dein chilliger Nachmittag gelaufen und du musst arbeiten.«

Killian hört schweigend zu. Er nickt ansatzweise, sagt aber nichts und beobachtet meine Reaktion auf Nedims Worte.

Ich muss an das Bistro denken, in dem Killian und ich unser erstes Date hatten. An die geschlossene Tür, wo man klingelt, um eingelassen zu werden. Es muss ziemlich anstrengend sein, wenn jeder dein Gesicht kennt, denke ich, während ich mich an dem süßen, heißen Apfeltee aufwärme.

Killian flüstert mir ins Ohr, wie schön er es findet, mit mir hier zu sein. Ich spiele mit den kurzen Haaren in seinem Nacken und er schließt die Augen und streckt den Rücken wie ein großer, zufriedener Kater. Die Frühlingssonne zaubert einen rötlichen Schimmer in seine Wimpern, die erstaunlich dunkel sind dafür, dass er blonde Haare hat. Ich fühle mich wie in einem Traum, so perfekt ist der Moment. Aus dem Lautsprecher klingt Matt Simons' »Catch & Release«, mein Lieblingslied. Ich rieche den Sommer in der

Luft, der schon fast hinter dem Horizont auf uns wartet, rieche Barbecues, hier am geheimen Strand, und Sonnencreme auf Killians Haut. So kann es weitergehen. Doch Matt Simons erinnert mich mit seiner Zeile »lose every sense of time« auch daran, dass mir genau das auf gar keinen Fall passieren darf. Ich schaue auf mein Handy. In etwas mehr als einer Stunde muss ich zu Hause sein, die Minuten sind gezählt.

»Na, komm, Killian«, sagt Nedim, springt auf die Füße und zieht Killian zu sich hoch. »Wenn du zum Tee Gebäck willst, muss du nach England wechseln. Wir sind nicht zum Vergnügen hier.«

Killian stöhnt mürrisch, folgt seinem Freund allerdings dorthin, wo der Sand nass und fest ist. Dort beginnen sie mit ihrem Training. Planks, Liegestütze, Sit-ups, Burpees.

»Machen die das immer?«, frage ich.

Lina zaubert eine Packung Schokoladenkekse hervor. »Du wirst dich dran gewöhnen müssen.« Es klingt amüsiert, aber nicht nur.

»Es gibt Schlimmeres«, finde ich und genieße den Anblick. Kaum ist er ein paar wenige Meter von mir entfernt, kann ich es kaum glauben, dass dieser bis in den letzten Muskel durchtrainierte, gut aussehende Typ da hinten jetzt mein Freund ist. Mein fester Freund. Ich habe mir wirklich und wahrhaftig Killian Schwarz geangelt – und das, ohne es zu wissen. Ausgerechnet ich! Das ist vollkommen abgefahren.

Ich lehne mich auf die Ellbogen zurück und Lina hält mir die Kekse hin. »Ich freu mich, dass Killian dich mit hergebracht hat. Wirklich. Das ist nicht selbstverständlich.«

»Na ja, wir sind jetzt zusammen.«

»Hat nichts zu bedeuten. Seine Ex hat er nie mitgebracht. Und dich schon nach so kurzer Zeit. Er muss dich verdammt doll mögen. Glaub mir das einfach, auch wenn er sich schwertut, das zu zeigen. Manchmal glaube ich, er hat einen Fußball dort, wo andere ein Hirn haben. Brems ihn ein, wenn er nur davon redet.«

»Das tut er gar nicht«, sage ich, »überhaupt nicht.« Etwas anderes, was sie gesagt hat, beschäftigt mich viel mehr.

»Nicht?« Sie lächelt in seine Richtung. »Dann hast du ihm wirklich den Kopf verdreht. Wir haben uns schon Sorgen um ihn gemacht, weil alles, was für ihn zählte, immer nur diese Karriere war. Nedim ist die Karriere natürlich auch wichtig, sonst wäre er heute nicht da, wo er jetzt ist. Von nichts kommt im Sport nichts. Aber Killian … der hat es viel zu lange übertrieben.« Sie lacht laut auf und fängt einen kurzen, amüsierten Blick von ihrem von den Übungen keuchenden Freund auf, dem sie einen Luftkuss zuwirft. »Ich habe monatelang versucht, eine perfekte Freundin für Killi zu finden. Offenbar habe ich nach dir gesucht – aber gefunden hat er dich allein. Ist das nicht verrückt?«

Alles an der Sache ist verrückt. Ich bin in einem Wunderland gestrandet. Hoffentlich finde ich nie wieder heraus! »Darf ich dich etwas fragen, Lina?«

Sie nimmt einen weiteren Keks. »Nur zu.«

»Du hast von Killians Exfreundin gesprochen. Wie ist die so?«

Lina wollte gerade von ihrem Keks abbeißen, hält aber

in der Bewegung inne. Sie senkt die Hand und schaut mich an, als würde mir ein Horn auf der Stirn wachsen. »Du weißt nicht, wer Killis Ex ist?«

»Ich sagte doch, dass ich keine Ahnung habe …«

»Gehst du denn nie zum Friseur?«

»Was?« Ich begutachte meine Haarspitzen, die mir über die Schultern hängen. Hab ich schlimm Spliss? Oder eine Frisur, die so out ist, dass ich mich damit nicht mehr auf die Straße wagen kann?

»Nicht wegen deiner Haare.« Lina kichert. »Die sind sehr schön, komm bloß nicht auf die Idee, sie abzuschneiden. Ich meinte, wegen Killi und Marina. Die Beziehung ging durch die gesamte Klatsch- und Tratschpresse, und das Ende noch fünfmal so schlimm.«

Ich spüre regelrecht, wie ich blass werde. Mein Gesicht wird kalt und kribbelt.

»Du hast echt nicht mal gegoogelt?«, fragt Lina ungläubig. Mister Boo nutzt seine große Chance. Während Lina und ich uns irritiert anstarren, schnappt er sich einen Keks. »Killian war vorher mit Marina Baumann zusammen!«

Ich habe den Namen schon einmal gehört, aber …

»Du kennst sie mit Sicherheit. Sie war vor zwei Jahren die Dritte bei Germany's next Topmodel.«

»Vor zwei Jahren durfte ich …« Ich beiße mir auf die Zunge. »Dürfte ich anderes im Kopf gehabt haben.« Fast hätte ich mich verraten. Polly und ich durften GNTM erst mit vierzehn ansehen, und auch nur unter der Auflage, uns jedes Mal lange Vorträge über Emanzipation und das Bild von Frauen in der Öffentlichkeit anzuhören.

Lina nimmt sich einen neuen Keks aus der Packung

und steckt ihn ganz in den Mund. »Hascht nüscht verpascht.«

»Die ganze Show ist doch total oberflächlich«, sage ich, »ich bin Pinkstinks-Abonnentin.« Doch diese Pinkstinks-Abonnentin fühlt sich winzig klein neben einer unbekannten jungen Frau, die vermutlich nicht nur bildschön und ausgesprochen selbstbewusst, sondern auch mit an Sicherheit grenzender Wahrscheinlichkeit in Killians Alter ist.

»Reines Casting fürs Dschungelcamp«, stimmt Lina mir zu und lutscht an ihren Zähnen. »Aber dass du nicht mal gegoogelt hast – darüber komm ich echt nicht weg. Das ist so süß.«

»Ich finde es scheußlich, was alles im Internet steht. Allein diese Steckbriefe. Größe – Gewicht – Marktwert.« Ich schüttle mich. »Ich wollte Killian kennenlernen, so wie er mich kennenlernt. Langsam und persönlich.« Bloß beschäftigen mich die Ex und die ständigen Erwähnungen dieser doch. »Es ist doch fairer zu fragen, als hinter seinem Rücken alle Storys nachzulesen, oder?«

Lina beugt sich zu mir rüber und umarmt mich so unvermittelt, dass wir mit den Köpfen aneinanderstoßen. »Du bist wirklich lieb!«, ruft sie, als wäre das eine große Überraschung. »Du magst Killi wirklich. Die meisten wollen doch nur ihren Teil an seinem Erfolg abhaben. Und das ist der Grund, warum du hier bist. Hier mit uns am Strand. Da kann kein Flopmodel mithalten.«

Ich seufze und hoffe, dass es nur zufrieden klingt. In meinem Bauch fressen die Zweifel an mir. Das schwarze Loch – ich hatte es vollkommen vergessen – wird wieder größer. Ich singe ganz leise, nur gehaucht, den Song mit, der gerade läuft, aber es hilft nichts. Vielleicht sollte es auch nicht helfen. Ich darf mir keine Nachlässigkeiten erlauben – meine Zeit läuft ab. Ich muss nach Hause, wenn ich nicht gleich die nächste Konfrontation mit meinen Eltern riskieren will. Und ich muss mir darüber klar werden, wie ich verhindere, dass hier alles, was mir so ans Herz wächst, in sich zusammenbricht, wenn sie die Wahrheit herausfinden; Lina, Nedim und Killian.

Wobei es mir überhaupt nichts mehr ausmachen würde, wenn sie die Wahrheit wüssten. Vielleicht fänden sie es nicht so schlimm. Es ändert ja nichts an meinem Charakter, ob ich fünfzehn oder siebzehn bin. Schlimm ist nur, ihnen gestehen zu müssen, dass ich sie angelogen habe. Denn es ändert sehr, sehr viel, ob ich Romy bin, oder Romy, die Lügnerin.

KAPITEL 19

Du könntest Bio schwänzen. Ich meine – Bio. Hallo? Du stehst eins in Bio.

»Zwei, Polly«, flüstere ich und sehe mich um. Aber im Stimmengewirr auf dem Flur in Richtung Mensa hat mich niemand gehört.

Mehr als gut genug.

Sie hat recht. Und ich will ja nicht wegen einem plötzlichen Anfall von Null-Bock schwänzen, sondern weil ein Notfall besteht. Killian reist heute Nachmittag für das Spiel gegen Werder nach Bremen ab, ich habe das ganze Wochen ende keine Möglichkeit, ihn zu sehen. Außer natürlich im Fernsehen. Bei dem Gedanken muss ich kichern. Es vergeht mir sofort wieder. Ich habe die Nacht kaum geschlafen. Meine Lüge krabbelte mir wie ein Dutzend Spinnen immer wieder über die Bettdecke. Ich muss es ihm sagen – ich muss! Ich kann unmöglich noch mehrere Wochen mit dieser Schwindelei leben.

»Was ist denn mit dir los?« Sophia schält sich aus der Masse von Schülern und hakt sich bei mir unter. »Hey. It's

Friday, Baby. Nur noch zwei Stunden bis zum Wochenende! Und du ziehst ein Gesicht, als wäre Montag und wir hätten gleich vier Stunden Mathe.«

»Ich mag Mathe.« Ich weiß nicht, was ich sonst antworten soll. Ob ich ihr einfach Übelkeit vorspiele?

Sag ihr einfach, dass du dir Bio heute schenkst, rät Polly. *Sophia ist cool, die verpetzt dich nicht.*

»Ich schenke mir Bio«, sage ich und werfe die Haare zurück. »Und besuche meinen Freund.«

»Und da strahlst du nicht?« Sophia übernimmt das für mich.

»Na ja. Ich hab Schiss, erwischt zu werden.«

Sie winkt ab. »Ach, geh einfach, mach dir doch keinen Stress. Ich sag Bescheid. Kopf- oder Regelschmerzen?«

»Zahnschmerzen wären mal was Neues.«

»Perfekt.« Sie stößt mich mit dem Ellbogen an. »Sehr gute Idee. Ich wusste ja gar nicht, dass du einen Freund hast. Bringst du ihn am Samstag mit?«

Ich stelle mir vor, mit Killian bei ihrer Party aufzukreuzen, und wachse dabei um bestimmt drei Zentimeter. »Das geht leider nicht. Er ist am Samstag in Bremen.«

»Fernbeziehung?«, fragt Sophia erschüttert.

Ich muss lachen. »Nein. Er ist nur übers Wochenende da, Sonntag kommt er zurück. Er ist … beruflich dort, könnte man sagen.«

»Beruflich – wow.« In dem Moment sehe ich, wie ich auch in ihren Augen zwei Fingerbreit wachse. »Wie alt ist er denn?«

»Neunzehn.«

Sie pfeift anerkennend. »Gönn dir das. Die Milkis in unserem Alter kannst du eh alle vergessen. Mein nächster Freund wird auch mindestens achtzehn sein. Die haben einfach mehr Stil.«

»Das war nicht so geplant«, weiche ich aus. »Ist ja nicht so, dass ich nach einem älteren Jungen gesucht hätte. Überhaupt nicht.« Ich hatte überhaupt nicht gesucht – ich hatte nicht den Hauch einer Ahnung gehabt, schon bereit für einen Freund zu sein. »Das mit uns, das hat sich einfach so ergeben. Wir sind … quasi zusammengeknallt.«

Damit verabschiede ich mich rasch von ihr, bevor sie noch auf die Idee kommt, mich zu fragen, was mein Freund denn beruflich macht – in Bremen oder sonst wo.

Überraschung!, schreibe ich Killian per WhatsApp. **Ich hab früher Schluss, ich könnte doch noch vorbeikommen, bevor du los musst.**

Ich freu mich!, kommt sofort als Antwort. **Wann kommst du?**

Sitze schon im Bus :)

Wenig später klingle ich an der Haustür. Killian öffnet und zieht mich noch im Türrahmen fest an sich.

»Ich freu mich so, dass du es noch geschafft hast.«

»Für dich immer. Ich schwänz einfach die Schule für dich.« Ich zwinkere, als hätte ich einen Scherz gemacht.

»Kann ich dich nicht mitnehmen? Der Trainer würde mich lynchen, aber das ist es wert. Ich spiele bestimmt viel cooler, wenn du dabei bist.«

»Du kannst mich im Koffer mit nach Bremen schmuggeln. Ich lebe das Wochenende dann einfach im Schrank, wo mich keiner findet.«

Wir gehen ins Wohnzimmer, wo Heidi in einem Ohrensessel sitzt und mit einer Stricknadel wütend auf ein Knäuel Wolle einsticht.

Killian betrachtet sie mit hochgezogener Augenbraue. »Ich verstehe davon nichts. Aber mir war neu, dass man Wolle töten muss, bevor man stricken kann. Da ist nicht mal mehr ein Schaf drin, Omma.«

Ich muss immer grinsen, wenn er »Omma« statt »Oma« sagt, mit kurzem O. Es ist skurril, weil es einerseits so liebevoll klingt und andererseits überhaupt nicht zu Heidi zu passen scheint. Sie sieht trotz ihrer silbergrauen Haare viel zu jung aus, um Killians Oma (oder Omma) sein zu können.

»Ach, der Huddel hier!«, schimpft sie. »Ich geb es auf und spül den ganzen Mist das Klo runter!« Erst dann bemerkt sie mich. »Ach, hallo, Romy. Mach dir mal nichts aus meinem Gemotze, ja? Ich scheitere bloß an diesem verdummichten Schaf. Hast du denn deinen Mister Boo gar nicht bei dir?«

»Heute leider nicht. Strickst du, Heidi?«

»Ja, ich versuch es zumindest, aber das blöde Zeug will nicht, wie ich das will. Und jetzt lach du mich bloß nicht auch noch aus, dass das was für Ommas ist. Ich hab mir immer geschworen – irgendwann lern ich das noch!«

»Ich helf dir«, sage ich und genieße die irritierten Blicke vom Heidi und Killian. »Ich bringe es dir bei.«

»Du kannst stricken?«, fragt Heidi. Sie scheint es nicht recht glauben zu können.

»Klar. Stricken ist total hip.« Ich erwische mich dabei, Polly zu zitieren, und muss ein wenig darüber grinsen.

»Du veräppelst mich doch!«, meint Heidi lachend. »Lass uns jetzt erst mal Killian rausschmeißen. Wenn der nicht bald losfährt, kommt er nämlich zu spät, und dann fährt der Mannschaftsbus ohne ihn los und aus dem *Patrick* gegen Werder Bremen wird nichts.«

»Hattrick heißt das, Omma«, korrigiert Killian grinsend, und ich bin stolz, dass ich zumindest weiß, was ein Hattrick ist. »Aber gegen Werder sind das Wunschträume, die stehen gerade ausgesprochen sicher hinten. Da bin ich mit einem einzigen Treffer schon mehr als zufrieden.«

»Ich drück dir in jedem Fall die Daumen!«, verspricht Heidi.

Wir bringen Killian zum Auto, und ich bekomme einen winzigen Vorgeschmack darauf, was es heißt, mit einem Profifußballer zusammen zu sein. Die meisten Wochenenden ist er unterwegs. Wenn ich schulfrei habe und ausgehen kann, hat er seine Spiele. Es fällt mir schwer, ihn gehen zu lassen, ich sehne mich jetzt schon nach ihm. Als er mich zum Abschied küsst, vergesse ich einen Moment lang, dass seine Oma direkt neben uns steht. Bei der Vorstellung, dass mir das in der Nähe meiner Eltern passieren könnte, muss ich unterdrückt lachen. Oma Heidi ist einfach sehr viel cooler.

Killian steigt ein und ich schlage die Autotür zu. Er lässt das Fenster runter. »Romy, ich habe noch etwas vergessen. Unsere Mannschaft hatte kürzlich mit zwei anderen Teams aus der Region ein Charity-Turnier, bei dem wir mit Geflüchteten zusammengespielt haben. Dabei ist eine schöne Summe für die Flüchtlingshilfe rumgekommen. Der Erfolg soll am Mittwoch noch mal im internen Rahmen gefeiert werden. Wir haben ein Lokal zur Verfügung, es wird gutes Essen geben und schöne Musik, und ich fände den Anlass super, um dir die Jungs aus meiner Mannschaft vorzustellen.«

Oder mich ihnen!

»Ich weiß nicht recht«, murmle ich. Ich müsste meinen Eltern wieder etwas vorlügen. Und falls Presse zu diesem Termin erscheint, ist die Gefahr groß, dass alles auffliegt. »Ich glaube, solcher Rummel mit Fotografen und all dem ist gar nicht mein Ding. Schlimm?«

Killian lacht. »Gar nicht. Mein Ding ist es auch nicht. Aber der Abend wird harmlos in der Hinsicht. Der Medienrummel über die Aktion ist vorbei, es wird eine ganz private Party ohne Presse.«

»Ich überlege es mir. Immerhin ist Donnerstag Schule.«

»Ich würde mich so freuen.« Killian lächelt ein nur auf den ersten Blick harmloses Lächeln. »Wir müssen auch nicht lange bleiben, ich würde dich um zehn nach Hause bringen.«

»Mal sehen«, weiche ich aus, obwohl die Einladung mir enorm schmeichelt und ich allein aus Neugierde furchtbar gerne hingehen würde.

»Das solltest du dir wirklich nicht entgehen lassen«, sagt Heidi, »denn das Restaurant ist eine Wucht. Aber jetzt muss Killian wirklich los. Wenn er zu spät am Bus ist, lässt sein Trainer ihn nächste Woche so viele Strafrunden laufen, dass er freiwillig ins Bett statt zum Feiern geht.«

Ich würde Killian gern fragen, ob der Trainer wirklich so rabiate Strafmaßnahmen auffährt, aber er sieht auf die Uhr an seinem Armaturenbrett, zieht ein erschrockenes Gesicht und verabschiedet sich ein letztes Mal, bevor er losfährt. Wir winken ihm, bis sein Wagen um die nächste Kurve biegt, und gehen wieder ins Haus, wo noch meine Jacke und meine Schultasche liegen.

»Das war eben ein Scherz mit dem Stricken, oder?«, fragt Heidi misstrauisch, als das Wollknäuel auf dem Tisch in ihren Blick gerät.

Statt einer Antwort greife ich nach den Nadeln und schlage flott ein paar Maschen für die Maschenprobe an. »Was soll es denn werden?«

»Ich dachte an einen Schal«, antwortet Heidi und beobachtet beeindruckt meine Finger. »In den Vereinsfarben natürlich. Killian könnte ihn signieren und dann versteigern wir ihn auf Ebay für einen guten Zweck.« Heidi zuckt mit den Schultern. »Das war zumindest der Plan, bevor ich wusste, wie schwierig diese Strickerei ist.«

»Was für eine süße Idee. Das kriegen wir hin. Versprochen!«

»Dann hilfst du mir? Das wäre wunderbar. Leider müssen wir die erste Nachhilfestunde im Stricken schon verschieben. Ich muss gleich noch zum Ärztehaus.«

»In der Röntgengasse?«

Sie nickt.

»Ich wohne ganz in der Nähe.«

»Dann kann ich dich ja mitnehmen.«

Da sage ich natürlich nicht Nein! Wenig später sitzen wir in Heidis zitronengelbem Mini Cooper und ich klammer mich am Türgriff fest. Sie fährt definitiv sportlicher als ihr Enkel.

»Mist!«, ruft sie plötzlich und haut gegen das Lenkrad.

»Ich habe vergessen, dass ich heute mit der Grabpflege dran bin. Macht es dir etwas aus, wenn wir kurz am Friedhof halten? Es wird ganz flott gehen.«

Ich muss schlucken. Seit Pollys Beerdigung habe ich keinen Friedhof mehr betreten. Es hatte mir den Boden unter den Füßen weggerissen, als ihr strahlend weißer Sarg in die finstere Grube herabgelassen wurde. Die Menschen warfen Erde auf den Sargdeckel, und ich bekam bei jeder Schaufel mehr das Gefühl, nicht mehr atmen zu können. Am Ende war ich zusammengebrochen und meine Eltern hatten einen Krankenwagen rufen müssen.

»Ich könnte dich auch schnell nach Hause fahren und dann …«, sagt Heidi zögerlich und wirft einen Blick auf ihre Armbanduhr. Ihre Mimik lässt mich ahnen, dass die Zeit dafür nur äußerst knapp reicht.

»Ist schon okay«, sage ich. »Es ist kein Problem, wenn wir am Friedhof halten.«

Heidi setzt den Blinker und meine Hoffnung, sie könnte den anderen Birmheimer Friedhof ansteuern wollen, zerfällt.

»Du sagst nicht ganz die Wahrheit, oder?«, fragt sie mich dann unvermittelt, und ich zucke zusammen und weiß plötzlich nicht, wohin mit meinen Händen.

»Was meinst du?« Ob sie gemerkt hat, dass ich jünger bin als behauptet? Aber wie …?

»Der Friedhof«, sagt Heidi. »Das ist ein Problem, oder? Ich sehe dir das doch an.«

Ich weiß nicht, ob ich erleichtert bin oder mich noch mehr in die Enge gedrängt fühle.

»Falls es etwas Religiöses ist und du keinen Friedhof betreten willst, ist es wirklich nicht schlimm, wenn ich dich vorher heimfahre.«

»Das ist es nicht.« Ich warte darauf, dass Heidi etwas wie »Sondern?« fragt, aber sie tut es nicht, und vielleicht ist es das, was mir Mut gibt, die ungestellte Frage dann doch zu beantworten, als Heidi vor dem Friedhof in einer freien Parkbucht hält. »Killian hat es dir vielleicht erzählt. Meine Schwester ist letztes Jahr gestorben.«

»Herzchen!« Heidi greift nach meiner Hand, die immer noch rastlos auf meinem Oberschenkel herumtrommelt. »Das ist ja schrecklich. Nein, Killian hat kein Wort gesagt. Ach Gott, was bin ich für ein Trampel, dich hierher mitzuschleifen. Wir fahren sofort wieder. Ich kann auch heute Abend –«

»Unsinn!«, falle ich ihr ins Wort. Jetzt sind wir hier und ich würde mich albern fühlen, wenn wir wieder fahren. Vielleicht ist es eine gute Gelegenheit, meinen Ängsten endlich mal ins Auge zu schauen. Mit Heidi an meiner Seite schaffe ich das. Wir mögen uns erst ein paar Mal gesehen haben, aber das Gefühl, sie schon lange zu kennen, umgibt mich wie ein schützender Mantel. Und ihr vertrauen zu können. »Ich komme mit rein und gehe einfach nicht zum Grab.«

Ich helfe Heidi, die große Gießkanne zu füllen und zum Grab ihres Mannes zu tragen. Zum Glück ist es weit von der Stelle weg, wo sie Polly beerdigt haben. Ich will es keinesfalls sehen, das ungepflegte, vermutlich völlig überwucherte Grab, um das sich kein Mensch kümmert. Es würde mich schmerzlich daran erinnern, dass meine Eltern alles tun, um Polly zu vergessen. Für sie geht das Leben seit ihrem Tod einfach weiter. Sie haben im Winter den üblichen Skiurlaub gebucht, Weihnachten einen Baum aufgestellt und Geschenke für mich daruntergelegt, und zu Ostern Lammbraten gekocht, den Polly so gern mochte. An ihrem Geburtstag hatte keiner außer mir an ein Geschenk und einen Muffin mit einer Kerze drin auf dem Frühstückstisch gedacht. Ich hatte es nicht vergessen, mich aber später aus irgendeinem Grund schlecht dafür gefühlt.

Das Grab von Heidis Mann ist liebevoll mit bunten Blumen und einem kleinen Strauch mit gelben Blüten bepflanzt. Die Zweige verdecken die Hälfte des Grabsteins, was gemütlich aussieht, fast heimelig, wie in einem Garten. Der Name ist noch gut zu lesen. Manfred Schwarz. Die darunter stehenden Geburts- und Sterbedaten kann ich nicht erkennen.

»Wie lange ist es her, dass er …«

Heidis Blick ruht liebevoll auf dem Stein. »Im Februar waren es zwölf Jahre. Wir konnten es damals kaum glauben. Zu Killians Einschulung im Sommer war er noch gesund wie ein Fisch im Wasser. Dann kam der Krebs.« Sie stellt die Gießkanne ab und stemmt beide Hände in die Hüften. »Ich muss es mal so sagen, Romy, aber Krebs ist ein Arschloch.«

»Das glaube ich dir sofort.«

»War deine Schwester denn auch krank?«

Ich schüttle den Kopf. »Nein, es war ein Autounfall.«

Heidi presst die Lippen aufeinander. »So plötzlich. Das muss furchtbar für dich sein.«

Ich sehe auf und forsche in ihrem Gesicht. Ihre Formulierung unterscheidet sich von der der meisten Menschen.

Nahezu alle sagen, es muss furchtbar für mich *gewesen* sein. Kaum jemand begreift, dass es bis heute furchtbar ist und vermutlich immer bleiben wird. »Wird es irgendwann leichter?«, frage ich.

Heidi schüttelt den Kopf. »Wenn du mich fragst: nein. Bis heute wache ich morgens früh auf und erwarte, dass mein Freddie neben mir liegt. Und es bricht mir an jedem Morgen wieder das Herz, dass er nicht da ist.« Wir seufzen beide, fast synchron. »Nein, leichter wird es nicht. Aber das Herz ist nicht umsonst ein Muskel, Romy. Es wächst an seinen Aufgaben, wenn man es trainiert. Und jeden Tag kann es die schwere Last ein klein wenig besser tragen.«

KAPITEL 20

»Ihr habt es versprochen!«

Ich höre meine Mutter am anderen Ende der Leitung atmen. »Ich weiß, Schatz. Es tut mir ja auch schrecklich leid, aber wir können hier einfach noch nicht weg. Es ist noch so viel Arbeit offen. Wir können das nicht alles übers Wochenende liegen lassen.«

»Ich habe Kira extra zum Abendessen eingeladen, damit ihr sie kennenlernen könnt. Wir wollten zusammen für euch kochen.«

»Wir essen das dann später.«

»Du weißt, dass es nicht darum geht.« Meine Eltern haben den Spleen, mich bei niemandem übernachten zu lassen, den sie nicht zuvor persönlich abgecheckt haben. Noch schwieriger wird es allerdings, wenn ich jemanden besuchen möchte, den sie abgecheckt und für gänzlich ungeeignet befunden haben; was zum Beispiel auf Sophia zutrifft. Wenn ich »Kiras Geburtstag« als Alibi nutzen will, um zu Sophias Party zu gehen, muss ich meinen Eltern zumindest die Möglichkeit geben, diese Kira kennenzulernen.

Dass sie dies nun selbst durch ihre Unpünktlichkeit unmöglich machen, ist schließlich nicht meine Schuld. Zumindest lautet so der Plan. Natürlich war mir absolut klar, dass sie heute nicht pünktlich daheim sein würden. Ich weiß längst, wie viele Stunden Verspätung ich einrechnen muss, wenn gewisse Klienten im Terminkalender stehen.

»Ist es wegen dem Geburtstag morgen?«, fragt meine Mutter und das schlechte Gewissen schwingt in ihrer Stimme mit.

Ich gebe ein Murren von mir. »Den kann ich mir ja jetzt abschminken. Toll. Vielen Dank, dass ihr mir jede Freundschaft schon im Ansatz ruiniert.«

»Ach, Romy, jetzt übertreib mal nicht! Wir sprechen heute Abend drüber, ja?«

»Hm.«

»Sei nicht sauer, ich kann auch nichts für die Auftragslage. Weißt du was? Lasst doch die Küche kalt und bestellt euch was Leckeres. In der Kramschublade sind noch fünfzig Euro, die dürft ihr dafür auf den Kopf schlagen.«

Ich überlege kurz, wie man mit dem Pizzataxi oder dem Sushi-Lieferdienst zu zweit fünfzig Euro verfuttern sollte, seufze und sage: »Okay.« Mein Ziel habe ich mit Sicherheit erreicht. »Wir sprechen drüber« heißt für gewöhnlich, dass sie eine Ausnahme machen.

Nachdem ich mich verabschiedet und das Telefon in die Ladestation gestellt habe, schlägt das schlechte Gewissen leider mit überraschender Härte zu. Ich werfe mich der Länge nach aufs Bett, drücke den Kopf ins Kissen und murmle, dass ich schon eine selten blöde Kuh bin.

Gar nicht, befindet Polly.

»Aber eine Lügnerin.« Ich lasse das Gesicht, wo es ist, auch wenn man mich durch den Stoff kaum versteht. So kann ich mir besser vorstellen, dass Polly wirklich da ist.

Da sind sie selbst schuld, wenn sie dir überzogene Regeln aufdrücken.

»Du würdest sie nicht anlügen.«

Nein, ich würde Beschimpfungen kreischen, mit dem Fuß aufstampfen und zur Not Geschirr zerschlagen.

»Oh mein Gott, allein die Vorstellung, ich würde sie anschreien, ist absurd.«

Du könntest sie natürlich auch mit Fakten in Grund und Boden argumentieren …

»Polly – das sind Anwälte. Du glaubst doch nicht ernsthaft, dass ich eine Chance hätte.«

Nein, wirklich nicht. Du tust also, was du tun musst.

Ich bekomme erst am nächsten Tag die Erlaubnis, auf Kiras Geburtstag zu gehen, denn als meine Eltern am Freitagabend endlich nach Hause gekommen waren, hatte ich längst geschlafen.

Am Nachmittag treffe ich mich mit Paul. Er dreht eine knappe Szene, die ich nicht durchschaue, in einer Eisdiele; ich assistiere ihm dabei, indem ich Passanten anspreche und sie darum bitte, die Statisten zu spielen. Normalerweise bin ich schüchtern, aber wenn es darum geht, Paul zu helfen (und selbst nicht ins Bild zu müssen), fällt es mir leicht, das zu überwinden. Paul hat rasch alles im Kasten, was er für seinen Clip braucht. Danach gehen wir in eine Bar, in der die Bundesligaspiele übertragen werden. Da draußen die Sonne scheint und zum Angrillen im Garten einlädt, ist nicht viel los, aber einige Birmheimer Fans sitzen schon beisammen. Wir bestellen Cola, mein Wasser und eine Überdosis Vitamin C in Form von Zitronen und warten gespannt auf den Anstoß. In meinen Knochen vibriert schon die Vorfreude, Killian zu sehen. Paul ist neugierig auf ihn.

Die Wirtin, eine ältere Frau, die sich trotz der warmen Temperaturen einen Birmheimer Schal umgebunden hat, fragt, ob sie die Konferenz einschalten soll. Bevor ich Paul gefragt habe, was damit genau gemeint ist, rufen die Gäste bereits, dass sie nur das Birmheimer Spiel sehen wollen. Die anderen Spiele wären uninteressant.

Wenig später sehe ich Killian mit einem kleinen Mädchen an der Hand aufs Spielfeld laufen. Es ist so merkwürdig, ihn im Fernsehen zu erleben. Er sieht fremd aus und gleichzeitig so vertraut, dass mir das Herz schneller schlägt.

Paul mustert mich von der Seite. »Du wirst ja rot.«

Auch das noch. Wie peinlich. »Das ist ja auch ein komisches Gefühl. Guck mal da.« Ich deute zu einem der Fans am Nebentisch, der mit dem Rücken zu uns sitzt. Er trägt ein Trikot mit der Nummer acht und dem Namen Schwarz darüber.

Paul muss lachen. »Wenn der wüsste, wer du bist.«

»Sei bloß leise!«, zische ich, muss aber mitlachen.

Das Spiel wird angepfiffen, und schon bevor die ersten zwei Minuten um sind, kommt Nedim zu einer Torchance, schießt aber knapp daneben. In der Bar jagt der Lautstärkepegel raketenartig bis an die Decke. Die Fans sind zwar überschaubar, machen aber Krach für dreimal so viele, jubeln bei guten Bällen und grölen, wenn unsere Birmheimer gefoult werden.

Rasant geht das Spiel hin und her, ohne dass ich sagen könnte, welche Mannschaft in der besseren Ausgangslage ist. Der Kommentator bestätigt meine Laienmeinung. Es sei ausgeglichen, erklärt er. In der Bar ist nichts ausgeglichen – alle sind klar auf der Seite von Birmheim. Killian scheint enorm beliebt zu sein, viele klatschen, wenn er am Ball ist, andere springen vorsorglich von ihren Stühlen auf, wenn er sich in Richtung Tor bewegt. Doch vorerst gelingt es der Abwehr jedes Mal, ihn zu stoppen. Wir müssen eine Weile warten, bis er dem Tor der Gegner nahe kommt, und dann geht der Pass zu Nedim schief und rollt einem Gegner vor die Füße, der einen Konter einläutet. Peng – da haben die Birmheimer das erste Gegentor kassiert. Mist!

»Egal, Jungens! Macht nichts, weiterkämpfen!«, brüllt einer der Fans in den Fernseher, als könnten die Spieler ihn hören. Ich drücke beide Daumen so fest in den geballten Fäusten, dass sie zu kribbeln beginnen.

Killian kommt wenig später an der Mittellinie an den Ball und spielt ihn geschickt um die Gegner herum.

»Spiel ab!«, ruft Paul neben mir. Er hat recht, Nedim ist mitgelaufen und völlig frei! Killian versucht es allerdings diesmal selbst. Der Schuss ist gut – ich reiße schon eine Faust in die Luft –, aber er trifft den Torwart und der kann den Ball irgendwie halten. Ein Stöhnen geht durch den Raum. Mein Mund ist ganz trocken vor Aufregung, ich bestelle ein weiteres Wasser.

»Ataman war frei, der hätte den reingemacht«, höre ich jemanden am Nachbartisch sagen.

»Schwarz ist nicht bei der Sache heute«, meint ein anderer. »Ist doch gar nicht seine Art, nicht abzuspielen.«

Ein paar Szenen später verliert Killian erneut aus einer Torchance heraus den Ball, und nun erklärt auch der Kommentator, dass dies nicht Killians bestes Spiel sei. Die Kamera zeigt den Trainer in seiner Coaching-Zone. Er reibt sich das Gesicht, als müsste er Tränen wegwischen, stampft mit dem Fuß auf, setzt sich dann hin und schließt die Augen, als könne er sich andernfalls nicht mehr beherrschen, selbst aufs Spielfeld zu rennen und mitzuspielen. Es wird zur Halbzeitpause gepfiffen, und als diese vorbei ist, sitzt Killian auf der Bank und ein anderer spielt. Die Fans in der Bar halten das für die richtige Entscheidung. Bloß der Mann in Killians Trikot wird nicht müde, ihn vor seinen Freunden zu verteidigen. »Ist ein junger Kerl«, sagt er, als hätte Killian so derart schlecht gespielt, dass man es entschuldigen muss. »Da darf man auch mal einen miesen Tag haben.«

»Nicht für das Geld, das die da kriegen. Da kann man sich doch mal 90 Minuten zusammenreißen und Leistung bringen, oder?«

Ich fühle eine gewisse Beklemmung auf der Brust. So schlecht hat er nun auch nicht gespielt, und ob die Möchtegernexperten es besser gemacht hätten, sei mal dahingestellt. Ansatzweise bekomme ich eine Vorstellung von dem Druck, der auf den Spielern lastet. Die Kamera zeigt Killian auf der Bank; seine Miene ist undurchschaubar. Als Nedim dann allerdings das eins zu eins schießt, jubelt er, als wäre nichts gewesen.

Wenig später vergessen auch die Birmheimer Fans an

den anderen Tischen Killians schlechtes Spiel, denn unsere Mannschaft bekommt einen Foulelfmeter und der Schütze verwandelt ihn sicher. Das Spiel endet eins zu zwei. Wir haben gewonnen und Killian feiert im Kreis der anderen vor der Tribüne der mitgereisten Fans, indem er mit Nedim in einer Formation herumhüpft, die wie ein Indianertanz nach zu viel Feuerwasser aussieht.

»Glückwunsch!«, sagt Paul, als wäre der Sieg auch mein Verdienst. Während die anderen Fans weiterfeiern, machen wir uns auf den Weg zu mir nach Hause, damit ich mich für Sophias Party umziehen kann.

»Ist ja lässig von deinen Eltern, dass sie es doch erlaubt haben«, bemerkt Paul.

Ich zucke mit den Schultern. Am liebsten würde ich ihn in dem Glauben lassen. Doch es fühlt sich schon ätzend genug an, meine Familie anzulügen. »Haben sie nicht. Ich geh heimlich.«

Paul grinst. »Und ich dachte schon, du würdest jetzt für immer ein braves Duckmäuschen bleiben.«

»Als wärst du der Rebell der Stadt!«

»Na ja, ich hab ja keinen Grund dazu.«

Das stimmt. Vielleicht ist das sein Vorteil als Junge – seine Eltern verbieten ihm nichts. Er käme allerdings auch nie auf die Idee, es auszunutzen oder Mist anzustellen.

»Ich würde, wenn ich müsste«, stellt er klar, und ich nicke mit einem Grinsen. Natürlich würde er …

»Dann wünsche ich dir in jedem Fall viel Spaß, Romy.«

Ich bleibe stehen und sehe ihn irritiert an. »Sag nicht, dass du nicht mitkommst!«

Er verzieht den Mund. »Mich hat keiner eingeladen.«

»Das haben die doch bloß vergessen«, sage ich, bevor mir einfällt, dass Paul das sicher nicht hören will. Wem gefällt schon die Vorstellung, vergessen zu werden? »Ich meine, Sophia geht sicher davon aus, dass du mitkommst.«

Paul schnaubt bloß.

»Du kommst doch mit? Paul – natürlich kommst du mit!« Ich werde doch nicht alleine dahin gehen!

»Nee, lass mal, Romy. Sie hat dich eingeladen, nicht mich. Ich habe keine Lust, irgendwo aufzuschlagen, wo ich nicht erwünscht bin. Das habe ich früher gemacht und es waren Erfahrungen, auf die ich verzichten kann.«

»Aber ...« Ich muss schlucken. Paul wirkt so selbstbewusst, seitdem er mit seinen Videos Erfolg hat, dass ich manchmal vergesse, wie schwer er es früher hatte. Jetzt merke ich, dass er es nicht vergessen hat. Nie. Mir wird ein wenig unbehaglich, als mir einfällt, dass ich ihn früher nie eingeladen habe, wenn wir zu einer Fete gingen oder einen Auftritt mit der Band gehabt hatten. Das war nie Absicht gewesen – ich hatte einfach angenommen, er würde schon kommen, wenn er Interesse hat. Nun wird mir klar, warum das nie passiert ist. Mein bester Freund dachte, er sei unerwünscht. Sogar von mir. »Es ist sicher ein Missverständnis. Soll ich Sophia anrufen und fragen? Sie hat bestimmt –«

»Lass mal, Romy«, entscheidet Paul und legt mir den Arm um die Schulter. »Ist schon okay. Ich muss wirklich nicht auf diese Ich-bin-ihn-los-Party gehen. Mir klang das doch sehr nach reiner Mädchensache.«

Reine Mädchensache!, denke ich ironisch, als Sophia mich wenig später stürmisch durch die Diele ins Wohnzimmer zieht. Sie hat sämtliche Möbel ihrer Eltern beiseitegestellt, um eine große Tanzfläche zu schaffen, auf die sich noch niemand getraut hat. Dafür hocken auf Sofas, Sesseln, Fußhockern und auf jedem Tisch knutschende Paare oder Mädchengruppen, die sich gegenseitig anschreien, um gegen die voll aufgedrehte Musik anzukommen. Der einzige nicht besetzte Tisch ist vollgestellt mit vier Riesenpizzen und zwei Dutzend Getränkeflaschen und blockiert von einem Paar, das sich ungeniert unter den T-Shirts befummelt. Ich muss unweigerlich an Killian denken, der mir nach dem Spiel bloß kurz geschrieben und mir im Laufe des Abends einen Anruf versprochen hatte. Vorsichtshalber schalte ich den Vibrationsalarm in meinem Smartphone ein. Es ist so laut, dass ich den Klingelton niemals hören würde. Die Bässe der Musik übersteuern so sehr, dass die stillgelegte Musikerin in mir erwacht und vor Protest im Takt in meinen Eingeweiden randaliert. Ich werde keinen Bissen runterbekommen, wenn nicht jemand die Musik leiser dreht.

»Amüsier dich!«, brüllt mich Sophia an, dann dreht sie sich weg und gleitet mit ihren langen Beinen in hautengen Jeans geschmeidig zwischen zwei Jungs, die auf einem Sofa sitzen und offenbar nur auf sie gewartet haben. Ich fühle mich ein wenig fehl am Platz, weiß nicht, was ich machen soll, außer peinlich allein herumzustehen, und mixe mir erst mal ein Glas verdünnte Cola, um meine Hände zu beschäftigen. Dann sehe ich mich genauer um, suche Gesichter, die ich kenne, sowie die Musikanlage, um den Lautstärkeregler ein wenig anzustubsen. Die überforderten Boxen tun mir leid.

Ich finde den Laptop, über den die Musik läuft, unter

dem Esstisch versteckt und krieche kurzerhand darunter. Ein bisschen weniger Lautstärke reicht schon, dass die Musik sich besser anhört. Als ich zurückkrabble, grinst mich ein Mädchen in meinem Alter an und hält mir die Hand hin, um mir aufzuhelfen. »Danke«, forme ich mit den Lippen.

»Ich danke dir!«, ruft sie. »War ja kaum zu ertragen! Ich heiße Bea, wer bist du?«

»Romy.« Wir lächeln uns an. Bea macht in bekritzelten Chucks und der zerlöcherten Jeans einen sympathisch bodenständigen Eindruck zwischen den vielen Mädchen, die sich in kurze, enge Röcke und hohe Schuhe gezwängt haben. Jetzt bereue ich meine Entscheidung, nicht auch Sneakers gewählt zu haben, egal wie die anderen das finden. Ich grabe in meinem Hirn nach einer netten Unverbindlichkeit, die ich sagen könnte, damit Bea nicht gleich wieder geht.

Wie wäre es mit: Schön, dich kennenzulernen?, schlägt Polly vor. Mir fällt ein Stein vom Herzen, weil sie ausgerechnet jetzt auftaucht. Sie schickt der Himmel.

»Schön, dich kennenzulernen«, sage ich.

»Dito. Bist du eine Freundin von Sophia? Ich hab dich noch nie gesehen, oder?«

»Ich geh auf ihre Schule«, antworte ich.

Wir unterhalten uns ein wenig, woher und wie lange wir Sophia kennen, und stellen gemeinschaftlich fest, dass Tom ein Idiot sein muss, sie betrogen zu haben. Ich bin wahnsinnig erleichtert, nicht mehr hilflos herumstehen zu müssen. Doch nach und nach gesellen sich ein paar Freundinnen und Bekannte von Bea dazu, und die Gespräche schweifen zu Themen ab, über die ich nichts sagen kann, weil ich die Leute, über die erst geredet und dann mehr und mehr hergezogen wird, gar nicht kenne. Ich beginne, mich wieder unwohl zu fühlen. Werden die Mädchen gleich, wenn ich kurz zur Toilette gehe, auch so über mich reden?

Lass dich jetzt nicht ins Abseits drängen, rät Polly. *Bleib am Ball. Zeig ihnen mal, wer du bist.*

Ob sie mit Absicht diese Fußball-Phrasen bringt? Ich kann mich ohnehin schwer konzentrieren, weil ich ständig auf das Vibrieren meines Handys warte. Irgendwann muss Killian doch mal anrufen. Ob er noch frustriert ist wegen des Spiels? Es ist ein blödes Gefühl, ihn nicht wenigstens in den Arm nehmen zu können. Ich habe ihm zwar geschrieben, dass er längst nicht so schlecht war, wie er selbst sagt, aber am Telefon ist es eben doch etwas anderes.

»Was sagst du dazu?«, fragt mich Bea, und ich muss mir eingestehen, dass ich ihr nicht mehr richtig zugehört habe.

»Weiß nicht«, meine ich und zucke mit den Schultern. »Das kann ich nicht beurteilen, ich war ja nicht dabei.«

Schwach, Romy. Ich höre den Tadel in Pollys Stimme. *Gib dir mal ein bisschen Mühe.*

»Franzi übrigens auch nicht«, wirft jemand mit bissigem Unterton von der Seite ein.

Ein Mädchen – es muss diese Franzi sein, auch wenn sie sich mir nicht vorgestellt hat – fährt mit angesäuertem Gesicht herum. »Es ist nicht so, dass ich läster! Das ist alles genau so gewesen, wie ich es euch erzählt hab. Die hat eiskalt mit beiden rumgemacht, sodass sich beide Hoffnungen machen mussten, und am Ende war es ihr mit keinem von denen ernst. Da muss man sich echt nicht wundern, wenn man den Ruf als Schlampe weghat.«

Zumindest als Mädchen, denke ich sarkastisch. Über einen Jungen, der mit zwei Mädchen locker etwas hatte, würde Franzi sicher nicht herziehen.

Ach herrje, da ist jemand was Besseres!, findet auch Polly.

Ich blende aus, was diese Franzi sagt, schließlich weiß ich nicht einmal, um wen es geht.

Weißt du, was mir dazu einfällt?, fragt Polly. *Wer hinter dem Rücken von anderen redet, sieht von allen Menschen nur den Arsch. Man sollte Mitleid mit ihr haben.*

»Da ist was Wahres dran«, stimme ich ihr zu. Bei dem Lärm, den David Guetta gerade macht, kann mich ohnehin niemand außer Polly verstehen. Dachte ich. Allerdings steht Bea noch immer recht nah an meiner Seite und schaut mich interessiert an.

»Woran ist was Wahres? Dass Nathalie eine Schlampe ist? Eben hast du noch gesagt, du würdest sie gar nicht kennen!«

»Nein, nein, Missverständnis!«, rufe ich gegen die Musik. »Ich hab bloß mit mir selbst geredet.«

Doch so leicht komme ich nicht davon. Fünf Mädchen mustern mich neugierig und wollen wissen, was ich gemeint habe.

Na los!, feuert Polly mich an. *Zeig's dieser Lästerschwester!*

Und so schlucke ich und sage: »Mir fiel nur gerade dieser alte Spruch ein, der besagt, man würde überall nur Ärsche sehen, wenn man hinter dem Rücken der Leute redet.«

Franzis Gesicht gefriert. Eine Freundin habe ich mir damit nun wirklich nicht gemacht. Sie betrachtet mich voller Abscheu, als hätte ich sie öffentlich beleidigt. Na ja, vermutlich habe ich das auch.

»Du hast ’ne ganz schön große Klappe.«

Ich würde alles geben, um einen weiteren Tipp von meiner schlagfertigen Schwester zu bekommen. Aber sie scheint den Atem anzuhalten wie alle anderen Mädchen. Was würde Polly sagen? Was?

Ich straffe den Rücken und lächle. »Du ja auch. Zumindest, wenn die betreffende Person nicht in der Nähe ist, hm?«

Polly ist die Erste, die sich fängt. *Wow. Romy! Das war stark!*

»Du bist vielleicht eine blöde Kuh!«, versetzt Franzi, dreht sich auf dem Absatz um und stiefelt davon. Ich erwarte, dass die anderen Mädchen ihr geschlossen folgen, aber nur eine läuft ihr mit lautem »Warte – Mensch, jetzt sei doch nicht gleich eingeschnappt!« nach. Die anderen grinsen.

Bea legt mir eine Hand auf den Oberarm. »Ich muss mich schon wieder bei dir bedanken, Romy. Franzi merkt schon gar nicht mehr, dass sie ständig hinterrücks lästert. Das nervt vielleicht. Aber vor dir hatte noch keiner den Mumm, ihr das ins Gesicht zu sagen.«

»Tut mir leid, falls ich euch die Stimmung versaut habe!«

»Quatsch!«, rufen Bea, ein anderes Mädchen und Polly im Chor. Bea nimmt mich einfach an der Hand. »Komm, inzwischen ist auch auf der Tanzfläche was los. Gehen wir einfach ein bisschen rumzappeln und lassen Franzi schmollen.«

Beim Tanzen fühle ich mich fast wie früher und verliere all meine Zweifel und Sorgen. Wenn ich meinen Kopf ausschalte und meinen Körper dem Rhythmus der Musik überlasse, vergesse ich, was mich bekümmert, und das schwarze Loch in meiner Brust wird winzig klein wie ein Schlüsselloch, durch das man die Dunkelheit dahinter nur erahnen kann. Für etwas mehr als eine Stunde, die sich anfühlt wie eine Kostbarkeit, bin ich wieder die Alte.

Wir tanzen, bis uns die Shirts am Körper kleben, dann zieht Bea mich lachend in die Küche. Ah, ich hatte mich schon gewundert, dass Sophia keinen Alkohol anbietet. Nicht, dass es mich gestört hätte – aber ich habe Sophias Partys anders in Erinnerung. Hier zwischen dem Herd und dem Thermomix ihrer Mutti stehen sie aufgereiht, die Bier- und Sektflaschen, die Krüge mit Sangria und zwei Dutzend kleiner Plastikbecher, aus denen uns Sophias berühmt-berüchtigte Spezial-Smoothies giftig grün entgegenleuchten. Spinat, Mango, grüner Apfel, Kiwi und für den besonderen Kick irgendetwas Hochprozentiges, das sie nicht verrät. Die einen würden schwören, es wäre Absinth, die anderen behaupten, es wäre der billige Schnaps aus dem Keller ihres Großvaters. Mir soll es egal sein, unter all dem Gemüse schmeckt man es ohnehin nicht, und solange ein Lamettastrohhalm und ein Ananasspieß als Deko darin stecken, gehe ich das Risiko ein und nehme mir einen.

Bea hält sich an Sekt und prostet mir zu. »Auf einen geilen Abend!«

»Und auf Sophias Singleleben«, füge ich hinzu und probiere den Cocktail. Hui, offenbar ist er über das letzte Jahr stärker geworden! »Wo ist die überhaupt?«

»Das Singleleben verabschieden, glaube ich.« Bea grinst. »Wir sind eben an ihr vorbeigelaufen, hast du sie nicht gesehen? Sie klebte mit dem Gesicht an einem Typen fest.«

Na, das ging ja schnell. Aber warum sollte Sophia Tom nachheulen und Trauer schieben? Das bringt ihr Tom auch nicht zurück – sollte sie ihn überhaupt noch wollen.

Ich sauge am Strohhalm und unterdrücke ein Schütteln. Herrje, was mag Sophia da reingekippt haben? Hoffentlich kann ich mich gleich unbemerkt an meinen Eltern in mein Zimmer vorbeischleichen, das Zeug würden sie vermutlich riechen.

»Noch mal tanzen?«, fragt Bea und leert ihr Glas in einem Zug.

Ich nicke, beeile mich mit meinem Smoothie und trinke einen Schluck Wasser hinterher. Besser, ich esse nachher noch ein paar Pizzabrötchen mit reichlich Aioli. Bei der Vorstellung, meine Eltern könnten herausfinden, dass ich etwas getrunken habe, muss ich lachen. Es wäre sicher die letzte Party meines Lebens gewesen. Unvorstellbar, da es mir gerade so gut geht und ich mich endlich mal wieder frei und unbeschwert fühle. Wir eilen zurück ins Wohnzimmer und ich tanze mit geschlossenen Augen. Drehe mich mit ausgebreiteten Armen. Singe leise mit, auch wenn ich die Texte nur zur Hälfte verstehe. Es ist wie im Traum.

Ich komme erst wieder richtig zu mir, als mir jemand meinen Namen in mein Ohr brüllt. Ich öffne die Augen und erkenne Bea. Sie steht inmitten von kleinen, hellen Sternchen.

»Will ja nicht stören«, brüllt sie mir zu, »aber da ist dieser süße Typ, der dich die ganze Zeit anstarrt!«

»Kein Interesse«, erwidere ich lachend. »Ich habe einen Freund.« Trotzdem folge ich kurz ihrem Blick. Ich bin bloß neugierig. Und vielleicht, ja vielleicht fühle ich mich auch ein bisschen geschmeichelt.

Zuerst kann ich gar nicht erkennen, wen Bea meinen könnte. Wo sie hinsieht, steht eine kleine Gruppe älterer Jungs mit Bierflaschen in der Hand und reden. Vielleicht Studenten; Sophia hat einige Studenten in ihrem Freundeskreis. Doch keiner davon guckt mich an. Die beiden, deren Gesichter ich erkenne, scheinen sich köstlich über irgendetwas zu amüsieren. Alle drei schlagen ihre Bierflaschen aneinander. Der Dritte steht mit dem Rücken zu mir. Nun schaut er sich langsam über die Schulter um. Unsere Blicke treffen sich. Und mir wird von einem auf den anderen Moment ganz flau.

KAPITEL 21

»Ich muss gehen«, flüstere ich.

»Was?«, ruft Bea. »Red lauter, ich verstehe doch kein Wort!«

Meine Hände zittern vor Wut. Ich muss sofort hier weg, bevor ich ihm ins Gesicht springe und beide Augen auskratze.

Wie kann er es wagen?!

»Ich muss hier weg!«, wiederhole ich lauter.

Bea sieht mich vollkommen irritiert an. »Warum denn? Was ist denn los?«

Ich schaffe es nicht, ihr zu antworten. Ich würde in Tränen ausbrechen und zu schreien beginnen. »Sorry«, presse ich hervor, drehe mich um und laufe aus dem Zimmer.

Bea rennt mir nach. »Romy! Romy, warte doch! Was ist denn passiert? Kennst du einen von den Typen?«

Ob ich ihn kenne? Mir platzt ein hysterisches Lachen aus dem Mund. Fast wäre ich an der Garderobe vorbeigerannt und hätte meine Jacke hängen lassen.

»Soll ich Sophia rufen?«

Ich will Bea nicht ignorieren, aber ich kann ihr jetzt nicht antworten. Ich brauche sämtliche Beherrschung, um nicht in einem Heulkrampf zusammenzubrechen. Ich zerre meine Jacke zwischen den anderen hervor, der Aufhänger reißt ab und ein paar andere Jacken fallen zu Boden. Ich lasse sie liegen und renne zur Tür.

»Romy!«, schreit Bea.

»Lass mich einfach!«, sage ich. Und das war schon zu viel. Noch bevor ich die Tür hinter mir zugeschlagen habe, laufen mir die Tränen über die Wangen.

Wie kann er nur?

Ich renne blindlings die dunkle Straße entlang. Immer geradeaus, immer weiter, nur möglichst weit weg von Marcel – diesem widerlichen Arschloch, der erst betrunken meine Schwester umbringt und gerade mal ein Jahr später schon wieder trinkt und Partys feiert, als wäre nichts gewesen.

Ich muss eine Seitenstraße überqueren. Bemerke es kaum. Erst als mich die Lichtkegel eines Wagens streifen, registriere ich, dass ich mitten auf der Fahrbahn stehe. Bremsen quietschen. Der Wagen steht. Eine lange Sekunde frage ich mich, ob es nicht besser wäre, wenn der Fahrer mich übersehen hätte. Dann wäre es jetzt vorbei. Und womöglich wäre ich bei Polly …

Die Hupe schreckt mich auf, laut und durchdringend. Eine Autotür wird aufgestoßen, ein Mann steigt aus und brüllt mich an, ob ich lebensmüde wäre.

»Nein«, hauche ich. Und renne weiter. Sehe mich nicht ein einziges Mal um. Ich bin nicht lebensmüde – auf keinen Fall. Ich muss bloß hier weg!

In meiner Fantasie schleppt Marcel gleich das nächste Mädchen ab, setzt sie in seinen Wagen – er hat sicherlich längst wieder ein neues Auto – und fährt trotz Bier und weiß der Geier was noch alles mit ihr bei laut aufgedrehter Musik durch die Nacht. Die Bässe der Songs, zu denen ich eben noch ausgelassen getanzt habe, dröhnen jetzt unangenehm in meinen Knochen nach. Meine Hände fühlen sich schwach an und mein Kopf wie ein Ballon kurz vor dem Platzen. Alles ist instabil. Der Boden wird schwammig.

Ich hätte den verdammten Cocktail nicht trinken sollen.

Laufen hilft, kommt mir von irgendwoher in den Kopf. Ich kann die Stimme nicht zuordnen, aber sie tröstet mich, und so laufe ich weiter und weiter. Leichter Regen setzt ein, wäscht mir erst den Schweiß von der Stirn und lässt mich dann frösteln. Im Laufen ziehe ich mir meine feucht gewordene Jeansjacke über. Ich laufe, bis mir die Kehle schmerzt, als wäre mein Hals von innen wund und rau, und ich das Gefühl habe, in meinen hohen Schuhen bei jedem Schritt in Scherben zu treten. Trotzdem laufe ich weiter. Stolpere, fange mich, laufe.

Irgendwann geht es nicht mehr. Ich sacke auf einer kleinen Mauer zusammen. Sie ist kalt und nass, meine Hose ist augenblicklich klamm, aber ich kann nicht mehr aufstehen. Autos fahren an mir vorbei, während ich auf den nassen Asphalt starre und sich mein keuchender Atem nach und nach beruhigt. Stattdessen erfassen mich der Schwindel und langsam auch die Scham über mein Verhalten. Es ist und bleibt unverzeihlich von Marcel, zu feiern, als wäre nichts geschehen – als hätte er Polly nicht auf dem Gewissen! Aber meine hysterische Flucht wird mir nun trotzdem peinlich. Bea ist so nett zu mir gewesen. Was mag sie nun von mir denken?

Meine Füße fühlen sich an, als hätte ich mehr Schwielen und Blasen als heil gebliebene Haut. Ich stöhne vor Schmerzen auf, als ich sie aus den Schuhen ziehe und mir die Bescherung ansehe. Wie erwartet habe ich ein Dutzend Blasen, einige sind offen und bluten. Die nächsten zwei Wochen werde ich eine Packung Pflaster und Turnschuhe tragen. Zum ersten Mal seit Langem bin ich dankbar, dass meine Eltern so überbesorgt sind und mir Taxigeld für jede kleine Strecke geben. Ich ziehe mein Handy aus der Hosentasche, um mir eines zu rufen. Zwei verpasste Anrufe von Killian werden mir angezeigt. Mein zitternder Finger schwebt schon über dem Display, doch dann entscheide ich mich dagegen, ihn zurückzurufen. Er soll mich nicht in dieser Verfassung erleben. Ich habe ihm schon bei unserem ersten Date die Ohren vollgejammert. Welcher Typ will schon eine Freundin, die ständig heult wie ein Kleinkind?

Ich schreibe ihm zwei Zeilen, wünsche ihm eine gute Nacht und rufe mir dann das Taxi.

Zu Hause habe ich Glück. Meine Eltern sitzen noch mit den Kollegen, die sie zum Abendessen eingeladen hatten, bei Wein und Käse im Esszimmer und lassen mich nach einem kurzen Gruß, den ich ihnen durch die offene Tür zurufe, in mein Zimmer gehen. Sie bemerken weder, dass ich getrunken habe, noch dass ich meine Schuhe in der Hand trage. Mein Spiegelbild erschreckt mich. Verschmierte Wimperntusche unter geschwollenen Augen. Dass sie das nicht gesehen haben! Ich bin erleichtert und verletzt zu gleichen Teilen. Doch nichts davon ist so stark wie meine

Fassungslosigkeit, Marcel beim Lachen und Feiern gesehen zu haben.

»Und du willst, dass ich ihm verzeihe, Polly«, flüstere ich einem ihrer Fotos zu. Polly antwortet nicht. Doch vielleicht sieht sie jetzt ein, dass sie Unmögliches von mir verlangt.

KAPITEL 22

Da meine Eltern den Sonntag zum Familientag erklärt haben und wir meine Tante besuchen, kann ich Killian erst Montag nach der Schule wiedersehen. Ich hatte nach der Party meine Füße mit Blasenpflastern vollgeklebt und mich zusammengerissen, um niemanden merken zu lassen, wie schlecht es mir ging. Jetzt, da Killians Haustür zufällt und wir allein sind, sodass ich endlich in seine Arme sinken kann, kommt für einen kurzen, heftigen Moment alles hoch.

»Was ist denn los, Romy. Du zitterst ja.«

Ich mache mich schon wieder lächerlich, denke ich frustriert. »Alles gut. Ich hab dich bloß vermisst.« Wieder so eine Aussage, für die ich mir in der nächsten Sekunde selbst auf den Mund hauen könnte. Ich werde damit klarkommen müssen, die Wochenenden ohne ihn zu verbringen. Er soll mich nicht für ein klammerndes Äffchen halten.

Doch er schiebt mich ein wenig von sich und sieht mich ernst an. »Ich dich auch. Sehr, Romy. Vor allem nach dem blöden Spiel.«

»Mach dir doch darüber keine Gedanken. Man kann nicht immer Topleistung bringen.«

»Ich sollte das können, das ist mein Job.«

Mir liegt auf der Zunge, ihm zu antworten, dass er gar nicht so schlecht gespielt hat, aber wir wissen beide, dass ich weniger Ahnung von Fußball habe als ein Hamster von Physik. Es wäre eine leere Phrase, die ihm nicht weiterhilft. Also gebe ich ihm einen Kuss auf die Nase. »Spielst du halt beim nächsten Mal wieder besser.«

Killian lächelt. »Sehr guter Plan. Der Trainer meint dasselbe, aber er sagt das längst nicht so charmant wie du.«

»Ich will mal nicht hoffen, dass der deine Nase küsst! Oder … irgendwelche anderen Körperteile.«

»Wir sind Fußballer«, erwidert Killian lachend. »Wir knutschen permanent. Aber genug davon. Wie war denn dein Wochenende?«

Ich zucke mit den Schultern. »So lala. Familientag am Sonntag, eine kleine Party am Samstag. Und … na ja …«

»Was?«

»Ich habe mit Paul zusammen das Spiel angesehen.«

Er stöhnt. »Ausgerechnet dieses Spiel. Ich spiele über Wochen gut bis grandios, und das erste Spiel, das meine Freundin sieht, ist mein schwächstes der Saison. Mir bleibt auch keine Demütigung erspart.«

»Soo schlecht warst du auch nicht!«, entfährt es mir nun doch.

»Diesmal ist der Trainer leider anderer Meinung als du.«

»Der hat keine Ahnung«, scherze ich. »Ich hab ihn beim Spiel im Fernsehen gesehen. Er regt sich ja ganz schön auf, wenn es nicht nach Plan verläuft, oder?«

Killian nickt. Er kommt mir zerknirscht vor.

»Ist er so streng?«, frage ich erschrocken nach. Ich sehe Killian vor mir, wie er das ganze Wochenende bis spät in die Nacht Strafrunden laufen muss, nur weil der eine oder andere Pass sein Ziel nicht erreicht hat.

»Ach was, das nicht«, antwortet er, öffnet den Kühlschrank und holt eine Flasche Saft heraus, die er mir in die Hand drückt. »Aber er sollte sich eigentlich nicht so aufregen. Ist nicht gut für ihn. Er hatte schon mal einen Herzinfarkt.«

»Was, auf dem Fußballplatz?«

Killian stellt Gläser auf den Tisch. »Nein, früher. Als junger Mann war er selbst Spieler bei Birmheim, aber zu großem Erfolg hat es nie gereicht. Später saß er im Management eines großen Sportmodelabels und hat einfach vor lauter Arbeit und Erfolgsdruck das richtige Maß verpasst. Das Übliche eben: schlecht gegessen, zu wenig geschlafen, zu viel geraucht. Da hat die Pumpe irgendwann gestreikt. Er hat nur knapp überlebt und danach beschlossen, sein Leben völlig umzukrempeln; hat das Rauchen aufgegeben, wieder Sport getrieben und fünfzig Kilo abgenommen.«

»Beeindruckend«, muss ich zugeben. Das klingt nach wahnsinniger Disziplin und viel Durchhaltevermögen. »Aber den stressfreiesten Job hat er sich danach auch nicht gesucht, oder?«

Killian schmunzelt. »Nicht wirklich, nein. Zumindest nicht dauerhaft. Als er bei Birmheim Trainer geworden ist, haben wir in der Regionalliga West gespielt. Die Hälfte von uns ging zur Schule, die anderen waren berufstätig. Da war sein Job als Trainer noch recht entspannt. Aber er hat ihn vom ersten Tag an gut gemacht, wir wurden besser und der Erfolg hat ihm einen Strich durch die Rechnung gemacht.« Killian schmunzelt. »Ich glaube allerdings nicht, dass er außerhalb der Bundesliga glücklicher gewesen wäre, Stress hin oder her.«

Die Art, wie er von seinem Trainer erzählt, berührt mich. Es klingt fast, als würde er von seinem Vater erzählen. »Du bewunderst deinen Trainer ziemlich, oder?«

»Ja, ich finde, man kann viel von ihm lernen. Er ist diszipliniert und zielstrebig – aber nie verbohrt. Er verlangt uns viel ab, gibt aber auch alles zurück, was er hat, und stellt immer wieder klar, was unser Job ist. Wir sind keine Helden, keine Promis oder Stars. Wir spielen bloß das Spiel, das wir lieben, und haben das verdammte Glück, dafür Geld bezahlt zu bekommen, weil wir es gut machen. Also, sagt er, haben wir auch die verdammte Pflicht, es gut zu machen.« Killian lacht wieder dieses Lachen in sein Kopfschütteln hinein, das mir warm im Bauch werden lässt. »Vor allem – und das bewundere ich am meisten an ihm – ist er der ehrlichste Mensch, den ich kenne.«

Und aus der Wärme in meiner Mitte wird jäh ein kalter Klumpen.

»Was ist denn los mit dir?«, fragt Killian später. »Du bist so still.«

Wir liegen auf seinem Bett ausgestreckt und schauen die erste Staffel Game of Thrones, obwohl Killian sie schon gesehen hat. Die Serie ist spannend. Ich schmiege mich eng an seine Seite, habe den Kopf auf seiner Brust abgelegt und lausche seinem Herzschlag. Seine Arme umschließen mich, und obwohl das Fenster weit offen ist und die frische Aprilluft durchs Zimmer streift, ist mir mollig warm. Und – Himmel – er riecht so gut. Jeder Atemzug sollte mich ein kleines bisschen mehr berauschen. Stattdessen wuchern meine Sorgen mit jeder Sekunde, die ich sie zu unterdrücken versuche, stärker.

»Es ist nichts«, antworte ich. Ich kann ihm kaum erzählen, dass mir meine Lüge im Magen liegt wie ein verschluckter Stein. Ich muss es ihm sagen – ich kann unmöglich noch bis zu meinem Geburtstag warten. Jeder Tag macht es schlimmer. Aber wie? Und was, wenn er dann so enttäuscht von mir ist, dass er Schluss macht?

Am liebsten würde ich schreien, so ungerecht ist die Situation. Seit Pollys Tod habe ich zum ersten Mal das Gefühl, wieder glücklich zu sein, wieder unbeschwert lachen und leben zu können. Und nun tanze ich am Abgrund und kann jederzeit alles wieder verlieren. Nur weil ich erst fünfzehn bin, ein *Teenie*, wie er es nannte. Oder nur, weil ich nicht ehrlich war? Ehrlichkeit ist Killian wichtig. Vielleicht wichtiger als alles andere; wichtiger als zwei Jahre mehr oder weniger.

Ich habe keine Ahnung, was ich tun soll.

»Ist dir die Serie zu brutal?«, fragt er mich besorgt. »Wenn ja, dann sag es lieber gleich, bevor du so tief drinhängst, dass du unbedingt weitergucken musst. Ich will nicht spoilern, aber«, er zieht eine Grimasse, »besser wird's nicht.«

»Das ist es nicht. Ich hab bloß … so viel Schulkram im Kopf. Ich muss mir noch einiges an Stoff angucken, wir schreiben morgen Mathe.«

»Oh, Mathe. Ich verstehe. Ich hab Mathe gehasst.«

Ich grinse unbeholfen. »Ich glaube, ich mache mich auf den Heimweg, sobald die Folge zu Ende ist. Dann habe ich noch genug Zeit zum Lernen.« Als ob ich für Mathe lernen müsste. Aber wie sonst sollte ich ihm erklären, dass ich gehen sollte? Meine Eltern kommen vermutlich pünktlich, zumindest lässt das ihr heutiger Terminplan erahnen.

»Klar. Soll ich dich fahren?«

»Wirklich nicht nötig, ich geh gern ein Stück zu Fuß.«

»Wie du willst.« Killian zuckt mit den Schultern. »Hast du dir denn inzwischen überlegt, ob du am Mittwoch mit zur Feier kommst?«

Ich will absagen – meine Eltern erlauben das doch unter der Woche nie –, aber Killian wendet einen miesen, kleinen Trick an: Er versucht sich an einem Hundeblick.

»Es würde mir wirklich viel bedeuten.«

»Weißt du … also … wenn meine Eltern sich überreden lassen«, stammle ich und seufze. »Ich kann's nicht versprechen. Aber ich versuche alles.«

Killian strahlt. »Super. Ich hatte schon befürchtet, meine Omma bitten zu müssen, dass sie dich überredet.«

Dann wäre ich wirklich stehend k.o. gewesen. Schade, dass wir Oma Heidi nicht auf meine Eltern ansetzen können.

KAPITEL 23

Ich habe das Glück meines Lebens. Denn Dienstag kommen meine Eltern früher als gewöhnlich nach Hause, bringen eine Riesentüte voller Sushi mit, um mir danach mit schlechtem Gewissen zu gestehen, dass es am Mittwochabend spät werden wird; sehr spät, denn ein Klient eröffnet ein neues Ladenlokal in Frankfurt und sie sind zur Eröffnungsgala eingeladen. Ich seufze, scheinbar angesichts des Abends, den ich allein zu Hause verbringen muss, in Wahrheit aber vor Erleichterung. Das kommt wie gerufen. Es riecht wie Schicksal.

Ein bisschen fühle ich mich wie Aschenputtel im Märchen. Heimlich besuche ich ein Fest, treffe meinen Prinzen und trage ein Kleid, für das eine gute Fee gesorgt hat: Ich trage Pollys Kleid.

Romy Silvain auf der Mission »Aschenputtels Ball«.

»Ich fürchte, wir sind die Uncoolen«, flüstert Killian mir zu, als wir das Restaurant betreten und von einem Kellner empfangen werden.

Ich ziehe ein fragendes Gesicht. Er sieht umwerfend aus in seinem dunkelgrauen Anzug, den er lässig mit einem hellblauen T-Shirt kombiniert hat. Es betont, wie tiefblau seine Augen sind.

»Wir sind doch die Ersten«, erklärt Killian. »Zuerst kommen immer die Uncoolen, die dann uncool rumstehen und warten. Wer etwas auf sich hält, kommt erst, wenn schon etwas los ist.«

»Zumindest haben Sie freie Platzwahl«, sagt der Kellner und zwinkert mir zu.

Ich lächle nervös zurück. Das Restaurant ist noch schicker, als es von außen den Anschein hat. An jedem Platz warten eine Gläsergesellschaft und eine Batterie von Besteck darauf, dass man nach dem Falschen greift, und die Tischtücher flüstern mit arrogantem Seidenglanz, nicht den kleinsten Patzer zu verzeihen.

»Wollen wir hier vorne sitzen, in der Nähe der Band?«, schlägt Killian vor.

Ich nicke und mein Blick streift sehnsüchtig die Instrumente. Zwei Gitarren, Bass, Schlagzeug, Keyboard und zwei Mikros. Dieselbe Zusammensetzung, in der wir früher gespielt haben. »Vielleicht sollte ich auch wieder spielen«, überlege ich leise.

»Ich würde dich gern spielen hören«, sagt Killian. Er sieht mich an, als würde er sich vorstellen, wie ich den Bass an mich nehme und die Saiten zu zupfen beginne, und ich vergesse die noble Umgebung, fasse ihn mit einer Hand in den Nacken und stehle mir einen Kuss.

Wir müssen nicht uncool herumstehen und warten. Killian möchte alles aus meiner Bandzeit erfahren. Wie lange ich gespielt habe, warum ausgerechnet den Bass, welche Coversongs mir die liebsten waren. Killian meint lachend, dass er uns glatt für heute gebucht hätte, denn er war für die Band verantwortlich, was sich als gar nicht so einfach herausgestellt hatte. Es war eine regionale Band gewünscht und davon gibt es nicht viele (etwas, was damals nicht unerheblich zu unserer Beliebtheit beitrug). Er erzählt mir, mit welcher Begeisterung seine Mutter ihn als Kind zum Klavierunterricht geschleift hatte, dass seine Unlust zu Üben in Verbindung mit mangelndem Rhythmusgefühl und der Unfähigkeit, eine halbe Stunde stillzusitzen, aber zum Klavierspielen nicht die besten Voraussetzungen gewesen waren.

»Und da buchst ausgerechnet du die Band?«, necke ich ihn.

Er hebt beide Hände. »Ich liebe Musik. Muss man sie dazu verstehen?«

Die Minuten verfliegen wie Schmetterlinge, und als Nedim und Lina hereinkommen und uns begrüßen, erwische ich mich bei dem Wunsch, wir wären nicht eine Viertelstunde, sondern eine Ewigkeit zu früh gekommen, um uns länger unterhalten zu können. Erst auf den zweiten Blick erkenne ich, dass der Typ in Schwarz hinter den beiden kein Kellner ist. Er kommt direkt auf uns zu.

»Jannik! Das gibt's ja nicht!«, rufe ich überrascht und mir kommt ein Gedanke. »Sag nicht, ihr spielt heute hier!«

»Ihr kennt euch?«, fragt Killian. Dann sehe ich seinem Gesicht an, dass er die richtigen Schlüsse zieht. »Oh. A Sunny Monday – das war die Band, in der du gespielt hast?«

»Wednesday«, verbessere ich lachend. »A Sunny Wednesday. Wir hatten zu Anfang immer mittwochs geprobt, und an sonnigen Tagen hatte sich unser erster Probenraum so enorm aufgeheizt, dass wir das Gefühl hatten, in einem überdimensionalen Backofen zu spielen.«

»Gott, ja, ich erinnere mich.« Jannik hält mir die Hand hin und ich schlage ein. »Killian, es gibt da -«, setzt er an, doch Lina fällt ihm ins Wort.

»Du hast in einer Band gespielt?«, fragt sie und sieht mich überrascht an. Offenbar hat sie das nicht von mir erwartet.

»Ich weiß, ich bin nicht gerade eine Rampensau«, antworte ich verlegen, »aber das sind Bassisten doch nie.«

»Bass!«, ruft Lina. »Wirklich cool. Hast du das gewusst, Killi?«

»Ja, aber ich hatte keine Ahnung, dass das ausgerechnet Romys alte Band ist«, sagt Killian. »Es ist ja auch schon ein paar Wochen her, dass wir den Abend organisiert haben. Ich hab nicht mehr daran gedacht.«

Das ist jetzt noch ein Extrasahnehäubchen auf den Abend. Ich freue mich ehrlich, meine damaligen Bandkollegen gleich auf der Bühne zu sehen. Hoffentlich kommt Polly an diesem Abend zu mir und kann sie auch erleben. »Was für ein Zufall!«

Jannik lächelt mich unsicher an. »Du hast recht, Romy. Es ist schön, dich mal wieder zu sehen. Die andern würden sich auch freuen. Wir hatten ja immer gehofft, du würdest mal wieder zum Proben kommen.«

Ich sehe unangenehm berührt zu Boden. Einige Bandmitglieder hatten mich etliche Male gebeten, wieder mitzumachen. »Ja, ich weiß. Tut mir leid. Irgendwie ging es nicht. Der Proberaum ist so voll von Erinnerungen. Voll von Polly.«

Sein Lächeln wird traurig. »Ich verstehe schon. Du hast ja recht. Sie ist in allen Liedern, die wir spielen.«

Erst jetzt kommt mir die Erkenntnis, dass sie vermutlich gleich mit einer neuen Sängerin auftreten werden. Dass sie Polly ersetzt haben. Mir wird flau bei der Vorstellung. Natürlich weiß ich, dass A Sunny Wednesday weiterhin existiert, auch ohne Polly und mich, und dass sie dafür zwingend eine neue Stimme gebraucht haben. Aber es zu wissen und zu sehen – den Unterschied zu hören – sind zwei Paar Schuhe.

»Wer singt denn jetzt bei euch?« Es gelingt mir nicht ganz, meine Stimme neutral klingen zu lassen.

Killian ahnt meinen Konflikt. Ohne dass ich ihn ansehen muss, nimmt er wortlos meine Hand.

»Leider ist genau das unser Problem«, sagt Jannik. »Anna geht es gar nicht gut. Ich fürchte, sie fällt aus.«

Killian bekommt große Augen und sieht Jannik an. »Im Ernst?«

»Tut mir leid«, sagt der und tritt von einem Bein aufs andere. »Sie hatte heute Nachmittag schon ein bisschen Bauchschmerzen, dachte aber, es wäre nur Lampenfieber. Aber auf der Fahrt hierher mussten wir ein paarmal rechts ranfahren, weil sie … äh, sich übergeben musste. Wir haben noch versucht anzurufen …«

»Aber ich hatte meine Handy schon lautlos gestellt und nicht mehr darauf geachtet«, vervollständigt Killian. »Scheiße. Und jetzt?«

»Wir haben in jedem Fall alles aufgebaut und können instrumental spielen«, schlägt Jannik vor.

Killian sieht Nedim und Lina fragend an.

»Besser als nichts«, findet Nedim. »Und nach dem Essen kommt doch ohnehin noch die syrische Sängerin.«

»Während dem Essen ist Instrumentalmusik vielleicht sogar ganz nett«, meint Lina.

»Oder«, sagt Jannik gedehnt und wirft mir einen sehr kurzen Blick zu, »Romy singt.«

»Was?« Meine Stimme wird peinlich schrill.

»War ja nur so eine Idee. Polly hat immer von deiner großartigen Stimme geschwärmt, da dachte ich –«

»Polly ist … Polly war meine Schwester. Es war ihr Job, alles toll zu finden, was ich gemacht habe. In der Hinsicht war sie schlimmer als unsere Mutter. Und haben eure Mütter euch etwa jemals gesagt, dass eure selbst gemalten Bilder und gebastelten Blumen kacke aussahen?« Ich kichere, aber es gerät nervös. Und selbstverständlich merken es alle.

»So war Polly aber nicht«, entgegnet Jannik schlicht. »Wenn sie etwas gesagt hat, dann meinte sie es auch so.«

Leider, leider hat er recht.

»Und wenn jemand Ahnung von gutem Gesang hatte, dann war sie das!«

Lina knetet ihre Hände. »Romy, das wäre so toll!« Hinter ihr sehe ich weitere Leute das Restaurant betreten. Ich sollte mich schnell entscheiden.

Killian mustert mich. »Lasst sie doch, wenn sie nicht möchte.« Doch er klingt verhalten, als würde er bloß eine Phrase aufsagen, um mich nicht unter Druck zu setzen. Was mag er sich insgeheim von mir wünschen?

Lina seufzt. »Ich würde sofort auf die Bühne gehen, wenn ich singen könnte.« Sie fängt sich einen Ellbogenstups von Nedim, der offenbar nachempfinden kann, dass ich mich scheue.

»Ich habe nichts geprobt. Keine Texte gelernt.« Doch ich muss an Polly denken, und damit ist die Diskussion eigentlich schon entschieden. Meine Schwester hätte nicht gekniffen – niemals. Sie hätte notfalls improvisiert und einen spontanen Text gedichtet. Das hatte sie oft gemacht, wenn sie einen Hänger hatte.

»Es müsste ja auch nicht für die ganze Zeit sein. Du hast schon recht«, Jannik sieht Lina an, »wenn du sagst, dass Instrumentalmusik ganz gut zum Essen passt. Wenn wir mit einem gesungenen Song starten und dann ohne Vocals weiterspielen, macht das schon mal viel mehr her als eine traurige Entschuldigung an die Gäste, dass wir keine Sängerin haben.«

Ich räuspere mich. »Was habt ihr denn in der Playlist? Für den Fall, dass etwas dabei ist, was ich kann …«

Lina klatscht, als stünde ich schon auf der Bühne.

»Ich habe noch nicht Ja gesagt!«, stelle ich klar. »Ich singe nichts Englisches. My English is under all pig. These are bohemian villages to me. Aber wenn ihr ein deutsches Lied habt, das ich zufällig halbwegs auswendig kenne, oder etwas Französisches …«

Jannik muss nicht lange überlegen. »Wir hätten Silbermond im Programm, etwas von Christina Stürmer, natürlich Namika mit Lieblingsmensch …«

»Oh ja, Lieblingsmensch!«, ruft Lina und auch Killian lächelt sofort.

»Aber das ist schon recht anspruchsvoll.«

Ich atme tief ein. Polly würde es wagen. Unsinn, sie würde nicht mal zögern. »Können wir hinter der Bühne kurz den Text durchgehen und einmal üben?«

Nedim wiegt den Kopf. »Ich halte gleich die Eröffnungsrede. Ich zieh sie ein bisschen, dann habt ihr ein paar Minuten.«

Jannik nickt hastig und anhaltend wie ein Wackeldackel. »Großartig. Das kriegen wir schon hin, Romy ist ja keine Anfängerin. Die anderen sind schon hinten. Oh Mann, Romy, die werden vielleicht Augen machen!«

Ich sehe es schon kommen, denke ich, während mein Puls Fahrt aufnimmt und Killian mich aufmunternd umarmt und meinen Scheitel küsst. »Wir sehen uns dann nachher beim Essen, ich halte deinen Platz frei. Toi, toi, toi.«

Nur schwer kann ich mich von ihm lösen. Ich folge Jannik mit glibberigen Knien in den Hinterraum. Ob es noch eine Option ist, blitzartig ebenfalls einen Magen-Darm-Virus zu bekommen? Oder trotz kurzem Kleid durch das Toilettenfenster abzuhauen wie Pretty Woman? Einzig das Wissen, dass Polly dieses Ding mit aller Selbstverständlichkeit gerockt hätte, hält mich davon ab, die Sache abzublasen, solange ich noch kann. Ich muss einfach nur ein paar Minuten so taff wie Polly sein.

Jannik hat recht, die anderen Bandmitglieder werden ganz bestimmt Augen machen: Ihnen wird die Panik in den Augen stehen, wenn sie erfahren, dass sie gleich mit mir zusammen spielen. Ausgerechnet mit mir, die noch nie mit einem Mikrofon auf einer Bühne stand.

KAPITEL 24

Auf einer Bühne zu stehen und sich in die Stille vor den ersten Tönen zu hüllen, hat nichts von seinem Zauber verloren. Einen Moment lang zieht sich meine Welt zusammen, als gäbe es nur noch die Band und unser Publikum. Sie sitzen an den Tischen; in ihren Gläsern, die inzwischen mit Wein und perlendem Prosecco gefüllt sind, fängt sich das Licht der Kerzen. Mein Platz neben Killian ist frei. Er prostet mir zu und lässt mich nicht aus den Augen, während er von seinem Wein trinkt. Zu seiner anderen Seite sitzt Lina und auch neben ihr ist ein Platz unbesetzt. Nedim steht am Rand der Bühne. Er hat die Eröffnungsrede gehalten, aber im Hinterzimmer habe ich nur Bruchstücke mithören können, dafür Applaus wieder und wieder. Dann hat er uns angekündigt.

A Sunny Wednesday.

Ich hätte nie gedacht, noch einmal unter diesem Namen auf einer Bühne zu stehen. Bitte, Polly, denke ich mit geschlossenen Augen und aller Konzentration, bitte sei jetzt hier und hör mich die erste Strophe für dich singen.

Die Gespräche sind verstummt. Über den Gästen hängen glitzernde Kronleuchter, die ich von unterhalb der niedrigen Bühne überhaupt nicht wahrgenommen habe.

Ich wechsle kurze Blicke mit den anderen. Sind alle so weit? Ja. Es kann losgehen.

Bennett am Schlagzeug gibt den Takt vor. Meine Finger zucken, als wollten sie reflexartig nach den Basssaiten greifen. Doch mein Arm ist leer. Es fühlt sich an wie früher, aber alles ist anders. Die Band beginnt zu spielen. Ich lege meine rechte Hand um das Mikrofon, berühre es mit den Lippen und rieche das Metall. Nur wenn ich es mit allen Sinnen erspüre, kann ich glauben, dass ich nicht am Bass stehe, sondern die Sängerin bin.

Für ein paar Minuten bin ich Polly.

Mein Text beginnt. Jannik hat recht – der Song ist nicht ganz einfach zu singen. Man braucht eine gute Technik, um nicht abgehetzt zu klingen, da die Atempausen kurz sind. Aber ich habe das Lied hunderte Male gegen mein schwarzes Loch gesungen, hunderte Male für Polly. Und bis zum letzten Jahr hatten wir uns ständig ganze Nächte um die Ohren gehauen, um zu singen und gemeinsam Pollys Songs zu üben. Ich kann das.

Der Text gleitet mühelos wie Wasser; genau wie es sein soll. Die Akustik in dem Restaurant ist hervorragend, es macht Spaß, den Bass im Hintergrund meiner Stimme zu hören.

Lächeln, Romy, glaube ich Polly hauchen zu hören, doch womöglich ist es auch nur eine Erinnerung. *Lächeln, so sehr, bis deine Stimme lächelt.* Das schwarze Loch ist verschwunden – nein, es wird geflutet von hellem Licht, als sich mein

Blick mit Killians verklettet und ich die zweite Strophe allein für ihn singe.

Erst als die Gäste applaudieren und uns zujubeln, wird mir bewusst, dass das Stück zu Ende ist. Ich sehe in die Gesichter der Band – sie strahlen. Jannik hält unauffällig einen Daumen in die Höhe.

Nedim betritt die Bühne. Es war mir eben kaum aufgefallen, aber er sieht unglaublich elegant aus in Anzug, Hemd und Krawatte. Er hat sich sogar seine schwarzen Haare zu einem straffen, kurzen Zopf zurückgekämmt.

»Das waren A Sunny Wednesday, liebe Gäste. Einen donnernden Applaus bitte für die Band und unsere Sängerin Romy. Nach diesem ersten Highlight darf ich euch jetzt die Vorspeise ankündigen. Guten Appetit, habt weiterhin einen schönen Abend.«

Er reicht mir die Hand und hilft mir vom Bühnenrand. Jetzt, da mir Unbekannte freundlich zunicken, kommt das Lampenfieber zurück, obwohl mein Part bereits erledigt ist. Doch nun spüre ich sie erst: all die neugierigen Blicke, die plötzlich auf mir ruhen. Ich setze mich neben Killian, würde aber am liebsten im Boden versinken.

»Du warst toll«, flüstert er mir zu. »Ich habe mir erlaubt, dir einen Prosecco zu bestellen, ich hoffe, du magst Prosecco?«

Ich kann ihn in jedem Fall gut gebrauchen und nehme einen äußerst undamenhaft großen Schluck, bevor ich ein »Danke« erwidern kann.

»Superschön gesungen!«, ruft Lina mir zu und stupst Nedim an. »Siehst du? Wie gut, dass wir sie überredet haben.«

Ich beginne es zu bereuen, dass ich gesungen habe. Ich liebe das Singen und ich liebe die Musik. Aber im Mittelpunkt stehen mag nur mein Bühnen-Ich. Zum Glück kommt die Vorspeise – ein arabischer Brotsalat mit Granatapfelkernen und frischen Kräutern – und ich muss nichts erwidern, sondern kann mich hinter meiner Begeisterung, wie gut es aussieht und riecht, verstecken.

Während die Band instrumental aktuelle Popsongs und Rockklassiker spielt und wir auf den Hauptgang warten, stellt Killian mir seine Mannschaftskollegen, die internationalen Mitspieler, die Fußballer der befreundeten Mannschaften, deren Freundinnen und Ehefrauen vor. Manche sind sogar schon Väter und haben hübsch herausgeputzte Kinder dabei. Auch seinen Trainer lerne ich kurz kennen, doch da er an einem anderen Tisch sitzt, bleibt es bei wenigen Worten, die wir wechseln.

Vorher hatte ich mich vor der Frage nach meinem Alter gefürchtet – ich wäre erneut zum Lügen gezwungen, denn alles andere hätte Killian öffentlich blamiert –, aber diesmal habe ich mehr Glück als Verstand. Kaum jemand fragt mich. Die meisten wollen wissen, ob ich noch zur Schule gehe, und geben sich mit dieser Information zufrieden. Bloß ein etwa zwölfjähriges Mädchen mit Zöpfen möchte wissen, wie alt ich bin. Als ich erwidere: »Verglichen mit dir bin ich die Uralte Morla!«, fängt sie an zu lachen, will wissen, wer das denn sein soll, und ich muss ihr die Unendliche Geschichte nacherzählen, bis ihr Vater sie wieder an den Tisch ruft, weil der Hauptgang serviert wird.

»Ihr Fußballer seid ja ziemlich entspannt«, sage ich zu Killian.

Der nickt mit amüsierter Lässigkeit, fragt dann aber doch: »Wie kommst du drauf?«

»Morgen ist ein Schultag. Meine Eltern hätten mich sicher nicht unter der Woche zu einem Essen mitgenommen.«

»Das ist wegen dem Presse-Theater. Die Kinder wollen halt alle gern mal mit zu Spielen, Veranstaltungen, Feiern. Aber viele möchten vermeiden, dass die Fotos der Familie überall in Zeitungen oder im Netz auftauchen. Daher nutzen sie die seltenen Gelegenheiten wie diesen Abend, wenn die Presse nicht eingeladen ist.«

Das kann ich gut nachempfinden. »Ist es sehr schwer, wenn man ständig unter Beobachtung steht?«

Killian bläst die Backen auf. »Bisher war es nicht so schlimm. Aber ich bin auch das erste Jahr in der Bundesliga und noch nicht so bekannt. Die erfahrenen Spieler, die schon in größeren Vereinen gespielt haben, sind manchmal schon genervt. Wobei es natürlich auch schmeichelt und dir zeigt, dass sich die Leute für dich interessieren.«

»Aber«, mischt sich Nedim ein, »wenn du mal zum Urologen musst, vor der Praxis ein blödes Gesicht ziehst und am selben Abend noch über Facebook erfährst, dass du angeblich Hodenkrebs hast, ist es nicht mehr so witzig.«

Ich halte mir die Hand vor den Mund, um nicht loszulachen. »Oh mein Gott – ist das wirklich jemandem passiert?«

»Ja, so was kann sich keiner ausdenken. Oder frag mal Marina.« Er deutet zu einem der anderen Tische und grinst dann in Killians Richtung. Killian verzieht den Mund, als hätte er auf etwas Bitteres gebissen.

Marina … irgendetwas klingelt bei mir, wenn ich diesen Namen höre.

»Stimmt!«, ruft Lina und legt ihre Fingerspitzen an die Stirn. »Es hieß mal, sie sei schwanger, nur weil sie beim Frauenarzt von einem Paparazzo abgeschossen wurde. Das hat Killian damals ganz schön geschockt.«

Killian seufzt. »Da war mir noch nicht klar, was manchen Blättchen alles eine Meldung wert ist. Ich dachte wirklich, sie wäre …« Er lacht ins Kopfschütteln hinein, doch diesmal gerät es beschämt.

Stimmt – Marina war die ominöse Exfreundin. Das Model. Und die ist hier? Ich versuche, unauffällig in ihre Richtung zu schielen, sehe aber nur eine kleine Gruppe junger Frauen zusammensitzen, die mir zuvor kaum aufgefallen waren, obwohl sie die einzigen Frauen sind, die offenbar keine Fußballspieler begleiten. Unanständig schön sind sie alle, und mich sticht die Frage, warum jemand zu einer Party seines Exfreundes kommt. Als sich eine der jungen Frauen zu mir umwendet und mich prüfend mustert – von der Frisur bis zu den Schuhen (Deichmann – nicht Prada) –, ahne ich die Antwort. Um die Next abzuchecken. Ich ärgere mich sogleich über meine eigenen Gedanken. Vermutlich nehme ich mich zu wichtig.

Lina beugt sich zu mir rüber. »Die Aktion, die wir heute feiern, liegt ja schon ein halbes Jahr zurück. Marina war beteiligt, daher ist sie auch eingeladen.«

Ich lächle dankbar und frage mich, ob sie einfach nur einen guten weiblichen Spürsinn hat oder ob man mir meine Eifersucht an der Nasenspitze ansieht.

Zwischen den Gängen werden von den Trainern der beiden Mannschaften Reden gehalten. Ich bin beeindruckt von dem, was Killians Trainer über Toleranz, Menschlichkeit und Hilfsbereitschaft, und was der Sport damit zu tun hat, zu erzählen hat. Mir war nie klar gewesen, dass Fußball mehr sein kann als die Jagd zweier Mannschaften nach einem Ball.

Nach der Rede tritt eine Sängerin auf und singt, von einem Cello begleitet, ein arabisches Lied. Ich verstehe kein Wort, aber die melancholischen Töne bereiten mir eine Gänsehaut. Als die Melodie verstummt, ist es im Saal noch viele Augenblicke ganz still.

Dass hier annähernd hundert Leute sitzen, die in den vergangenen Monaten die spärliche Freizeit und viel Geld investiert haben, um etwas für notleidende Menschen und gegen Rassismus und Ausgrenzung zu tun, berührt mich. Und Killian – das macht mich besonders stolz – war einer der Initiatoren. Jemand, der erst 19 ist, aber schon etwas bewegt hat; etwas Gutes, Wichtiges.

Nach dem Applaus kommt zum Hauptgang gebratener Fisch mit bunter Paprika und grünem Spargel. Irgendwer an unserem Tisch hat zwei Flaschen passenden Weißwein dazu bestellt, und ehe ich überlegen kann, ob ich nach dem Prosecco wirklich noch Wein trinken sollte (eigentlich besser nicht!), ist mein Glas bereits gefüllt. Ich war nie der größte Fan von Fisch und Spargel, aber dieses Gericht ist wirklich lecker. Mit der Meinung bin ich nicht allein; im ganzen Saal wird es bis auf die leiser spielende Band langsam still, weil alle ihr Essen genießen.

Als abgeräumt wird, verteilt sich alles ein wenig. Killian und ich gehen zur Bar, wo wir uns besser mit den anderen unterhalten können. Da ich gesungen hatte, sprechen mich viele auf die Musik an, und auch wenn ich dadurch wieder im Mittelpunkt stehe, ist es dennoch ein Thema, zu dem mir wenigstens etwas einfällt. Zu meinem Erstaunen klappen sogar ein paar englische Gespräche mit den Geflüchteten.

»Ich freu mich wahnsinnig, dass du mitgekommen bist«, flüstert Killian mir zwischendurch zu.

»Es ist toll. Ich habe es mir ganz anders vorgestellt!« Tatsächlich muss ich mir eingestehen, dass ich einen so angenehmen Abend gar nicht erwartet hatte. Es mag Klischeedenken sein, dass Fußballer im Allgemeinen etwas ungehobelter sind – ich war diesem Klischee allerdings vollkommen aufgesessen.

Killian lacht leise. »Ich muss gestehen, dass sie sich nicht immer so gut benehmen«, sagt er mit einem Blick auf seine Mannschaftkollegen. »Ich würde dich nicht nach einem Spiel mit in die Kabine nehmen.«

»Och, schade«, necke ich ihn. »Dabei glaube ich, dass es mir da gut gefallen würde.«

»Eher nicht.« Er legt mir seine Hand in den Rücken und lässt sie langsam etwas tiefer rutschen. »Wir versuchen uns dann gegenseitig mit unserer großen Klappe zu überbieten. Und du hast nicht den Hauch einer Idee, wie wir dann riechen!«

Ich muss lachen; es gerät etwas atemlos. Ich weiß nicht, ob es an der Kerzenbeleuchtung des Saals liegt, an dem Wein, den Killian getrunken hat, oder an dem Wein, den ich getrunken habe, aber seine Augen haben so ein dunkles Leuchten. Wenn ich mir vorstelle, wie er nach einem siegreichen Spiel aussieht, wenn er in die Dusche geht, richtet sich jedes einzelne meiner Nackenhärchen auf und tanzt Merengue.

Er beugt sich nah zu mir. Seine Lippen kitzeln meine Ohrmuschel, als er flüstert, und seine Worte kribbeln mir im Bauch. »Weißt du, was mir echt an die Nieren geht? Dass du gleich heimfahren musst. Ich wünschte, der Abend wäre noch länger.«

Mir wird heiß und im nächsten Moment frostig kalt. Ich habe die Zeit vollkommen vergessen! Hoffentlich haben meine Eltern nicht angerufen! Mein Handy steckt in meiner Jacke, die an der Garderobe hängt.

»Romy?« Killian hebt mein Kinn mit zwei Fingern an. »Hab ich etwas Falsches gesagt? Tut mir leid, ich wollte dich zu nichts drängen.«

»Hast du nicht!« Ich gebe ihm einen eiligen, aber nicht minder liebevollen Kuss, um ihm diese Sorge auszutreiben. Ich teile seinen Wunsch voll und ganz. Es wäre ein Traum, nach diesem schönen Abend mit ihm nach Hause zu fahren. »Ich habe nur mein Handy vergessen. Ich muss schnell nachsehen, ob jemand angerufen hat.«

»Deine Eltern?«, fragt er und folgt mir zur Garderobe.

»Hm. So ganz offiziell bin ich nicht hier.«

»Ah. Wo und bei wem bist du denn? Ich meine ganz offiziell.«

Ich fummle umständlich den Knopf meiner Jackentasche auf. »Ganz offiziell sitze ich zu Hause und schaue mir eine Harry-Potter-DVD an. Ich habe eine Rufumleitung auf mein Handy geschaltet.«

Killian schluckt, ich höre das leise Klacken in seiner Kehle.

»Ich kann nichts dran ändern«, entfährt es mir ungewollt heftig. Endlich habe ich das Handy aus der engen Tasche gezogen und werfe einen Blick aufs Display. Schwein gehabt – keine Anrufe in Abwesenheit. »Es ist wegen Polly. Sie sind vollkommen hysterisch, seit sie … seit sie …«

»He.« Killian zieht mich in seine Arme, bevor ich die Fassung verliere. »Ist schon gut, scht. Alles okay.«

»Es ist so peinlich!«, protestiere ich. »Sie tun so, als wäre ich ein kleines Kind.«

Ich spüre, wie er die Schultern hochzieht. »Kann sein. Eltern sind halt manchmal peinlich. Hey, meine Mutter hat in ihrem Salon sogar mal einen Pudel gefärbt – das ist peinlich.«

Er hat sein Ziel mühelos erreicht, ich muss lachen. »Das hast du dir doch ausgedacht!«

Er schiebt mich an den Schultern so weit von sich weg, dass er mich ansehen kann. »Was viel wichtiger ist: Du hast einen logischen Fehler in der Umsetzung.«

Ich ziehe eine Augenbraue hoch. »Warum das?«

»Man hört es am Klingeln, wenn der Anruf umgeleitet wird. Das fällt ihnen doch auf.«

Es ist sehr charmant von ihm, sich Gedanken darum zu machen und mir als Komplize zur Seite zu stehen, aber weniger, mich für dumm zu halten. »Das kennen sie schon, dabei werden sie sich nichts denken. Ich leite unseren Festnetzanschluss oft auf mein Handy um, wenn ich im Atelier bin. Unser Festnetztelefon hat oben schlechten Empfang.«

»Wenn es also gleich klingelt, dann rufe ich im Hintergrund Zaubersprüche und spiele einen Kampf gegen Todesser nach, ja?«

»Das wäre wirklich nützlich.«

»Immer gern zu Diensten.«

Ich bin ihm dankbar, dass er es dabei belässt und meine Mission Aschenputtel nicht weiter thematisiert. Stattdessen nimmt er mir das Telefon ab, schiebt es in seine Hosentasche und stützt die Hände neben meinem Kopf an die Wand. »Wo wurden wir eben unterbrochen?«, fragt er leise.

Sein Gewitterwolkenblick wirkt auf mich wie ein Schalter. Das warme, herzpolternde Gefühl von eben ist von einem auf den anderen Moment mit voller Wucht zurück. Diesmal noch stärker, weil wir hier in der Garderobe allein sind. Killian küsst mich erst fragend und dann, als wären wir allein auf der Welt. Ich muss an seine Worte von eben denken. Natürlich – er ist älter als ich. Hat mehr Erfahrung. Vermutlich gewisse Vorstellungen und Wünsche.

Ich kann nicht behaupten, dass mich das nicht ängstigt. Aber es ist eine angenehme Furcht, ein Thrill. Ein weiterer Nervenkitzel, jetzt, da schon alle meine Nerven allein von seinen Küssen kitzeln. Killian ist jemand, dem man vertrauen kann. Einer, mit dem ich bereit wäre, ein Wagnis einzugehen.

Himmel. Der Kerl küsst so gut, dass ich …

Neben mir schlägt wohl der Blitz ein, denn grelles Licht zuckt durch meine halb geschlossenen Lider. Ich blinzle verdattert.

»So süß, ihr zwei!«, ruft ein Mädchen über ihre Kamera hinweg. Sie ist etwas älter als ich, und ich meine, sie eben mit dieser Marina zusammen gesehen zu haben. Der Ex. Ihr Lächeln passt dazu, es hat etwas Abschätziges, das nicht zu ihren Worten passt.

»Carina, das nervt«, sagt Killian und rollt mit den Augen. »Kann man mal einen verdammten Abend lang seine Ruhe haben?«

»Meine Güte«, erwidert sie gedehnt. »Chill mal, Honey, es war bloß ein netter Schnappschuss.«

»Komm, lass gut sein.«

Das Mädchen gibt ein zischendes Geräusch von sich und zieht ab.

»Gib nichts drauf«, sagt Killian und senkt seine Stirn an meine. »Es gibt Leute, die stecken ihre Nasen in alles rein.«

»In alles, was ihnen nicht passt, hm?« Ich habe den Blick des Mädchens gesehen. Sie hasst mich, weil ich die Neue bin. Vermutlich denkt sie, ohne mich hätte Marina noch Chancen bei Killian.

Killian nickt kaum merklich. »Vermutlich hast du recht. Ich bin nicht ich, in ihren Augen. Ich bin bloß Marinas Ex und hab gefälligst das Drehbuch zu erfüllen.«

»Und darin steht?«

»Na, dass ich reumütig zu ihr zurückkomme. Aber«, er sieht mich warm aus seinen dunklen Augen an, »wenn Marina darauf wartet, wird sie sehr, sehr lange einsam bleiben.«

Ich muss lächeln. »Sag bloß, du hast andere Ideen?«

»Keine Ideen – Ziele«, verbessert mich Killian und küsst mich noch einmal. Diesmal bleiben wir ungestört.

KAPITEL 25

Paul bettet eine Hälfte seines Franzbrötchens auf eine Serviette und schiebt sie mir quer über den Tisch. »Erzähl!«

»Was denn?« Das kann doch nicht sein! Bin ich so leicht zu durchschauen?

»Was denn«, äfft er mich grinsend nach. »Na, was deine Backen rot macht, zum Beispiel.«

»Wangen«, korrigiere ich ihn. »Backen hat man woanders.«

»Wer weiß, ob die auch rot sind!«

Ich zupfe etwas vom Brötchen ab und drohe, es nach ihm zu werfen, entscheide mich dann aber, es lieber zu essen. »Der Abend war schön«, sage ich betont gelassen, aber das ist schwer durchzuhalten, wenn all meine Gesichtsmuskeln langsam, aber sicher zu einem breiten Lächeln verkrampfen. »Total schön, Paul, es war so … aww.«

Paul zieht die Augenbrauen hoch und nickt. »Ach, *aww* war es also. Gut, das sagt mir natürlich alles. Jetzt weiß ich Bescheid.«

»Ich kam mir vor wie Cinderella auf dem Ball. Es war

so schick und festlich, aber gleichzeitig auch ungezwungen und nett, und Killian war total« – ich kann mich gerade noch davon abhalten, süß zu sagen, was sicherlich ein Augenrollen von Paul zur Folge hätte –, »charmant und lieb, und … Oh, du wirst es nicht glauben! Ich habe gesungen!«

Mein bester Freund mustert mich, als hätte ich spontan die Farbe gewechselt. »Gesungen? Warst du sturzbetrunken, oder was ist passiert?«

»Nein. Kaum. Ich meine … nur so ein klitzekleines bisschen vielleicht. Aber erst später.« Ich erzähle ihm, wie es dazu kam, dass ich auf der Bühne landete. Die Erinnerung reicht aus, dass mein Herz vor Aufregung schneller schlägt.

»Hammer«, sagt Paul und pfeift anerkennend. »Das hätte ich dir echt nicht zugetraut. Willst du was draus machen?«

»Was meinst du?«

»Weitersingen.« Paul sagt das, als wäre es selbstverständlich.

Ich hebe beide Hände. »Oh nein. Es war eine tolle Erfahrung, aber ich muss das nicht wiederholen. Man steht so sehr im Mittelpunkt; das ist einfach nicht meine Welt. Und eigentlich hatte ich mit dem Mikro in der Hand Sehnsucht nach meinem Bass.«

»Na, dann spiel halt wieder Bass!«

»Ich weiß nicht.« Natürlich hatte ich vor dem Einschlafen darüber nachgedacht. Gern hätte ich Polly um ihre Meinung gebeten, aber sie war nicht gekommen. »A Sunny Wednesday hat ja inzwischen einen neuen Bassisten, und ob ich eine neue Band finde …« Andere Musiker, die vermutlich damit klarkommen müssten, dass ich nicht werde spielen können, wenn das schwarze Loch zu groß wird und die Musik an mir reißt, statt mich zu trösten. Wie attraktiv ist ein unzuverlässiges Bandmitglied? »Eigentlich habe ich an etwas anderes gedacht. Ich würde mich auch gerne irgendwo sozial engagieren. Was Gutes tun. Ich habe mir überlegt, einem Kind aus einer Familie, die sich Musikstunden nicht leisten kann, Unterricht im Bass- oder Keyboardspielen zu geben.« Aber ob ich das kann? »Was hältst du von der Idee?«

»Cool«, sagt Paul sofort. »Das kann ich mir gut vorstellen. Mit Kindern konntest du schon immer gut und …« Er lässt den halben Satz in der Luft hängen und deutet hinter mich.

Ich drehe mich um und entdecke Sophia, die, ihr Handy schwenkend, auf uns zueilt, als wäre etwas passiert.

»Hallo Sophia! Was ist los?«

»Brennt das Dach der Schule?«, scherzt Paul und schaut nach oben.

»Romy, ich hab da was im Netz gefunden. Wollte zuerst einfach weiterklicken, aber dann … Sag mal, das bist doch du, oder?«

Sie hält mir ihr Smartphone unter die Nase. Das Bild darauf ist klein, und es dauert einen Moment, bis ich es erkenne. Mir wird heiß und kalt zugleich. Am liebsten möchte ich mich auflösen und im Boden versickern.

Es ist das Foto, auf dem Killian und ich uns küssen. Auf irgendeinem Promi-Portal. »Die neue Liebe« steht in grellem Pink mit einem Herz daneben über dem Bild. Und etwas kleiner darunter: »Der hotte Sonnyboy Killian Schwarz, bekannt dafür, nichts anbrennen zu lassen, in inniger Knutscherei mit seiner neuen Flamme.«

Ach du Scheiße!

Ich schiebe das Smartphone weg. »Quatsch«, sage ich. Es kommt einfach aus mir heraus. »Natürlich nicht, ich hab doch nichts mit einem Fußballer!«

Sophia lacht laut. »Hätte mich auch echt gewundert!«

Was meint sie damit?

»Aber du musst zugeben, dass sie dir ähnlich sieht!« Sie schaut zu Paul und hält ihm das Handy hin. »Oder? Könnte Romy sein, findest du nicht?«

Ich schaffe es nicht mehr, ihm ein unauffälliges Zeichen zu geben.

Aber auf Paul ist Verlass. Er zuckt nur mit den Schultern. »Lange, braune Haare haben viele. Mehr sieht man ja nicht. Das könnten dreißig Mädchen von unserer Schule sein.«

Danke!, denke ich erleichtert. Im gleichen Moment ist es mir schrecklich peinlich, Sophia anzulügen. Warum ist mir das herausgeplatzt? Sie wäre doch die Letzte, die zu meinen Eltern laufen und petzen würde.

Paul wundert sich ebenfalls. »Darf das jetzt keiner wissen?«, fragt er mich, nachdem Sophia zu ihren Freundinnen weitergezogen ist.

»Doch … schon. Vielleicht aber auch besser nicht.«

Er rollt mit den Augen. »Fängst du jetzt dieses Ding an: ich sage Ja, meine aber Nein? Ich hab dich immer für etwas weniger kompliziert gehalten.«

Ich mich auch! »Ich weiß es doch selbst nicht. Ich fühle mich so unsicher!«

»Wegen deinen Eltern?«

Natürlich. Aber in erster Linie wegen dieser Lüge, ich wäre 17. Aber das kann ich Paul jetzt unmöglich auch noch beichten. Dann hält er mich für vollkommen bescheuert! Und zwar leider nicht zu unrecht. Was ist nur in mich gefahren? »Was, wenn sie davon erfahren? Hast du das nicht gesehen – ich bin in einem Klatschmagazin! Du kennst das doch: Einmal nackt im Internet, immer nackt im Internet. Was, wenn sie das Foto sehen?«

»Romy, du bist nicht nackt. Du bist angezogen und man sieht dich auf dem Bild bloß schräg von hinten.«

»Aber das sind meine Eltern. Die erkennen mich bestimmt eher als jemand aus der Schule. Sie kennen ja auch das Kleid!«

Paul pustet die Luft aus. »Dann solltest du es ihnen vielleicht langsam sagen, bevor sie es selbst herausfinden.«

Ich vergrabe das Gesicht in den Händen und reibe mit den Fingerspitzen meine angespannte Stirn. Paul meint es gut, aber er hat keine Vorstellung von den Konsequenzen. Seine Eltern sind anders, er kann sich nicht im Traum ausmalen, wie meine reagieren würden. Er hat keine Ahnung, wie das ist, wenn Eltern ein Kind verloren haben.

Ich kann mich den ganzen Schultag auf nichts mehr richtig konzentrieren. In Mathe melde ich mich aus purer Gewohnheit, um dann, als ich drankomme, festzustellen, dass ich weder das Ergebnis noch den Lösungsweg der Aufgabe weiß. In Sport ruiniere ich meiner Tennispartnerin die halbe Stunde, weil mir einfach kein Schlag gelingt, und dann knallt mir noch ein Ball schmerzhaft gegen den Kopf. Zumindest darf ich danach auf der Bank sitzen und in Ruhe grübeln. Mir wird schnell klar, dass ich Killian anrufen muss. Sofort. Er kennt das Mädchen, das das blöde Foto geschossen hat. Vielleicht kann er sie dazu bewegen, es aus diesem Klatschportal zu nehmen – wenn das überhaupt noch möglich ist. Was bildet diese Kuh sich überhaupt ein, ihren angeblichen »Schnappschuss« einfach in diesem Portal hochzuladen?! Und wofür? Für ein paar Likes? Ob sie weiß, was sie damit anrichten kann? Vermutlich ist es ihr egal, oder es passt ihr sogar bestens in den Kram. Womöglich habe ich noch großes Glück, dass sie sich meinen Namen nicht gemerkt hat, sonst … Ich mag gar nicht daran denken.

Unsere Sportlehrerin entlässt mich aus der Halle, als ich sie frage, ob ich mich im Erste-Hilfe-Raum hinlegen darf. Auf dem Weg über den Hof wähle ich Killians Nummer, aber er geht nicht ran. Ich bleibe im Flur stehen, lehne mich mit dem Rücken an eine Wand und versuche es per WhatsApp. Die Nachricht wird gesendet, aber er liest sie nicht. Verdammt. Ich rufe noch einmal an und spreche ihm auf die Mailbox.

Schließlich gehe ich am Erste-Hilfe-Raum vorbei und durchs Treppenhaus eine Etage höher und habe dort ausnahmsweise mal Glück: Der Medienraum ist offen, die Schullaptops stehen den Schülern, die eine Freistunde haben, zur Verfügung. Bis auf einen rotköpfigen, einsamen Unterstufler, der am hintersten Tisch vermutlich mal wieder daran scheitert, eine Pornoseite zum Laufen zu bringen, ist niemand hier.

Von einem Gerät nah am Fenster rufe ich die Facebook-Seite auf, die Sophia mir gezeigt hatte. Meine Hoffnung, Paul könnte recht haben und ich sei wirklich nicht gut zu erkennen, zerfällt wie ein Origami im Regen. Auf dem größeren Bildschirm sind längst nicht nur meine Haare und mein Rücken zu sehen. Das Bild zeigt genug meiner Wangen- und Kinnlinie, um mich zweifelsfrei zu erkennen. Als wäre das noch nicht genug, kann man im Text darunter sogar nachlesen, dass es sich bei dem Mädchen im Arm des Fußballstars um die Sängerin der Band A Sunny Wednesday handelt.

Sonnenlicht fällt in Tupfen durch die Löcher der Jalousien auf meinen Tisch, der Unterstufler hinter mir seufzt resigniert, und mir wird bewusst, dass ich so was von geliefert bin.

Wütend knalle ich den Laptop zu und kann mich gerade noch beherrschen, nicht mit der Faust draufzuschlagen. Das darf doch alles nicht wahr sein! Wie konnte diese dumme Kuh nur dieses Foto hochladen? Der Unterstufler gibt auf und verlässt den Medienraum. Vielleicht habe ich ihn auch vertrieben.

Langsam sickert mir ins Bewusstsein, dass es vermutlich ohnehin nur eine Frage der Zeit war, bis die neue Freundin von Killian Schwarz das erste Mal in den Klatschportalen diskutiert wird. Ich habe doch mitbekommen, dass sich die Fans und die Presse für das Privatleben der Spieler interessieren, als wären es Popstars. Die Vorstellung füllt meinen Kopf und meinen Bauch mit Panik. Wir müssen das irgendwie verhindern!

Ich muss mit Killian reden. Dringend. Doch nach wie vor erreiche ich ihn nicht übers Handy. Allerdings finde ich die Festnetztelefonnummer seiner Oma im Internet und versuche es auf gut Glück dort.

Heidi geht sofort ran und begrüßt mich herzlich. »Hallo

Romy, schön dass du anrufst. Ich hab mich gestern so gefreut, dass du mit Killian zu der Feier gegangen bist, Liebes. Er war wirklich glücklich darüber.«

»Freut mich, Heidi.« Ich muss mit aller Kraft schlucken. »Ich fand es auch sehr schön. Ist Killian denn da? Ich muss ihn dringend sprechen und er geht nicht ans Handy.«

»Nein, der hat doch um die Zeit immer sein Training«, sagt Heidi. »Aber sag mal, was ist denn los? Ich will mich ja nicht in Dinge einmischen, die mich nichts angehen, aber du klingst, als wärst du den Tränen nahe. Oder hast du Heuschnupfen?«

Dass Heidi mich trotz meiner Beherrschung so leicht durchschaut, gibt mir den Rest. Das Heulen bricht sich mit einem Schluchzen Bahn.

»Romy, Liebes«, sagt Heidi leise. »Wenn du jemanden zum Reden brauchst: Ich kann vermutlich nicht helfen, aber ich kann gut zuhören. Ist es wegen deiner Schwester? Wegen Polly?«

Bei jedem anderen, den ich erst so kurz kenne, hätte ich höflich distanziert abgeblockt und innerlich gedacht: Das geht dich nichts an. Aber Heidi ist etwas anderes. Auf eine gewisse Art ist sie eine Verbündete, denn sie versteht meinen Kummer und redet mir nicht ein, ich müsse endlich mal darüber wegkommen. Sie spricht Pollys Namen aus.

»Es ist nicht wegen Polly«, antworte ich, zögere noch einen Augenblick und entscheide dann, dass ich ihr vertrauen kann. »Gestern wurden Killian und ich von einer jungen Frau fotografiert, als wir uns geküsst haben«, flüstere ich. Inzwischen bin ich zwar allein, aber die Tür steht wie immer ein Stück offen und ich bin nicht sicher, ob auf den Gängen möglicherweise jemand herumlungert und mithört, was ich sage. »Killian war genervt, aber wir haben nicht weiter darüber nachgedacht. Jetzt ist das Bild im Netz aufgetaucht. Und meine Eltern … nun ja. Sie erlauben mir keinen Freund.«

Heidi gibt ein empörtes, kleines Geräusch von sich. »Ja, in welchem Jahrhundert leben wir denn? Das soll mal einer verstehen. Du bist doch wirklich alt genug!«

Ja. Oder nicht? Ich bin nicht mehr ganz sicher. »Das ist wegen Polly. Weil der Unfall mit ihrem Freund passiert ist. Weil er schuld war.«

»Das ist doch kein Grund, jeden Jungen unter Generalverdacht zu stellen«, sagt Heidi, seufzt dann aber weich. »Allerdings schert sich Trauer nicht um vernünftige Argumente. Trauer macht alle Menschen verrückt, den einen mehr, den anderen weniger. Und bei Eltern muss es besonders schlimm sein. Es ist einfach von Grund auf falsch, Kinder zu Grabe tragen zu müssen.«

Mir fällt es schwer, das Wort Trauer mit meinen Eltern in Verbindung zu bringen. Sie wirken nicht trauernd; stattdessen fahren sie stur und ohne eine Ausnahme ihr straff geplantes Alltagsprogramm durch und radieren Polly aus ihren Kalendern aus. Aber wer weiß, was dahintersteckt. Vielleicht ertragen sie es auf andere Weise nicht. Womöglich ist ihre Form der Trauer auch bloß eine andere und sie können meine ebenso wenig nachvollziehen wie ich ihre.

»Und du meinst nicht, dass sie mit sich reden lassen? Killian kann am Nordpol Kühlschränke verkaufen, wenn ihm etwas wichtig ist, und –«

Ich unterbreche Heidi ungern, aber die Idee kann sie

sofort vergessen. »Nein, ich glaube nicht. Marcel – Pollys Freund – war auch so ein guter Redner. Er hat meinem Vater in die Hand versprochen, niemals zu fahren, wenn er etwas getrunken hat. Meine Eltern haben ihm vertraut.«

Heidi seufzt. »Verstehe. Ich hatte auch so einen aus Sorge stur gewordenen Vater. Dem hätte nicht mal der Papst Vernunft zugesprochen, dabei war der alte Mann streng katholisch. Gegen einen Dickkopf hilft kein Beten nicht. Aber dauerhaft, Romy …«

»Ich weiß. Auf Dauer ist Heimlichkeit keine Lösung. Ich überlege ja schon, wie ich es ihnen beibringen kann.«

»Zerbrich dir nur nicht allein den Kopf darüber, Liebes. Killian soll dir da ruhig helfen.« Im Hintergrund höre ich den Kaffeeautomaten fauchen und wünsche mir, den Kaffeeduft zu riechen, weil ich mit Heidi am Tisch sitze und sie meine eiskalte Hand in ihrer hält, die weich und warm ist. Ich halte meine Hand in die Sonnenkringel, spüre aber nichts.

»Das macht er auch«, versichere ich. »Im Moment habe ich bloß furchtbare Angst, dass sie es aus der Klatschpresse erfahren.«

»Was war das denn überhaupt für ein Magazin?« Ein Stuhl schabt über den Boden, etwas klopft auf Holz. Heidi hat sich offenbar mit der Kaffeetasse an den Tisch gesetzt.

»Eins auf Facebook. Promi-Rausch nennen die sich.«

Ich höre eine Tastatur klackern. Es sollte mich nicht wundern, dass Heidi, die nicht stricken kann, ihr Laptop, Facebook und vermutlich auch Instagram und Twitter mit flinken Fingern beherrscht, aber lächeln muss ich trotzdem.

»Ach, Romy, weißt du, welchen Rat ich dir geben würde, wenn du ihn haben wolltest?«

»Ich will ihn nicht, ich brauche ihn!«

»Vergiss diesen Schund. Diese Seite hat zweihundert Likes und vermutlich eine winzige Reichweite. Deine Eltern wissen gar nicht, dass der Unsinn existiert. Sieh mal selbst, das Foto ist jetzt schon unkommentiert und ungeteilt ganz weit nach unten gerutscht, weil die da jeden Blödsinn hochladen. Weißt du, was die da gerade angeregt diskutieren?«

Ich mache ein verneinendes Geräusch. Ich hatte nicht den Nerv gehabt, auf der Seite zu stöbern.

»Steffen Henssler, der Fernsehkoch, soll bei McDonald's gesehen worden sein. Skandal! Es gibt sogar ein Beweisfoto, aber das ist so verwackelt – das könnte genau so gut Angela Merkel sein oder Donald Duck! Weißt du, was wirklich skandalös ist, Romy?«

»Was?«

»Dass man mit den heutigen Geräten noch so schlecht fotografieren kann!«

Ich muss lachen. Wenn es Heidis Ziel war, mich aufzumuntern und von meinem Paniktrip runterzuholen, dann ist es ihr gelungen.

»Mach dir keine Sorgen mehr, ja?« Sie klingt so zuversichtlich, als wäre ein Widerspruch überhaupt keine Option. »Ihr braucht eine Lösung – in jedem Fall. Und Killian soll dafür seinen Kopf anstrengen, den braucht er zum Kicken nicht! Aber vorerst entspannst du dich wieder, ja?«

Ich ziehe ein letztes Mal die Nase hoch. »Okay. Darf ich dir noch eine Frage stellen, Heidi?«

»Immer.«

»Wenn dein Vater auch so stur war – wie ist das ausgegangen?«

Sie lacht leise. »Ich bin achtzehn geworden, hab die Kerze auf dem Kuchen ausgeblasen und meine Koffer gepackt. Und weißt du warum? Weil ich es konnte! Sollten wirklich alle Stricke reißen, Romy, dauert das bei dir ja auch nicht mehr lang.«

In der Mittagspause weiß ich nicht, was mir schwerer im Magen liegt: das Foto auf dieser unbedeutenden Facebookseite, Heidis Kommentar zu meinem Alter oder das trockene Franzbrötchen vom Frühstück. Paul und ich setzen uns zu Sophia und ihren Freundinnen. Seit der Party ist es trotz meines plötzlichen Aufbruchs, als wäre ich schon lange Teil der Gruppe. Dass ich Lästerschwester Franzi hab auflaufen lassen, verschafft mir einen nie gekannten Status. Heidis Trost hat mir viel gegeben, aber nun habe ich ständig das Bedürfnis, die Seite übers Smartphone aufzurufen und zu kontrollieren, ob das Bild geteilt oder kommentiert wurde. Zum Glück bestätigt sich, was Heidi vermutet hat: Die Fans der Seite spekulieren und streiten ausschließlich über den Promi-Koch bei McDonald's.

Sophia berührt meine Schulter. »Kommst du auch mit?«

Ich weiß gar nicht, wovon sie spricht. »Wohin denn?«

Alle lachen. Seit meiner Flucht von der Party halten sie mich vermutlich für ein wenig abgedreht.

»Du bist auch manchmal in deiner eigenen Welt, oder, Romy?« Sophia sieht kurz zu Paul. »Ist sie immer so verträumt?«

Paul zuckt mit den Schultern, setzt zu einer Antwort an, aber bevor er ein Wort sagen kann, spricht Sophia schon wieder mit mir.

»Dieser Klamottenladen neben der Post hat ganz tolle, kleine Taschen reingekriegt. Voll süß. Wir wollen da gleich hin und die genauer ansehen. Danach vielleicht noch ein Eis oder so?«

Ich überlege kurz. »Ich habe nicht viel Zeit, ich muss mit dem Hund raus.« Und mit Killian sprechen – das vor allem.

Ein leises Räuspern lässt mich wissen, dass Polly an meiner Seite ist. *Ernsthaft, Romy? Mister Boo kann locker zwei Stunden warten, und das weißt du auch.*

Es sollte mich nicht wundern. Polly liebt Taschen!

Wenn du daheim das Telefon hypnotisierst, wird er sich nicht früher melden. Geh mit den Mädels, Romy. Er ruft schon an, wenn er Zeit hat.

»Taschen shoppen geht doch immer schnell«, sagt Sophia und zwinkert, was ich nicht recht einzuschätzen weiß.

Jungs können das nicht ab, wenn man sie drängt. Du solltest warten, bis er sich meldet.

Wahrscheinlich hat Polly recht. »Okay, ich komme mit.«

»Dann treffen wir uns nach der letzten Stunde am Haupttor, ja? Bis nachher, ich freu mich schon!« Damit bricht sie auf, die große Traube ihrer Freundinnen mit sich ziehend wie eine Bienenkönigin ihr Hinterteil. Mir fällt auf, dass Paul ihr mit zusammengepresstem Mund nachsieht.

Oje, meint Polly. *Da heult aber einer den Mond an.*

»Den Mond?« Ich forme das Wort unauffällig mit den Lippen und zucke mit den Schultern.

Schön, aber absolut unerreichbar für einen Wolf. Hast du schon mal von Wölfen im Weltall gehört?

»Vielleicht solltest du einfach mal etwas sagen, wenn sie in der Nähe ist«, sage ich zu ihm.

»Hm?«

»Du ignorierst sie völlig. Und wenn sie dich im Gegenzug auch ignoriert, ziehst du dich leidend in dein Schneckenhaus zurück und schaust erst wieder raus, um ihr nachzustarren, wenn sie geht.«

»Kann sein.« Paul schüttelt kaum wahrnehmbar den Kopf, rückt seine Brille zurecht und wirft sich seinen Rucksack über die Schulter. »Los, komm, die Fregge wartet nicht auf uns.«

Ich muss ein paar Schritte laufen, um zu ihm aufzuschließen. »Willst du nicht mitkommen nachher?«

»In die Stadt? Zum Handtäschchen-Shoppen?«

»Ich geb dir auch ein Eis aus.«

Er seufzt. »Von mir aus, Romy.«

Aber bis ich nach der Doppelstunde Bio meine Sachen gepackt habe, ist Paul schon rausgegangen und hat den Weg zum Nebentor genommen statt zum Haupttor. Ich will ihm nachrufen, um ihn an den Stadtbesuch zu erinnern, überlege aber im letzten Moment, dass er vielleicht nicht mitkommen möchte. Kurz muckt mein schlechtes Gewissen, ihn im Stich zu lassen. Doch dann sehe ich, dass er am Fahrradständer von zwei älteren Mädchen angesprochen wird. Vermutlich hat er Besseres zu tun, als mit uns Handtäschchen zu shoppen und den Mond anzuheulen.

KAPITEL 26

Ich bin bereits wieder zu Hause, als Killian endlich zurückruft. »Sorry, Süße, ich hab mein Telefon in der Umkleide vergessen und musste mir erst einen Schlüssel organisieren. Ist etwas passiert?«

»Wie man es nimmt«, druckse ich. »Ich war eben völlig durch den Wind, aber deine Oma meint, es wäre nicht so wild.«

»Meine Oma …?«

Na toll, kommentiert Polly. *Von Kosenamen zur Oma! Das nenne ich mal Leidenschaft!*

Manchmal würde ich ihr gerne den Mund zukleben, wie ich es mit zwölf einmal getan habe.

Ich mache ihr ein Zeichen, dass sie mich stört, und drehe mich weg, wie früher, wenn sie mir beim Telefonieren dazwischengeschnattert hat. »Killian, das Foto ist im Netz aufgetaucht.« Ich erzähle ihm alles und höre ihn nebenbei auf seiner Tastatur herumhämmern. Ich spüre durch die Leitung, dass er die Sache nicht so leicht nimmt wie Heidi. Das facht meine Sorgen wieder an. Hoffentlich ist er bloß wütend, weil das Mädchen mit der Kamera unser Vertrauen missbraucht hat.

»Shit«, murmelt er in den Hörer und macht ein unwirsches Geräusch. »Ich regle das.«

»Wie?«, frage ich. »Meinst du, die nehmen das Bild raus, wenn du sie darum bittest?«

»Die nehmen es raus, wenn ich es von ihnen verlange«, erwidert Killian. Bilde ich es mir ein oder spricht er durch zusammengebissene Zähne? »Ich kümmere mich darum, okay? Mach dir keine Gedanken.«

Ich möchte ein Okay erwidern, aber es verkantet sich in meiner Kehle. Wir werden uns Gedanken machen müssen. Ich werde mir Gedanken machen müssen.

In der Leitung signalisiert ein leises Klopfen, dass jemand versucht, mich anzurufen. Killian verspricht mir, dass wir am Abend skypen können. »Wenn du Lust hast, könntest du mir ein Schlaflied vorsingen«, sagt er mit einem breiten Grinsen in der Stimme. »Das vom Lieblingsmenschen hat mir schon ganz gut gefallen.«

»Ich weiß etwas Besseres. Ich spiele für dich auf meinem Bass.«

»Can't wait«, flüstert Killian und ich ahne einen aufs Telefon gehauchten Kuss.

Ich schlucke, so fest ich kann. In der Leitung klopft es beharrlich.

Es kann so nicht weitergehen – ich kann ihn nicht länger anlügen. Meine Haut prickelt, ich spüre, wie mir die Farbe aus dem Gesicht rinnt, als mir klar wird, was das bedeutet. »Killian? Können wir uns morgen sehen? Wir müssen dringend … ich muss dir …«

Nein!, fährt Polly aufgebracht dazwischen. *Noch nicht, Romy! Es ist zu früh!*

»Natürlich, Süße«, sagt Killian. »Du klingst ganz aufgewühlt, ist alles in Ordnung?«

»Ja.« Nein. Nichts.

»Ist es wegen deinen Eltern?«

»Ja.« Nein. »Vielleicht. Ein bisschen.« Es liegt eher daran, dass sie mich nicht etwas früher gezeugt haben.

Romy, brich das nicht voreilig vom Zaun. Das geht nicht gut, noch nicht.

»Lass uns heute Abend in Ruhe darüber reden, ja?«, schlägt Killian vor.

Ich schüttle den Kopf, auch wenn er es nicht sehen kann. »Lieber persönlich, okay?«

»Natürlich«, sagt er, aber ich höre einen Hauch Verunsicherung in seiner Stimme. »Wo treffen wir uns?«

»Am alten Zoo. Dort, wo früher das Eingangstor war. Um sieben? Weißt du, wo ich meine?«

Er lacht leise, er weiß es also noch sehr gut. Ich hoffe, dass der Ort mir noch einmal Glück bringt. »Um sieben. Ich freu mich schon, dich wiederzusehen. Mach's gut.«

»Du auch.«

Er legt auf und ich atme tief durch. Das Klopfen in der Leitung hat aufgehört.

Zu den Hausaufgaben kann ich mich nicht aufraffen, aber ich nehme zumindest schon mal meine Bücher aus der Tasche, schlage die richtige Seite auf und starre die Bilder an, ohne etwas zu erkennen. Das schwarze Loch in meiner Brust schwillt so schnell und weit, dass ich Angst um meine

Organe bekomme. Mein Atem wird ganz flach und mein Herz flattert. Ich brauche ein Lied, nur ein Lied kann mir jetzt helfen. Aber mein Kopf ist leer, es ist, als gäbe es keine Lieder mehr auf der Welt, die mir helfen können. Alle lassen mich an Killian denken und machen es nur schlimmer.

Ich muss hier raus, raus aus dem Haus, aus den Mauern. Ich brauche etwas Wind im Gesicht, das Rauschen von Wellen in den Ohren und frische Luft in den Lungen. Aber das schwarze Loch wird schwerer, bleiern. Ich kann gar nicht aufstehen.

»Ich darf ihn nicht länger anlügen«, flüstere ich. »Das ist doch keine Liebe so, das ist nur eine Show. Ich muss ihm die Wahrheit sagen.«

Polly atmet hörbar aus. *Wenn du dir so sicher bist, dann tu es. Es wird schon schiefgehen.* Aber ich höre an ihrer Stimme, dass sie von ihren eigenen Worten nicht überzeugt ist.

Die Türklingel weckt mich aus meinem trostlosen Starren. Es kostet mich einige Kraft, mich hochzustemmen und runterzugehen. Selbst Mister Boo trottet nur hinter mir her, statt die Treppe wie eine Bobbahn herunterzurasen. Offenbar färbt meine Stimmung auf den Hund ab. Ich sollte mich schämen. Zuerst bin ich erleichtert, Paul mit seinem Longboard hinter der Glastür stehen zu sehen. Ich hatte beim Shoppen (ich habe keine von den supersüßen Handtäschchen gekauft, weil wir sonst zu viert die gleiche Tasche gehabt hätten) an ihn denken müssen. Mich gefragt, ob er sauer auf mich ist. Aber offenbar ist er es nicht, sonst wäre er kaum hier.

»Romy«, sagt er, als ich ihm öffne. Er lässt meinen Namen wie ein Problem klingen.

»Was ist denn?«

Er kommt rein und mustert mich, als hätte sich etwas an mir verändert, was er nicht benennen kann. »Sag mal, bist du jetzt irgendwie berühmt oder so?«

»Wie bitte?«

Paul macht eine Pause, die meine Nerven bis an die Obergrenze dehnt. »Da war eben Presse an der Schule.«

Mein Mund trocknet augenblicklich aus. Ich will schlucken, aber es geht nicht. Wovon spricht er? »Hä?«, ist das Einzige, was ich herausbringe. Ich gehe erst mal in die Küche und gieße mir ein Glas Wasser ein. Meine Hände zittern. Mein Körper wittert das neue, größere Problem schon, bevor ich von Paul erfahre, was überhaupt Sache ist.

»Zwei junge Frauen haben mich nach der Schule angesprochen, ob ich dich kennen würde. Ich hab nach dir Ausschau gehalten, aber du warst mit Sophia und den anderen schon weg.«

»Was wollten die?«, fragt meine Stimme. Der Rest von mir bleibt unbeteiligt. Im schwarzen Loch explodieren Silvesterraketen, was ich nur fühlen kann, da sie leider auch schwarz sind. Kohlrabenschwarz.

Paul zuckt mit den Schultern. »Mit dir sprechen. Es geht wohl um die Band. Ich weiß den genauen Wortlaut nicht mehr, aber sie sind auf dich aufmerksam geworden, als du mit A Sunny Wednesday aufgetreten bist. Zuerst dachte ich, das wären Musikproduzentinnen oder Talentjägerinnen oder so was.«

Ich umfasse mein Wasserglas so fest, dass es jederzeit in meiner Hand zerspringen könnte. »Und die waren bei dir?«

»Nee, das war Zufall. Sie haben vor mir schon ein paar Schülerinnen aus der Neunten angesprochen, aber die kannten dich nicht.«

»Und wie kamen die zu unserer Schule?«

»Das habe ich sie auch gefragt. Sie haben wohl heute früh an die Mailadresse von A Sunny Wednesday geschrieben und Antwort von einem Mädchen bekommen, das dich nicht näher kennt und nur wusste, wo du zur Schule gehst.«

Das kann nur Anna gewesen sein, für die ich eingesprungen bin. Hätte ich das doch nie getan!

»Und dann sind die einfach zur Schule gekommen und fragen die Leute nach mir?« Ich kann es nicht lassen, unauffällig aus dem Fenster zu linsen. Steht da womöglich jemand, der meine Adresse ebenso schnell herausgefunden hat wie Killian damals?

»Ja. Irgendwann haben sie mir gesagt, dass sie gern mal ein Interview mit dir vereinbaren würden.«

Und er hatte sie natürlich nicht zum Teufel gejagt … mein Magen fühlt sich hart und voll an, obwohl ich seit der ersten Pause nichts gegessen habe.

»Ein Interview wofür? Eine Zeitung? Ein Magazin? Einen Blog?« Vielleicht waren die beiden ja von dieser dämlichen Facebookseite.

»Ich weiß nicht.« Paul sieht ehrlich zerknirscht aus. »Ich habe nicht gefragt. Es kam mir so skurril vor und sie waren nicht ehrlich, da habe ich sie nur schnell abgewürgt und ihnen gesagt, dass du mit Sicherheit kein Interesse hast.«

»Was wollten die wissen?«, frage ich und nehme beschwörend seine Hand. »Du musst mir alles erzählen! Was hast du denen gesagt?«

Paul reißt sich von mir los. »Nichts! Mir war schon klar, dass du keinen Nerv auf die Wichtigtuerinnen hast. Ich habe ihnen nicht mal deinen Nachnamen gesagt, also entspann dich. Falls die morgen wiederkommen, gehen wir zum Hausmeister und der soll sie wegschicken. Chill mal, du bist ja vollkommen hysterisch.«

Er hat ja auch keine Ahnung, was auf dem Spiel steht. Nicht die geringste Vorstellung, was ich getan habe. Paul glaubt mich zu kennen, und das seit vielen Jahren. Er hat es nie erlebt, dass ich gelogen habe.

Ich atme durch. Er hat recht, ich bin hysterisch. Und er kann nichts dafür. »Sorry«, murmle ich. »Was meintest du eben damit: Die waren nicht ehrlich?«

Er grinst herablassend. »Die haben sich erst aufgespielt, als wären sie deine Superfans. Dieses lächerliche Spielchen, das mich dazu bringen sollte, ihnen zu vertrauen und zu reden. Die eine meinte, sie hätte dich neulich mit der Band im Irony getroffen und du wärst dort ja so toll gewesen.«

»Ich war nie im Irony.«

»Nee, das hab ich ihr auch gesagt. Aber sie lächelte und meinte: Doch, ganz bestimmt, es war ein ganz toller Abend. Und ich so: Ja klar, toller Abend mit Romy im Irony, ausgerechnet da, wo die peinlich genau die Ausweise kontrollieren. Kommt, hab ich gesagt, sucht euch einen anderen Idioten.«

»Du …« Ich muss neu ansetzen, weil mir die Stimme wegkippt. »Du hast den Pressetussis gesagt, dass ich nicht ins Irony reindarf?«

Er sieht mich ratlos an. »Ja. Hat doch die Lüge prima aufgedeckt. Das war denen vielleicht peinlich. Ich glaube nicht, dass die –«

»Paul? Ab welchem Alter darf man überhaupt ins Irony? Ist der Laden ab achtzehn? Sag mir bitte – bitte sofort – dass man in das Scheiß-Irony erst mit achtzehn rein darf.«

»Nee«, sagt Paul zögernd, »der Eintritt da ist ab sechzehn. Aber wieso?«

KAPITEL 27

Ich bemerke es sofort.

Schon auf dem Weg vom Klassenraum zur Mensa sehen mich Mitschüler an, die mich noch nie zuvor beachtet haben, und als ich am Getränkeautomat anstehen muss, stößt ein Mädchen aus der Unterstufe ihre Freundin an und zeigt mit dem Finger in meine Richtung. Ich lasse Kakao und Cappuccino, wo sie sind, und flüchte mich zu Paul.

»Was ist los, Romy, hast du Gespenster gesehen? Du bist ganz blass.«

»Ich glaube, ich gehe besser nach Hause.«

»Geht es dir nicht gut?«

Ich schüttle den Kopf. »Nein. Ich meine, doch. Mir fehlt nichts. Aber irgendetwas stimmt nicht.«

»Romy!« Sophias Stimme dringt trotz des üblichen Pausenlärms mühelos durch die ganze Mensa. »Romy – hast du das gesehen?« Während sie sich ihren Weg zu uns bahnt, stößt sie einen jüngeren Schüler zur Seite und bemerkt nicht einmal, dass ihre Freundinnen den Anschluss an sie verlieren.

»Mein liebes Mädchen«, sagt sie, als sie vor mir steht. »Warum hast du mir das nicht gesagt?« Sie deutet mit einem Finger auf mich und sieht mich an wie Heidi Klum ihre Topmodels, nachdem sie Döner in sich reingestopft haben. »Mehr noch, du hast es abgestritten, dabei hab ich es gestern schon geahnt. Aber so haut es natürlich richtig rein. Killian Schwarz! Mein Gott! Du machst keine halben Sachen, oder?«

Ich sehe hilfesuchend zu Paul, aber der verfällt in seine übliche Starre, wie immer, wenn Sophia in der Nähe ist.

»Toller Fang«, fährt Sophia fort. »Wirklich. Was für ein Typ! Bringst du ihn zur nächsten Party mit? – Das wäre der Oberhammer! Ich schau alle Spiele von Birmheim, und wenn der sein Trikot auszieht … großer Gott!«

»Sophia«, unterbreche ich sie, »kannst du mir bitte verraten, was hier los ist? Woher weißt du das von Killian?«

»War das geheim, oder wie?«

»Nein.« Doch. »Es ist kompliziert.« Paul schnaubt, als wäre das die Untertreibung des Jahrhunderts.

Sophia lacht auf. »Ist es doch immer. Dann weißt du gar nichts von dem Artikel?«

»Meinst du dieses Foto auf Facebook?« Es ist nur eine naive Hoffnung, von der ich weiß, dass sie gleich zusammenbrechen wird. Killian hatte nicht zu viel versprochen, das Foto ist gestern Nachmittag noch gelöscht worden.

»Unsinn«, sagt Sophia. »Obwohl ich es mir schon denken konnte. Man sah, dass du das bist auf dem Foto. Aber …« Mitten im Satz bricht sie ab, um ihr iPhone aus ihrer Umhängetasche zu fischen und darauf herumzutippen. »Voila! Du bist auf VIP-Flash.de! Ganz fetter Artikel.«

Ich nehme ihr das iPhone aus der Hand und muss mich erst mal setzen. Ein riesiges Bild von mir schaut mir sprachlos entgegen. Ein altes Bild, es wurde bei einem unserer letzten Bandauftritte gemacht. Ich halte meinen Bass im Arm und schaue verträumt am Objektiv vorbei. Ich weiß noch, warum ich in diesem Moment so abwesend gewesen war. Polly hatte gesungen und es war mir so ans Herz gegangen, dass ich meinen Verstand abgeschaltet und meine Finger den Bass allein hatte spielen lassen.

Seitlich neben mir – dort, wo eigentlich Polly steht – haben sie ein Porträt von Killian in einem herzförmigen Rahmen eingesetzt.

Dass sie dieses Foto genommen und Polly mit einem Kitschherz überklebt haben, trifft mich so tief, dass ich es kaum ertragen kann. Es ist, als hätten sie ihr Andenken besudelt. Und ich bin es, die ihnen das Material dazu geliefert hat.

Doch dann fällt mein Blick auf die Überschrift des Artikels darunter und mir wird das Ausmaß erst wirklich klar.

»Der Herzen brechende Superkicker Killian Schwarz ist wieder in love: Nach sexy Topmodel Marina Baumann hat er nun eine blutjunge Freundin.«

»Du wusstest das echt nicht, oder?«, fragt Sophia und schaut zu Paul, als ich nicht reagiere. »Sie wusste es echt nicht.«

Ich scrolle nach unten. Ich sollte den Text nicht lesen. Mir ist jetzt schon gleichzeitig heiß und kalt und meine Kopfhaut prickelt. Der Text wird es nicht besser machen, ich weiß es genau. Aber ich kann nicht anders.

»Enttäuschung für alle Fangirls. Lange war Killian

Schwarz, der erfolgreiche Stürmer vom FC Birmheim, nicht allein. Nachdem er sich im Frühjahr von seiner Freundin, Topmodel und It-Girl Marina Baumann, trennte und sich mit ihr danach eine öffentliche Schlammschlacht in den Medien lieferte, wurde er nun bei einer wilder Knutscherei mit einem neuen Mädchen erwischt. Freunden zufolge soll die Beziehung etwas Ernstes sein. Um wen es sich genau handelt, hat Killian aber noch nicht verraten. Wir konnten nur so viel für euch in Erfahrung bringen: Die süße Brünette heißt Romy, ist Musikerin, aber mit ihren fünfzehn Jahren so blutjung, dass sie in den meisten Locations noch gar nicht auftreten darf. Ob die Beziehung das aushält? Schauen wir mal, wann Killian zu einer öffentlichen Stellungnahme bereit ist – für den Augenblick scheint er ja schwer beschäftigt zu sein.«

Ich beiße mir auf die Lippe. Was für ein gemeiner Artikel! Paul sieht mich fragend an und ich reiche das iPhone wortlos an ihn weiter.

»Jetzt guck nicht so«, sagt Sophia und reibt meine Oberarme, als würde ich frieren. »Der Artikel ist doch ganz cool. Okay, der Hieb auf dein Alter war unnötig und das mit seiner Ex … na ja. Mies. Aber so grundsätzlich? Sie haben geschrieben, dass du süß bist!«

»Das ist wirklich nett«, erwidere ich tonlos.

Paul schnaubt. »Was für Schmierfinken! Heute darf halt jeder einen Blogartikel schreiben, das merkt man. Was ist das für eine Seite?«

»VIP-Flash.de!«, entfährt es Sophia empört. Sie nimmt ihm das Telefon weg, als wäre einer, der VIP-Flash.de nicht kennt, nicht in der Lage, ein Handy zu halten. »Das ist ein

Riesen-Online-Magazin. Über vier Million Fans auf Facebook.«

»Ich glaub, mir wird schlecht.«

»Nun hab dich mal nicht so, Romy. Wenn man einen wie Killian Schwarz datet, dann interessiert sich die Öffentlichkeit halt dafür. Das kann dich doch jetzt nicht ernsthaft wundern, oder?«

Ich zucke hilflos mit den Schultern. Kann es nicht? Tut es aber! Ich hatte nicht geahnt, dass über Fußballer berichtet wird, als wären es Popstars, und ich hatte nicht im Traum daran gedacht, dass sich diese Klatschpresse derart für das Privatleben eines Spielers interessiert.

»Fußball wird halt immer beliebter«, erklärt Sophia. »Und wenn einer jung und sexy ist und dabei noch so wahnsinnig erfolgreich wie Killian Schwarz, dann bist du natürlich nicht die Einzige, die sich für ihn interessiert.«

Mag ja sein. »Aber hintenrum ohne meine Zustimmung?« Hat man keine Persönlichkeitsrechte mehr, wenn der Freund ein Fußballer ist?

»Papa-Paparazzi«, singt Sophia den Lady-Gaga-Hit. »Ach, Romy, ich glaub das ja immer noch nicht so wirklich. Killian Schwarz! Ist er so toll, wie ich denke?«

Ich bleibe nicht bis zur zweiten Pause in der Schule. Das halte ich nicht aus. Die Blicke, das Grinsen, die kleinen und vermutlich nett gemeinten Bemerkungen …

»Killian Schwarz und du – der Hammer!«

»Wie bist du denn an den rangekommen?«

»Kannst du ihn mir nicht mal vorstellen? Hat er vielleicht noch einen Single-Kollegen in der Mannschaft?«

»Kennt er Marco Reus?«

Und das »Nun mach doch nicht so ein Gesicht – so schlimm war der Artikel nun auch nicht« von Paul, der ja nicht ahnen kann, *wie* schlimm der Artikel wirklich ist.

Ich brauche meine Schwester, wie ich sie nie zuvor gebraucht habe, aber selbst, als ich mich in einer Toilette einschließe und so fest an sie denke, dass ich das Atmen vergesse, bis mir schwindelig wird, kommt sie nicht. Nie in meinem Leben war ich so allein.

Ich melde mich im Schulsekretariat krank. »Magenschmerzen«, sage ich; es ist nicht einmal eine Lüge.

»Sollen wir nicht besser jemanden anrufen, der dich abholt, Romy?« Frau Schneider kommt um ihren Tresen herum und mustert mich besorgt. Sie legt mir sogar prüfend die Hand an die Stirn. »Du siehst wirklich nicht gut aus. Fieber hast du nicht, aber ich habe trotzdem Bedenken, dich zu Fuß gehen zu lassen.«

»Danke, nicht nötig«, sage ich schnell. »Meine Eltern sind eh arbeiten.« Die Vorstellung, dass sie jetzt auch noch besorgt nach Hause geeilt kommen, treibt mir den Schweiß aus den Poren. Ich muss, so schnell es geht, mit Killian sprechen. Unser Treffen heute Abend ist noch viel zu lange hin. Meine einzige kleine Chance, unsere Beziehung zu retten, ist, ihm die Wahrheit zu sagen, bevor er sie aus dem Internet erfährt. Die Vorstellung, er könnte es längst wissen – er könnte vor dem Computer sitzen und fassungslos auf den Bildschirm starren, während er begreift, dass ich ihn dreist belogen habe –, sticht mir ins Herz.

»Nein, tut mir leid«, unterbricht Frau Schneider meine Gedanken. »Ich kann dich nicht alleine gehen lassen.

Nachher wird dir schwindelig und du fällst um. Kann dich vielleicht eine Freundin begleiten, wenn deine Eltern dich nicht abholen können?«

Ich weiß zufällig, dass Sophia gerade Sport hat und mit Sicherheit wieder mal auf der Bank sitzt. Ihr Sportlehrer muss sich sehr wundern, wie oft ein Mädchen ihre Tage haben kann. Es stellt kein Problem dar, sie aus dem Unterricht zu bitten, damit sie mich nach Hause bringt, was mich vermuten lässt, dass ich wirklich elend aussehen muss.

Auf dem Weg zur Bushaltestelle ist Sophia erst ungewohnt ernst, dann sagt sie leise: »Was ist eigentlich genau los?«

Ich zucke ertappt zusammen.

»Ich habe eben über diesen Artikel nachgedacht und kann einfach nicht verstehen, warum er dich so fertig macht. Da ist doch mehr, oder?«

Ich nicke. Es rührt mich, dass Sophia das erkannt hat. Sie mag auf den ersten Blick laut und oberflächlich erscheinen, aber das ist bei ihr sicher auch nur eine Fassade. »Ich habe totalen Mist gebaut«, gestehe ich. Heute noch muss ich Killian die Wahrheit sagen, da kann es nur eine Erleichterung sein, mich vorher jemandem anvertraut zu haben. »Ich habe Killian angelogen.«

Sophia denkt einen Moment nach. »Na ja. Die wenigsten sind wohl immer bis in die letzte Konsequenz ehrlich zu ihren Freunden, oder? So eine kleine Schwindelei ...«

Ich winke ab. »Keine Schwindelei. Eine Lüge. Ich habe behauptet, dass ich siebzehn bin.«

»Oh.« Sophia sieht mich groß an. Unser Bus kommt,

wir steigen ein und lassen uns in der letzten Reihe in die Polster sinken. »Okay«, sagt Sophia, »das ist heftig. Warum hast du das gemacht? So was kommt doch zwangsweise raus, wenn es mehr ist als ein One-Night-Stand. Oder ... war es erst mal nur ein One-Night-Stand?«

»Nein! Ich weiß, dass es blöd war. Er hat mich aus irgendeinem Grund für älter gehalten, und ich dachte, dass er mich bestimmt abblitzen lässt, wenn er erfährt, dass ich erst fünfzehn bin. Da ist es mir so rausgerutscht.«

»Fi...lettier die Henne!«

»Ja. Dann habe ich mich nicht mehr getraut, ihm die Wahrheit zu sagen. Ich hatte Angst, ihn zu verlieren, und hab es einfach immer weiter aufgeschoben. Und jetzt hab ich Angst, dass er es aus der Presse erfährt.«

»Du musst auspacken, Romy. So schnell es geht.«

»Ich weiß. Aber er ist jetzt im Training, da erreiche ich ihn nicht.« Ich nehme Sophia durch ein paar Tränen ganz verschwommen wahr und sie nimmt mich in den Arm und drückt mich an ihre Seite. Wie sehr ich mich in ihr getäuscht habe. Früher hielt ich sie bloß für eine Partymaus. Jetzt muss ich erkennen, dass sie eine verdammt liebe Partymaus ist.

»Das war vielleicht keine Glanzleistung, Romy«, sagt sie zu mir. »Das sagst du ja selbst. Aber auch nichts Unverzeihliches. Menschen machen nun mal Fehler. Erklär es ihm. Wenn er nur halb so toll ist, wie er aussieht, dann wird er dir verzeihen.«

KAPITEL 28

Ich hätte einiges gegeben, wenn Sophia mich nicht nur nach Hause begleitet hätte, sondern bei mir geblieben wäre, aber ihre Anweisungen in der Schule waren klar gewesen: sie muss zurück.

So sitze ich allein vor dem Computer, lese den schicksalhaften Artikel ein zweites und drittes Mal und warte darauf, dass Killians Training zu Ende ist und er sich bei mir meldet. Müsste er nicht längst fertig sein? Er wird sein Handy kaum schon wieder vergessen haben.

Mein Blick fällt auf die Kommentare unter dem Artikel. Die hatte ich auf Sophias Handy gar nicht gesehen. Ich überfliege einige und erschrecke. So viel Gehässigkeit und Neid. Ich werde in den Statements von einer reichen Möchtegernmusikerin zu einem Mädchen, das über den Promi-Freund bloß berühmt werden will. Als würde mich auch nur einer dieser Leute kennen! Die meisten »Daumen-hoch«-Symbole hat ein weit oben stehender Link auf einen Blog. Ich traue mich kaum, draufzuklicken, und tue es dann wider besseres Wissen doch.

Als die Seite sich aufgebaut hat, möchte ich sie wieder zuklicken und schaffe es nicht. Ich bin auf dem Blog von Marina Baumann gelandet – der Exfreundin. Der Text ist wie ein Horrorfilm, von dem man weiß, dass er einem nicht guttut. Doch statt den Fernseher auszuschalten, sitzt man wie das Kaninchen vor der Schlange da und guckt weiter.

»Hallo, ihr Lieben. Ja, ich habe es natürlich schon gehört – Killian ist ›frisch verliebt‹. Einige von euch haben mir schon heute früh den Link zu VIP-Flash geschickt. Vielen Dank dafür. Ich wusste es allerdings schon vorher, denn ich hatte das ›Vergnügen‹, das Turteltaubenpärchen Mittwochabend auf einer Feier zu treffen, wo Killian seine altbekannte Sensibilität zur Schau stellte, indem er der Kleinen vor meinen Augen demonstrativ die Zunge in den Hals steckte.«

Was für eine billige Lüge!, denke ich und spüre sofort einen strafenden Stich. Ich habe schließlich selbst gelogen.

»Aber macht euch keine Sorgen um mich, es geht mir gut. Ich weiß jetzt, dass er keine einzige Träne wert ist. Sorgen mache ich mir bloß um das Mädchen.«

Warum ist Polly bloß nicht hier? Ich glaube, sie würde vor hysterischem Gelächter am Boden liegen.

»Diesmal hat Killian sich ja scheinbar gezielt ein ganz junges Ding ausgesucht. Das kommt ihm natürlich sehr entgegen, denn so ein Teenager mit Lolli im Schnütchen lässt sich mehr bieten und hat seinen Marotten weniger entgegenzusetzen. Und vielleicht teilt sie ja seine Vorliebe für Kinderbücher, wer weiß! Wollen wir nur hoffen, dass er ihre kindliche Naivität nicht allzu schlimm ausnutzt und dass das Mädchen Eltern hat, die sich um sie kümmern. Für mich ist die Sache damit abgeschlossen. Ich hoffe, für euch auch. Ab morgen geht hier auf dem Blog dann auch wieder alles seinen normalen Gang, und das Freitags-Green-Smoothie-Rezept, das heute eigentlich ansteht, folgt dann einfach mal am Samstag. Bis dann, startet wundervoll in euer Wochenende. Hab euch liiieeeb!«

Ich muss durchatmen. Sehr tief und sicher zehn Mal. Bevor ich mir diesen Mist vor lauter Fassungslosigkeit ein zweites Mal durchlese, fahre ich den Rechner lieber runter. Aufgebracht tigere ich im Atelier hin und her. Was bildet sich diese Schickimicki-Tussi eigentlich ein, dieses gemeine Zeug über uns zu schreiben?

Ich muss mich irgendwie beruhigen, bevor Killian anruft, sonst breche ich vor Wut in Tränen aus, sobald ich seine Stimme höre. Polly hat immer gesagt, stricken würde sie entspannen, also lasse ich mich mit meinem Strickzeug in den Sitzsack am Fenster fallen und versuche es. Erfolglos. Nach wenigen Maschen tun mir die Finger weh, weil ich die Nadeln verkrampft wie Waffen halte.

Als ob es nicht schon schlimm genug wäre! Wie kann diese blöde Marina Baumann solche Gemeinheiten ins Netz stellen? Ich bin absolut sicher, dass an ihren Vorwürfen Killian gegenüber nichts dran ist. Verletzter Stolz hin oder her, aber das geht zu weit.

Unten klingelt es, Mister Boo springt auf, rennt durch die halb offene Tür und jagt bellend die Treppen hinab. Ich folge ihm eilig. Wer kann das sein? Beim Gedanken, dass Killian vor der Tür stehen könnte – entweder, um mich zu überraschen, oder fuchsteufelswild, weil der Artikel zu ihm durchgedrungen ist –, gerate ich ins Stolpern und falle die letzten beiden Stufen runter. Ich kann mich gerade noch am Geländer festkrallen, bevor ich der Länge nach in den Flur knalle. Ich weiß nicht, ob ich erleichtert oder enttäuscht bin, als ich den Mann hinter der Glastür sehen kann. Ich habe keine Ahnung, wer das sein könnte – dem Anzug nach zu urteilen vermutlich ein Klient meiner Eltern oder irgendein Vertreter –, aber Killian ist es in jedem Fall nicht.

»Guten Tag, was kann ich für Sie tun?«, frage ich durch die zur Hälfte geöffneten Tür, balanciere auf einem Bein und hindere Mister Boo mit der anderen Wade daran, an mir vorbei nach draußen zu stürmen.

»Romy Silvain?« Mein Name ist wie eine Frage formuliert, auf die er die Antwort schon kennt. Mir gefällt sein herablassender Blick nicht. Der Mann riecht nach Herrenparfum und ist akribisch glatt rasiert, abgesehen von einem Leberfleck am Kinn, aus dem ein paar dicke, lange Haare wachsen. Ich schiebe Mister Boo mit dem Fuß weg, stelle mich auf beide Beine und umklammere die Tür fester.

»Und wer sind Sie?«

»Sind deine *Erziehungsberechtigten* zu Hause?«, will er wissen, ohne auf meine Frage einzugehen. Ich schiebe die Tür ein Stückchen weiter zu. Wer bitte benutzt solche Worte?

»Wer sind Sie? Und was wollen Sie hier? Ich werde meine Eltern sicher nicht beim Arbeiten stören, ohne ihnen zu sagen, wer ohne Termin vor der Tür steht!« Besser, er glaubt, dass sie daheim sind. Wenigstens einmal habe ich schnell genug geschaltet.

»Grass«, sagt er, als würde das alles erklären. »Martin

Grass. Und ich fürchte, wir haben ein Problem, junge Dame. Ein Problem, das ich gerne in Anwesenheit deiner Erziehungsberechtigten klären würde.«

Ich brauche einen Moment, um den Namen zuzuordnen. Als mir einfällt, wo ich ihn schon mal gehört habe, schießt mir das Blut in den Kopf. Martin Grass – das ist Killians Manager.

»Was wollen Sie von mir?«

»Die Frage ist: Was willst du von Killian? Ist dir klar, was du gerade anrichtest?«

Er weiß es. Er weiß, dass ich gelogen habe. Jäh fühlt sich mein Körper, als würden meine Knochen weich werden. Erst zu Gummi, dann zu Pudding und schließlich flüssig.

»Killian ist kurz vor dem großen Durchbruch!« Der Manager spricht jetzt lauter, als wäre ich schwerhörig. Ich muss mich beherrschen, seinen behaarten Leberfleck nicht anzustarren. »Der Bundestrainer hat ein Auge auf ihn geworfen. Meinst du, da kann er gleich das nächste billige Skandälchen mit einem Mädchen gebrauchen, das ein bisschen Blitzlichtgewitter abgreifen will?«

»Das … das will ich doch gar nicht«, stammle ich. Und dann, aus Wut und aus Fassungslosigkeit und weil mir einen Moment durch den Kopf geht, was Polly in meiner Situation tun würde, schreie ich ihn an. »Das will ich nicht!«

»Tss«, macht er abfällig. »Natürlich nicht. Es ist sicher wieder mal die große Liebe.« Die Herablassung in seiner Betonung raubt mir sämtliche Fassung. »Das ist es immer, und am Schluss haben die Jungs das Nachsehen.«

»Was bilden Sie sich überhaupt ein?« Ich habe nie zuvor

einen Fremden angeschrien, aber ich habe das Gefühl, dass Polly in meinem Herzen ist – und die weiß, wie es geht. »Wir sind zusammen, das kann uns ja wohl keiner verbieten!«

Irgendwo im Nachbarhaus wird ein Fenster geöffnet. Ich nehme mich etwas zurück, ich will kein Schauspiel bieten.

Grass lächelt süffisant. »Natürlich. Normale, nette Beziehung, nicht wahr? Und du meinst nicht, dass du ein bisschen zu jung für einen erwachsenen Mann von neunzehn Jahren bist.« Er stellt keine Frage, also spare ich mir die Antwort und starre böse zurück. Hauptsache, ich fange nicht zu heulen an. Die Genugtuung gebe ich ihm nicht.

»Lass mal sehen«, fährt er ungerührt fort. »Du meinst nun sicher, dass mich das nichts angeht, nicht wahr? Eure Privatgeschichte – und dass Killians Fans bereits merken, dass er in den letzten Spielen nachgelassen hat, weil du ihn ablenkst«, bei jeder Silbe deutet er mit dem Finger auf mich, »hat mich nicht zu interessieren? Nun, da irrst du dich, Frollein! Zufällig verhandle ich gerade einen Werbeauftrag für Killian. KiCho – sagt dir das etwas? – Ja, genau, das ist dieser neue leckere Schokoriegel. Dahinter steckt eine große, deutsche Schokoladenmarke.«

Am liebsten würde ich ihn ausblenden oder einfach die Tür zuschlagen, sodass er der seinen Monolog vortragen kann. Er redet sich richtig in Rage. Y-förmige Adern schwellen auf seiner Stirn an und sein Hals ist bereits puterrot.

»Du solltest ihn probieren, den KiCho, er ist wirklich gut. Wie alles von Kids Choice. Hast du das verstanden, Mädchen? Denn das war meine Pointe. Kids Choice! Kapierst du das? Was, glaubst du, macht ein Unternehmen mit dem Namen Kids Choice, wenn das potenzielle neue Werbegesicht öffentlich mit fünfzehnjährigen Kindern rummacht? Na? Die canceln uns den Deal. Da kennen die gar nichts – die suchen sich eine andere Visage und wir sind raus. Hast du eine Vorstellung, um welche finanziellen Einbußen es da geht?«

Killian hatte etwas von Schokoladenwerbung erzählt, aber ich hatte nicht gewusst, für welche Marke. Ich will alles an mir abprallen lassen und so tun, als höre ich Martin Grass gar nicht zu. Aber jetzt muss ich schlucken. Und ich weiß, dass Grass das sieht.

»Und da, liebes Mädchen, machen wir eine Volte zurück zu mir. Ich muss dann Dinge tun, die ich nicht tun will – wirklich nicht, ich fühle mich schlecht dabei, ein junges Liebespaar zu entzweien. Aber Killians Job ist es, seinen Hintern in Form zu halten, den Ball ins Tor zu schießen und seine hübsche Visage für nette kleine Produkte herzugeben, und meiner ist es, dafür zu sorgen, dass er dafür bestmöglich bezahlt wird. Und dabei, Mädchen, stehst du mir gerade massiv im Weg.«

Ich schnaube entrüstet. »Und Sie meinen nicht, dass Killian alt genug ist, um so etwas selbst zu entscheiden?«

Sein Blick friert ein, das gemeine Lächeln auf mich gerichtet wie einen Scheinwerfer. »Interessant, wie du das formulierst, Mädchen. Alt genug … Bist du denn alt genug?«

»Wie alt ich bin, geht Sie einen Scheiß an!«

Er hebt lässig eine Hand und ich erkenne, dass er nur darauf gewartet hat und ich jetzt genau da bin, wo er mich haben will. »Möglich. Aber Killian geht es sehr wohl etwas an. Und Killian, lass mich das so offen sagen, war gehörig vor den Kopf geschlagen, als er erfuhr, dass du fünfzehn Jahre alt bist. Ihm war, als hättest du etwas anderes behauptet. Nun kommt es bei unseren Spielern schon mal vor, dass sie es nicht so mit den Zahlen haben, aber bis zwanzig zählen können selbst die dümmsten unter ihnen.«

Meine latente Übelkeit, die über dem Ärger in Vergessenheit geraten war, kehrt zurück.

»Dass Frauen lügen, ist nichts Neues, Mädchen«, sagt Grass. »Aber tu dir in Zukunft einen Gefallen und lüge beim nächsten Mann geschickter.«

Ich sollte etwas Passendes erwidern, aber ich bin erschlagen von dem, was ich gerade erfahren habe. Killian weiß es. Und er weiß es nicht von mir. Und der erste Mensch, mit dem er darüber gesprochen hat, ist dieser Grass.

»Hauen Sie ab!«, flüstere ich. Meine Stimme ist piepsig, wie die von einem Kind.

Er nickt. »Natürlich. Und von dir können wir hoffentlich erwarten, dass die Geschichte damit still und ohne öffentliches Theater beendet ist. Hoffen wir, dass noch nicht zu viel angerichtet wurde, was sich nicht mehr bereinigen lässt.«

Ich starre ihn an. Er soll endlich gehen. Ich kann nicht heulen, solange er in unserer Tür steht. Ich kann nicht mit Polly reden, solange er in unserer Tür steht. Ich kann Killian nicht anrufen, solange er in unserer Tür steht. Das muss ich doch. Ich muss es versuchen. Muss mich wenigstens entschuldigen.

»Wir haben uns verstanden, ja?«, fragt er mich und sein Blick wird ganz kalt. »Ich tu dir nur ungern weh, aber ich will, dass du dir keine Illusionen machst. Killian will dich nicht wiedersehen. Er will nichts mehr mit dir zu tun haben.«

Er lügt mindestens so schlecht wie ich. Es ist ihm scheißegal, ob er mir wehtut. Nein, vermutlich hat er sogar Spaß daran. Er genießt die Rache an mir, weil ich ihn möglicherweise Provision gekostet habe.

»Was ist denn hier los?«, dringt plötzlich die Stimme meiner Mutter zu mir durch. »Wer sind Sie und was haben Sie hier zu suchen?«

Mister Boo flutscht an mir vorbei nach draußen und hüpft munter um meine Mutter herum, um sie zu begrüßen. Sie ignoriert ihn und mustert Grass kritisch.

»Gut, dass Sie kommen«, sagt der und hält ihr die Hand hin. »Martin Grass, ich bin Manager und würde gern ein paar Worte mit Ihnen sprechen.«

Meine Mutter wirft mir einen Blick zu und nimmt seine Hand nicht, was ich ihr hoch anrechne. »Und warum lassen Sie sich keinen Termin geben? Die Nachbarn haben mich gerade aus meiner Kanzlei gerufen, weil ein fremder Mann vor unserem Haus herumlungert. Was wollte der Mann von dir, Romy?«

Ich schweige und blicke zu Boden.

»Es geht um die Beziehung Ihrer Tochter zu meinem Klienten, Frau Silvain.«

»Wie bitte?« Meine Mutter stößt ein freudloses Lachen aus. »Meine Tochter hat keine Beziehung.«

Das Grinsen von Grass ist echt. »Hat sie nicht? Das ist ja hochinteressant.«

KAPITEL 29

Ich wähle Killians Nummer zum dreißigsten Mal. Er nimmt nicht ab. Die Funktion, die mich wissen lässt, ob er meine letzte WhatsApp-Nachricht gesehen hat, hat er eben ausgeschaltet.

Martin Grass ist erst vor wenigen Augenblicken in seinem protzigen Ferrari davongefahren. Jetzt kann es nicht mehr lange dauern, und meine Mutter wird nach oben kommen. Nein, vermutlich wird sie nach mir rufen und verlangen, dass ich runterkomme. Sie betritt das Atelier nicht. Vermutlich würde sie hier, wo Pollys Präsenz noch in jeder Faser hängt, vergessen, dass sie sie vergessen hat. Das kann sie natürlich nicht riskieren – zu heulen würde ihr Make-up ruinieren. Meine Augenlider pochen vor lauter Tränen. Killian muss doch wenigstens mit mir reden. Er muss es mich erklären lassen!

Ich versuche es auf Facebook, auf seinem Sirius-Black-Profil, aber er ist nicht online. Trotzdem hinterlasse ich auch da eine Nachricht.

Romy: Bitte. Hör mich an. Lass es mich bitte erklären. Ich verlange nicht, dass du es verstehst oder mir verzeihst, aber hör mich bitte an.

Wie und wo mag er von dem Artikel erfahren haben? Ob dieser widerliche Martin Grass ihn gesehen und damit direkt zu ihm gerannt ist? Oder hat es sich etwa schon herumgesprochen?

Ich klicke Killians offizielle Fanseite an und aus dem mulmigen Gefühl wird Entsetzen. Man kann auf seiner Seite keine eigenen Themen starten, nur unter seinen Beiträgen antworten. Unter seinem aktuellen Foto vom letzten Spiel, mit dem er sich für seine schlechte Leistung entschuldigt und für das nächste Spiel – das morgige Spiel – mehr verspricht, tummeln sich zahllose gemeine Kommentare.

»Hauptsache schon wieder 'ne Neue!«

»15?! Ich weiß ja nicht. Das kann ja kaum eine gleichberechtigte Beziehung sein.«

»Die Kleine scheint ihn ja schwer auszupowern!«

»Schäm dich, Mistkerl.«

Und das sind noch die harmlosen. Ich weiß nicht, was ich schlimmer finde. Die aggressiven Kommentare von Leuten, die so tun, als hätte Killian sie persönlich beleidigt, oder die Tatsache, dass ich schuld daran bin.

Ich schließe die Augen, konzentriere mich auf Polly, aber es ist, als wäre ich in einer Glaskugel gefangen, die mich von ihr abschirmt.

»Romy!« Die scharfe Stimme meiner Mutter durchbricht alles, auch die geschlossene Tür des Ateliers. »Romy, ich möchte, dass du sofort runterkommst!«

Ich ignoriere sie, obwohl ich weiß, dass es keinen Sinn hat. Nachdem sie das dritte Mal gerufen hat, gebe ich widerwillig nach. Sie erwartet mich in der Küche, wo sie mit einer Tasse Kaffee in der Hand an die Küchenzeile gelehnt steht und mir mit einer schroffen Geste befiehlt, mich an den Tisch zu setzen. Ich tue es und lasse mich so weit wie möglich auf dem Stuhl nach unten rutschen. Heute liegt keine Tischdecke auf dem Tisch; nichts, um daran herumzuzupfen. Das hat meine Mutter doch mit Absicht gemacht! Ich verschränke die Arme und schweige. Je weniger ich mich widersetze, umso schneller habe ich es hinter mir.

»Ich gehe davon aus, dass es stimmt, was dieser Herr Grass gesagt hat.«

Ich meide ihren Blick, starre auf den Tisch und zucke mit den Schultern. Was weiß ich, was er ihr erzählt hat.

»Du hast eine Beziehung.«

Ich nicke. Schüttle dann den Kopf. »Ich *hatte* eine.«

»Mit einem erwachsenen Mann!«

Das freudlose Lachen, das mir ungewollt entkommt, kenne ich von Polly. Und von unserer Mutter …

»Was gibt es da zu schnauben? Der junge Mann ist volljährig.«

Ich nicke.

Die Kaffeetasse landet mit einem Knall auf der Arbeitsfläche. Sie kontrolliert nicht einmal, ob ein Riss drin ist. »Du hast uns das verheimlicht. Und uns angelogen.«

Mir fällt nichts anderes ein, als immer wieder mit den Schultern zu zucken.

»Warum?«, keift sie mich an, und all meine Verzweiflung entzündet sich wie der weiße Phosphor im Sonnenlicht beim letzten Chemieexperiment.

»Warum?«, schreie ich zurück. »Warum, willst du wissen? Ja, warum denn bloß? Vielleicht, weil ihr mir das nie erlaubt hättet!«

»Das stimmt doch überhaupt nicht. Aber, Romy, du bist fünfzehn, Herrgott noch mal. Da ist ein erwachsener Mann –«

»Vier Jahre, meine Güte!«, unterbreche ich sie. »Eher dreieinhalb. Papa ist auch drei Jahre älter als du!«

»Das mag sein«, sagt meine Mutter, wieder etwas ruhiger. »Aber zum einen waren wir beide erwachsen und zum anderen …« Sie sucht nach Worten. »Ich war nicht in deiner schwierigen Situation.«

Was soll das denn heißen? »Willst du sagen, ich wäre labil und unmündig, oder was?«

»Ich will sagen, dass du leicht zu beeinflussen bist. Und erwachsene Männer haben nun mal andere Interessen als junge Mädchen. Und ihre Wege, diese durchzusetzen.«

»Andere Interessen?« Ich kann nicht anders. Ich sehe Polly vor mir, höre in meinem Kopf die Antwort, die sie gegeben hätte, und lächle meine Mutter zuckersüß an. »Mama, glaubst du, ich würde noch mit Barbies spielen? Ken interessiert mich schon eine ganze Weile mehr, und auch wenn es dich schockt: Inzwischen weiß ich auch, wie richtige Männer unter der Hose aussehen.«

Ihr Blick macht deutlich, dass ich damit die richtigen Hebel bei ihr angesetzt habe. Man sieht die Frage in ihr arbeiten, was schon passiert sein mag. Ich genieße es, zu sehen, wie unsicher sie ist, wie schwer es ihr fällt, ihre Gedanken auszusprechen. Ein bisschen erschrecke ich vor mir selbst. Die Genugtuung, ihr endlich auch mal wehzutun, ist nicht nur gemein, sie wird auch nur von kurzer Dauer sein.

Sie räuspert sich. »Nun tu mal bitte nicht so, als hätten wir dir den Umgang mit Jungs verboten.«

»Ach, soll ich meine potenziellen Freunde dann zur Begutachtung herbringen, bevor ich mich verlieben darf?«

»Es gibt Grenzen!«

»Stimmt«, sage ich leise. »Polly ist tot, da versuchen wir es mal mit Grenzen.«

Ich weiß sofort, dass dieser Hieb unter die Gürtellinie ging. Die Scham steigt mir heiß ins Gesicht, aber die Worte lassen sich nicht ungesagt machen. Nie mehr.

Meine Mutter tritt nah an mich heran und sieht von oben auf mich herab. »Die muss es geben. Vor allem für dich, da du dich wie ein bockiges Kind verhältst. Da können wir kaum anders, als dich auch wie eins zu behandeln.«

Ich schüttle den Kopf, aber meine Mutter ist noch nicht fertig.

»Findest du es besonders erwachsen, Romy, deinen Freund bezüglich deines Alters anzulügen?«

Grass hat ihr also wirklich alles auf die Nase gebunden.

»Hast du dir eigentlich mal überlegt, was solche Lügengeschichten für seine Karriere bedeuten können? Aber vermutlich ist dir das egal. So groß kann die Liebe ja dann nicht sein.«

Mir reicht es! Ich will kein Wort mehr davon hören!

Ich springe so heftig auf, dass mein Stuhl nach hinten kippt und auf die Fliesen schlägt. »Mister Boo!«, presse ich durch die Zähne, und er springt sofort auf, um mir in den Flur zu folgen, wo ich in meine Schuhe steige, ohne die Schnürsenkel zu binden.

Meine Mutter erscheint im Türrahmen, betont lässig eine Hand in die Hüfte gestemmt. »Wo willst du hin?«

»Mit dem Hund!«

»Und das findest du jetzt angebracht? Komm sofort wieder rein!«

Ich spare mir die Antwort, lasse Mister Boo nach draußen und schlage die Tür hinter uns zu.

Ich gehe zum Rhein. Nicht, weil ich Hoffnungen habe, Killian könnte ebenfalls dorthin kommen, sondern weil ich nicht weiß, wohin ich sonst gehen soll. Wenn ich jetzt zu Killian gehe, mache ich alles nur schlimmer. Zu Paul kann ich nicht, dort fragen meine Eltern als Erstes nach mir. Und zu Sophia möchte ich nicht. Sophia würde reden wollen und Reden würde zu hemmungslosem Geheule führen. Ich will nicht mehr heulen! Ich will eine Lösung!

Dass es keine zu geben scheint und mir nicht die kleinste Idee einfällt, mit der ich vielleicht doch noch die winzigste Chance bei Killian habe, raubt mir den Verstand. Ich hasse nichts so sehr wie diese Ohnmacht und das Gefühl, absolut nichts tun zu können. Das kann ich nicht akzeptieren – es will mir einfach nicht in den Kopf.

Das Wetter verhöhnt mich. Die Sonne scheint, und statt scharfem Wind, der mir ins Gesicht schlägt, streift nur ein laues Lüftchen über meine Haut. Der Tag kümmert sich nicht um meine Gefühle und um das, was passiert ist. Für die Menschen um mich herum ist alles gut. Sie picknicken am Ufer, liegen in den ersten frühsommerlichen Sonnenstrahlen und wirken so fröhlich und unbekümmert, dass mir ist, als wäre ich in einem Trugbild gefangen. Auf der Wiese, wo Killian und seine Freunde damals Fußball gespielt haben, steht ein Stoffpavillon. Heute Abend steigt dort ein Fest.

Mit Blick auf das dahinfließende Wasser flüstere ich Pollys Namen, aber selbst sie lässt mich allein.

Es kotzt mich mächtig an, am Abend nach Hause zu gehen, aber ich muss unbedingt meine Nachrichten auf dem Handy checken – und wohin sollte ich sonst? Ich habe nicht einmal das Portemonnaie mitgenommen, sodass ich mir kein Hotelzimmer nehmen kann, um meinen Eltern die schrecklichste Nacht ihres Lebens zu bereiten. Was auch nichts bringen würde, außer einem noch schlechteren Gewissen – aber wenigstens kann ich es in Gedanken durchspielen.

Meine Eltern empfangen mich wortkarg. Es ist alles gesagt. Als ich nach oben gehe, folgt mir der Blick meines Vaters wie ein zu Unrecht geschlagener Hund. Ohne darüber nachzudenken, knalle ich die Tür zu meinem Zimmer zu.

Auf meinem Handy ist nichts außer einer kurzen Nachfrage von Paul, ob alles okay ist. Keine Nachricht von Killian, nicht ein Hauch einer Hoffnung, dass er mit sich reden lässt.

»Sturer Mistkerl«, schimpfe ich, aber all meine Wut gilt mir selbst, und Killian tut mir schrecklich leid, weil ich ihn so enttäuscht und in diese unerträgliche Lage gebracht habe.

Ich schaue auch, ob sich auf Facebook etwas getan hat. Mit Sirius Black bin ich nicht mehr befreundet, was mir einen Stich versetzt, der so scharf ist, dass ich mich daran innerlich wund und blutig schneide. Doch fast noch mehr trifft mich, dass es auf seiner Fan-Seite offenbar noch schlimmer geworden ist. So schlimm, dass er sie aus dem Netz nehmen musste.

KAPITEL 30

Die Einsilbigkeit meiner Eltern am Freitag bedeutete nicht, dass wir die Sache totschweigen und vergessen, wie wir bisher alles totgeschwiegen und vergessen haben.

Sie wollen reden. Ich nicht.

Den Samstag bleiben sie zu Hause (beide!) und intensivieren in unbekannt trauter Zweisamkeit ihre Strafmaßnahmen. Ich bekomme eine Ausgangssperre und nach einem giftigen Kommentar kappen sie mir das Internet und kassieren mein Handy ein. Ich komme mir vor wie eine Zehnjährige und gebe das Smartphone nur deshalb heraus, weil es mir peinlich wäre zu zetern. Sie sollen denken, dass mir alles egal ist.

In Wahrheit – das muss ich mir eingestehen, als ich später im Atelier sitze, ein unförmiges und zu nichts zu gebrauchendes Stück Gewebe stricke und aus dem Fenster in den Regen starre – bin ich ganz froh darum, dass sie mich abschotten. Anderenfalls würde ich weiter auf Killians Nachricht warten wie schon die ganze letzte Nacht.

Gegen Nachmittag werde ich zunehmend unruhig.

Killian hat jetzt ein Spiel im Birmheimer Stadion. In nicht einmal zehn Minuten wäre ich mit dem Bus da, und doch erscheint er mir so weit weg, als spielte er irgendwo hinter Rio de Janeiro. Ich halte das eine knappe halbe Stunde lang aus. Dann erinnere ich mich an das pinkfarbene Radio mit dem Aufdruck eines Telefonanbieters, das Polly mal beim Schrottwichteln gezogen hat. Ich finde es im Bettkasten zwischen einem kaputten Mikroskop und meiner verstaubten Elektroeisenbahn, von der ich mich nie trennen konnte, obwohl seit Jahren nicht mehr genug Schienen heil sind, um sie eine kleine Runde durchs Zimmer fahren zu lassen. Das Radio funktioniert noch, und nachdem ich die Antenne mit viel Geduld davon überzeugt habe, in die richtige Richtung zu zeigen, ohne schwächlich zu Boden zu sacken, empfange ich einen Sender, der das Spiel live überträgt. Kaum, dass ich Killians Namen zum ersten Mal gehört habe, hocke ich mich zu einem nervösen Häufchen zusammengerollt neben dem Radio auf den Boden und quetsche beide Daumen in den Fäusten, bis ich sie nicht mehr spüre.

Ein Tor wäre so wichtig für Killian. Vielleicht hat er nie ein wichtigeres geschossen.

Als Nedim trifft, juble ich innerlich auf, sage aber keinen Ton. Wenn meine Eltern mitbekommen, dass ich ein Radio habe, entscheiden sie sich noch zu einer Zimmervisitation. Ich rolle mit den Augen und versuche, an etwas anderes zu denken.

Meine Mutter ruft mich runter. Ich ahne schon das Schlimmste – einen weiteren »Wir müssen reden«-Versuch –, aber es ist nur Paul, der auf dem Festnetz angerufen hat, weil ich nicht ans Handy gegangen bin.

»Richtig dicke Luft«, flüstere ich.

»Mist, tut mir echt leid. Sophia hat mich angerufen, weil sie dich nicht erreichen konnte. Sie will zu einer Tanz-in-den-Mai-Party in der Stadt. Sie hat ein paar Freikarten.«

»Das wird nix. Die lassen mich hier nie im Leben raus.« Für die Ausrede muss ich meinen Eltern fast dankbar sein. Mir ist auch gar nicht nach Feiern zumute. »Aber würdest du mir einen Gefallen tun und für mich hingehen?«

»Ich? Aber …«

»Komm schon, Paul. Es gibt keinen Grund, es nicht zu tun. Sie hat *dich* angerufen. Vielleicht war ich nur ein Vorwand.«

Paul verspricht es mir und ich laufe schnell wieder hoch ins Atelier.

Das Spiel entwickelt sich zu einem Krimi, dessen Wendungen mir immer weniger gefallen. Killian hat einige Torchancen, kann aber keine verwandeln. Die Kommentatorin klingt zunehmend genervt. Nedim gelingt ein zweites Tor, aber sehr kurz darauf schießt der Gegner erst den Anschlusstreffer und dann den Ausgleich. Kurz vor Schluss wird Killian gefoult, die Stimme der Kommentatorin überschlägt sich beinah, weil Birmheim einen Elfmeter bekommen müsste, der Schiedsrichter aber anders entscheidet.

Ich habe eine Gänsehaut im Nacken. Ob Killian sich verletzt hat? Laut der Kommentatorin liegt er immer noch am Boden. Das Spiel geht weiter, Sanitäter kommen, aber da es auf der anderen Seite in Richtung Tor geht, wird Killian nicht mehr erwähnt. Ich wiege mich hin und her. Erst endlose Minuten später lässt die Kommentatorin mich wissen, dass Killian weiterhin im Spiel ist. Leicht hinkend zwar und mit eindeutig schmerzverzerrtem Gesicht, aber der Trainer hat bereits drei Spieler ausgewechselt. Ein weiterer Wechsel ist nicht möglich. Geht Killian jetzt vom Platz, muss Birmheim die letzten zehn Minuten zu zehnt weiterspielen. Ich schnaube unruhig bei dem Gedanken, dass Killian unter diesen Umständen auch mit einem Bein unter dem Arm die Zeit überstehen würde. Hoffentlich geht es ihm gut.

Der Schiedsrichter muss ein Sadist sein, denn er lässt ganze fünf Minuten nachspielen, in denen Killian gar nicht mehr nach vorne geht, sondern die Abwehr unterstützt, die es wohl bitter nötig hat. Am Ende steht es unentschieden, und die Kommentatorin befindet, dass dieses Ergebnis von den Birmheimern hart erkämpft ist und sie zufrieden sein können. Ich will das Radio schon ausschalten, als sie die folgenden Interviews erwähnt. Vielleicht sagt Killian ja auch ein paar Worte, und ich erfahre, wie es ihm geht?

Der erste Birmheimer am Mikrofon ist allerdings der Torwart, der die Abwehr lobt und erklärt, der Sturm wäre nicht in Form. Ich beiße die Zähne zusammen. Der Ballfänger soll seinen Job machen, statt andere zu kritisieren!

Danach spricht ein Spieler der anderen Mannschaft und anschließend tatsächlich Killian.

»Killian Schwarz steht jetzt bei mir am Mikrofon«, sagt der Reporter. »Killian, auch in diesem Spiel haben Sie wie schon zuletzt gute Chancen gehabt. Leider wieder alle vergeben. Was sagen Sie dazu?«

»Ich nenne das ebenfalls vergebene Chancen«, erwidert Killian lakonisch.

»Woran liegt's?«

»In dem Moment, in dem ich es erfahre, ändere ich

es. Keine Ahnung. Sie kennen doch die alte Weisheit: Mal verliert man, mal gewinnen die anderen. Und immerhin haben wir dank unserer tollen Abwehr einen Punkt mitgenommen.«

»Kann man bei Ihnen schon von einer negativen Serie sprechen? Einem Formtief?«

»Na, nach zwei Spielen ohne Tor halte ich das für etwas voreilig.«

»Liegt's am Privatleben?«

Ich höre Killian genervt den Atmen ausstoßen. »Nein.«

»Kann es sein, dass Sie außerhalb des Platzes … sagen wir: zu gut beschäftigt sind?«

»Okay, das war's, ich geh duschen. Schönen Abend noch.«

»Tja, meine Damen und Herren, Killian Schwarz zeigt sich heute ungewohnt empfindlich; vielleicht verständlich, in seiner komplizierten Situation. Ich gebe erst mal wieder zurück ins Studio.«

KAPITEL 31

Wie kann es sein, dass eine Stunde sich anfühlt wie eine Ewigkeit, während andere an einem vorbeirasen, als hätte es sie nie gegeben?

Ich liege stundenlang wach in der Nacht und warte auf Polly. Wenn ich einschlafe, sehe ich Martin Grass und meine Eltern vor mir, die mir hämisch zurufen, dass Killian nichts mehr mit mir zu tun haben will, weil ich seinen Millionen-Deal mit Marina Baumann gefährdet habe.

Den Sonntag grüble ich vor mich hin, sehe dem Minutenzeiger meiner Uhr zu und fühle, wie mein schwarzes Loch mich innerlich auffrisst. Ich kann nicht mehr dagegen ansingen, wie früher. Singen scheint es schlimmer zu machen, seit ich auf dieser Bühne stand und für Killian und Polly gesungen habe. Vielleicht hat es längst zu viel von mir zerstört, sodass auch Polly mich nicht mehr erreichen kann? Die Vorstellung, es könnte mich ganz ausfüllen und meine Eltern würden an meiner Stelle einfach gar nichts mehr vorfinden, wenn sie irgendwann nach mir sehen, ist erschreckend und verlockend zugleich. Ich beobachte die

Blüten der Sternmagnolie vor dem Fenster beim Fallen. Ich liebe diesen Baum, seit ich denken kann. Alles an ihm; seinen Duft, sein Grün, sein Weiß und die Geräusche, die der Wind in seinen Blättern macht. Aber erst in diesem Jahr ist mir aufgefallen, dass er nur so kurz blüht.

Als es Abend wird, begreife ich, dass Polly nicht kommt. Ich würde mich noch tiefer in mir selbst einigeln, wenn ich könnte, aber mich sticht die Gewissheit, dass mir niemand helfen wird, wenn ich es nicht selbst tue. Und so quäle ich mich irgendwann hoch, ziehe meine Schuhe an und gehe nach unten.

»Ich hab Kopfschmerzen«, sage ich zu meinen Eltern, die mit einem Glas Wein vor dem Fernseher sitzen.

»Das kommt vom Heulen«, erklärt meine Mutter. Papa wirft ihr einen beschwichtigenden Blick zu und sie seufzt. »Möchtest du eine Tablette?«

Ich verstehe schon. Ich werde so lange kurz gehalten, bis ich mich entschuldige und weitermache wie bisher. »Hab schon eine genommen«, lüge ich. »Darf ich mit dem Hund gehen? Ich glaube, ich brauch frische Luft.«

Meine Mutter lässt ihren Blick prüfend von meinem Gesicht bis zu meinen Schuhen schweifen. Harmlos sehe ich aus. Ungekämmt, nicht geschminkt, in Leggings, weitem T-Shirt und Turnschuhen.

»Okay«, sagt sie.

»Atme mal durch«, rät mein Vater.

Sie ahnen nicht, dass ich die Luft anhalte, kaum dass ich die Tür hinter mir schließe.

Ich drücke die Klingel, bevor ich Zeit habe, es mir ein letztes Mal zu überlegen. Eigentlich habe ich nichts zu verlieren. Ich brauche die Gewissheit, ich muss es von Killian selbst hören, um damit fertigzuwerden. Dann kann ich damit abschließen.

Mister Boo sieht zu mir hoch, als wollte er mich fragen, ob ich den Bullshit glaube, den ich mir weiszumachen versuche. Plötzlich wedelt er mit dem Schwanz und dann höre ich die Schritte auch.

Killian öffnet die Tür. Er wirkt nicht überrascht, mich zu sehen. Eher als hätte er es befürchtet. »Hey«, sagt er.

»Hallo.«

»Du hättest nicht herkommen müssen.«

Ich sage schlicht »Doch«, weil es auf der ganzen Welt keine andere Antwort gibt.

Er schüttelt den Kopf, was mir einen Stich versetzt, weil sein Lachen fehlt. Trotzdem tritt er ein wenig zur Seite. »Okay, komm rein. Aber ich hab nicht viel Zeit.«

Ich ziehe meine Schuhe im Flur aus. Im Haus ist es ungewohnt aufgeräumt und befremdlich still. In der unteren Etage brennt in keinem Zimmer Licht. Was mag er gemacht haben, bevor ich kam?

»Du hast Glück, meine Mutter und meine Oma sind ins Kino gefahren.«

Er hat bestimmt recht. Vermutlich würde mir Heidi wegen meiner Lügengeschichte den Kopf abreißen.

Als er im Wohnzimmer das Licht einschaltet, wird mir kühl. Er will hier unten mit mir reden. Nicht in seinem Zimmer. Ich fühle mich wie ein Eindringling und lasse Mister Boo an der Leine.

»Du blutest«, sagt Killian und ich denke: Ja, überall; bis ich merke, dass er meine Füße meint. An mehreren Stellen saugt sich Blut und Wundwasser durch meine hellblauen Socken. Es sieht ekelhaft aus. Ich habe nicht daran gedacht, die Blasen und Wunden frisch zu verpflastern. Bis eben war es mir egal gewesen.

Killian verschwindet. Er hinkt leicht. Ich bleibe ratlos zurück. Das Gespräch hatte ich mir nicht so schwer vorgestellt. Ich dachte, wenn ich nur die Chance bekomme, kann ich ihm erklären, warum ich gelogen habe und wie leid es mir tut. Nun sitze ich hier an seinem Tisch, schweige die Luft stickig und meine Füße bluten. Marina Baumann hätte das eleganter gelöst.

Er kommt zurück, reicht mir ein Handtuch, ein paar frische Socken von sich, Desinfektionsspray und Pflaster. »Du weißt ja, wo das Bad ist. Ich nehme Mister Boo solange.«

So sitze ich kurz darauf auf dem Rand der Badewanne, lasse kaltes Wasser über meine wunden Füße laufen und frage mich, ob ich mich nicht langsam lächerlich genug gemacht habe. Offenbar noch lange nicht …

»Was hast du denn nur gemacht?«, fragt Killian plötzlich in meinem Rücken. Ich hatte ihn nicht bemerkt, das Wasser rauschte zu laut.

Ich seufze. »Ich habe am Mittwoch den Freund meiner Schwester getroffen.«

»Und der ist dir auf die Füße getreten? Was ist das für einer – ein Elefant mit Stollenschuhen?«

Ich drehe den Hahn zu und tupfe mir vorsichtig die Füße trocken. »Ich musste da weg. Und hatte zum Laufen wieder mal das falsche Schuhwerk an.«

»Das sieht aus, als täte es verdammt weh. Du hast am Donnerstag nichts gesagt.«

»Das passiert mir manchmal«, sage ich leise. »Dass ich nichts sage.«

Killian schweigt mich an.

Ich beiße die Zähne zusammen, sprühe das Desinfektionsspray auf die Wunden und bemerke erstaunt, dass es nicht brennt. Gutes Zeug!

»Was ist mit dir?«, frage ich dann. »Du hast dir beim Spiel gestern wehgetan, oder?«

»Nur eine Prellung.« Er nimmt mir ein paar der Pflaster aus der Hand, kniet sich neben der Badewanne auf den Boden und beginnt, sie auf die offenen Stellen zu kleben. Ich bekomme eine sichtbare Gänsehaut auf den Waden. Seine Berührungen sind vorsichtig und tun gut, aber mir ist bewusst, dass er mir nur hilft, damit ich schneller fertig bin und eher wieder gehen kann.

»Weißt du«, sage ich schließlich, weil ich keine Ahnung habe, wie viel Zeit mir noch bleibt, »ich will dir dringend was sagen. Dass es mir schrecklich leidtut. Dass ich einen riesenblöden Fehler gemacht habe und es sehr bereue. Ich wollte wirklich nicht, dass …«

Killian steht auf. Die weißen Pflasterschutzstreifen schneien zu Boden. »Hast du eine Ahnung, wie es sich anfühlt, wenn man liebt und glaubt, geliebt zu werden, und dann feststellt, dass man sein Gegenüber gar nicht kennt?« Er spricht sehr leise, was eine sehr laute Wirkung hat. »Wenn man plötzlich von einem Dritten erfährt, dass alles, was man zu haben glaubte, nur eine schöne Vision war und nicht existiert?«

»Aber ich bin immer noch dieselbe. Ich existiere, ich bin halt nur …« Ich beiße mir auf die Lippe, als mir klar wird, dass ich gerade genau das tue, was ich um jeden Preis verhindern wollte.

»Und wie kann ich dir das glauben? Du hast mich vom ersten Tag an angelogen. Und zwar eiskalt, um an dein Ziel zu kommen, Romy.«

Ich starre auf das Pflasterpapier.

»Aha«, sagt Killian, langsam klingt er genervt. »Und mehr als Schweigen gibt es dazu nicht zu sagen, nein?«

»Nein.«

»Dazu bist du hergekommen? Den Weg hättest du dir sparen können.«

»Ich wollte mich entschuldigen«, sage ich dem Pflasterpapier. »Es war ein verfluchter Fehler. Ich hab das nicht gewollt.«

»Was hast du denn gewollt?«

Dich, denke ich. »Ich hatte bloß Angst«, sage ich leise. »Dass du das Interesse an mir verlierst, wenn du erfährst, wie alt ich wirklich bin. Du hast mich doch älter geschätzt.«

Er wirft ungeduldig die Arme hoch. »Ja, hab ich. Und? Ich hatte Interesse an dir als Mensch. Du wirst kein anderer Mensch, weil du etwas jünger oder etwas älter bist.«

Ich schlucke. Dann wagt sich mein Blick langsam zu seinem Gesicht hoch.

»Aber du wirst ein anderer Mensch, wenn du vorgibst, nicht du selbst zu sein.«

»Ich wollte das einfach so sehr«, entfährt es mir. »Jemand anders sein. Nicht ich. Lieber …« Mir wird ein wenig flau, als mir bewusst wird, was ich da sage und was die ganze Zeit in meinem Unterbewusstsein auf mich einwirkt.

Polly war die Selbstbewusste von uns gewesen. Die Mutige, die Starke. Polly war einfach die Bessere gewesen, in jeder nur erdenklichen Hinsicht. Was für eine Ungerechtigkeit, dass sie mit all ihrem Potenzial und ihrer Begabung sterben musste, und ich, die nichts Besonderes hat, leben darf.

Killian setzt sich auf den Toilettendeckel und mustert mich. Das Bad ist winzig, wir sind so nah beieinander. »Wer war das Mädchen, das sich einfach mitten zwischen die wild spielenden Fußballer geworfen hat, um ihren Hund zu beschützen? Warst das nicht du?«

Ich zucke mit den Schultern. »Doch.«

»Und wer hat sich aus lauter Mitgefühl große Mühe gegeben, über meine erbärmlichen Witze zu lachen, als ich so nervös war?«

»Ich, aber es war eher –«

»Und wer ist eigentlich nur mit dem Bass vertraut, springt aber trotz Lampenfieber und Zweifeln und Angst kurzfristig als Sängerin ein, um einer feiernden Gesellschaft den Abend zu retten?«

»Ihr hättet auch ohne Sängerin einen schönen Abend gehabt.«

»Ich könnte tausend Beispiele aufzählen«, unterbricht er mich. »Beispiele, in denen ich mich in dich verliebt habe und in niemand anderen. Aber dann musst du auch du sein, Romy. Du. Niemand anderes. Ich bin schon mal getäuscht worden und das war nicht schön. Ich will nicht noch mal merken, dass das Mädchen, in das ich verliebt bin, nur eine schöne Inszenierung ist, und darunter erwartet mich etwas ganz anderes.«

Er muss es nicht aussprechen, ich ahne sofort, dass er Marina Baumann meint. Ich weiß nicht, was sie auf ihrem Blog meint, wo sie schreibt, er hätte ihr wehgetan und sie schlecht behandelt. Ich weiß nur, dass ich ihr nicht glaube. Vielleicht bin ich schon zu erfahren, was Lügen betrifft, sodass ich sie durchschaue.

Killian durchschaue ich noch viel müheloser, weil er seine Gefühle mit aller Konsequenz offen ausbreitet. Die Enttäuschung ist in seine Mundwinkel gegraben und der Kummer steht wie in einer Schrift in den hauchfeinen Linien um seine Augen. Seine Stirn ist so angespannt, dass er unter Garantie Kopfschmerzen hat oder bekommen wird. Er maskiert nichts davon, lässt mich alles sehen und hält mich genau dadurch auf Abstand.

Ich will ihm nicht wehtun. Das hat er nicht verdient.

Aber langsam, ganz langsam kommt mir die Erkenntnis, dass wir beide schon zu viel von uns hergegeben und miteinander verbunden haben. Es geht längst nicht mehr ohne Schmerz. Doch mein Plan, ihm alles zu erklären und dann zu gehen, um ihn die Entscheidung allein und ohne jeden Druck treffen zu lassen, stellt sich immer mehr als ein schwacher, feiger Rückzug heraus. Ich will mich aber nicht länger zurückziehen und andere die Entscheidungen treffen lassen. Ich weiß inzwischen, was ich will!

Ich stehe vom Badewannenrand auf. Der Teppich ist weich und flauschig, irgendwie tröstlich. »Ein Teil von mir will jetzt gehen.« Für mehr als ein Flüstern reicht mein

Atem nicht. Killian nickt und verlagert das Gewicht, um aufzustehen.

»Aber der Rest von mir wird um dich kämpfen«, spreche ich schnell weiter, bevor der Mut mich wieder verlässt. »Weil ich, so zerrissen ich mich auch fühle, mit mir selbst und all meinen Fetzen vollkommen einig bin, dass ich glücklich mit dir bin. Und«, jetzt wird es am schwersten und ich schaffe es nur, indem ich mich an seinen Schultern festhalte, »du mit mir ebenso.«

Er widerspricht nicht sofort, und das ist Zustimmung genug. Ich versuche, ihn an mich heranzuziehen, was sich als schwierig herausstellt, da er immer noch auf dem Toilettendeckel sitzt, mindestens zwanzig Kilo mehr wiegt als ich und mir kein Stück entgegenkommt. So lande ich mehr oder weniger sanft auf seinem Schoß und lege meine Hände um seinen Nacken. Einen kleinen, diebischen Moment kann ich glauben, Killian wäre noch immer mein. Oder schon wieder.

Und genau das ist es, was ich will.

Ich drücke meinen Mund auf seinen. Einen Moment lang sind wir zwei Blöcke Eis, die sich aneinander aufreiben. Er ist kalt und hart und atmet nicht. Dann löst sich ein zutiefst ergebenes Seufzen aus seiner Kehle und im gleichen Moment schmelzen wir. Ich küsse ihn, als hätte ich Monate auf diesen Kuss warten müssen, als wäre es der erste Kuss und würde für immer der letzte bleiben. Und er küsst mich, als hätte er soeben siegreich um mich gekämpft, statt ich um ihn. Er schmiegt die Arme um mich herum, drückt mich eng an seine Brust und vergräbt seine Hände in meinen Haaren.

Wir küssen uns schwindelig. Als er innehält, um mich einen Moment anzuschauen, kommen mir fast die Tränen. Er dagegen lacht in sein Kopfschütteln hinein.

»Was gibt es da zu lachen?«

»Wer ist das Mädchen, das mich auf dem Klo küsst?«

»Ich bin das«, presse ich hervor, halb weinend, halb lachend. »Einfach nur ich. Und ich werde versuchen, das immer zu sein. Verzeihst du mir?«

Er sieht mich an, als wäre das noch lange nicht entschieden.

»Keine Lügen mehr«, verspreche ich ihm.

Er nickt langsam. »Ich will mehr als keine Lügen, Romy. Ich will Ehrlichkeit.«

Ich muss an die Geheimnisse denken, die ich vor der ganzen Welt habe. Das schwarze Loch. Polly. »Alles? Du willst absolut alles wissen?«

Er wiegt den Kopf. »Alles, was du mir anvertrauen kannst.«

»Das wird dir irgendwann leidtun.«

Er steht auf und hebt mich einfach hoch, lehnt mich mit dem Rücken gegen die Wand und stützt einen Unterarm neben meinem Kopf ab. »Can't wait«, sagt er sehr rau und sehr leise und küsst mich, bis mir Hören und Sehen vergehen.

KAPITEL 32

Killian parkt an der Ecke zu unserer Straße. »Wirst du sicher keinen Ärger bekommen?«

Ich presse kurz die Lippen zusammen, um nicht sarkastisch zu lachen. Sie werden mir den Kopf abreißen, immerhin ist es nach elf und ich war über vier Stunden weg. Vier Stunden, die sich morgen früh beim Aufwachen wie ein schöner Traum anfühlen werden.

»Da müssen sie jetzt durch«, sage ich und öffne die Beifahrertür. »Es wird noch hart für sie, daran können sie sich schon mal gewöhnen.«

Killian und ich haben lange geredet. Die Heimlichkeiten können nicht weitergehen, wir werden sowohl meinen Eltern als auch Killians Manager reinen Wein einschenken müssen, egal wie ungern sie ihn schlucken wollen.

»Melde dich, wenn du mich brauchst.« Killian küsst meine Finger. »Und vergiss nicht: Keinen Gedanken mehr an Martin. Wenn er noch mal unverschämt zu dir ist, feure ich ihn. Meine Omma wäre dir auf ewig dankbar, wenn sie ihn endlich los wäre.«

»Witzbold! Es täte mir einfach sehr leid, wenn bloß wegen mir der Werbedeal platzt.«

»Hey, Romy, das ist mir nicht wichtig. Mein Job ist der Fußball, das Drumherum ist doch bloß –«

»Bloß eine Riesenmenge Geld«, werfe ich ein.

»Bloß Show, die manchen im Nachhinein so peinlich ist, dass sie das Geld am liebsten zurückzahlen würden, wenn sie damit die schauspielerischen Meisterleistungen ungeschehen machen könnten. Wer will schon den Rest seiner Karriere auf Shampoo, Schokolade oder einen Kloreiniger mit Superpower reduziert werden.«

Ich schmunzle, denn ich muss daran denken, was Heidi gesagt hat. Killian könnte am Nordpol Kühlschränke verkaufen. Ich glaube seiner Unbekümmertheit nur halb – niemand, lässt sich gerne eine Riesenstange Geld entgehen –, aber es lässt mir das Herz anschwellen, dass er es aufs Spiel setzt, um mit mir zusammen zu sein.

»Vergiss Martin einfach. Solange mein Trainer hinter mir steht, kann mir keiner etwas. Und der bittet nur darum, dass es nicht wieder einen Skandal gibt.«

»Wie bei Marina?«, frage ich vorsichtig. Ich ziehe die Tür noch einmal zu. »Was ist da eigentlich passiert?«

Killian legt kurz den Kopf in den Nacken. »So ganz habe ich das bis heute nicht durchschaut. Es lief einfach nach einer Weile nicht mehr gut zwischen uns. Sie war sehr eifersüchtig und sah in jedem weiblichen Fan, der ein Autogramm oder ein Selfie mit mir wollte, einen potenziellen Betrug.«

Kaum vorstellbar, dass so eine schöne, erfolgreiche Frau eifersüchtig ist. Ob sie Killian sehr geliebt hat?

»Es kamen aber noch andere Punkte dazu, bei denen es nicht gepasst hat. Irgendwann habe ich es beendet. Ich hatte das Gefühl, wir würden miteinander nur unsere Lebenszeit verschwenden. Und – falls du davon gehört haben solltest – es stimmt nicht, dass ich per WhatsApp Schluss gemacht habe. Ich habe es ihr persönlich gesagt, aber sie hat mich bloß ausgelacht und meinte, das würde ich nicht ernst meinen. Erst als sie mich mit ›mein Schatz‹ anschrieb, antwortete ich, dass Schluss wäre. Davon hat sie einen Screenshot gemacht und ihn keine Viertelstunde später im Internet hochgeladen.«

»Autsch«, entfährt es mir. So eine Gemeinheit. Aber nach dem fiesen Blogeintrag traue ich Marina Baumann genau solche Gemeinheiten zu.

»Danach hat sie diese Gerüchte von den ganzen Mädchen in die Welt gesetzt, die ich angeblich parallel zu ihr hatte. Nicht eins davon ist wahr.«

»Hast du das nie richtiggestellt?«

Er zuckt mit den Schultern. »So was erzeugt doch nur weitere Publicity. Noch mehr Leute erfahren davon. Und ich wollte eigentlich nichts weniger, als öffentlich mit ihr zu streiten. Ich hatte Schluss gemacht, ja, aber ich hatte sie trotzdem noch gern und wollte nicht auf ihr herumhacken. Sie war halt verletzt und wütend.«

Und du stark genug, das alles auf deine Schultern zu nehmen.

»Aber reden wir nicht weiter drüber, für mich ist das abgeschlossen. Und du solltest jetzt echt reingehen, deine Eltern machen sich bestimmt Sorgen.« Er küsst mich noch einmal zärtlich, ich verabschiede mich und steige mit

Mister Boo an der Leine aus dem Wagen. Bis zum Haus sind es keine dreihundert Meter mehr, trotzdem beeile ich mich, denn jetzt, wo es dunkel ist, ist es empfindlich kalt geworden.

Als ich den Schlüssel ins Schloss schiebe, sehe ich die Silhouette meines Vaters zur Tür eilen. Einen Augenblick später wird sie nach innen aufgerissen.

»Romy! Herrgott, bist du jetzt vollkommen verrückt geworden?«

Seine Worte verursachen einen Kloß in meinem Hals, denn sie klingen weniger ärgerlich als vielmehr besorgt. »Karlotta, sie ist da!«, ruft er dann ins Haus und ich höre trotz der späten Stunde die hohen Schuhe meiner Mutter übers Parkett klackern.

»Gott sei Dank«, entfährt es ihr. Doch dann richtet sie sich auf und stemmt ihre Hände in die Hüften. »Romy, was fällt dir eigentlich ein? Hast du die geringste Vorstellung davon, was wir für Ängste ausgestanden haben?«

Ich sehe zu Boden. Um ehrlich zu sein, hatte ich jeden Gedanken an meine Eltern vollkommen ausgeblendet. Erst als Killian hatte wissen wollen, ob ich nicht langsam nach Hause müsse, war mir wieder eingefallen, dass ich angeblich nur eine Runde mit dem Hund drehen wollte. Er hatte mich dann auch sofort heimgefahren.

Meine Mutter dreht sich zu meinem Vater um. »Es interessiert sie gar nicht. Siehst du das? Von wegen zu streng! Sie macht einfach, was sie will, und verschwendet nicht einen Gedanken an andere.«

»Das stimmt gar nicht«, widerspreche ich. »Ich musste etwas klären. Es war wichtig.«

»Und da«, sagt mein Vater, »setzt du dich einfach über unsere Verbote hinweg und lügst uns an.«

»Es war mir wirklich wichtig!«

Das Lächeln im Gesicht meiner Mutter gefällt mir nicht. »Hoffentlich war es das wert, Romy.«

»Was meinst du?«

»Nichts. Gar nichts. Entschuldigt mich bitte, ich muss bei der Polizei anrufen.«

Meine Nackenhärchen richten sich auf. »Polizei? Ihr habt nicht ernsthaft die Polizei informiert! Nur weil ich –«

»Nur weil du plötzlich spurlos verschwunden bist?«, fragt mein Vater ungewohnt scharf. »Doch, das haben wir. Dir hätte auch etwas passiert sein können.«

»Es gibt überhaupt keinen Grund, jetzt bockig zu sein«, zischt meine Mutter. »Was hätten wir denn machen sollen? Du bist fünfzehn, du verhältst dich unberechenbar. Und du bist labil!«

»Labil?« Ich will sie anschreien, aber dafür habe ich keinen Atem mehr. »Ich werd mich schon nicht von der nächsten Brücke schmeißen. Chillt mal, ich war bloß bei meinem Freund.«

»Dein feiner Freund kann sich bei dir bedanken!«

Was meint sie damit? Mir wird komisch, als ich es be greife. »Ihr habt nicht wirklich die Polizei zu Killian geschickt.« Ich sehe meinen Vater an, als könnte er es jetzt noch ändern. »Sag, dass ihr das nicht gemacht habt!«

Mein Vater sagt gar nichts, und meine Mutter kann es sich nicht verkneifen, dass ich mir das selbst zuzuschreiben habe. Dass sie auf irgendeine Weise recht hat, ist das Schlimmste.

Die zweite Nacht, in der ich grübelnd wachliege und nun versuche, mir vorzustellen, wie Killian auf die Polizei vor der Tür reagiert hat, fordert ihren Tribut. Ich verschlafe am nächsten Morgen und schrecke erst hoch, als mein Vater gegen die Tür trommelt.

»Romy, los jetzt, aufstehen. Ich nehme dich mit, wenn du in zehn Minuten fertig bist. Das ist deine letzte Chance, noch pünktlich zur Schule zu kommen!«

Ich schäle mich aus dem warmen Bett in die Kälte, mache Katzenwäsche und putze meine Zähne. Mein Vater klopft erneut. Soll er ruhig ohne mich fahren, ich bin so müde, dass es mir vollkommen egal ist, zu spät zu kommen. Lieber würde ich wieder ins Bett gehen. Dann fällt mir allerdings ein, dass ich mir in der Schule Pauls Handy ausleihen oder im Medienraum das Internet nutzen kann, um mit Killian zu telefonieren oder zu schreiben. Und ich gebe Gas.

Meine Mutter ist schon zur Kanzlei gefahren und mein Vater ist merkwürdig schweigsam und weicht meinen Blicken aus. Ich bekomme das seltsame Gefühl, dass sie etwas falsch gemacht haben und nicht ich. Aber vermutlich ist das nur seine Art, mich für gestern Abend abzustrafen.

»Wir sollten mal über alles reden«, meint er, als er seinen Wagen auf den Schulparkplatz lenkt und bremst.

Ach, denke ich. Wirklich? Als ob man mit euch reden könnte! Doch ich sage bloß: »Ja, sollten wir wohl«, greife mir meinen Rucksack und steige aus. »Danke fürs Fahren.« Bevor er etwas erwidern kann, knalle ich die Tür zu und gehe auf den Hof. Wir sollten reden. Später. Viel später. In drei Jahren oder so. Bevor ich volljährig bin und meine eigenen Entscheidungen treffen kann, hat es eh keinen Sinn. Aus dem Augenwinkel sehe ich sein Auto noch eine Weile auf dem Parkplatz stehen, bevor er endlich wegfährt.

Ich hatte angenommen, dass der Artikel bei VIP-Flash.de und der Wirbel um meine Person übers Wochenende wieder vergessen sein würde. Es ist doch alles gesagt, ich wurde kurz bejubelt, es wurde über mich hergezogen – dem Gesetz der Schule zufolge ist es wieder an der Zeit für die Tagesordnung. Aber damit hatte ich mich wohl geirrt. Mir fallen die Blicke einiger Mädchen aus der Unterstufe sofort auf, und noch bevor ich das Gebäude erreicht habe, mustern mich sogar zwei Jungs, deren Gesichter ich nur kenne, weil sie bei sämtlichen Sportevents ein Abo aufs Siegerpodest haben. Interessieren sich solche Jungs für Klatschseiten? Und selbst wenn – warum sind ihre Blicke so kritisch, regelrecht verächtlich? Glauben die etwa auch den geistigen Dünnpfiff, den Killians Ex verbreitet?

Ich treffe Paul vor dem Eingang zu unserem Gebäude, wo er mit ein paar anderen aus unserer Stufe angeregt diskutiert. Es sieht fast nach einem Streit aus.

»Hey, Romy!«, ruft mir Stefan zu, ein Junge, von dem ich bisher nicht wusste, dass er überhaupt meinen Namen kennt. Er und zwei seiner Freunde deuten eine La Ola in meine Richtung an. Ich zeige ihnen einen Vogel, denke an Polly und schiebe einen Mittelfinger nach. Was haben die denn geraucht?

»Ist alles okay?«, fragt mich Paul besorgt.

»Meine Eltern haben mich am Leben gelassen«, antworte ich. »Aber es war knapp. Sorry, dass ich mich nicht mehr gemeldet habe, aber sie haben mir weder Handy noch Internet zurückgegeben, total hysterisch. Wie war der Tanz in den Mai? Warst du da?«

»War ich«, sagt Paul und wird ein wenig rot. Da ist eine Spur von Lächeln in seinem Gesicht, er scheint es aber zu unterdrücken, warum auch immer. Will er mir nicht erzählen, wie es mit Sophia gelaufen ist?

»Ich erzähle es dir in der Pause, okay?«

Mit Spannungsaufbau kennt er sich in jedem Fall aus. »In Ordnung. Leihst du mir kurz dein Handy, damit ich Killian anrufen kann?« Ich spreche leiser, auch wenn uns in dem Gewirr aus Schritten, Stimmen und Telefongedudel um uns herum sicher niemand versteht. »Meine Mutter behauptet, gestern Abend die Polizei zu ihm nach Hause geschickt zu haben. Ich muss wissen, ob das wahr ist.«

»Ich fürchte, das ist es«, sagt Paul, schluckt vernehmlich und nimmt mich am Arm, um mich aus dem größten Trubel rauszuführen. Ich habe keine Ahnung, was er meint, merke aber mit jedem Schritt, dass meine Knie wackeliger werden. Und nicht nur das. Wieder sieht mich ein Mädchen an, als wäre wegen mir das nächste Wochenende abgesagt worden. Ich kenne sie flüchtig, signalisiere ihr mit einem Schulterzucken, dass ich überhaupt nicht weiß, was sie von mir will. Da ruft sie mir zu: »Romy, du bist echt nicht mehr ganz richtig, oder?«

»Lass sie in Ruhe!«, blafft Paul und zerrt mich weiter. Neben dem Fahrradunterstand bleiben wir stehen.

»Was geht hier eigentlich ab?«, will ich von ihm wissen.

»Ich nehme an«, beginnt Paul, »dass du die Zeitung heute nicht gelesen hast?«

»Ich hab verschlafen. Meine Eltern haben sie vermutlich selbst geholt, ich hatte aber keine Zeit, reinzuschauen.«

»Ich nehme an, dass deine Eltern heute dankend darauf verzichtet haben«, sagt Paul.

»Warum sollten sie?«

»Romy.« Paul atmet sehr tief ein, bläst die Wangen auf und atmet wieder aus. »Ich hab den Artikel selbst noch nicht gesehen, vielleicht ist es nicht so schlimm. Die anderen sagen nur –«

»Was für einen Artikel?«

»Im Birmheimer Tageblatt.«

Ich schüttle den Kopf. »Die werden doch nicht diesen Klatsch wie im Internet bringen, oder?« Oder?

Paul schüttelt den Kopf. »Nein. Es ist wohl wegen ... ach, Scheiße.«

Was druckst Paul denn so herum?! Kann er mir nicht einfach sagen, was er weiß? Ich packe ihn an seiner Jeansjacke, will ihn schütteln. Lass ihn wieder los, als er sich nicht wehrt, sondern meine Oberarme streichelt. Als würde ich weinen und er müsste mich trösten.

»Paul, bitte.« Ich kann nur noch flüstern. »Was ist passiert?«

Er zögert. Nickt dann. »Es ist wegen der Polizei. Das Birmheimer hat heute Morgen darüber berichtet, dass in der Nacht die Polizei Killians Haus durchsucht hat. Nach dir.«

In meinem Kopf donnert und blitzt es gleich mehrfach.

Es ist wahr. Meine Eltern haben die Polizei zu Killian geschickt. Wie konnten sie nur? Was mag er jetzt denken? Wie abgrundtief peinlich muss ihm das sein?

Ich muss mich an die Kunststoffwand des Fahrraduntерstands lehnen. »Scheiße.«

Wie konnte die Zeitung davon Wind bekommen? Und was zur Hölle mögen diese Aasgeier über uns geschrieben haben? Ob sie uns beobachtet haben, wie wir aus dem Haus gingen und ins Auto stiegen? Was, wenn diese Mistkerle sogar durch die Fenster spähen und uns beim Kuscheln beobachtet haben?

»Was steht da genau?«

»Keine Ahnung«, sagt Paul. »Ich weiß es nur von den anderen.«

»Danke«, sage ich und laufe los.

»Romy, warte!« Paul zögert nicht und rennt mir nach. »Wo willst du denn hin? Die Stunde fängt gleich an.«

Als ob mir das irgendetwas bedeuten würde. »Ich muss diese blöde Zeitung sehen.«

»Das bringt doch nichts. Du kannst jetzt auch nichts mehr daran ändern.«

Mag sein. Aber ich kann mich auch nicht allein mit meiner Vorstellungskraft in den Unterricht setzen und so tun, als wäre nichts passiert. Ich eile weiter. Nicht weit von der Schule ist ein Kiosk. Paul, der, seit wir uns kennen, nicht ein einziges Mal eine Stunde geschwänzt hat oder auch nur zu spät gekommen ist, bleibt an meiner Seite. Ein Auto hupt uns an, ich erkenne den Fahrer aus dem Augenwinkel. Brander – ein Lehrer, der offenbar gemerkt hat, dass wir in die falsche Richtung laufen. Und wenn schon. Er ist ständig zu spät und schiebt es jedes Mal auf die A3.

»Brander wird Fragen stellen«, sagt Paul, als wir den Kiosk erreichen.

Ich ignoriere ihn. Das Birmheimer Tageblatt liegt auf dem Verkaufstresen gleich neben der BILD, man hat nicht die geringste Möglichkeit, daran vorbeizugucken oder die Headline nicht wahrzunehmen. Mir wird schlecht. Ich möchte mich nur noch umdrehen und abhauen, weit, weit weg. Weg von all den Fieslingen in der Schule, die mitbekommen haben und weitererzählen, dass ich, Romy Silvain, die Freundin von Killian Schwarz bin und damit die Schuldige in diesem Fall, über den jetzt die ganze Stadt richtet.

Denn die Titelseite des Birmheimer Tageblatts zeigt Killian bei einem seiner letzten Spiele. Er kniet neben dem Tor, die Schultern hängend, beide Hände offen, den Kopf zu Boden gewandt. Und neben ihm, in dicken, hässlichen Druckbuchstaben:

»Birmheims Killian Schwarz – wird seine Lolita-Affäre ihm jetzt zum Verhängnis?«

KAPITEL 33

Ich falte die Zeitung hastig auseinander, um den Artikel zu finden. Ein paar Seiten segeln zu Boden; der Kiosk-Verkäufer sagt irgendetwas Harsches. Ich registriere wie durch Nebel, dass Paul die Zeitung für mich bezahlt.

Es ist alles viel schlimmer, als ich dachte. Die Polizei hatte tatsächlich bei Killian geklingelt und er ließ sie herein. Ich kann mir kaum vorstellen, dass so etwas rechtens ist. Sophia oder andere kamen auch schon abends zu spät nach Hause, ohne dass direkt die Polizei nach ihnen suchte. Vermutlich haben meine Eltern ihre Beziehungen spielen lassen. Oder sie haben den Polizisten erzählt, ich wäre »labil«, wie sie es formuliert haben.

Ich bin nicht labil – ich bin fast wahnsinnig. Sie machen mich wahnsinnig!

Wie die Zeitung von der Sache erfahren hat, schreiben sie natürlich nicht im Artikel. Aber Killian zählt kaum zu dieser Sorte Stars, bei denen Journalisten vor der Tür campieren, oder? Der Text gibt allerdings einen Hinweis. Dort heißt es, als die Polizisten das Haus wieder verließen, sei ein Nachbar nach draußen gekommen, der Killian wegen einer Beziehung zu einer Jugendlichen – also wegen mir – beschimpft habe.

Ob der die Presse informiert hatte? Ich kann mich nicht erinnern, dass Killian etwas Schlechtes über seine Nachbarn gesagt hatte.

Der Artikel besagt nun eindeutig, dass Killian nach deutschem Recht nichts Verbotenes tut, indem er eine Beziehung mit einer Fünfzehnjährigen hat. Dies, so schreibt der Autor, würde sich allerdings ändern, wenn es ein Abhängigkeitsverhältnis gäbe, was bei einer Affäre zwischen einem Prominenten und einem Fan vom Gesetz zwar nicht vorgesehen wird, aber aus moralischer Sicht bedacht werden sollte. Besonders, so der Artikel, wenn die Eltern der Jugendlichen sich klar gegen die Beziehung aussprechen, wovon in diesem Fall wohl ausgegangen werden müsse.

Weiterhin wird spekuliert, dass Killian klar sein muss, wie problematisch die Beziehung ist, und dass es möglicherweise daran liegt, dass er in den Spielen nicht mehr zu seiner gewohnten Form findet.

In mir ist es sehr still. Jede Menge Schwärze schluckt das Herzklopfen Ich knülle die Zeitung zusammen und werfe sie in den Mülleimer. Der Kiosk-Verkäufer schüttelt den Kopf.

Paul legt mir den Arm um die Schultern. »Komm. Lass uns gehen.«

»Danke«, sage ich leise und meine alles. Ich würde vermutlich in Schwärze verschwinden, wenn Paul mir nicht mit seiner Umarmung zeigen würde, dass ich noch links und rechts eine Schulter habe und demnach wohl auch den Rest meines Körpers.

Wir landen bei ihm zu Hause, wo wir allein sind. Paul macht Cappuccino aus Portionstütchen; er schmeckt karamellig, überzuckert und ansonsten nach gar nichts.

»Ist es wirklich so schlimm, wie du aussiehst?«, fragt er.

Ich sehe irritiert zu ihm hoch, da fällt mir ein, dass er den Artikel gar nicht gelesen hat, sondern nur die reißerische Überschrift. Davon, dass ich eine Lolita sei oder Killians Job nun in Gefahr wäre, sagt der Artikel gar nichts mehr. Andererseits: Was bleibt wohl in den Köpfen der Leute hängen?

»Ich schäm mich so«, sage ich leise. »Ich kann nie wieder in die Schule gehen. Die denken alle, ich wäre ein dämliches Fangirl, das Killians Karriere kaputt macht.«

Paul sitzt mir gegenüber und verschränkt die Hände. »Zu einer Beziehung gehören normalerweise zwei. Du zwingst ihn nicht, mit dir zusammen zu sein. Er dürfte das Problem mit der Presse geahnt haben und wusste, worauf er sich eingelassen hat.«

Ich schüttle den Kopf. »Das ist nicht ganz richtig. Er wusste gar nicht, wie alt ich bin.«

Paul hebt eine Augenbraue. »Wie jetzt?«

»Killian dachte, ich wäre siebzehn.«

»Wie kommt er darauf?«

Ich stöhne. »Weil ich es ihm gesagt habe, was denkst du denn? Ich habe gelogen.«

Paul lässt sich auf seinem Stuhl nach hinten sinken, schiebt die Brille hoch und reibt seine Nasenwurzel. »Romy, das ist nicht dein Ernst.«

Ich nicke. »Doch. Er wollte Schluss machen, weil ich ihn angelogen habe, aber … dann hat er mir doch noch eine

Chance gegeben.« Weil ich ihn unter Druck gesetzt habe. Er hatte gar nicht mit mir reden wollen. Nein, er hatte sich schützen wollen. Aber ich war hartnäckig geblieben. Stur. Und hatte ihn einfach geküsst, bis sein Widerstand keine Chance mehr gehabt hatte. »Er wusste auch nicht, dass meine Eltern mir Hausarrest gegeben haben, und als er es erfuhr, hat er mich sofort nach Hause gefahren. Er will mit ihnen reden, aber ich lasse ihn nicht, weil ich weiß, dass sie alles abblocken werden.«

Paul bedeckt die Augen mit einer Hand. Ich weiß, was er denkt.

Die Polizei, der Zeitungsartikel, alle Folgen – es ist meine Schuld.

Ich kann nicht mehr bleiben. Paul begleitet mich bis zum Bus. An der Haltestelle versuche ich, Killian von Pauls Handy aus zu erreichen, aber er hat sein Telefon abgeschaltet. Hatte er nicht erwähnt, dass montags kein Training ist? Ich fahre nach Hause, während Paul zurück zur Schule geht, setze mich ins Atelier und warte, dass die Zeit verrinnt.

Sei nicht zu traurig, hatte Paul zum Abschied gesagt. Aber ich bin nicht traurig. Ich bin ein schwarzes Loch mit einem letzten, glimmenden Funkeln darin: der Frage, wie Killian auf das alles reagiert.

In dem Moment, als ich es am wenigsten erwarte, kehrt Polly zurück.

Mensch, jetzt lass dich nicht so hängen!, fährt sie mich an und ich zucke vor Schreck zusammen.

»Wo warst du denn nur? Ich dachte, du würdest nicht zurückkommen.«

So kann ich dich kaum alleinlassen!

Bilde ich mir den aggressiven Unterton in ihrer Stimme ein? Hatte sie mich etwa alleinlassen wollen? Mir kommt zum ersten Mal der Gedanke, dass Polly vielleicht gar nicht dort ist, wo alles endet. Vielleicht ist sie in einer Zwischenwelt. Was, wenn sie dort gefangen ist, weil ich sie noch nicht loslasse?

»Du musst gehen, oder? Ich muss dich bald gehen lassen.« Aber das kann ich nicht. Nie werde ich das können!

Polly seufzt leise. *Es wäre vermutlich besser. Besser für dich.*

»Unsinn! Ich will das nicht hören.«

Romy, sagt sie zärtlich, *was ist eigentlich geschehen? Warst du nicht immer diejenige von uns, die unangenehme Dinge hinnehmen konnte, wenn sie unausweichlich waren? Ich habe mich doch immer dagegen aufgelehnt, so etwas zu akzeptieren.*

»Das kann man nicht vergleichen. Damals ging es darum, wer die Geschenke unter den Baum legt oder ob es die Zahnfee gibt.«

Sie lacht leise. *Du warst so grausam mit all deiner kindlichen Logik und Realität.*

»Moment mal.« Irgendetwas stimmt da nicht. »Ich war doch diejenige, die an die Schranktür nach Narnia oder an verzauberte Einhornponys geglaubt hat. Du hast mir immer Thesen und Beweise vorgelegt, dass es das alles gar nicht geben kann.«

Wirklich? Nein, da irrst du dich, Romy. Ich war die Träumerin. Du warst mein Wecker.

Ich lächle, obwohl mir nicht danach ist. Es fühlt sich merkwürdig an, dass unsere Erinnerungen so voneinander abweichen, aber ich will nicht streiten. Es gibt so vieles, was ich mit Polly besprechen muss. Doch kaum habe ich das Thema auf meine Lügen gelenkt, ist Polly wieder verschwunden, und die Angst, sie könnte nie wieder zurückkommen, wird dunkler und schwerer als je zuvor.

Killian ruft am frühen Nachmittag an. In mir rotiert alles. All die Fragen, all die Ängste, die der Zeitungsartikel ins Rollen gebracht hat. Ich sage seinen Namen und schweige ins Telefon, weil ich nicht weiß, wie ich mich entschuldigen kann. Schon wieder.

»Wir müssen dringend reden«, sagt Killian. Liegt es an dem schwarzen Loch in mir, dass seine Stimme hohl klingt? Hinter ihm fließen Geräusche und Stimmen ineinander.

»Ich muss für zwei Tage nach Stuttgart. Wir haben ein Trainingslager dort.«

Verschieb es, denke ich. Ich brauche ihn jetzt. Hier. Ich muss hören, dass alles, was gestern war, auch heute noch gilt. Ich muss meine Hände um seinen Nacken legen, um zu wissen, dass er noch zu mir hält.

»Ich kann das nicht verschieben. Nicht jetzt. Es ist ohnehin alles sehr kompliziert gerade.« Er lacht freudlos. Ich weiß, dass er den Kopf schüttelt. »Wir sehen uns am Donnerstag.« Jemand ruft seinen Namen und ein Signalläuten ertönt. Wie auf einem Bahnhof oder einem Flughafen.

»Warum hast du mir gestern nicht gesagt, dass ihr wegfahrt?«, bekomme ich über die Lippen und möchte mir im gleichen Moment das Telefon vor die Stirn schlagen. Das Erste, was ich äußere, ist ein Vorwurf.

»Gestern wollte ich absagen.«

Seite Worte klingen bedeutungsschwer in meinem Kopf nach. »Gestern. Und heute nicht mehr.«

»Romy … ich kann nicht. Bitte. Wir reden am Donnerstag. Ich muss los. Bis dann.«

Bis dann. Bis Donnerstag.

Ich begreife sehr langsam und sträube mich, so lange ich kann. Er wird mich nicht anrufen. Bis Donnerstag. Kein Geplänkel am Telefon, keine liebevollen Nachrichten. Er will mich Donnerstag persönlich sehen. Und ich weiß schon genau, aus welchem Grund.

Ich gehe in mein Zimmer zurück und setze mich vor mein Bett auf den Boden, sodass mich die Kante schmerzhaft in den Rücken drückt. Das ist besser, als gar nichts zu fühlen.

»Ich möchte heute zum Friedhof gehen«, sage ich zu meinem Vater. Er ist früher von der Arbeit gekommen. Seltsam. Vielleicht geht es ihm nicht gut.

Er schaut mich misstrauisch an. »Es soll regnen.«

»Na und?«

»Du gehst doch nie zum Friedhof.«

»Ich denke aber, dass ich das ändern sollte.« Ich fühle mich leer wie im Sterben liegend. »Es wird Zeit, dass ich mich an Friedhöfe gewöhne.«

Mein Sarkasmus erschreckt ihn, auch wenn er versucht, sich nichts anmerken zu lassen. »Und du bist sicher, dass es nicht darum geht, deinen sogenannten Freund zu treffen?«

»Der hat Riesenlust darauf, mich zu treffen, nachdem ihr ihm die Polizei nach Hause geschickt habt und er in der

Zeitung lesen muss, ein Kinderschänder zu sein!«, fauche ich.

Mein Vater hebt beide Hände. »Reg dich nicht auf, Romy. So schlimm war es nun auch nicht.«

»Vergessen wir das Thema einfach.« Das mögen sie doch – Themen vergessen, die ihnen nicht schmecken.

Er atmet durch. »Ich wollte gleich fürs Abendessen einkaufen. Ich könnte dich am Friedhof rauslassen und auf dem Rückweg wieder einsammeln. Wäre das ein Kompromiss?«

Ich zucke mit den Schultern und gehe aus der Küche. »Dann spare ich mir den Bus«, sage ich über die Schulter.

»Wo gehst du hin?«, ruft er mir nach.

»Der Hund muss raus, bevor wir fahren können. Wähl schon mal den Notruf, falls es länger dauert.«

»Ich rufe dich an, wenn ich wieder hier bin«, sagt mein Vater und reicht mir mein Handy. Ich stecke es wortlos in die Jackentasche. Er ist also nicht bereit, den Friedhof zu betreten. Sein angespannter Zug um den Mund bringt mich auf den Gedanken, dass der Parkplatz im Schatten der Kapelle schon zu viel für ihn ist. Ich steige aus, und er fährt eilig weg, als würden die Läden in zehn Minuten schließen.

Bevor ich durch das schmiedeeiserne Tor trete, schalte ich mein Handy ein und checke die Mails und Nachrichten, die ich seit Samstag nicht abrufen konnte. Das meiste ist uninteressant. Killian hatte einige Male versucht mich anzurufen, aber seit unserem Gespräch eben nicht mehr. Ich finde ein paar Nachrichten von Sophia – in einer fragt sie mich nach Pauls YouTube-Kanal. Ich schicke ihr schnell seinen Nicknamen und wundere mich, dass sie ihn noch nicht kennt.

Auch von Bea sind drei Nachrichten gekommen. Die erste ist von Samstag, sie fragt, ob alles okay ist mit mir und ob ich Lust habe, mit ihr zu einer Tanz-in-den-Mai-Party zu gehen. Auch wenn diese vorbei ist und ich nicht in Feierlaune war, freue ich mich über ihr Interesse. Ich hatte gedacht, es mir mit ihr durch meine panische Flucht von Sophias Party vollkommen verscherzt zu haben. In der zweiten Message fragt sie, ob sie die richtige Nummer bekommen hat, weil ich nicht antworte. Die dritte ist von heute.

Weißt du romy vergiss es einfach. Brauchst dich nicht mehr melden.

Ich beiße mir auf die Lippe und schreibe schnell zurück, als ginge es nun um Sekunden.

Tut mir leid, dass ich erst jetzt antworte. Ich hatte Handyverbot und –

Ich lösche das schnell wieder, es klingt, als wäre ich zwölf.

Tut mir leid, dass ich erst jetzt antworte. Mein Handy war kaputt.

Die Antwort kommt sekundenschnell, Bea muss fliegende Finger haben.

Darum gehts nicht.

Ich schicke ihr einen Smiley mit einem Fragezeichenmund.

Ich finde es bitchy, was du mit dem schwarz von den birmis abziehst. Geht gar nicht!

Ich starre auf die Zeichen, kann kaum glauben, was sie

mir sagen wollen. Zuerst will ich etwas erwidern, aber meine Finger sind ganz klamm und kommen mit den Tasten kaum zurecht. Ich packe das Handy weg. Soll sie doch denken, was sie will. Wenn sie so schnell urteilt, kann ich auf ihre Freundschaft auch verzichten. Blöde Kuh!

Ich habe Besseres zu tun. Langsam gehe ich über die ordentlich gerechten Wege und lasse meinen Blick über die Steine, Kreuze und vereinzelten Skulpturen schweifen.

So viele gestorbene Menschen. Wenn jeder Gestorbene hier auf diesem Friedhof nur einem Lebenden das Herz herausgerissen hat, dann müssten sie überall sein, die Menschen mit den schwarzen Löchern in der Brust. Überall in der Stadt müsste man sie finden. Kaum möglich, dass ich die Einzige bin. Eine schreckliche Vorstellung, aber irgendwo hat sie auch etwas Tröstliches an sich.

Meine Schritte werden schwerer, je näher ich der Stelle komme, wo sie Polly begraben haben. Ich will es doch überhaupt nicht sehen, dieses ungeliebte, zugewucherte Stückchen Erde, um das sich niemand kümmert, weil niemand mehr an Polly denkt. Aber irgendwas sagt mir, dass ich es endlich schaffen muss, und sei es nur, um ein paar Augenblicke nicht an Killian zu denken.

Hier muss es irgendwo sein. Ich erinnere mich noch gut an die kleine Birke neben dem Weg. Bei der Beerdigung hatte ich mich an ihrem Stamm festgehalten. Der Stamm ist dicker geworden im letzten Jahr, die Krone ausladender. Das leise Flüstern der Blätter im Wind ist noch dasselbe. Aber wo ist Pollys Grab? Ich bin ganz sicher, dass die Stelle stimmt.

Und dann sehe ich den Stein, auf dem ihr Name steht. Aber das kann doch unmöglich sein! Ich gehe vorsichtig näher, bereite mich darauf vor, dass der Stein mitsamt dem Grab verschwindet oder vor meinen Augen verfällt. Nichts passiert.

Der Grabstein ist schneeweiß. Marmor. Er geht mir bis zum Nabel und ist in gesamter Größe als Baum mit aufwendig gearbeitetem Stamm, filigranen Zweigen und Tausenden von Blättern und Blüten behauen. Eine Sternmagnolie. Oben auf der Kante des Steins, in der Krone des Baums, sitzt ein Vogel, und mir gleitet eine Erinnerung kurz und flüchtig durch den Kopf. Birdie … aber wer Polly Birdie genannt hat, weiß ich beim besten Willen nicht mehr.

Vor dem Stein schmiegen sich zahllose Blumen dicht aneinander. Die kleinen, gelben Blüten von Golderdbeeren bilden einen breiten Rahmen. In der Mitte wachsen leuchtende Narzissen sowie lachsfarbene und knallrote Tulpen; ein Meer aus fröhlichen Farben. Keine der Blumen lässt ihren Kopf hängen. Jemand pflegt dieses Grab liebevoll und mit Sorgfalt.

Aber wer?

Polly wäre verzückt, wenn sie es sehen könnte. Ich flüstere ihren Namen, aber nichts geschieht. Ob Polly hierherkommen und das muntere, farbenprächtige Grab ansehen kann?

Ich setze mich auf den Randstein, ziehe die Beine an meinen Körper und beobachte eine Hummel, die von Blume zu Blume fliegt, als könnte sie sich gar nicht entscheiden, von welcher sie Nektar sammeln soll. Friedliche Stille liegt über allem, vom Vogelgesang, dem Insektensummen und dem Säuseln der Birke eher untermalt als gestört. Ich kann durchatmen. Und vor diesem Ort hatte ich mich ein Jahr lang gefürchtet?

Doch kaum ist dieser Gedanke da, treibt er Wurzeln, die tief und rücksichtslos in mich dringen. Es ist nicht friedlich still. Es ist still, weil alle schweigen. Weil ihnen die Worte fehlen. Weil Tote weder reden noch singen können. So wenig wie steinerne Vögel.

Der Himmel beginnt, sich zuzuziehen. Die Blumen sind eine Schicht bunter Schminke über dunkler, feuchter Erde, unter der nichts und niemand atmen kann und kaum etwas leben, abgesehen von Maden und Würmern. Tonnen von Erde. Ich glaube, sie selbst auf der Brust zu spüren. Es nimmt mir den Atem.

Ich muss hier weg. So schnell ich kann, rapple ich mich hoch und bringe Abstand zwischen das Grab meiner Schwester und mich. Ich achte nicht darauf, wohin ich laufe, beeile mich einfach, weit wegzukommen, ehe meine Fantasie mir Bilder aufdrängt, wie es tief unter der Erde aussieht. Dort, wo der Sarg vermodert. Wo meine Schwester …

Ich beginne zu rennen.

»Romy?«

Erschreckt fahre ich herum. Ich hatte beim Vorbeilaufen niemanden bemerkt. Doch auf einer Bank neben einer Buchsbaumhecke sitzt Heidi und sieht mir mit zusammengezogenen Augenbrauen nach. »Ist alles in Ordnung?«

Ich nicke. Schlucke und schüttle dann den Kopf. Ich habe genug gelogen. »Ich habe versucht, das Grab meiner Schwester zu besuchen. Aber es geht einfach nicht.«

»Zum ersten Mal?«, fragt Heidi mitfühlend. »Dann erwarte nicht zu viel. Es ist immer schwer am Anfang.«

Ich gehe näher. Heidi hat ein Buch im Schoß liegen, ich werfe einen Blick aufs Cover und kann meine Überraschung vermutlich nicht verbergen. Sebastian Fitzek ist reichlich morbider Lesestoff auf einem Friedhof.

»Irgendwann wird man unempfindlicher«, erklärt Heidi, als sie meinen Gesichtsausdruck wahrnimmt. Dann zwinkert sie. »Außerdem wird man mit Psychothrillern auf dem Friedhof nicht ständig von so gelangweilten wie langweiligen Witwern belagert. Nase ins Buch – und schon lassen sich die staubigen Flirtversuche besser ignorieren.«

Typisch Heidi! Ich muss ein wenig lächeln. Sie rutscht zur Seite und ich setze mich zu ihr auf die Bank.

»Am Anfang ist alles voller Geister hier«, sagt sie leise zu mir, den Blick auf eines der Gräber gerichtet. Der Name darauf sagt mir nichts. »Aber das ändert sich. Irgendwann verschwinden sie und man sieht die Natur, die Schönheit und die Erinnerungen. Man riecht die gute, frische Luft. Und dann, Liebes, kann ein Besuch hier sehr viel Trost geben.«

Wir sitzen eine Weile schweigend beisammen. Hier, so weit von Pollys Grab entfernt, dass ich es nicht mehr sehen kann, bekomme ich eine Vorstellung davon, was sie meint.

»Geht es jetzt besser?«, fragt sie mich schließlich, und ich nicke und muss dafür nicht mal schwindeln.

»Etwas, ja.« Ich beiße an der Formulierung einer Frage herum, bevor ich mich traue, sie zu stellen. »Kann ich mit dir noch über etwas anderes sprechen, Heidi?«

Sie macht ein kleines, schnalzendes Geräusch mit den Lippen, das ich typisch großmütterlich finde und nicht interpretieren kann. Doch dann seufzt sie und nickt.

»Killian. Ist er sehr sauer?«

Ich merke sofort, dass sie die Frage befürchtet hatte. Sie legt die Hände im Schoß zusammen. Ihr Mund wird schmal und es dauert lange, bis sie endlich etwas sagt. »Ich weiß nicht, ob ich mich dazu äußern sollte. Bis eben, Liebes, war ich noch furchtbar wütend auf dich.«

Und dann hat sie Mitleid bekommen. Ich senke beschämt den Kopf. »Ich bin's immer noch«, sage ich. »Wütend. Auf mich.«

»Ja? Nun, Killian ist nicht wütend.«

Ich schöpfe Hoffnung.

»Er ist nur furchtbar enttäuscht. Und, Romy, ich sag es dir nur sehr ungern, aber er muss jetzt vernünftig sein, und das weiß er auch.«

»Mhm«, mache ich, noch bevor ich verstanden habe, was sie mir damit sagen will.

»Er hat jahrelang für diese Karriere gearbeitet, hart gearbeitet und so viel auf sich genommen. Aber da ist er nicht der einzige. Talentierte junge Spieler gibt es viele. Da können auch unbedeutende Klatschmeldungen für die Vereine und Trainer das Zünglein an der Waage sein, verstehst du das?«

Ich schlucke. Wenn die Polizei im Haus nach der minderjährigen Freundin suchen muss, ist das vermutlich nicht nur eine unbedeutende Klatschmeldung.

»Er hat von der EM in Frankreich in diesem Sommer geträumt, wusstest du das?«

»Von der Europameisterschaft? In der Nationalmannschaft?«

Heidi nickt. »Er war mehrmals beim Probetraining. Es hat noch nicht geklappt, aber Jogi Löw hat ihm Hoffnungen gemacht, ihn zum Herbst in den Kader aufzunehmen. In zwei Jahren ist schließlich schon wieder WM. Löw gilt allerdings als streng, was Verfehlungen betrifft. Er will, dass seine Spieler Vorbilder sind.«

»Und du meinst …«

»Ich nehme an, dass Killian auf seinen Manager und seinen Trainer hören und nun an seine Karriere denken wird«, spricht Heidi aus, was ich nicht hören will. »Und Romy, nimm es mir nicht übel, aber sollte er mich fragen, dann würde ich ihm denselben Rat geben. Du warst nicht ehrlich zu ihm, und was du getan hast, hat ihn in große Schwierigkeiten gebracht. Kannst du dir vorstellen, wie es seiner Mutter und mir ging, als wir von einem schönen Frauenabend nach Hause kamen und ein Polizeiwagen stand vor der Tür?«

»Das tut mir furchtbar leid.«

»Killian hat sie auch sofort reingelassen – das hätte er nicht tun müssen, aber du kennst ihn ja. Und dann hat es noch der blöde Holzenmüller von gegenüber mitbekommen.« Sie verzieht das Gesicht, als würde sie gleich auf den Boden spucken. »Dieser verbitterte Neidhammel erzählt überall herum, Killian würde für ein bisschen Bolzen das Zehnfache von dem verdienen, was er wirklich bekommt, während seine harte Arbeit natürlich vollkommen unterbezahlt ist. Als hätte das eine etwas mit dem anderen zu tun. Und natürlich hat der auch die Presse informiert und sich ins Fäustchen gelacht, weil sie ihm vermutlich zwanzig Euro dafür gezahlt haben. Wenn überhaupt!«

Ich sinke in mich zusammen. Erfolg ruft Neider auf den Plan, das war mir nicht neu. Aber ich habe mir bisher nie Gedanken darüber gemacht, wie weit das gehen kann und wie es den Alltag belastet.

»Aber«, meint Heidi schließlich, »für unseren reizenden Nachbarn kannst du nun wirklich nichts.«

Trotzdem habe ich Killian, seine Mutter und auch Heidi in diese Lage gebracht und dem fiesen Typen eine Angriffsfläche geboten. Und an der Sache mit der Nationalmannschaft, die ich aus Martin Grass' Mund für dahingeredet hielt, ist ebenfalls etwas Wahres dran.

Es beginnt zu regnen, einzelne Tropfen, und Heidi schiebt rasch ihr Buch in ihre Handtasche, bleibt aber sitzen.

»Es tut mir wirklich sehr leid, Heidi. Ich hoffe, du weißt das. Ich hoffe, Killian –«

»Romy, nimm es mir nicht übel, wenn ich jetzt sehr ehrlich zu dir bin. Lass es!«

Die verbale Ohrfeige schmerzt umso mehr, weil sie von Heidi kommt, aber ich habe sie verdient.

»Es geht Killian nicht gut damit, aber seine Entscheidung steht fest. Wenn du ihn wirklich lieb hast, dann lass ihn in Ruhe und mach es ihm nicht schwerer, als es ohnehin schon ist. Denk bitte daran, was für ihn alles davon abhängt.«

Am liebsten würde ich wegrennen. Stattdessen kann ich mich nur langsam und mühevoll von der Bank hochstemmen. »Ich … muss dann los«, stammle ich.

»Alles Gute, Romy. Ich wünsche dir nur das Beste, hoffentlich verstehst du das.« Heidis gequältem Blick ist anzusehen, wie leid es ihr tut, mich so vor den Kopf zu stoßen. Aber sie hat ja recht. Wenn es hart auf hart kommt, muss eine Oma auf der Seite ihres Enkels stehen.

KAPITEL 34

Seit zwei Tagen regnet es ohne eine Pause. Am liebsten würde ich mich in meinem Kummer vergraben und darauf warten, dass mein schwarzes Loch mich endlich verschlingt. Aber so einfach geht es leider nicht.

Die Schule ist ein Spießrutenlaufen. Die meisten sind davon überzeugt, dass ich hinter der Maske des schüchternen Mädchens eine eiskalte Schlange sein muss, die es darauf anlegt, die Karriere eines tollen Spielers zu zerstören, um ein bisschen *fame* abzustauben. Die wenigen, die an wahre Gefühle glauben und unsere »verbotene Liebe« romantisch finden, lassen es mich im Geheimen wissen und schauen zu, wenn ich auf dem Hof beschimpft werde. Nur Paul und Sophia verteidigen mich wie Löweneltern ihr einziges Junges, und es tut mir furchtbar leid, wie wenig ich es ihnen danken kann, wenn ich mich zurückziehe und sie bitte, mich in Ruhe zu lassen. Ich gebe vor, dass es mir egal ist. Nicht, dass ich ernsthaft glaube, jemand würde mir das abnehmen.

Meine Eltern haben sich wieder halbwegs beruhigt und

leben ihren Alltag, ohne sich groß um mich zu scheren. Nur ihre Blicke haben sich verändert. Papa betrachtet mich halb besorgt, halb mitleidig. Mama, als wäre sie jederzeit darauf gefasst, dass ich neuen Mist baue.

»Sie braucht halt ihre Ruhe, lass sie einfach«, habe ich sie sagen hören. Ich glaube, sie meint mehr sich selbst als mich.

Morgen will Killian mit mir reden. Mir ist klar, dass nur das offizielle Schlussmachen in seinem Terminplan stehen kann – Killian hat Anstand und erledigt so etwas nicht am Telefon. Wie ich meinen Eltern begreiflich machen soll, dass ich ihn treffen muss, weiß ich noch nicht.

Geschweige denn … ob ich es aushalte.

Am Abend – ich sitze ohne einen Funken Konzentration vor den Hausaufgaben, starre ratlos auf die Blätter und kraule Mister Boo unter dem Tisch mit den nackten Zehen – klingelt mein Handy. Mein Herz verpasst mir einen kleinen, giftigen Kick: Es könnte Killian sein. Es könnte …

Es ist nicht Killian. Sophias Name blinkt auf dem Bildschirm. Ich will es klingeln lassen, erinnere mich aber rechtzeitig, wie unfair das wäre. Sophia ist auf meiner Seite.

»Romy, dumusstganzschnellRegionalprogrammanmachen«, sagt sie so schnell, dass ich sie kaum verstehe.

»Warum das? Ich hab gar keinen Fernseher im Atelier, ich müsste erst runter in mein Zimmer.«

»Dann geh! Beeil dich!«

Ich tue ihr den Gefallen und tapse auf nackten Füßen die Treppen runter. Vielleicht bringen sie etwas über ihre Tanzgruppe? »Wie war eigentlich der Tanz in den Mai?«, frage ich sie, während ich nach unten gehe. Wir hatten bei all dem Drama um mich überhaupt nicht mehr darüber gesprochen, aber jetzt muss ich wieder daran denken.

»Nett«, flötet sie. Es ist unverkennbar ein Understatement-Nett, und ich beschließe, sie ausführlicher zu fragen. Zunächst erreiche ich allerdings mein Zimmer, schalte den Fernseher ein und zappe durch die Programme. Im Regionalsender zeigen sie ein Schwimmbad, und ich habe keinen Schimmer, was Sophia daran so spannend findet. Bis ich einen der tropfnassen Schwimmer an der Bewegung erkenne, mit dem er sich das Wasser aus dem Gesicht schüttelt.

»Oh«, entfährt es mir.

»Nicht wahr? Meine Mom ruft mich gerade zum Essen, aber ich ruf dich nachher noch mal an.«

Und damit lässt sie mich alleine vor dem Fernseher, in dem Killian gerade von einem Startblock springt und durchs Becken krault.

»… abzuschalten«, höre ich eine ruhige Sprecherin aus dem Off sagen. »Doch viel Zeit dazu bleibt nicht. In genau siebzehn Minuten steht die nächste Taktik-Besprechung an. Im Trainingscamp erlaubt sich niemand, auch nur eine Minute zu spät zu kommen.« Die Kamera zoomt näher, als Killian sich aus dem Wasser stemmt, nach einem Handtuch greift und es sich um den Nacken legt, bevor er zum Ausgang der Schwimmhalle geht. »Nicht einmal ein Killian Schwarz«, fügt die Sprecherin lakonisch hinzu und ich hasse sie im gleichen Moment.

Die Schwimmbadszenerie wird ausgeblendet, Applaus setzt ein und das Bild zeigt ein Studio. »Sport um Acht« steht in schrägen, etwas altbackenen Buchstaben in der

Kulisse. Killian sitzt einer Moderatorin gegenüber, deren zimtfarbene Bluse eindrucksvoll ihre dunkelroten Locken unterstreicht. Sie verströmt eine Mischung aus Attraktivität und Bissigkeit, noch bevor sie ein Wort sagt, die Zuschauer begrüßt und Killian vorstellt. Er sieht blass aus, finde ich. Aber vielleicht liegt das an dem schwarzen Hemd, das er anhat. Er trägt die Haare etwas kürzer, hat sich die rötlichen Spitzen abschneiden und die Seiten ausrasieren lassen. Es betont seine scharfen Gesichtszüge.

»Killian, schön, dass Sie sich heute Zeit für uns nehmen konnten«, sagt die Moderatorin. »Sie haben extra für die Sendung Ihr Trainingslager vorzeitig abgebrochen, ist das richtig?«

Killians Lächeln wirkt bemüht. »Nein, da hätte der Trainer vermutlich auch etwas einzuwenden gehabt. Das Training ist seit heute Nachmittag beendet. Ich bin lediglich vor dem letzten Abendessen abgereist, um Ihrer Einladung folgen zu können. Danke übrigens dafür.«

»Wir haben zu danken, dass Sie sich unseren Fragen stellen. Im Film haben wir es soeben gesehen: Das Training wird härter, seit Sie in der Bundesliga spielen. Hatten Sie damit gerechnet?«

»Nein.« Killian zuckt mit den Schultern. »Wir – die ganze Mannschaft – hatten darauf gehofft. Die Bundesliga war immer unser erklärtes Ziel. Dass das Training mit dem Anspruch der Gegner zunimmt, hat niemanden überrascht.«

»Der Druck scheint allerdings ziemlich groß zu sein.«

»Nein, das ist er nicht. Keiner ist ernsthaft davon ausgegangen, dass wir aufsteigen und gleich um die Meisterschaft oder einen Platz in der Champions League spielen.«

»Nicht? Nicht bei dem Potenzial, das die Mannschaft in der ersten Hälfte der Saison gezeigt hat?«

»Da war es einfach. Wir wurden maßlos unterschätzt und auf kalte Duschen und einen schlechten Rasen reduziert. Wenn einer von uns eine Gelbe Karte bekam, konnten wir untereinander die Trikots tauschen, weil uns keiner kannte.« Er sagt das so staubtrocken, dass er die Moderatorin einen Moment aus der Fassung bringt. Auf mein Gesicht hat sich ein leichtes Lächeln geschlichen.

»Also«, nimmt die Moderatorin ihren Faden wieder auf, »haben Sie keine großen Ansprüche an sich selbst?«

»Doch, die haben wir, aber wir rechnen nicht gleich mit dem Titel. Das würde dann schon in die Kategorie Wunder fallen. Natürlich träumen wir nachts von solchen Wundern. Aber tagsüber sind wir alle realistisch genug, um zu wissen, dass wir eine gute Mannschaft sind, aber nicht von heute auf morgen zu den Besten zählen können. Unser Ziel zu Anfang der Saison war der Klassenerhalt. Jetzt stehen wir auf Platz neun und könnten rechnerisch nicht einmal dann mehr viel tiefer fallen, wenn wir alle folgenden Spiele verlieren. Was wir, by the way, zu verhindern wissen, verlassen Sie sich drauf. Damit können wir mehr als zufrieden sein.«

»Für die Mannschaft trifft das in jedem Fall zu«, sagt die Moderatorin. Ihr Lächeln erscheint mir plötzlich kälter. »Aber wie ist es mit Ihnen persönlich? Sind Sie mit sich zufrieden?«

»Ich bin stinksauer auf mich, wenn ich eine Torchance vergebe, falls Sie das meinen. Es gibt Spiele, nach denen ich unzufrieden bin, was mich antreibt, härter zu arbeiten.«

»Ich könnte mir vorstellen, dass die letzten Spiele dazu zählen. Sie hatten etwas Pech.«

»Ich neige nicht dazu, alles auf Glück oder kein Glück zu schieben. Ich habe ein paar Mal gepatzt und entsprechend trainiert, um möglichst schnell wieder zu treffen.«

»Wie«, fragt die Moderatorin gedehnt, und etwas an ihrem Ton lässt mich die Luft anhalten, »passen die jüngsten Meldungen aus Ihrem Privatleben dazu, Killian?«

»Genau wie Sie arbeite ich keine vierundzwanzig Stunden am Tag.« Killian lächelt. Vielleicht sehen die meisten die Anspannung in seinem Gesicht gar nicht. Ich sehe sie. Ich glaube sie zu spüren. »Das Privatleben mag knapp bemessen sein, aber das ist, entschuldigen Sie bitte, meine Sache.«

»Es gibt Beobachter, die Ihr Formtief mit Ihrer jüngsten Beziehung in Verbindung bringen.«

»Beobachter«, wiederholt Killian das Wort im gleichen Moment, als ich es verächtlich ausrufe. Irgendwelche Leute, die keine Ahnung haben, aber alles besser wissen! »Das ist Unsinn.«

»Wirklich? An dem Streit mit Ihrem Trainer ist nichts dran?«

Ich beiße mir auf die Innenseite der Wange. Hat Killian nun auch noch mit seinem Trainer gestritten? Wegen mir?

Killian sagt »Nein«, aber es ist nicht die Wahrheit, das erkenne ich. Und die Moderatorin sieht es ebenfalls. Sie leckt sich über die Schneidezähne, bevor sie weiterspricht. »Es gab doch sicher Diskussionsbedarf, oder nicht?«

»Über meine Beziehung?« Killian schnaubt leise. »Sie haben das eben sehr richtig als mein Privatleben benannt.

Das heißt so, weil man es *privat* lebt. Mir ist klar, dass Sie das Wort nicht schätzen.«

Die Moderatorin lehnt sich leicht zurück und schlägt die Beine übereinander. »Sie dürfen uns nicht übel nehmen, dass wir Punkte ansprechen, die die Fans interessieren. Und viele fragen sich natürlich, was ein erfolgreicher junger Mann ausgerechnet von einem so jungen Mädchen will.«

»Das so junge Mädchen, wie sie es nennen, ist keine vier Jahre jünger als ich.«

»Ich wollte damit keinesfalls sagen, dass Sie sich am Rande der Legalität bewegen. Die moralische Frage stelle ich mir allerdings schon.«

Mein Gott, Killian, sag es einfach!, denke ich. Sag, dass ich gelogen habe!

Stattdessen fährt die Moderatorin fort: »Dass die Eltern des Mädchens die Beziehung verboten haben und es sogar von der Polizei abholen lassen, drängt uns nun mal gewisse Rückschlüsse auf.«

»Sie haben mich zu einem Gespräch über den Sport und über unser Training eingeladen«, sagt Killian tonlos. Sein Kiefer ist so verspannt, als müsse er Steine zerbeißen. »Können wir zu diesem Thema zurückkommen?«

Das Biest denkt nicht daran. »Sie haben im Interview einmal gesagt, Sie wären ein Vorbild für junge Menschen.«

»Hab ich das?«

Die Moderatorin nickt zuckersüß. »Im Zuge ihres Engagements für die Flüchtlingshilfe sprachen Sie von Ihrer Vorbildfunktion und dass es Ihnen aufgrund dieser ein großes Bedürfnis sei, nicht nur zu helfen, sondern öffentlich zu helfen, um viele junge Menschen zu motivieren, dasselbe zu tun.«

Killian schüttelt den Kopf und ich möchte den ganzen Killian schütteln. Warum sagt er es nicht einfach?

Er erwidert nichts, ganz offensichtlich fehlen ihm die Worte.

»Ihr Trainer, Ole Christian, ist selbst Vater einer vierzehnjährigen Tochter«, bohrt die Schlange von Moderatorin immer weiter. »Ich nehme an, er hat eine Meinung zu der Situation. Gab es wirklich keine Diskrepanzen? Stehen Sie eigentlich für Samstag in der Startaufstellung, Killian?«

Killians Hände zittern. Man sieht es deutlich, die Kamera hält direkt darauf, zoomt sogar noch näher. »Ich gehe davon aus, dass ich spiele.«

»Experten meinen, es wäre vielleicht klüger, Sie vorerst auf die Bank zu setzen, solange Sie nicht ganz bei der Sache sind.«

Killian stößt ein humorloses Lachen aus. »Na, Ihre Experten müssen es ja wissen. Wen haben Sie denn gefragt, irgendeinen Typen, der vor einem halben Jahrhundert im Tor Bälle gefangen hat?«

Die Moderatorin verzieht pikiert das Gesicht, aber ich erkenne die Show dahinter sofort und möchte Killian zuschreien, dass er ihr jetzt nicht in die Falle gehen darf. Doch es ist längst zu spät. Sie hat ihn. Sie hat ihn genau da, wo sie ihn haben wollte. Er fühlt sich bis aufs Blut gedemütigt und wird vor laufender Kamera wütend, und ich kann nichts tun, außer abschalten oder zusehen.

»Sehen Sie«, beginnt er, »ich habe einen tollen Job. Ich liebe diesen Job, das können Sie mir glauben. Es ist mein

Lebenstraum. Auch wenn bei einem Tor, das ich schieße, schon vor dem ersten Schulterschlag eines Mannschaftskollegen die Gewissheit da ist: Du hast getroffen – das bedeutet, dass du unbedingt im nächsten Spiel wieder treffen musst, wenn du nicht willst, dass sie auf dir herumhacken! Ich kenne sie alle, die blöden Kommentare über meine Person. – Wird ein ewiges Talent bleiben. – Verwandelt doch nur, was Nedim Ataman ihm auf dem Spann anrichtet. – Hatte nur Glück.« Er fährt sich durch die Haare. »Und es wäre gelogen, wenn ich sagen würde, dass es mich nicht nervt.«

»Das sind Ihre Fans.« Die Moderatorin lächelt, als wüsste sie genau, dass der hingeworfene Satz Killian wie ein Stein am Kopf trifft.

»Ich scheiß drauf!« Killians Lächeln wirkt gefährlich. »Das sind größtenteils Leute, die mir gestern ewige Liebe schworen, weil ich gegen einen Ball gebolzt habe. Heute verurteilen sie mich, weil ich nebenbei noch ein Leben lebe. Und morgen? Stellen Sie sich mal vor, ich würde verkünden, gern zu Bayern München zu wollen. Ein paar von denen, die gestern noch Trikots mit meinem Namen drauf trugen, würden mir, ohne mit der Wimper zu zucken, den Tod wünschen. Das ist auch Teil des Jobs, der unangenehme. Aber ich schluck das, wissen Sie. Ich schluck es runter und lächel in die Kameras und hoffe, dass ich dabei nichts von dem Mist an den Zähnen habe. Denn ich liebe diesen Job.«

Tu's nicht!, flehe ich stumm. Hör auf, hör bitte auf. Du machst alles nur schlimmer!

Doch er kann mich nicht hören, und vermutlich würde

er ohnehin nicht auf mich hören. Seine Lippen sind blass und seine Stirn glänzt. »Aber langsam ist der Punkt erreicht, an dem ich genug habe«, fährt er fort. »Sie haben mich hier in die Sendung eingeladen, um über unser Training zu sprechen. Aber das war nur ein billiger Vorwand. Kaum sitze ich auf Ihrem uralten, stinkenden Sessel hier, darf ich mir meinen privaten Kram aufs Brot schmieren lassen.« Killian stößt sich von seinem Stuhl hoch, die Kamera verwackelt beim Versuch, ihn schnell wieder ganz ins Bild zu bekommen. »Und da es Ihnen noch nicht reicht, wenn ich das fresse – denn Ihre kleine Sendung ist genau wie ihre Karriere längst vollkommen verstaubt und braucht einfach mal wieder frischen Wind, damit irgendein dicker Arsch auf dem Sofa überhaupt noch die Mühe auf sich nimmt, sie einzuschalten –, schmieren Sie mir das Scheißbrot vor Ihren Kameras live mitten ins Gesicht. Danke, mir reicht's.«

Killian dreht sich um und geht aus dem Bild.

Für einen Moment wirkt die Moderatorin verstört, doch sie fasst sich schnell und leitet mit routiniertem Lächeln zum nächsten Beitrag über. Ich meine, Genugtuung in ihrem Gesicht zu entdecken.

KAPITEL 35

Er ist immer noch blass und hat Augenringe, stelle ich fest, als Killian die Eisdiele betritt und sich umsieht. Am Tresen vorn tummelt sich eine Traube Kinder. Außer ihnen will bei dem Wetter niemand Eis, darum hat Killian mich an dem Tisch in der hintersten Ecke schnell entdeckt.

»Willst du auch einen?«, frage ich statt einer Begrüßung und deute auf meinen Cappuccino mit Sahne statt Milchschaum.

Er schüttelt den Kopf, setzt sich und lässt seine nass geregnete Jacke an. »Ich bleib nicht lange.«

Ich hatte es gewusst.

Er hatte nicht zu mir nach Hause kommen wollen und mich gebeten, ein ruhiges Café auszusuchen, wo wir uns treffen können. Da ich nach wie vor nur mit dem Hund rausgehen darf, hatte ich diese Eisdiele gewählt, weil sie auf meiner Hundestrecke liegt.

Killian begrüßt Mister Boo und krault ihn unter dem Tisch. Ich glaube, er will Zeit schinden. Leichter macht er es damit keinem von uns.

»Ich hab dich gestern im Fernsehen gesehen. Zufällig.« Klar. Man schaltet rein zufällig einen kleinen Regionalsender ein und guckt eine Sportshow, wenn man von Sport so viel Ahnung hat wie Kanarienvögel von Arktisforschung. »Ich fand's toll. Ehrlich. Du hast endlich mal …«

Er hebt eine Hand und sieht dabei so aus, als würde er am liebsten den Kopf über meine Naivität schütteln wollen, verkneift es sich aber aus Höflichkeit. »Lass bitte gut sein, Romy. Es war nicht toll. Nichts daran.«

Ich hatte mit meinem ersten Eindruck vermutlich recht gehabt. Sein Ausraster hat alles schlimmer gemacht. Nur wenige Fans geben ihm in den sozialen Netzwerken recht und feiern seine wahren Worte. Die meisten nennen ihn arrogant und abgehoben. Was vielleicht kein Wunder ist, titelt doch die Presse mit Schlagzeilen wie: »Killian Schwarz ehrlich wie nie – er brüskiert seine größten Fans!« Die sogenannten Experten schieben alles darauf, dass ihm der Teil seiner Ausbildung fehlt, der auf die Medien vorbereitet. »Trainer Ole Christian muss sich massive Versäumnisse ankreiden lassen«, heißt es im Birmheimer Tageblatt. »Es reicht eben doch nicht, talentierte Jungs am Ball gut auszubilden. Sie müssen auch auf ihr Leben im Rampenlicht hin trainiert und in Medienkompetenz ausgebildet werden.«

»Stimmt es denn?«, frage ich vorsichtig. »Hattest du Stress mit deinem Trainer?«

Er fährt sich über die Stirn, dann über die Augen. »Ja, aber mach dir keine Gedanken. Ist schon gut.«

Ich schlucke. Wir schweigen. Die Bedienung kommt und wagt nicht, ein Wort in die angespannte Stille zu sagen. Sie hebt bloß fragend die Augenbrauen, wir schütteln den Kopf und sie zieht sich zurück.

»Ich hatte wirklich gedacht ...«, setzt er an und unterbricht. »Das war so nicht geplant. Ich wollte das nicht. Und das am Sonntag ...«

Am Sonntag wollten wir es noch durchstehen. Zusammen. Ich würde das gerne aussprechen, aber ich fühle mich ohnehin schon wie das mieseste Wesen auf Erden. Am Sonntag galt er noch nicht öffentlich als der, dessen Freundin von der Polizei gesucht werden muss.

»Verflucht, Romy, es tut mir leid.«

Muss es nicht. Es ist ja meine Schuld.

Er sieht auf den Tisch, auf die freie Fläche zwischen unseren Händen. »Es fühlt sich alles falsch an.«

Dann mach es anders, denke ich, und weiß im selben Moment, dass er das nicht kann.

»Romy. Wenn die Umstände anders wären! Nur ein bisschen anders, dann ...«

Ich verstecke meine Hände unter dem Tisch und kralle sie ineinander. Der Drang, ihn zu bitten, die Umstände Umstände sein zu lassen, wird immer größer. Ich denke an Heidi, die mich gebeten hat, es ihm nicht unnötig schwer zu machen. Vollkommen ungewollt schieben sich die Bilder davor, wie er im Badezimmer vor mir sitzt und ich ihn einfach küsse. Ob es noch einmal möglich wäre, ihn zu überzeugen? Allein die Frage versetzt mir einen Stich, denn ich werde es nie erfahren.

Vor mir fallen zwei, drei Tropfen auf das weiße Tischtuch und färben kleine, graue Punkte ins Weiß. Killian hat den Arm aufgestützt und die Stirn auf die geballte Faust gelehnt. Die Bedienung eilt vorbei, sie macht einen Bogen um uns. Man sieht vermutlich von Weitem, was hier geschieht. Was zum Teufel hat mich geritten, ihn in eine Eisdiele zu bestellen? Eine Eisdiele, in der Polly und ich schon als Kinder Biene-Maja-Becher und Mini-Spaghetti-Eis gegessen haben. In der mich die Bedienung schon kannte, als ich »Schokolade« noch nicht aussprechen konnte.

»Wein nicht«, sagt er. »Bitte.« Er streckt seine Hand über den Tisch aus, aber da ist nichts, was er festhalten könnte. Er begreift das erst nach Sekunden, in denen seine Hand ratlos in der Luft schwebt; jede dieser Sekunden tut mir mehr weh.

Ich wünschte, er hätte per Telefon Schluss gemacht. Ich pfeif auf anständig. Jetzt fühlt sich anständig nur an wie die volle Dröhnung. Die Breitseite. Ein emotionaler Schlag ins Gesicht.

»Hör auf damit!«, presse ich mühsam hervor. »Das macht es bloß noch schlimmer.«

»Aber ich –«

»Hör auf! Ich weiß, dass ich schuld bin. Es tut mir leid und ich würde alles ungeschehen machen, wenn ich könnte. Ich konnte es nicht glauben, als ich erfahren habe, was meine Eltern getan haben. Es macht mich fertig, dass *ich* sie dazu gebracht habe. Ich will den Leuten ins Gesicht springen, die so gemein zu dir sind, aus Neid, aus Gehässigkeit oder einfach nur aus Langeweile oder weil sie meinen, sie hätten das Recht dazu. Aber das ist kein Grund, *mich* fertigzumachen. Sag mir, was du mir zu sagen hast. Und bitte mach schnell, sonst … sonst …«

Er sieht mich an und ich starre durch ihn hindurch.

»Sonst löse ich mich auf«, flüstere ich. »Ich kann's nicht mehr lange aufhalten.«

Er hört nicht auf, mich anzusehen. Vorsichtig und mit Distanz, als könnte ich jederzeit explodieren. »Was meinst du damit, Romy?«

Ich sacke auf meinem Stuhl zusammen. War es nicht Ehrlichkeit, was er von mir wollte? »Das schwarze Loch«, erkläre ich schlicht und lege mir eine Hand auf die Brust. »Es ist da, seit Polly tot ist, und es wird immer größer. Früher hab ich gesungen, damit es kleiner wurde. Aber seit der Feier, seit ich das Lied gesungen habe – für dich –, geht das nicht mehr. Du hast mir das genommen – das ist schon okay, es war ja keine Absicht.« Ich muss fast lachen, dabei ist nichts Lustiges an der Situation, und ich bin eher entsetzt, ihm diese Dinge zu sagen – diese furchtbar peinlichen Dinge.

»Aber …« Ich habe den Faden verloren; weiß überhaupt nicht mehr, was ich hier rede. »Erst Polly. Jetzt du. Ich kann nicht mehr, glaub ich. Ich halt das nicht aus. Seit du zum ersten Mal mit mir Schluss machen wolltest, redet Polly kaum noch mit mir. Dabei ist sie schuld – es ist alles ihre Schuld, weißt du? Die Lüge, dass ich siebzehn sei – ich hätte das nie gesagt, wenn nicht Polly …« Was rede ich denn nur?

Er nickt langsam. Dann greift er erneut über den Tisch. Ich kann meine Hand nicht schnell genug wegziehen, bevor er sie in seine nimmt. Seine Finger sind warm und meine kalt, aber nun werden sie ebenfalls wärmer. Sie fühlt sich geborgen bei ihm, meine Hand. Meine ganze Haut.

»Du musst darüber reden, Romy«, sagt er. »Mit jemandem, der da Erfahrung hat. Du brauchst gerade jemanden, der dir ein bisschen hilft.«

Dich, denke ich. Ich brauche dich! Das reicht schon, ich komme dann bestimmt schnell wieder klar!

Habe ich gesprochen, oder kann er meine Gedanken lesen? Er schüttelt den Kopf. Ganz leicht und langsam und traurig.

»Du meinst, ich brauche einen Therapeuten«, sage ich. »Na, herzlichen Dank.«

»Das ist nichts Schlimmes«, meint er. »Wenn ich einen Tritt vor die Wade bekomme, gehe ich damit nicht zu jemandem, den ich gern hab, sondern zu unserer Physiotherapeutin und zum Masseur. Die kennen sich besser mit getretenen Waden aus.«

»Ich habe aber keinen Tritt vor die Wade bekommen.«

»Nein, aber deine Schwester wurde dir genommen. Du hast mir erzählt, dass ihr eine ganz enge Bindung hattet.«

»So eng wie zwei Garne in einem Strickstück.«

»Und da wundert es dich, wenn etwas kaputtgeht und Hilfe beim Heilen braucht, wenn man einen Teil wegreißt?«

Es ergibt erstaunlich viel Sinn, was er sagt. »Ich denke noch mal darüber nach«, murmle ich und sehe ihn an. Er sieht merkwürdig verschwommen aus. Ich wische mir übers Gesicht und stelle fest, dass ich noch immer heule. Wie peinlich. Mit dem Ärmel wische ich meine Augen trocken und versuche mich an einem Lächeln. »Und du?«

»Und ich?«, wiederholt er fragend.

»Denkst du auch noch mal darüber nach? Über uns? Bitte!«

Mein pseudo-tapferes Lächeln, die weggewischten Tränen, das erbärmliche Gebettel. All das spricht von Verzweiflung, nicht von Kampfgeist oder Entschlossenheit. Und mit Verzweiflung – ich sollte es langsam eingesehen haben – erreicht man nichts.

Killian nimmt seine Hand zurück. Ich kann sie nicht festhalten.

»Es geht nicht, Romy. Für mich steht zu viel auf dem Spiel.«

Ein Zittern durchläuft mich, als mir klar wird, dass ich ihn verloren habe. Doch da flüstert Polly mir plötzlich zu: *Noch ist gar nichts verloren. Gib nicht so schnell auf – so einfach kommt der nicht davon! Frag ihn, ob er eigentlich gar nichts für dich empfindet!*

Und ich frage: »Empfindest du denn gar nichts für mich?«

Frag ihn, ob das alles nur eine Show war!

»War das alles nur Show?«

Sag ihm, dass er dich überhaupt nicht geliebt hat – sonst wärst du ihm wichtiger als seine blöde Karriere!

»Du hast mich doch überhaupt nicht geliebt, sonst …« Erschrocken halte ich inne. Ich will das nicht sagen. Es ist völlig falsch. Nichts davon stimmt!

»Ist okay«, sagt Killian, stützt sich am Tisch hoch und steht schwerfällig auf. »Glaub das, wenn es dir hilft. Sei wütend. Glaub es einfach, Romy.«

Polly sagt etwas. Ich höre nicht hin.

»Warte, Killian, geh bitte nicht.«

Er beißt die Zähne zusammen. Sein Kiefer, seine Augen, seine Stirn – alles ist angespannt wie in einem Kampf, den er nicht mehr aufgeben, aber noch weniger gewinnen kann. Er schaut auf irgendeinen Punkt in meinem Gesicht, meine Wangenknochen vielleicht, aber nicht meine Augen. »Romy, es hat keinen Sinn. Ich verstehe dich nicht, ich kann dir nicht vertrauen, ich weiß nie, was als Nächstes kommt. Ich weiß doch überhaupt nicht, wer du eigentlich bist.«

Damit dreht er sich um und geht. Mister Boo will ihm nachlaufen, aber ich halte die Leine fest.

Ich weiß nicht, wie lange ich quer durch die Eisdiele auf die Tür starre, durch die er verschwunden ist. Irgendwann stellt die Bedienung einen Becher mit drei Kugeln vor mir ab.

»Cookie Dough«, sagt sie und tätschelt meine Schulter. »Ein Biene-Maja-Becher würde jetzt nicht mehr helfen. Geht auf's Haus.«

KAPITEL 36

Am späten Abend will ich ein weiteres Mal zum Friedhof. Papa fährt mich hin. Und Papa macht mir eine Räuberleiter, damit ich über den Zaun steigen kann, denn der Friedhof hat geschlossen. Wir hatten uns vorher beide keine Gedanken über die Öffnungszeiten von Friedhöfen gemacht.

»Gehst du nie hin?«, frage ich ihn durch den Maschenzaun.

»Nein«, sagt er schlicht. »Noch nicht.«

»Wer macht das Grab?«

»Was?«

»Jemand pflegt das Grab. Es ist schön. Es ist … fröhlich. Es passt zu Polly, du solltest hingehen und es anschauen. Wer kümmert sich darum?«

»Deine Mutter«, sagt er, als wäre das selbstverständlich. Aber es ist nicht selbstverständlich. Doch dass Dr. Pierre Silvain, Anwalt, seiner Tochter dabei hilft, spätabends auf einen Friedhof einzubrechen, ist es vermutlich noch weniger.

»Du hattest recht, wir sollten wirklich reden«, sage ich.

»Das machen wir. Jetzt geh, bevor uns jemand erwischt. Ich warte hier auf dich. Wie sagt man? – Ich stehe Schmiere.«

»Danke«, flüstere ich.

Bei Dämmerung ist es grau auf dem Friedhof. Der Regen wäscht die letzten Farben weg. Ich schaudere mehrmals in meiner dünnen Jacke, und als ich Pollys Grab erreicht habe, muss ich gegen den Drang ankämpfen, wieder umzudrehen und wegzurennen. Panik macht mir die Brust eng – vielleicht ist es auch das schwarze Loch. Aber ich muss das jetzt durchstehen, sonst verliere ich irgendwann den Verstand, und nachdem ich ein paar Minuten tief ein- und ausgeatmet habe und mir sicher bin, dass alles Rascheln nur von kleinen Tieren stammt, beruhigt sich mein Puls und die Angst schwillt ab.

Du hast ihn einfach gehen lassen, sagt Polly irgendwann. Ich bin erleichtert, dass sie da ist, und zugleich verzweifle ich daran. Denn ich spüre, dass unsere Zeit abläuft, und jedes Mal, wenn sie zu mir kommt, befürchte ich, dass es das letzte Mal ist.

»Er wollte gehen. Es ist besser für ihn.«

Für ihn – du sagst es. Und für dich? Denkt der Arsch eigentlich nur an sich?

Dieselbe Frage hatte ich mir auch gestellt. Zu Hause war ich noch unglaublich wütend gewesen. Auf mich – aber auch auf Killian, weil er nicht zu mir hält, nur weil es unangenehm wird. Wie groß kann die Liebe da schon sein? Aber nun, mit vom Regen gekühlten Gesicht, sehe ich klarer. »Ich hab zu viel gelogen. Zu oft vorgespielt, jemand anders zu sein.«

Mutiger. Stärker. Polly.

»Wie sehr kann er mich schon lieben, wenn ich ihn nur selten sehen lasse, wer ich wirklich bin?«

Es fühlt sich an, als fiele ein Gewicht von mir ab. Er liebt nicht mich nicht. Vielleicht hätte er mich geliebt, wenn ich ich selbst gewesen wäre.

Du hättest um ihn kämpfen müssen. Man darf nicht einfach aufgeben.

»Drei Wünsche«, sage ich leise, um das Thema zu wechseln. Ich will nicht mehr über Killian reden. Oder ehrlicher: Ich schaffe es nicht, über Killian zu reden. Jedes Wort über ihn macht meine Gedanken flüssig und lässt sie als Tränen aus meinen Augen laufen, bis ich gar nicht mehr denken kann. »Erinnerst du dich?«

Natürlich.

»Ich habe sie fast alle erfüllt.«

Nein, das hast du nicht. Du hast nur einen erfüllt – du hast in der Band gesungen.

»Und ich lebe«, korrigiere ich sie. »Ich lebe, ich liebe und ich habe mir das Herz brechen lassen, aber es schlägt trotzdem weiter.«

Wie melodramatisch, Romy!

»Ja, und wahr«, beharre ich. »Was ist das alles, wenn nicht das Leben?«

Und das schwarze Loch?

»Das ist kein Tod und bringt mich nicht um. Das ist so was wie«, ich schluchze unweigerlich auf und wische mir das Gesicht ab, »ein Tritt gegen die Wade.«

Polly macht einen leisen, tröstenden Zischlaut. *Bleibt also nur ein Wunsch.*

»Ja. Und mal angenommen, ich würde es tun … Verlässt du mich dann?«

Es wäre besser für dich. Mein Rat hat dir kein Glück gebracht. Es ist meine Schuld, dass alles passiert ist.

»Nein, Polly, ist es nicht.« Seltsam. Eben hatte ich es noch gedacht. Ich hatte Polly Vorwürfe machen und sie anschreien wollen, weil ich Killian nur ihretwegen angelogen habe. Weil ich Killian am Ende nur wegen ihrer Lüge verloren habe. Aber jetzt wird mir auf einmal klar, dass sie mir nur den Rat geben konnte, den sie selbst für richtig hielt. Rat, der zu ihrem Leben passte, aber zu meinem nicht. Ich hatte mich in ihren Kleidern versteckt und ihre Worte gesagt. Und dazu hatte mich niemand gezwungen.

»Ich habe Fehler gemacht, weil ich unsicher war ohne dich.«

Man kann jeden Fehler wiedergutmachen, sagt Polly liebevoll zu mir. Nach einer langen Pause setzt sie hinzu: *Fast jeden.*

Regentropfen rinnen an dem Marmorvogel auf ihrem Grab herab, perlen an seinen Flügeln runter und tropfen von den Spitzen der Schwingen. Es sieht fast aus, als würde er sich bewegen. »Polly? Wer hat dich eigentlich Birdie genannt?«

Sie schweigt lange, bevor sie antwortet. *Ich kann mich nicht erinnern.*

KAPITEL 37

Meine Mutter hat Tee gekocht. Ich bin nass und komplett durchgefroren und kann ihn gut vertragen.

»Doppelt Honig?«, frage ich nach einem ersten, vorsichtigen Schluck.

»Ich dachte, das wäre heute gut«, antwortet sie leise, reicht mir eine warme Fleecejacke und ein Handtuch für meine Haare.

Wir setzen uns mit den Teetassen ins Wohnzimmer und schweigen eine Weile, nur unterbrochen von Papas gelegentlichem Räuspern.

»Das Grab ist schön«, sage ich irgendwann zu meiner Mutter. »Es ge… es würde Polly gefallen.«

Sie lächelt bemüht und nickt. »Freut mich, dass du das sagst. Ich war nicht sicher. Ich hätte dich gern nach deiner Meinung gefragt, aber …«

»Wir wollten dir nicht noch mehr wehtun«, sagt mein Vater und legt beide Hände auf den Tisch. »Eigentlich geht es die ganze Zeit nur darum. Dass wir versuchen, dich zu beschützen.«

Meine Mutter spielt mit ihrem Löffel in der Tasse herum. »Die Aktion mit der Polizei tut mir sehr leid. Ich habe nicht gewollt, dass es solche Kreise zieht. Es war unüberlegt. Aber wir waren so …«

Ich schweige dazu, denn wenn ich etwas sage, muss ich sicher wieder weinen.

»Es war schwer für uns, mit anzusehen, wie du deiner Schwester immer ähnlicher wirst«, sagt mein Vater. »Du hast plötzlich zunehmend wie sie gesprochen. Du hast ihre Sachen getragen. Und dann die Geschichte mit dem älteren Freund …«

»Der hatte nichts mit Polly zu tun«, entgegne ich, aber dann fällt mir wieder ein, was ich ganz zu Anfang zu Polly gesagt hatte: Er wäre ihr Typ. Ja, das stimmt, und vermutlich haben sie das missverstehen müssen.

»Es war wie ein Déjà-vu«, wirft meine Mutter ein. »Und wir hatten beide schreckliche Angst, dass es wieder in einer Katastrophe enden könnte.«

»Aber ihr habt nichts gesagt.«

Meine Eltern schütteln die Köpfe. »Wir wollten auch uns schützen«, sagt mein Vater. »Auch wenn das vermutlich falsch war.«

»Ihr habt immer nur gearbeitet.«

Meine Mutter senkt den Blick. »Ja.«

»Und ihr habt so getan, als hätte es Polly nie gegeben.« Mir fällt das liebevoll gepflegte Grab ein. »Aber nur vor mir. Ihr habt an sie gedacht, oder? Und über sie gesprochen.«

Meine Mutter wischt sich Tränen aus dem Gesicht und weint neue.

Mein Vater sagt: »Jeden Tag, Romy. Polly ist unsere Tochter und wird es immer sein. Sie fehlt uns jeden Moment, und es gibt keine Minute, in der wir uns nicht an sie erinnern oder uns vorstellen, was sie wohl sagen würde. Oder machen. Worüber sie lachen und was sie ärgern würde.«

»Das hab ich nicht gewusst.«

»Wir wollten dich schonen«, sagt er und nimmt die Hand meiner Mutter. »Und das war falsch. Ganz zu Anfang sind wir erschrocken, wie heftig du reagiert hast, wenn ihr Name fiel. Und auf der Beerdigung ...«

»Aber es ist nicht deine Schuld«, fügt meine Mutter mit belegter Stimme hinzu. »Wir waren einfach nicht in der Lage, mit dir darüber zu sprechen und es auszuhalten, wie schrecklich das für dich war.«

»Wir hatten Angst vor deinen Fragen.«

»Das war sicher ein Fehler. Wir haben das Thema gemieden, wenn du dabei warst. Das war für uns leichter. Aber richtig war es nicht.«

Ich nicke langsam. Was sie sagen, macht erschreckend viel Sinn. »Zu Anfang habt ihr über Polly gesprochen«, erinnere ich mich vage. »Aber ich bin jedes Mal weggerannt oder hysterisch geworden. Ich wollte gar nichts von ihr hören.« Ich hatte das vollkommen verdrängt. Erst als Polly mit mir zu sprechen begann, kam auch in mir wieder der Wunsch auf, über sie zu sprechen. Aber da hatten meine Eltern bereits aufgegeben.

»Es gibt noch einiges zu sagen«, meint meine Mutter. »Dinge, die du nicht verstehen wirst.«

Wenn sie wüsste, was ich alles verstehen kann. Wenn sie wüsste, dass für mich dasselbe gilt.

Wenn sie wüsste, oder?, flüstert Polly.

Mama seufzt. »Wäre es für dich in Ordnung, wenn wir diese Gespräche unter Anleitung führen könnten? Unter professioneller Anleitung?«

»Bei einem Psychologen?«

»Wir dachten«, sagt Papa, »an eine Familientherapie. Wir alle zusammen.«

Ich zucke mit den Schultern, nicke dann.

»Du bist einverstanden?« Es scheint sie zu überraschen.

»Klar. Wenn man einen Tritt vor die Wade bekommt …« Sie sehen mich einträchtig ratlos an und ich lächle. »Schon okay. Ich finde die Idee gut.«

Meine Mutter atmet durch.

Und der Hausarrest?, fragt Polly leise.

»Und der …« Ich halte inne. »Den Hausarrest – den habe ich verdient, okay. Aber …«

Mein Vater wiegt den Kopf. »Du warst nicht ehrlich.«

»Wir haben es dir allerdings auch ganz schön schwer gemacht, ehrlich zu sein«, verteidigt mich meine Mutter.

»Wie wäre es damit …« Ich schlucke schwer, bevor ich weiterspreche. Aus irgendeinem Grund fällt es mir unglaublich schwer. »Polly wird wieder ein Teil dieser Familie. Und ich versuche dafür, wieder ich selbst zu sein.«

Und als ich es ausspreche, ist mir plötzlich klar, was das in letzter Konsequenz bedeutet.

KAPITEL 38

Ich hatte es ihr versprochen.

Ob sie noch bei mir ist, weiß ich nicht. Vielleicht ist sie am gestrigen Abend verschwunden – dorthin, wohin die Seelen gehen, wenn sie uns verlassen. Aber ihre drei Wünsche bleiben ausgesprochen, und ich habe ihr geschworen, sie zu erfüllen. Es ist ja nur noch einer übrig.

Paul begleitet mich am späten Nachmittag in das Industriegebiet im Westen der Stadt. Ich brauche Paul an meiner Seite, sonst würde ich wohl umdrehen. Er hat keine Ahnung, warum ich Marcel verzeihen will – in seinen Augen kommt das vollkommen plötzlich und ohne jeden Anlass –, aber Paul wäre nicht Paul, wenn er viele Fragen stellte. Wenn man ihn um Hilfe bittet, dann ist er da und braucht dafür weder Erklärungen noch Argumente.

Seit ich das große Schild der Autowaschanlage hoch über den Gebäuden erkennen kann, werden meine Beine immer schwerer und meine Schritte langsamer.

»Vielleicht jobbt er hier gar nicht mehr«, sage ich zu Paul.

»Die Idee kommt dir aber früh. Hast du eine andere Möglichkeit, ihn zu finden?«

Ich schüttle den Kopf. Ich habe keine Handynummer und er muss umgezogen sein, denn die Studentenwohnung, in der ich damals oft mit Polly und ihm war, steht seit einer Weile leer.

»Dann versuchen wir's doch«, entscheidet Paul. »Hey, weißt du, wovon ich schon seit Ewigkeiten träume? Von einem Video, das von einem wasserscheuen Auto in der Waschanlage handelt.«

»Wie spannend«, scherze ich halbherzig, mit den Gedanken ganz woanders.

»Total. Denn das Auto wird ein Cabrio mit offenem Dach sein.«

»Es wird sich sicher jemand finden, der dir dafür seinen Wagen zur Verfügung stellt.«

Und dann sehe ich Marcel. Es ist genau wie früher. Er geht zum Fahrerfenster des vordersten Wagen in der Schlange, kassiert das Geld ein, hilft beim Abschrauben der Antenne und weist den Fahrer mit Gesten an, wohin genau er das Auto lenken soll. Dann spritzt er es mit dem Hochdruckreiniger ab, winkt es noch ein bisschen weiter vor und startet das Programm.

Ich erinnere mich daran, dass Polly immer gesagt hatte, er würde diesen Job, mit dem er sein Studium finanziert, nicht mehr lange machen – nur noch, bis er etwas Besseres gefunden hat –, weil es so eintönig ist und schlecht bezahlt außerdem. Aber da steht er nun und macht es immer noch, als hätte es das ganze letzte Jahr nie gegeben.

Als Paul mich am Unterarm fasst, merke ich, dass ich

beide Fäuste geballt habe. »Kommst du klar?«, fragt er mich. »Soll ich hier warten?«

Es ist vermutlich feige, nicht allein zu gehen. Aber ich bin Romy. Und ich war noch nie die Mutigste. »Kannst du nicht mitgehen?«

Er lächelt. »Doch, klar.«

Marcel sieht uns schon von Weitem; vermutlich, weil nicht viele Leute zu Fuß zur Waschanlage gehen. Er winkt knapp, beendet seine Arbeit am Hochdruckreiniger und kommt auf uns zu.

»Hi Romy. Wie geht's?«

Ich zucke mit den Schultern. Er trägt immer noch den kleinen Ring in der Augenbraue. Genau wie früher.

»Ich hätte neulich auf der Party gern ein paar Worte mit dir gesprochen. Aber«, er schluckt, »ich hab dich dann nicht mehr gesehen.«

Er hat genau mitbekommen, dass ich regelrecht geflohen bin, will mir aber offenbar eine Chance geben, mein Gesicht zu wahren.

»Mir geht's noch nicht wieder gut«, sage ich. »Nicht immer.«

»Verstehe. Mir auch nicht.«

Ach? »Zum Feiern ging es dir gut genug!«

Marcel wirft Paul einen irritierten Blick zu, aber Paul macht bloß einen Schritt näher zu mir hin.

»Ich weiß«, meint Marcel sehr leise, »dass dieser Spruch ›das Leben muss weitergehen‹ hohl klingt, aber gewissermaßen trifft er zu. Glaub bitte nicht, dass ich nicht mehr an Polly denke. Ich werde sie nie vergessen und immer lieben. Aber sie kommt nicht zurück, wenn ich mich irgendwo einmaure und leide.« Er sieht mich kurz vielsagend an. »Das tust du auch nicht, oder?«

»Ich habe sie schließlich nicht umgebracht.« Ich schlage mir eine Hand vor den Mund. Das hatte ich nicht sagen wollen – nicht mal denken dürfen. Ich bin hier, um ihm zu verzeihen. Das ist Pollys Wunsch. Stattdessen ramme ich ihm verbal ein Messer ins Herz.

»Tut mir leid«, murmle ich. »Das war nicht so gemeint.«

»Was redest du da eigentlich?« Marcel starrt mit leeren Augen auf mich herab.

»Das war zugegeben ein verdammt blöder Anfang«, mischt sich Paul ein, schiebt sich zwischen uns und sieht mir ernst in die Augen. »Und ungefähr das Gegenteil von dem, was du eigentlich sagen wolltest. Was ist denn los?«

Hinter uns hupt ein Auto, der Fahrer gestikuliert aus dem Fenster. »Geht das heute noch weiter hier?«

»Wartet kurz«, sagt Marcel und eilt an seine Arbeit. Während er abkassiert und das Auto für die Waschanlage vorbereitet, wirft er immer wieder Blicke in meine Richtung, die ich nicht deuten kann.

»Lass uns gehen«, sage ich leise zu Paul. »Es war eine dumme Idee. Ich kann das nicht. Ich will das gar nicht.«

»Romy.« Paul spricht gedehnt, wie zu einem Kind. »Eben war es dir noch so wichtig. Hau jetzt nicht ab. Zieh es durch!«

»Ich hab mich bloß bequatschen lassen!« Ich schiebe Paul zur Seite und gehe in Richtung Straße.

»Warte doch!«, ruft Paul mir nach.

Ich stapfe weiter. »Ich kann nicht – es geht nicht! Der Typ hat Polly auf dem Gewissen. Wenn er nicht –«

»Spinnst du?«, zischt plötzlich eine Stimme hinter mir. Ich drehe mich um. Marcel steht da und sieht mich fassungslos an. Ich hatte nicht bemerkt, dass er mir mit Paul nachgelaufen war.

»Was bildest du dir eigentlich ein?«, schreit er mich an. »Meinst du nicht, dass ich mir genug Vorwürfe mache?«

Sein Gebrüll macht mir Angst. Ich zittere. Doch Angst hat mich schon immer eher stur und trotzig werden lassen, daher verschränke ich meine Arme, mache mich so groß wie nur möglich und gebe Paroli. »Nein, machst du nicht! Du kannst dir gar nicht genug Vorwürfe machen. Ich sage es auch noch mal: Du hast meine Schwester auf dem Gewissen!«

Marcels Fäuste fahren hoch an seine Brust. Einen Moment bin ich sicher, dass er mich schlagen will. Paul denkt dasselbe, im Sekundenbruchteil ist er direkt neben Marcel und hält ihn an der Schulter fest. Doch dann sehe ich, dass Marcel keinen Angriff plant. Eher schützt er sich.

»Das hab ich nicht, Romy. Das hab ich nicht. Ich hab versucht, sie aufzuhalten, ich hab's wirklich versucht, aber sie ... sie wollte nicht hören! Sie hat immer gemacht, was sie wollte. Immer!«

»Egal, was sie wollte«, schreie ich ihn an. »Du hättest nicht fahren dürfen!«

Marcel starrt mich an wie vom Donner gerührt. Seine Hände fallen an seinen Seiten herab. Irgendjemand bei der Waschanlage ruft seinen Namen, er scheint es nicht zu hören. Er presst kurz und hart die Lippen zusammen und fragt mich dann tonlos: »Was. Haben sie. Dir. Erzählt.«

»Dass du getrunken hattest«, presse ich unter Tränen

hervor. »Dass sie gestorben ist. Und du nicht. Warum sie? Warum Polly?«

Marcel sieht Paul an, dann mich. Sein Gesicht ist eine Maske, durch die ich keine Emotion erkennen kann. »Weil ich nicht im Auto saß, Romy.«

»Was?« Er lügt. Wer sollte sonst gefahren sein! Er muss lügen! »Was soll das heißen: Weil du nicht … natürlich saßt du im Auto!«

Er schüttelt den Kopf. »Nein.«

Alles um mich herum bewegt sich. Ich grabe in meinem Kopf nach Erinnerungen. Was hat man mir erzählt? Wer hatte behauptet, dass Marcel gefahren war? Hatte es überhaupt je jemand behauptet? War da nicht die ganze Zeit diese Frage in meinen Gedanken gewesen, wie es möglich sein konnte, dass Marcel unverletzt geblieben war? Alles dreht sich, immer schneller. Was hatten meine Eltern mir über den Unfall gesagt? Nicht viel. Und was hatte ich mir selbst zusammengereimt?

»Romy. Polly saß allein in diesem Auto. Polly ist …«

Alles dreht sich, die Welt kippt um und der Asphalt stürzt mir auf den Kopf.

Ich finde mich aufrecht in einem engen Raum wieder, etwas Hartes im Rücken und etwas Kaltes im Gesicht. Um mich herum pressen sich laute Stimmen eng aneinander. Ich brauche einen Moment, um sie trennen zu können.

»Geht es wieder?«, fragt Paul.

»Sollen wir einen Arzt rufen?«, sagt jemand, den ich nicht kenne.

»Sie kommt zu sich.«

»Ist schon gut.« Ich reibe mir die Stirn und sehe mich um. »Was ist passiert?«

Marcel blickt zu Boden, als ich ihn ansehe.

»Du bist einfach umgekippt«, erklärt mir Paul. Er ist kreidebleich hinter seiner großen Brille. »Aber Marcel hat dich aufgefangen, bevor du mit dem Kopf aufgeschlagen bist. Tut dir etwas weh?«

Darüber muss ich nachdenken. Mein Knie brennt ein wenig unter der Jeans, aber weder ist der Stoff kaputt noch scheint es zu bluten. Wir befinden uns in einem kleinen, karg eingerichteten Büro. Es stinkt nach Motoröl und Scheibenreiniger. »Alles in Ordnung. Glaube ich.«

»Bist du sicher?« Ich kenne den Mann nicht, der mich das fragt. Er ist schon älter und trägt einen Arbeitsanzug mit dem Schriftzug der Waschanlage auf der Brust. »Umgefallen ist mir hier in dreißig Jahren noch keiner. Sollen wir besser einen Doktor rufen? Oder deine Eltern?«

»Nicht nötig«, winke ich ab. »Es war nur der Kreislauf.«

Marcel schiebt mir einen angeschlagenen Kaffeebecher mit Leitungswasser zwischen die Hände. Ich trinke etwas und fühle mich sofort etwas besser. Leider kommen damit auch die Erinnerungen zurück.

»Ich muss dann mal wieder zu den Kunden gehen«, sagt der Mann. »Kümmerst du dich um das Mädchen, Marcel?«

Er nickt. Als sein Chef den Raum verlassen hat, zieht er sich einen kleinen Hocker heran und setzt sich mir gegenüber. »Tut mir leid. Ich wollte nicht, dass du es so erfährst. Ich hatte keine Ahnung, dass du es nicht wusstest, sonst …«

»Ist schon gut«, sage ich, aber nichts ist gut. »Wie ist es passiert?«

»Ich weiß nicht, ob jetzt der richtige Moment ist, darüber zu sprechen«, wirft Paul ein. Die Sorge steht ihm ins Gesicht geschrieben.

»Ich muss es aber wissen«, erwidere ich leise. »Und ihr könnt mir glauben, dass meine Fantasie sicher schlimmere Filme fährt, als es die Wahrheit kann. Erzähl es mir, Marcel. Bitte.«

Er nickt und betrachtet seine Hände. Er trägt immer noch den Silberring, den Polly ihm damals zum Halbjährigen geschenkt hat. »Wir waren in diesem Club in Köln und haben beide etwas getrunken. Nicht viel, Polly hatte zwei Cocktails, mehr war es nicht. Wir waren mit der Bahn da. Irgendwann haben wir über eine Kleinigkeit gestritten. Ich weiß nicht einmal mehr, wie es anfing. Es war vollkommen banal, hat uns aber beiden die Laune verdorben. Wir haben uns danach wegen jeder Kleinigkeit angefahren, das ging auf der Rückfahrt noch weiter. Ich dachte damals, es würde am Wetter liegen, dass wir beide so gereizt waren – es war kaum zu erklären.« Er lächelt unglücklich. »Ich wünschte, ich wäre nicht so stur gewesen.«

»Was ist dann passiert?«, frage ich, als er nicht weiterspricht.

Marcel steht schwerfällig auf und geht in dem kleinen Büro hin und her wie ein eingesperrtes Tier im Zoo. »Wir kamen dann bei mir zu Hause an. Sie war genervt, hundemüde und wollte ins Bett, und mein Schlafzimmer lag voller Krempel, auf dem Bett stapelte sich Unikram und ein fast leerer Pizzakarton …«

Ich sehe Polly fast vor mir, wie sie einen Tobsuchtsanfall bekommt. Sie war das wandelnde Chaos gewesen – aber um sie herum brauchte sie Ordnung.

Marcel reibt sich erst das eine, dann das andere Auge. »Sie hat mir den Schlüssel aus der Hand genommen, ist zu meinem Wagen gegangen und hat mich angeschrien, dass sie jetzt nach Hause fährt. Ich habe erst nicht geglaubt, dass sie wirklich einsteigen würde. Sie ist oft mal ein Stück gefahren – auf dem Parkplatz bei Kaufland oder so. Aber nie auf der Straße!«

»Du hast sie echt wegfahren lassen?«, fragt Paul ungläubig.

»Was sollte ich denn machen? Es ging zu schnell. Sie saß plötzlich drin und hat die Tür zugeknallt.«

Paul greift mir in die Jackentasche, holt Taschentücher heraus und reicht sie Marcel. Ich kann nur vor mich hin starren.

Ich kann das nicht glauben. Es darf nicht wahr sein.

Aber erschreckenderweise ergibt es nicht nur Sinn, nein, viel mehr noch: Zu meinem Entsetzen passt es zu meiner Schwester.

Marcel dreht sich weg und lehnt die Stirn gegen die Wand. »Ich wollte auf der Beifahrerseite einsteigen, um sie zur Vernunft zu bringen«, quetscht er irgendwie hervor. »Aber sie hat die Tür verriegelt. Ich hab gerufen: Birdie, tu das nicht. Und sie hat mir den Mittelfinger gezeigt. Und ist losgefahren.«

KAPITEL 39

Polly kommt nicht zurück.

Weder höre ich ihre Stimme, noch spüre ich ihre Anwesenheit, und um ehrlich zu sein, bin ich darüber erleichtert. Ich glaube kaum, dass ich ihr verzeihen kann, ihr Leben in dieser Nacht riskiert und verloren zu haben. Besser, sie bittet mich nicht darum.

Dafür hat Polly eine vollkommen neue Präsenz in meiner Familie bekommen. Gemeinsam haben wir ein paar ihrer schönsten Fotos im Haus verteilt. Es klingt noch bemüht, wenn meine Eltern über sie sprechen – wenn sie sich fragen, wie ihr ein Song im Radio wohl gefallen hätte oder was sie zu einer Fernsehshow sagen würde –, aber sie geben sich Mühe, und keiner von uns stößt sich daran, dass hin und wieder jemand in Tränen ausbricht.

Es sind diese Tränen, nach denen man sich besser fühlt, statt noch schwerer, schwächer und mutloser. Auch von denen weine ich genug, wenn mein Herz an Killian denkt.

Ich muss ihn vergessen, akzeptieren, dass es vorbei ist. Aber wie könnte ich? Die erste Liebe mag selten ewig sein, sonst wäre es ja wahre Liebe – aber mein Herz hält an seiner Naivität fest und beharrt darauf, dass Killian beides für mich war.

Beim Ligaspiel am Samstag sitzt Killian auf der Bank. Ich verfolge die Partie im Radio, während ich an den Hausaufgaben sitze. Nedim und einem weiteren Spieler gelingt zwar je ein Tor, aber der Gegner ist stärker und die Birmheimer verlieren zwei zu vier. Die Presse prognostiziert daraufhin den Anfang vom Ende, dabei steht Birmheim noch immer unter den ersten zehn der Bundesliga.

Am folgenden Mittwoch verspätet sich Paul.

Wir hatten uns verabredet, er wollte zu mir nach Hause kommen – aber er erscheint nicht und geht nicht ans Handy. Erst spät in der Nacht kommt eine Entschuldigung und am nächsten Tag die Erklärung. Ich laufe fast an ihm und Sophia vorbei, weil ich sie im ersten Moment nicht erkenne. Ich habe sie einfach noch nie beim Küssen gesehen.

Sosehr ich mich über das Happy End der beiden freue, es macht mir auch bewusst, wie elend einsam ich bin. Als Bea mir am Nachmittag eine SMS schreibt, bin ich fast versucht zu vergessen, wie gemein sie zu mir war. Aber rechtzeitig fällt mir ein, was ich von einer Freundin hätte, die nicht zu mir steht.

Wie kommt es, dass du deine Meinung über mich geändert hast?, frage ich sie.

Sei nicht sauer!, kommt zurück. **Ich bin halt Birmheim-Fan und halte zu den Jungs! Aber was Schwarz jetzt wieder gebracht hat, tut mir leid für dich, echt. Vielleicht sollte er**

doch einfach zu Bayern gehen. Will er ja angeblich, hat er im Fernsehen gesagt. Geldgeiler Verräter!

Ich starre fassungslos auf die SMS. Killian hatte nichts dergleichen gesagt, sie dreht ihm jedes Wort im Mund herum. Und was bitte soll Killian nun wieder getan haben?

Ich habe eine Ahnung, wo ich es erfahre. Doch zunächst bekommt Bea einen abschließenden Anruf von mir.

»Tut mir leid«, sage ich ihr. »Du kannst weiterhin Gerüchten glauben, die irgendjemand in die Welt setzt. Aber ohne mich. Ich habe kein Interesse daran. Ich brauche Freunde, die sich für das wahre Leben interessieren.«

Sie sagt etwas Gemeines, das ich im nächsten Augenblick wieder vergessen habe. Ich starte meinen Laptop und rufe mit einem mulmigen Gefühl einen Blog auf, den ich eigentlich ignorieren wollte.

Ich habe nicht den geringsten Schimmer, von wem Marina Baumann schon wieder weiß, dass Killian mit mir Schluss gemacht hat, aber sie sorgt mit einer herzzerreißenden Hintergrundstory (erstunken und erlogen) dafür, dass es nun das ganze Internet erfährt.

Darin fiel ich Killians Karriereplänen zum Opfer und wurde nur deshalb eiskalt wieder abserviert, weil ein paar Fans mich für zu jung befanden.

Was für eine Lügengeschichte! Aber zahllose Kommentare unter ihrem Beitrag beweisen, dass die Leute ihr Glauben schenken.

Das geht wirklich zu weit. Mir fällt keine einzige von Pollys kreativen Beschimpfungen ein, um sie dem Bildschirm entgegenzurufen. Meine Wut ist eher still und leise wie Glut. Aber mir fällt etwas anderes ein. Etwas Dummes? – Womöglich. Etwas Riskantes? – In jedem Fall. Und etwas, womit ich mehr anfangen kann als mit Beschimpfungen. Ich beschließe, dass ich all das nicht länger auf uns sitzen lassen werde – weder auf Killian noch auf mir.

KAPITEL 40

»Romy, tu das nicht!«

Sophia sieht mich an, als hätte ich soeben verkündet, splitterfasernackt zur Schule zu gehen. Zugegeben: Mein Plan ist äußerst nah dran!

Paul sagt vorerst nichts, lehnt sich bloß in meinem Sitzsack zurück, aber mehr ist auch nicht nötig. Ich kenne ihn lange genug, um ihm an seiner Körpersprache anzusehen, dass er Sophias Meinung ist, was nicht allein daran liegt, dass er seit Neustem aus emotional rosarot eingefärbten Gründen ständig ihrer Meinung ist.

»Ich habe gar keine Wahl«, erkläre ich, da fällt Sophia mir bereits ins Wort:

»Doch, die hast du! Mach einen Deckel drauf, die Leute vergessen das alles irgendwann wieder. Und du solltest das auch – den Typen vergessen! Der Zug ist abgefahren, du kannst dir die Füße blutig laufen und wirst ihn doch nicht mehr kriegen.«

Wenn Paul so schnell aufgegeben hätte, denke ich, wäre sie jetzt immer noch Single.

»Ich muss das irgendwie wiedergutmachen«, sage ich. »Ich weiß nicht, ob es hinhaut, aber ich muss es zumindest versuchen. Das bin ich Killian schuldig.« Und nicht nur ihm, sondern auch Polly und mir selbst. Denn in den letzten Wochen habe ich Polly all meine Entscheidungen treffen lassen. Ich habe sie nicht nur um Rat gebeten, ich habe nach ihrem Rat gelebt und sie am Ende verantwortlich gemacht, wenn es schiefging. Ich hatte vergessen, dass auch Polly nicht perfekt war und Fehler machte.

»Überleg dir das gut«, meint Paul. »Ich helfe dir natürlich, wenn du darauf bestehst, aber –«

»Sie macht sich zum Lauch und du willst ihr dabei helfen?«

Ich zwinge mich zum Lächeln. »Wenn man sich wie ein Idiot benommen hat, muss man das auch irgendwann zugeben, oder?«

»Nicht so!«, beharrt Sophia.

Paul steht auf und geht vor dem Fenster auf und ab. »Ich gebe mal eins zu bedenken, Romy. Es scheint gerade Gras über die Sache zu wachsen. Ich weiß nicht, ob es schlau ist, wenn ausgerechnet du die Kuh bist, die es wieder abfrisst.«

»Lieber ich als Marina Baumann. Und die wird keine Ruhe geben. Egal was Killian tut oder nicht tut – sie wird sich wie ein manikürter Aasgeier draufstürzen!«

»Und dafür willst du ihr Futter geben?«, fragt Sophia kopfschüttelnd. »Sie wird sich draufstürzen, dich in der Luft zerreißen und fressen. Gegen eine wie die hast du keine Chance.«

Paul sieht von Sophia zu mir. Hinter seiner Brille blitzt

etwas auf; ich bilde mir ein, dass ihn die Herausforderung lockt.

»Doch, die habe ich«, sage ich und grinse Paul vorsichtig an. »Ich schaff das, weil ich das beste Team hinter mir habe. Was denkst du?«

Paul atmet tief durch. »Du wirst das bereuen.«

»Ja, werde ich. Phasenweise wird es der Horror werden. Aber ich glaube, das ist es wert.«

»Na dann.« Paul erwidert mein Grinsen und ich weiß, dass ich ihn auf meiner Seite habe. »Lass uns ein Script machen. Wann wollen wir drehen?«

Wir verwerfen ein Dutzend Seiten voller Ideen, wie wir die wahre Geschichte in einem Video verpacken könnten. Der Boden meines Zimmers ist übersät mit zerknülltem Papier.

Sophia ist es, die schließlich ausspricht, was ich insgeheim schon eine Weile denke. »Vielleicht sollten wir es ganz puristisch machen. Nur Romy, kein Schnickschnack. Keine Szenen, keine Schnitte, keine Kulisse. Romy und ihre wahre Geschichte. Nichts anderes.«

»Mit ihrem Text auf Papier«, überlegt Paul. »Das ist allerdings nicht unbedingt originell.«

»Aber es funktioniert«, erwidert Sophia. »Es geht ans Herz. Und man kann es lesen, auch wenn man den Ton abgeschaltet hat. Ich schalte am Rechner immer den Ton ab.«

Paul verzieht verständnislos das Gesicht, scheint von Sophias Vorschlag aber angetan. Ich hatte befürchtet, die Idee sei unter seiner Würde. Dass er sie gut findet, macht mir Mut.

»Wollen wir sofort loslegen?«, frage ich.

Paul zuckt mit den Schultern. »Ich brauche zwanzig Minuten, um die Kamera und das Stativ zu holen. Ihr könnt ja in der Zeit schon mal ein Bettlaken an die Wand hängen – ein weißer Hintergrund macht sich bestimmt gut.«

»Und wir malen die Plakate«, schlage ich vor, stehe vom Boden auf und durchkrame die Schreibtischschubladen nach dicken, schwarzen Filzstiften. Es fühlt sich gut an, etwas tun zu können. Nach so vielen Tagen, durch die ich mich bleiern schleppen musste, fühle ich wieder Energie in meinen Zellen.

Sophia öffnet alle Türen des riesigen Kleiderschranks. »Lass uns mal schauen, wie wir dich stylen«, murmelt sie mehr zu sich selbst als zu mir. Dann japst sie entzückt auf, als sie Pollys Partykleider entdeckt. »Oh mein Gott! Darf ich durchschauen?«

Ich sitze bereits am Schreibtisch und notiere den ersten Textentwurf auf einem Block. »Nur zu.«

Eine Weile arbeitet jede von uns still vor sich hin. »Du bringst mich in ein echtes Dilemma«, sagt Sophia schließlich.

Ich sehe auf. Der Tintenroller hat auf meine Finger abgefärbt und mein Herz bollert. Der Text nimmt mich viel mehr mit, als ich dachte. Inzwischen hängt das Atelier voller Outfits und Sophias Wangen haben sich gerötet.

»Warum denn das?«

»Weil ich mich gerade unsterblich in dieses Kleid verliebt habe.«

Sie lässt den Stoff des blauen Kleides wie Wasser durch ihre Hände gleiten. Für einen Sekundenbruchteil sehe ich mich darin vor Killian auf der Bühne stehen und Lieblingsmensch für ihn singen. Ich spüre mich unweigerlich lächeln, aber im Inneren tut's weh.

»Aber für unsere Idee ist es leider too much«, fügt Sophia hinzu und streichelt den Stoff noch einmal.

»Möchtest du es haben?«, frage ich.

»Ist das dein Ernst, Romy?«

»Ja. Klar, warum nicht? Ich kann die Sachen nicht alle behalten. Die meisten passen mir überhaupt nicht.«

Sie mustert das Kleid, dann mich und am Ende Pollys Fotos an der Wand. »Ich könnte schwören, dass ihr dieselbe Größe hattet.«

»Sie passen mir in einem anderen Sinn nicht.« Mein Blick schweift zu meinem Bass rüber, der geduldig in der Zimmerecke auf mich wartet. »Das Mädchen in dem blauen Kleid – das bin nicht ich. Das ist eine Verkleidung, eine Show. Ich würde mich freuen, wenn du es nimmst.«

Sophia kommt zu mir an den Schreibtisch und umarmt mich fest, bis meine Schultern zu zittern beginnen.

»Nicht weinen«, murmelt sie. Ihre Stimme klingt belegt. »Nur nicht weinen, das bekomme ich im Leben nicht vernünftig überschminkt.«

Ein bisschen weine ich trotzdem.

»Glaubst du, dass es etwas bringt?«, fragt sie mich.

»Die Leute werden die Wahrheit erfahren«, antworte ich.

Sophia streicht mir über die Haare. »Und Killian? Du hast noch Hoffnungen, oder?«

Ich antworte nicht und verbiete mir, über die Frage nachzudenken. Mir fallen aber noch ein paar Punkte ein, die ich auf meinen Plakaten in Worte fassen muss.

Am Ende legt Sophia mir eine schwarze Jeans, ein schwarzes Trägertop und ein Haargummi hin. Mehr braucht es nicht für das Video. Meine Füße bleiben nackt und das Make-up waschen wir nach einem missglückten Versuch kurzerhand wieder runter.

Paul kommt zurück, wir malen und sortieren die Schilder, reißen mein Bettlaken von der Matratze, um es an die Wand zu hängen, und positionieren Pauls Kamera.

»Eine Frage noch«, sagt Paul, als ich schon mit überkreuzten Beinen vor der Kamera sitze. »Was, wenn Killian die ganze Aktion bescheuert findet?«

Ich muss schlucken. Dann wische ich alle Bedenken beiseite. »Lass uns anfangen. Ich mache das nicht für Killian, ich mache das für mich selbst.«

KAPITEL 41

»Du musst dir absolut sicher sein, denn wenn es schiefgeht«, hatte Paul gesagt, bevor er die Kamera eingeschaltet hatte, »geht es in erster Linie für Killian schief.«

Der Satz verfolgt mich. Er schwirrt wie eine Mücke durchs Dunkel, als ich zu schlafen versuche, und er hallt noch in meinen Ohren, als die Lehrer am nächsten Tag zu mir durchdringen wollen.

»Romy Silvain ist offenbar wieder weit weg mit ihren Gedanken«, versetzt die Schäfer, die mich aufgrund meines überschaubaren Talents in Englisch ohnehin auf dem Kieker hat. »Ich würde auf ziemlich genau zwei Kilometer tippen.«

Die Klasse amüsiert sich; jeder weiß oder ahnt zumindest, dass das die Entfernung zum Birmheimer Stadion ist. Ich lächle bemüht mit, darauf hoffend, dass sie mich dadurch weniger treffen. Oder es zumindest nicht bemerken.

Nach der Schule begleite ich Paul nach Hause. Über dem unvergleichlichen Chili seiner Mutter, das heute aus irgendeinem Grund so schmeckt, als hätte sie sämtliche Gewürze vergessen, sprechen wir ein letztes Mal über das Video.

»Willst du es noch mal anschauen?«

Ich schüttle den Kopf. »Sophia sagt, dass es okay ist.«

»Mehr als das. Es ist gut geworden, richtig gut.«

»Dann glaube ich euch das. Ich will es gar nicht sehen.«

Paul rückt seine Brille zurecht. »Soll ich es dann jetzt hochladen? Es ist allein deine Entscheidung, Romy.«

Ich beiße mir auf die Unterlippe. So viele meiner Entscheidungen in den letzten Wochen waren falsch. Was, wenn diese wieder zu einer Katastrophe führt? Aber diesmal gibt es einen Unterschied: Es ist nicht nur allein meine Entscheidung – ich entscheide auch allein.

»Lad es hoch.«

»Okay. Und der Link geht dann gleich an diese Facebookseite, ja?«

»Ja. Die, auf der alles angefangen hat.«

»Dir ist aber klar, dass die das möglicherweise gar nicht verlinken werden, ja? Und selbst wenn: Die Streuweite der Seite ist nicht besonders groß.«

»Versuch es einfach.«

»Mein Channel hat eine bessere Reichweite.«

»Danke, Paul. Ich möchte deine Bekanntheit nicht dafür ausnutzen. Was sollen denn deine Follower denken? Ich glaube, dass das Video auch so dort ankommen wird, wo es hinsoll.« Ich habe einen Trumpf im Ärmel – Marina Baumann. Sie wird es schon entdecken und es sich nicht nehmen lassen, dafür Sorge zu tragen, dass die ganze Stadt es ansehen wird. Mir wird mulmig bei dem Gedanken und zugleich fühle ich mich einen Moment lang stark und mutig.

Leider hält das Gefühl nicht lange an und die Zweifel schwappen wieder hoch wie Öl, das am Ende immer oben schwimmt, egal wie fest man es mit Wasser durchschüttelt. Als ich im Bus nach Hause sitze, kann ich die Ungewissheit kaum ertragen. Aber die Internetverbindung ist zu schlecht, als dass ich nachsehen könnte, ob das Video schon geteilt oder kommentiert wurde. Ich werde warten müssen, bis ich zu Hause bin.

Doch dann hält der Bus im Stadtzentrum und mir wird bewusst, dass Killian keine zweihundert Meter von mir entfernt ist, denn er hat gerade Training.

Ich bin bereits aus dem Bus draußen, bevor ich einen klaren Gedanken gefasst habe. Die Sehnsucht ist zu groß – ich muss wenigstens ein paar Worte mit Killian wechseln.

Aber was tu ich hier eigentlich? Ich weiß doch, dass er es nicht will! Eine leise Stimme in mir fragt, ob das, was ich will, denn nichts zählt. Auch, wenn das egoistisch scheint, ich will ihn sehen.

Kurz bevor ich das Stadion erreiche, kommt mir die rettende Idee. Ich muss ihn vorwarnen. Natürlich – ich sollte ihn wissen lassen, was ich vorhabe, damit ihn die Nachricht von meinem Video nicht wieder eiskalt erwischt. Er kann sich darauf vorbereiten und ist gewappnet, wenn ich es ihm sage. Mit dem Plan in der Hinterhand fühle ich mich plötzlich leicht, fast beschwingt. Und hoffnungsvoll, dass vielleicht doch noch nicht alles verloren ist.

Zum Training selbst gehe ich nicht, auch wenn ich es

ohne Weiteres könnte. Killian hat mir erzählt, dass man bei den meisten Vereinen sogar Karten kaufen muss, um dem öffentlichen Training zuzusehen. In Birmheim dagegen winkt der ältere Herr im Kassenhäuschen alle mit einem stolzen Strahlen durch und freut sich über jeden, der »seine Jungs« bejubelt. Aber ich will weder stören noch irgendwelchen Fans begegnen, die mich womöglich aus der Presse kennen. Daher gehe ich am Eingang vorbei und nehme den Trampelpfad am Zaun entlang, der zum Parkplatz führt. In der Nähe von Killians dunkelblauem Sportwagen setze ich mich auf einen Begrenzungspfeiler im Schatten einer Hecke und warte ab. Es kann nicht mehr lange dauern, bis das Training zu Ende ist. Sollte ich Killian zu einem Gespräch unter vier Augen überreden können, brauchen wir nur in sein Auto zu steigen. Ich hoffe nur, dass seine Mannschaftskollegen mich hier nicht sehen. Von denen ist sicher keiner besonders gut auf mich zu sprechen.

Ich warte eine gute halbe Stunde, aber niemand kommt. Vielleicht trainieren sie heute länger? Meine Nervosität steigt mit jeder Minute und längst sind meine Hände eisig kalt und klamm. Ich spiele mit dem Gedanken, Paul oder Sophia anzurufen und sie nach den ersten Reaktionen zum Video zu fragen, aber überwinden kann ich mich nicht. Will ich wirklich wissen, was die Leute über mein Lügenouting denken?

Als ich Schritte höre, sehe ich auf und ziehe dann sofort wieder den Kopf ein. Zu spät. Der Mann hat mich gesehen und steuert direkt auf mich zu.

Verdammt, mit ihm hatte ich nicht gerechnet. Warum kommt der Trainer als Erstes?

»Romy?«, ruft er leise. Obwohl wir uns auf der Feier nur so kurz gesehen hatten, hat er mich sofort wiedererkannt, und mir wird klar, dass eine schnelle Flucht über den Trampelpfad alles nur peinlicher machen würde.

Ich schiebe mich aus dem Schatten der Hecke. »Hallo, Herr Christian.«

»Wartest du auf Killian? Du, das wird noch dauern, denke ich.« Oberflächlich ist er ganz nett zu mir, aber mir entgeht nicht der kritische Blick, mit dem er mich mustert, als hätte ich eine ansteckende Krankheit, die seinen Goldjungen bedroht.

»Dann warte ich noch«, sage ich.

Ole Christian schüttelt den Kopf. »Die Jungs feiern im Vereinsheim einen Geburtstag. Es würde mich wundern, wenn die nicht alle später mit dem Taxi heimfahren. Killian kommt sicher nicht mehr zum Auto.«

Mist. Dann werde ich doch reingehen müssen. Oder sollte ich ihn anrufen? Besser noch – einfach verschwinden?

Ole Christian unterbricht meine Gedanken jäh. »Es würde mich auch wundern, wenn er dich sehen will. Er war sehr enttäuscht, ich glaube kaum, dass das alles so schnell vergessen ist.«

»Ihnen hat er es also erzählt.« Meine Stimme kommt mir rau und kratzig vor. Ich hatte nicht erwartet, schon wieder mit einem Erwachsenen über meine Fehler diskutieren zu müssen, mich schon wieder von oben herab verurteilen zu lassen. Am liebsten würde ich abhauen.

»Ich rede mit meinen Jungs, ja«, sagt der Trainer. »Vor allem mit Killian. Er ist bei uns groß geworden.« Er lächelt, als wäre er mit den Gedanken weit weg. »Ich weiß, dass ihr jung seid – ihr beide – und dass man in eurem Alter Dummheiten macht. Aber du scheinst noch nicht begriffen zu haben, dass das, was bei anderen Jugendlichen harmloses Herumspinnen ist, Killian im Ernstfall die Karriere kosten kann.«

»Ich hab gelogen«, presse ich hervor, halb von Scham, halb von Trotz getrieben; eine wilde und unvernünftige Mischung. »Aber ich stehe dazu und will das wiedergutmachen.«

»Damit ist es aber nicht getan«, sagt Christian und das Bedauern in seiner Stimme kommt mir echt vor.

Auch nicht, wenn ich in aller Öffentlichkeit dazu stehe? Ich wünsche mir fast, Ole Christian hätte das Video schon gesehen, bevor er sein Urteil über mich verhängt.

»So dramatisch kann das doch nicht sein«, erwidere ich. »Ich bin fast sechzehn, keine zwölf. Die dreieinhalb Jahre Altersunterschied interessieren doch niemanden!«

»In deiner Welt mag das zutreffen«, erwidert Christian. »Aber in deiner Welt ist es heutzutage auch kein Problem mehr, wenn ein Junge einen Jungen liebt. Sollte sich hier«, er deutet hinter sich auf das Stadion, »oder in einem anderen Erstligaverein jemand als homosexuell outen, wäre auch heute noch der Teufel los.« Er grinst bitter. »Diese Welt ist verdammt hart und oft ungerecht. Von Jungs, die gerade mal die Pubertät hinter sich haben, wird erwartet, dass sie sich professionell verhalten – und ein sehr traditionelles Männerbild leben.«

»Kuschen halte ich nicht für besonders männlich«, zische ich.

Zu meinem Erstaunen lacht er leise auf, und dieses Lachen hat nichts Höhnisches an sich. »Glaubst du denn, Killian würde vor der öffentlichen Meinung kuschen?«

»Nein, das tut er nicht. Dass er Schluss gemacht hat, habe ich mir selbst zuzuschreiben.«

Im Gesicht von Ole Christian verändert sich etwas. Er zieht die Brauen zusammen, als müsste er mich ganz genau betrachten, um ein Detail besser wahrzunehmen. »Seit Killian mir gesagt hat, was passiert ist, frage ich mich eins, Romy. Warum hast du ihn angelogen? Killian ist so ein feiner Kerl, ich kann das wirklich nicht verstehen.«

Ich zucke mit den Achseln. Meine Tasche rutscht mir von der Schulter. »Ich dachte einfach, ich wäre nicht gut genug für ihn. Ich wäre gern jemand anders gewesen.« Ein Mädchen, das älter, schlagfertiger und selbstbewusster ist als ich. Perfekter. Das dachte ich damals.

Christian nickt. Dann lächelt er. »Und manchmal will man etwas so sehr, dass man glaubt, es wäre real.«

»Kennen Sie das denn?«, frage ich ihn.

Er sagt: »Romy – ich glaube, ich kenne das sehr gut.«

Ich habe keine Ahnung, ob Ole Christian die Klatschpresse im Internet verfolgt. Aber als ich mich auf den Heimweg mache, hoffe ich, dass er das Video zu sehen bekommt.

KAPITEL 42

Das Schulhofgetuschel am nächsten Tag fühlt sich an, als müsste ich durch ein Feld aus Brennnesseln laufen.

»Lie to me!«

»Romy, wie alt bist du wirklich?«

»Vielleicht bist du überhaupt nicht Romy – sondern Manuel Neuer?«

»Pretty Little Liar.«

Es sticht und schmerzt und ich würde am liebsten wegrennen. Aber ich weiß, dass es mich nicht umbringen wird. In der Nacht habe ich Killians Profil auf Facebook beobachtet. Eine Stellungnahme gibt es von ihm noch nicht, aber seine Fans entschuldigen sich scharenweise für ihre harten Kommentare. Für mich haben sie weniger verständnisvolle Worte übrig, aber nachdem ich in den letzten Tagen erlebt habe, wie schnell man in dieser Branche vom Liebling zum Loser der Nation wird, wundert mich das kein bisschen.

Es ist in Ordnung. Killian erhält wieder die Unterstützung seiner Fans. Ich habe meinen Fehler zugegeben und, zumindest soweit es noch in meinen Händen liegt, wieder ausgebügelt.

Bis zur Mittagspause glaube ich allerdings, dass niemand außer mir so denkt, denn bis auf Sophia und Paul begegnen mir alle mit Spott und Häme. Und nun kommen auch noch die beiden Jungs aus der Oberstufe auf mich zu, die sämtliche sportlichen Wettbewerbe unter sich ausmachen.

Wo ist das Loch im Boden, wenn man es braucht? Ich habe mir vorgenommen, alle Kommentare zu schlucken, aber ich hatte nicht damit gerechnet, ausgerechnet diesen muskulösen Typen gegenüberzustehen.

»Respekt«, sagt der eine zu mir. Ich brauche eine Weile, bis ich das Wort verstanden habe, und noch mal so lange, um mir darüber klar zu werden, dass keine Ironie in seiner Stimme liegt.

Der andere boxt mir vor die Schulter. Ich bin schon angenehmer berührt worden, aber die schroffe Geste hat etwas Freundliches. »Das war Fairplay, Romy.«

»Du bist okay.« Damit ziehen sie ab, und den restlichen Schultag kann ich die dummen Sprüche der anderen etwas lockerer sehen.

Am Nachmittag ist meine Neugier dann größer als die Scham und ich rufe das Video auf YouTube doch noch auf. Die Kommentarfunktion hat Paul zwischenzeitlich ausgeschaltet, was mir wortlos sagt, wie übel es gewesen sein muss. In der unbewegten Vorschau sieht man mich barfuß und im Schneidersitz in meinen schwarzen Sachen vor weißem Hintergrund sitzen, die Haare nur locker zusammengebunden. Wie immer finde ich es seltsam, mich in einem Video zu sehen. Im Spiegel nehme ich das nie wahr, aber durch eine Kamera sehe ich Polly ähnlich.

Ich klicke das Video an und unaufdringliche Musik erklingt. Sophia muss sie ausgesucht haben. Nach und nach halte ich die Schilder meiner fünf Stapel hoch.

Mein Name ist Romy.
Aber niemand von euch kennt meinen Namen.
Vielleicht habt ihr von mir gehört.
»Das Mädchen, das die Karriere von Killian Schwarz in Gefahr brachte«
Oder – etwas dramatischer:
»Die Lolita-Affäre«
Und schließlich:
»Das arme Mädchen, das von ihm abserviert wurde!«
Das war alles ich.
Über mich wurde viel gesagt.
Gefragt hat mich niemand.
Sonst hätte ich die Wahrheit gesagt …
… im Gegensatz zu Killian.

Die Wahrheit ist,
dass ich gelogen habe.
Ich habe nicht euch angelogen.
Ich
habe
Killian
belogen.

Und ihr beschimpft ihn,
weil er
mich nicht öffentlich bloßstellt.
Weil er
kein Wort darüber verliert,
dass ich behauptet habe, 17 zu sein statt 15.

Zerreißt euch die Mäuler.
Urteilt! Verurteilt!
Aber denkt einen Moment darüber nach,
dass auch ein hoher Bekanntschaftsgrad
nicht heißt,
dass man nicht menschlich ist,
nicht menschlich fühlt.
Und dass jede Geschichte zwei Seiten hat.

Ich kann kaum hinsehen. Jetzt folgt der Teil, den ich weggelassen hätte, wenn ich nur ein wenig fairer spielen würde.

Der Teil, der mich beschämt. Und stolz macht zugleich. Weil ich, Romy, kein mutiger, selbstbewusster oder schlagfertiger Mensch bin. Aber ich gebe auch nicht auf, selbst wenn ich schon am Boden liege.

Killian,
du hattest recht.
Du sagtest, du wüsstest gar nicht,
wer
ICH BIN.
Ich wusste auch nicht mehr,
wer

ICH BIN.
Aber nun
erinnere ich mich
endlich an mich.
Und ich weiß,
dass ich in jedem Moment,
wenn wir beide
alleine
waren,
nur ich selbst war.
Mit Fehlern und Lügen,
aber meinen Fehlern und Lügen.
Das war nur ich.

KAPITEL 43

Mir ist überhaupt nicht danach, am Samstagnachmittag mit Sophia und Paul wegzugehen. Eigentlich möchte ich bloß zu Hause hocken, Killians Pullover nass heulen und meine Wunden lecken. Gegen Liebeskummer hilft sowieso erst mal nichts. Mit jedem Versuch, sich abzulenken, betrügt man sich doch bloß selbst.

Aber die beiden fragen mich nicht einmal, sie stehen plötzlich vor der Tür, um mich abzuholen, und ich bin ihnen zu viel schuldig, um sie wieder wegzuschicken. Es ist rührend anzusehen, wie ihre Hände voneinander angezogen werden wie kleine Magnete und sie es doch ständig vermeiden, sich anzufassen. Wahrscheinlich gehen sie davon aus, dass ich beim Anblick von Zärtlichkeiten vor lauter Sehnsucht einen Heulkrampf erleide, und unterdrücken sie daher. Was sie nicht ahnen: Ihre Gefühle füreinander schwängern jeden Raum so unverwechselbar und unwiderstehlich wie Alien von Thierry Mugler, und dass sie Abstand zueinander halten, scheint das nur zu intensivieren.

»Wo gehen wir denn hin?«, frage ich, als sie mich zur Bushaltestelle führen. »Cafés gibt es hier doch einige.«

»Wir haben ein neues entdeckt«, erklärt Sophia.

Mir schwant Übles. Wenn ein frisch verliebtes Pärchen ein Café neu entdeckt, ist es vermutlich nicht der Ort, an dem sich das dritte Rad am Wagen rund fühlt. Reiß dich zusammen, ermahne ich mich selbst. Wo kommt nur auf einmal dieser ätzende Zynismus her?

Doch meine Befürchtungen werden noch übertroffen, als wir am alten Zoo aussteigen. Ich schnuppere unauffällig und kann nicht feststellen, dass es noch nach Elefanten riecht. Es wäre der Gipfel an bitterer Ironie, wenn sie mich ausgerechnet ins LeLapin schleppen würden …

Sie schleppen mich ins LeLapin.

»Man muss allen Ernstes klingeln, um reinzukommen«, sagt Paul und drückt auf den Klingelknopf. Sophia hält sogar das Ohr an die Tür, ob jemand kommt.

Als geöffnet wird, bin ich es allerdings, der ein Laut der Überraschung entschlüpft. Denn hinter der Tür, in einer mit dem Emblem des Bistros und ihrem Vornamen bestickten Bluse, steht niemand anderes als Heidi.

»Das gibt es ja nicht. Heidi – was machst du denn hier? Arbeitest du etwa hier?«

Heidi lacht. »Ja, seh ich denn aus wie eine Rentnerin? Kommt rein, steht nicht in der Tür herum, das gibt Durchzug!« Sie strahlt Sophia und Paul an. »Ich hab euch einen schönen Tisch reserviert. Beste Sicht!«

Sie haben sogar reserviert? Ich folge den dreien verwirrt in eine der gemütlichen Ecken. Doch plötzlich bleibe ich stehen.

»Das meint ihr nicht ernst!« Kurz flammt in mir die Frage auf, ob Paul und Sophia vielleicht wütend auf mich sind, ohne dass ich es weiß. Das kann doch nur eine gemeine Racheaktion sein! Warum sonst sollten wir an einem Tisch sitzen, der direkten Blick auf einen überdimensionalen Fernseher bietet? Es wäre schon ein seltsamer Zufall, denn auf diesem Bildschirm läuft mit weit herunterreguliertem Ton der Pay-TV-Sender, der die Bundesliga zeigt. Gerade wird eine Vorberichterstattung gesendet. Gleich spielt Birmheim gegen Borussia Dortmund. »Ich habe keine Ahnung, was ihr vorhabt, aber ich werde mir das nicht anschauen!«

Paul drückt mich kurzerhand auf einen Stuhl. »Entspann dich, Romy.«

Sophia lässt sich mir gegenüber nieder, nimmt meine Hand und schiebt meinen Kopf am Kinn in ihre Richtung, sodass ich sie ansehen muss. »Was trinkst du? Sekt? Ach nein, kriegst du noch nicht. Fassbrause oder was Warmes?«

»Cola«, sage ich leise. »Und ein Wasser.«

»Sag bloß, du verdünnst dir immer noch deine Cola!« Sie lacht so herzlich, dass ich zumindest mitlächeln muss, und bestellt das Gewünschte bei Heidi.

»Eine von meinen Mädels bringt es euch gleich«, sagt Heidi.

»Deine Mädels?«, frage ich erstaunt nach. Und da fällt mir wieder ein, was Killian einmal zu mir gesagt hat. Er meinte zwinkernd zu mir, seine Oma hätte das Bistro entdeckt. Er hat mir allerdings nie erzählt, dass es ihr gehört. Ich muss grinsen. Es wundert mich eigentlich überhaupt nicht – ein schrulliges, aber modernes Bistro passt zu Heidi. »Und ich habe versucht, ihr Stricken beizubringen«, murmle ich vor mich hin. »Was für eine Vergeudung an Potenzial.«

Paul hebt fragend die Augenbraue, aber ich winke ab. Unsere Getränke werden von einer jungen Kellnerin gebracht, und ich frage mich, ob Heidi uns nicht weiterbedient, weil ich dabei bin. Auf dem Friedhof waren wir trotz unserer Unterschiede so etwas wie Schwestern gewesen – wir beide haben eine wichtige Person an den Tod verloren. Aber hier, in ihrem Bistro, bin ich vermutlich für Heidi bloß das Mädchen, das ihren Enkel in Schwierigkeiten gebracht hat.

Ich mische meine Cola zusammen und rühre mit einem Strohhalm einen kleinen Strudel hinein. Warum hatten Paul und Sophia ausgerechnet hierher kommen wollen?

Die beiden bestellen Sandwiches in Variationen, die ich noch nie gehört habe (Brie, Frischkäse, Honig und Thymian). Ich habe kaum Hunger und belasse es bei Kartoffelspalten, die ich zum größten Teil stehen lasse, obwohl sie lecker sind. Aber mir liegt schwer im Magen, dass hier gleich das Birmheimer Spiel übertragen wird. Ich hoffe, dass Killian wieder auf der Bank sitzt, schießt es mir durch den Kopf, aber sofort schäme ich mich für diesen Gedanken. Killian will nicht auf der Bank sitzen – er will spielen! Wer bin ich denn, dass ich das nicht aushalte!

Und Killian spielt. Der Kommentator findet es erwähnenswert, da es Differenzen zwischen ihm und seinem Trainer gab, und gibt sich verwundert, dass Killian nach seinem Formtief schon wieder von Beginn an auf dem Platz steht, aber bereits nach fünf Minuten scheint er seine Meinung vergessen zu haben. Killian und Nedim spielen die von Personalsorgen geplagte Dortmunder Abwehr aus, als wäre es ein Trainingsspiel. In der ersten Viertelstunde muss der Torwart schon drei gefährliche Bälle halten. Sophia und Paul geben ihr Bestes, mich abzulenken, aber meine Blicke haften wie mit Sekundenkleber festgeklebt am Bildschirm, wann immer die Kamera Killian erfasst. Es ist nicht einmal die Tatsache, dass er gut aussieht (und Himmel, das tut er), ich möchte einfach keine dieser Sekunden verpassen, in denen es den Anschein hat, als wäre all das zwischen uns nicht passiert. Denn er sieht befreit aus. Glücklich. Er macht den Job, den er liebt, und er macht ihn fantastisch. Die mitgereisten Birmheimer Zuschauer im Dortmunder Stadion feiern ihn wie einen Helden. Die Kamera fängt kurz ein hochgehaltenes Schild auf – »Killian, lass mich die Next sein!« – und drei junge Männer haben sich mit Frauenperücken in Blond, Brünett und Rothaarig verkleidet, aber die meisten Fans beklatschen ihn einfach, wenn er am Ball ist, und jubeln, wenn er einen Torschuss versucht. Er hat sie wieder hinter sich – und er weiß es. Er trifft noch nicht, aber sein Strahlen in die Menge verspricht, dass das nur eine Frage der Zeit ist.

Das Gegentor, das Birmheim kassiert, erschreckt niemanden. Ein paar kleine Ungenauigkeiten in der Abwehr reichen Reus und dem blitzschnellen Aubameyang, um diese geschickt auszuspielen. Der Treffer ist eiskalte Konsequenz. Der Kommentator befürchtet, dass das 1:0 sich auf die Motivation der Birmheimer niederschlagen könnte; ich murmle nur: »Was für ein Unsinn – halt doch den Mund!«

Sophia und Paul beginnen zu verschwinden. Ich bemerke sie nur noch ab und an am Rande meiner Wahrnehmung, so spannend wird das Spiel, so rasant gehen die Bälle hin und her. Erstaunlich, wie schnell ich mich wieder gefangen fühle. Hätten meine Freunde mich nicht hergeschleppt, wäre ich nicht im Traum auf die Idee gekommen, das Spiel anzusehen. Ich hatte es für zu schmerzvoll gehalten. Und es ist schmerzvoll. Im Inneren zerreißt es mich fast, Killian zu sehen. Er ist so weit fort. So unerreichbar. Aber ich habe offenbar noch genug Gefühle für ihn, die gespannt und aufgeregt herumhüpfen können. Eine Mischung aus Sehnsucht und Euphorie bildet in meinem Kopf und meinem Herzen einen gefährlichen Cocktail.

Ab und an bleibt Heidi im Vorbeigehen bei uns stehen, verfolgt einen Angriff oder rauft sich die Haare, wenn die Gegner den Ball vors Birmheimer Tor bringen. Ich habe nicht das Gefühl, dass die Klientel im LeLapin aus Fußballfans besteht – langsam bekomme ich die Vermutung, dass Heidi diesen Fernseher allein für sich hier aufgestellt hat, um während der Arbeit die Spiele verfolgen zu können.

Kurz vor Ende der Halbzeit verkündet der Kommentator, dass Birmheim wohl mit einem Tor Rückstand in die Kabine gehen wird, da geht plötzlich alles ganz schnell. Killian erwischt den Ball, gibt vor, nach hinten abzuspielen, kickt sich den Ball allerdings mit der Hacke durch die Beine und gezielt zu Nedim hin, der lossprintet.

Der Kommentator pennt einen Moment, um dann aufzuschrecken. »Ataman!«, brüllt er. »Spielt zu Schwarz – Schwaaarz – zurück zu Ataman – Aaataaamaaan! Tooor!«

Heidi jubelt auf, Paul ruft: »Ja!«, und ich bemerke, dass

ich beide Fäuste geballt habe. Nedim legt ein Tänzchen hin und Killian mimt ihm den Cheerleader.

Dann ist Halbzeitpause. Mein Puls beruhigt sich wieder, die Euphorie lässt nach und ein dumpfes Gefühl bleibt zurück. Leere.

Paul und Sophia albern wie verliebte Erdmännchen herum; natürlich, irgendwann mussten sie ihre Rücksicht auf mich ja vergessen. Ich bin einerseits erleichtert – sie sollen glücklich sein und sich nicht von meiner Anwesenheit gehemmt fühlen. Andererseits muss ich ständig daran denken, wie Killian mit mir herumgealbert hatte. Seine Finger auf meiner Haut. Seine Lippen, die so weich sind. Sein Geruch …

Ich zerpflücke eine Papierserviette in tausend kleine Fetzen und warte darauf, dass das Spiel wieder angepfiffen wird. Es wäre klüger, nach Hause zu gehen.

Nach dem Anstoß geht das Spiel ausgeglichen wie vor der Pause weiter. Mal hat Dortmund die besseren Chancen, mal Birmheim. Unser Torhüter rettet einen gefährlichen Schuss von Reus auf der Linie – sie feiern ihn dafür, als hätte er aus seinem eigenen Strafraum hinaus ein Tor geschossen. Langsam nähert sich die neunzigste Minute.

»Gibt es dann Elfmeterschießen?«, fragt Sophia. Ich verkneife mir das Lachen. Sie hat noch weniger Ahnung vom Fußball als ich!

»Das ist keine KO-Runde«, erklärt Paul. »Bei Unentschieden bekommen beide einen Punkt.«

»Wie langweilig!« Sophia zieht ein Gesicht, als wäre es eine Schande, wenn Birmheim nicht gewinnt.

»Hey, das ist immerhin der BVB!«, sage ich. »Die spielen international, die gehören zu den besten Mannschaften überhaupt.«

Sophia sagt: »Die Birmis sollen trotzdem gewinnen!«

Ich wende mich grinsend wieder dem Bildschirm zu. Bisher hatte ich nicht das Gefühl, dass Sophia besonderes Interesse am Spiel hat. Aber wenn sie meint.

Birmheim bekommt eine Ecke, die ein Spieler ausführt, den ich nicht kenne, aber ich ahne sofort, dass Sophia nun ihr Tor bekommt. Mein Gefühl verspricht es.

Der Ball kommt vors Tor, Nedim geht zum Kopfball hoch. Ich springe auf, beinah fällt der Stuhl um. Der Ball prallt an die Latte, die Dortmunder spielen ihn nach hinten. Doch dort erwischt ihn ein Birmheimer und schießt ihn in einem hohen, weiten Bogen wieder in Richtung Strafraum. Und da steht Killian. Killian nimmt den Ball volley, dreht sich damit – der Kommentator bezeichnet es als einen Chuck-Norris-Roundhouse-Kick – und knallt ihn in die lange Ecke.

»TOR!«, schreit Sophia.

Paul reißt beide Arme hoch.

Heidi kommt angerannt. »Haben sie getroffen? Wer hat getroffen? Hat Killian … Killian hat getroffen!«

Und die Kamera hält auf Killian, der übers Spielfeld rennt, in seinen Nacken greift und sich das Trikot über den Kopf zieht. Auf dem T-Shirt, dass er darunter trägt, steht *Can't wait* quer über seiner Brust. Er läuft am Schiedsrichter vorbei, der ihm kopfschüttelnd die Gelbe Karte hochhält.

»Was soll das denn?«, ruft Sophia.

Heidi klärt sie auf. »Das Trikot während des Spiels auszuziehen gibt Gelb.«

Die Kamera folgt Killian, der sich nun zu den Fans umdreht, wodurch das Bild seinen Rücken zeigt. Und mir bleibt das Herz stehen. Auf seinem Rücken steht ebenfalls eine Botschaft.

to see you again,
Romy

Meint er etwa …? Ich blicke Hilfe suchend zu Paul und der bricht in erleichtertes Gelächter aus.

»Meine Güte, Romy, wir sollten dich filmen.«

»Du … ihr … ihr habt das gewusst! Das war alles geplant?« Meine Knie wackeln, zum Glück nimmt Heidi mich fest in den Arm, vielleicht würde ich sonst vor Zittern übers Parkett hoppeln wie eine Aufziehfigur. Ich verrenke mir den Hals, um den Fernseher im Auge zu behalten, doch nach der Wiederholung in Slow Motion geht das Spiel jetzt weiter und Killian ist nicht im Bild.

»Gott, zum Glück hat er dieses Tor noch geschossen!«, ruft Sophia. »Ich dachte schon, jetzt hätten wir dich hier umsonst hergeschleppt und gefoltert. Es war ja nicht zum Aushalten!«

»Wie … wie konntet ihr denn … Heißt das …« Ich schiebe Heidi ein Stück von mir weg, um sie anzusehen. »Verzeiht er mir?«

»Ja, wie könnte er denn nicht, Romy?«

Paul lächelt mich warm an. »Das war doch alles seine Idee. Er hat mich angerufen und gebeten, dafür zu sorgen, dass du das Spiel ansiehst.«

»Meine Nerven«, ruft Sophia. »Ich dachte, jetzt würde

alles daran scheitern, dass der den blöden Ball nicht in das Tor bekommt!«

»Aber woher hat er deine Nummer, Paul?«

»Du hast ihn mal von meinem Telefon aus angerufen, weißt du nicht mehr?«

Ich habe das Gefühl, überhaupt nichts mehr zu wissen. Mein Kopf fühlt sich leer und vollgestopft zugleich an, und alles erreicht mich wie durch eine dicke Watteschicht. Die verschwindet allerdings von einem Moment auf den anderen, als das Spiel abgepfiffen wird und kurz darauf Killian bei einem Reporter zum Interview erscheint.

»Killian, herzlichen Glückwunsch zum Sieg und zu diesem ganz wichtigen Tor in der 89. Minute. Großartig – wie geht's Ihnen damit?«

Killian grinst. »Ich frag gleich mal die anderen, aber ich glaube, die sind zumindest nicht völlig frustriert. Nein, ernsthaft, wir können alle sehr zufrieden sein. Das Team hat hervorragend zusammengespielt, und so konnten wir dann tatsächlich diesen harten Gegner schlagen.«

»Und Sie? Formtief beendet?«

»Formtief? Hab ich etwas verpasst? Sie wissen ja um meine«, er malt Anführungszeichen mit den Fingern in die Luft, »privaten Geschichten. Ich muss so beschäftigt gewesen sein, dass mir das Formtief gar nicht aufgefallen ist.«

»Da Sie es ansprechen – war Ihre kleine Botschaft die Gelbe Karte wert?«

Jetzt muss Killian richtig lachen. »Die wäre mir noch einiges mehr wert gewesen.«

»Und Sie verzeihen dem Mädchen? Es heißt, sie hätte Sie ganz schön vor den Kopf gestoßen.«

»Ja!« Killian reibt sich den Kiefer und ich weiß sofort, woran er denkt. »Das hat sie wohl. Aber sie hat mir diesen Kopf dabei auch gehörig zurechtgerückt. Man muss nicht perfekt sein oder nach außen so wirken – niemand ist perfekt.«

»Ihr Trainer dürfte das weniger euphorisch sehen als Sie.«

Killian wird schlagartig ernst. »Ole Christian ist der beste Trainer, den ich mir vorstellen kann, auf dem Platz und abseits davon. Der Mann hat mir früh beigebracht, dass man für seine Ziele Opfer bringen muss. Aber er hat auch gesagt, dass diese Opfer nicht unbegrenzt groß sein dürfen. Man darf nicht sein Leben opfern, man hat nämlich nur eins. Und dann sollte ich vielleicht auch nicht vergessen, was meine Omma mir beigebracht hat, als ich ein kleiner Junge war und trotz dem Spott eines ganzen Dorfs versucht hab, ihre Hühner zu dressieren. Sie hat das anders ausgedrückt und das werde ich jetzt nicht wörtlich wiederholen – Sie kennen meine Omma ja nicht –, aber inhaltlich kann man es so zusammenfassen: Gib nichts darauf, was die anderen sagen.«

»Gib einen Scheiß darauf, was die anderen sagen!«, korrigiert Heidi lautstark. »Die müssen ja nicht mit dir aufs Klo gehen!«

»Dann gibt es ein Happy End«, fragt der Moderator, »und Sie sehen Ihre Romy wieder?«

»Ich hoffe auf morgen Nachmittag«, erwidert Killian. »Dort, wo wir uns beide vor den Kopf gestoßen haben.«

EPILOG

Nachmittag hatte er gesagt.

Ich bin bereits kurz nach Mittag am Rhein und gehe mit Mister Boo am Ufer entlang. Wie warm es geworden ist! Ich binde mir die Strickjacke um die Hüften und nehme meine Schuhe in die Hand, um die nackten Zehen ins Wasser zu halten.

Der Wind bläst weich vom Wasser her und streicht mir die Haare aus dem Gesicht. Vom anderen Ufer weht ein Lachen herüber, und wie so oft an diesem Ort ist mir, als wäre Polly ganz nah und ließe ihr Licht in mir aufglühen.

Ihre Nähe fühlt sich friedlicher an, seitdem ich ihre Stimme nicht mehr höre. Sie berührt unsere gemeinsamen Erinnerungen, taucht sie in ihr Licht, zieht aber nicht mehr sehnsuchtsvoll an ihnen. Als hätte sie ihr Ziel erreicht. Aber vielleicht bin ich es, die angekommen ist.

Ich schlendere die leichte Steigung des Ufers hinauf. Auf der Wiese sitzt jemand und schaut in meine Richtung. Als er aufsteht, erkennt Mister Boo ihn an seinen Umrissen, bellt in meine Richtung, als wollte er mir etwas sagen, und flitzt dann mit wehenden Ohren los.

Ich lasse ihn laufen, werfe meine Schuhe ins Gras und renne hinterher.

Jennifer Benkau wurde im April 1980 in der Klingenstadt Solingen geboren. Nachdem sie in ihrer Kindheit und Jugend Geschichten in eine anachronistische Schreibmaschine hämmerte, verfiel sie pünktlich zum Erwachsenwerden in einen literarischen Dornröschenschlaf, aus dem sie im Dezember 2008 von ihrer ersten Romanidee stürmisch wachgeküsst wurde. 2013 erhielt sie den DeLiA-Literaturpreis für die Dystopie »Dark Canopy«. Sie lebt mit ihrem Mann, vier Kindern, zwei Hunden und einem Pferd zwischen Düsseldorf und Köln.

Jennifer Benkau

Wenn wir fallen

ca. 400 Seiten, ISBN 978-3-570-17320-6

Ständig träumt Liz von einem schönen Jungen, den sie noch nie gesehen hat. Der Traum kommt ihr so real vor, dass sie Angst hat, den Verstand zu verlieren. Als sie diesem Jungen dann plötzlich gegenübersteht, ist sie fassungslos. Nicht nur, weil es ihn tatsächlich gibt. Vor allem, weil er ganz anders ist, als sie erwartet hat: kein sanfter Junge, sondern Mitglied einer gefährlichen Gang. Wider alle Vernunft will sie herausfinden, wer er ist und warum er sie in ihren Träumen heimsucht. Sie ahnt nicht, dass er sie längst ins Visier genommen hat. Denn nur sie hat ihn bei einem Überfall gesehen und kann ihm deshalb gefährlich werden.

20241